W0025524

BASTEI
LÜBBE
TASCHENBUCH

Titel in der Regel auch als E-Book erhältlich

Über die Autorin

Karina Cooper, geboren in San Francisco, zog während ihrer Kindheit oft um und lernte diverse Menschen und Kulturen kennen. Dieser Erfahrung verdankt sie ihre wilde Fantasie, sagt sie. Cooper liebt es Fantasy-Romane zu schreiben, die mit einer Prise Romantik gewürzt sind. Wenn sie dies nicht tut, entwirft sie neoviktorianische Outfits. Sie lebt am Nordwestpazifik mit ihrem Ehemann, drei Katzen und einem Hasen.

Karina Cooper

DARK MISSION
FEGEFEUER

Roman

Aus dem Amerikanischen von
Beke Ritgen

BASTEI LÜBBE TASCHENBUCH
Band 20702

1. Auflage: Dezember 2012

Dieser Titel ist auch als E-Book erschienen

Vollständige Taschenbuchausgabe

Bastei Lübbe Taschenbuch in der Bastei Lübbe GmbH & Co. KG

Deutsche Erstausgabe

Titel der amerikanischen Originalausgabe: »Blood of the Wicked«
Originalverlag: published by arrangement with AVON BOOKS.
An Imprint of HarperCollinsPublishers, LLC, New York.

Textredaktion: Mona Gabriel
Titelillustration: Sophie Freiwald, Guter Punkt unter Verwendung
eines Motivs von © shutterstock/ Mayer George Vladimirovich
Umschlaggestaltung: Guter Punkt, München
Satz: two-up, Düsseldorf
Gesetzt aus der Arno
Druck und Verarbeitung: CPI-Ebner & Spiegel, Ulm
Printed in Germany
ISBN 978-3-404-20702-2

Sie finden uns im Internet unter
www.luebbe.de
Bitte beachten Sie auch: www.lesejury.de

Der Preis dieses Bandes versteht sich einschließlich
der gesetzlichen Mehrwertsteuer.

Für Aron,
der mir gesagt hat, wenn ich es wirklich wollte,
könnte ich alles schaffen, und dafür gesorgt hat,
dass ich mich auf meinen Hintern gesetzt habe und nicht
mehr vom Schreibtischstuhl aufgestanden bin;
und
für meine Familie,
die wie eine Eins hinter Aron und mir gestanden hat.
Ich liebe euch.

KAPITEL 1

Operation Echoortung stank zum Himmel.

Keine Frage. Silas Smith erkannte einen Haufen Scheiße, wenn er ihn roch. Klar, es war das übliche Gemisch aus Schweiß, Zigarettenrauch und Verzweiflung. Aber es blieb trotzdem Scheiße. Hübsch verpackt und ihm, Silas Smith, geradewegs in den Rachen gestopft.

Verdammt, ihm platzte gleich der Kopf ... Der dröhnende elektronische Mist, den man im Pussycat Perch allen Ernstes Musik nannte, drohte seinen Schädel zu zertrümmern, vom ersten Moment an, als er durch die Tür gekommen war. Die Industrial-Sounds pulsierten durch das ehemalige Lagerhaus und dröhnten in Silas' Schädel, immer im Takt mit dem dumpfen Pochen in seinem linken Knie. Mitten in diesem Strudel aus Licht, Lärm, Schmerz und der miesen Stimmung, in der er sich seit seiner Rückkehr in diese verfluchte Stadt befand, konnte Silas kaum mehr tun, als grob festzustellen, wo er sich befand.

Er blinzelte in das Stakkato vielfarbiger Lichtblitze. Jeder Atemzug brannte in seiner Lunge, Rauch und die schwül-feuchten Ausdünstungen von jeder Menge freigesetzter Energie krochen ihm in die Nase. Die Tanzfläche war völlig überfüllt, ein Meer aus Licht und zuckenden, zappelnden, schweißglänzenden Leibern. Auf drei Bühnen zeigten Tänzerinnen mit reichlich nackter Haut an Metallstangen akrobatische Kunststücke. Der hämmernde Lärm bohrte sich in Silas' Hirn, und schon jetzt war er noch angepisster als in dem Augenblick, als er hereingekommen war.

Jemanden in diesem Leiberchaos zu finden war ein Ding der Unmöglichkeit. Wie die meisten Clubs heutzutage glaubte das Perch an Erfolg durch viel zu laute Musik, viel zu viele Menschen und viel zu viel nackte Haut.

Sex, Drogen und Schuldenberge, die zu hoch waren, um sie jemals abzutragen: Es war keine Kunst, das in den glänzenden Augen der aufgegeilten Zuschauer und dem toten, marionettengleichen Blick der Frauen zu erkennen, die für sie tanzten.

Das Beste also wäre, Jessica Leigh zu finden und zu machen, dass er wieder hier herauskäme. Wo zum Teufel war die Bar?

Silas brauchte mehrere Minuten, dann entdeckte er das vernarbte Holz des Tresens hinter den Wogen aus Kunden, die dort anbrandeten, um Drinks zu ordern. Noch länger brauchte er dafür, sich in der sexuell aufgeheizten Atmosphäre einen Weg durch die Menge zu bahnen. Tänzer wogten um ihn herum, Betrunkene torkelten an ihm vorbei. Es gelang Silas, sich den halben Weg durch die Menschenmasse zu kämpfen, ehe ein Stoß seine Gehirntätigkeit auf bloße Schmerzwahrnehmung reduzierte.

Instinktiv fing er die Frau ab, die mit ihm kollidiert war. Ihr Ellenbogen war in seinem Unterleib gelandet, ihr Knie gegen seines geknallt. Ihre genuschelte Entschuldigung nahm er kaum zur Kenntnis. Fluchend versetzte er ihr einen Stoß und drängte sich an ihr vorbei durch die Menge. Währenddessen fischte er in der Tasche seiner Jeansjacke nach einem Aspirin, das er für solche Fälle immer bei sich trug.

Verglichen mit der Todesfalle Tanzfläche war das Gedränge vor der Bar ein Meer der Ruhe. Silas umklammerte die Holzkante des Tresens am Ende der Theke.

Auf diese Weise erhob er Anspruch auf einen kaum einen halben Quadratmeter großen Freiraum. Gleichzeitig warf er die Schmerztablette ein.

»Was darf's denn sein?«

Silas drehte sich in Richtung der vom Brüllen heiser gewordenen Stimme, die die Frage halb in sein Ohr geschrien hatte. Er blickte auf roten Samt und samtene, nackte Haut. Mit einem reflexartigen trockenen Schlucken würgte er die Schmerztablette hinunter.

Die Frau war Sex pur mit einer Goldschleife drumherum.

Fantastische Figur, schlank, aber mit sehr hübschen weiblichen

Rundungen, die eine weinrote Korsage füllten, die Verschnürung aus Goldbändern. Die Deckenbeleuchtung tauchte die nackten Arme und bloßen Schultern in leuchtende Farben, sprenkelte Glanzlichter in einen wilden dunklen Haarschopf. Die vollen Lippen der Göttin waren zu einem ironischen Lächeln verzogen und blutrot angemalt. Damit konnte sie ganz sicher sein, dass Männer wie Silas ihr ihre volle Aufmerksamkeit widmen würden.

Und aufmerksam war er nun. Genau wie sein Schwanz. Sich selbst bissig daran zu erinnern, dass der Silas, den er kannte, Striplokale verabscheute, nützte nichts. Mit einem Mal war sich Silas bis in die Haarspitzen hinein des dumpfen Dröhnen des Basses in seiner Brust bewusst. In seiner engen Jeans pulsierte es genauso.

»Ich habe gefragt, was es denn sein darf?«, wiederholte die Schönheit und hob ihre Stimme erneut dem herrschenden Lärm entgegen. Ihre Worte klangen kehlig, so amüsiert war sie.

Schweiß, Sex und dein Mund auf meinem …

Herr im Himmel, das gehörte jetzt wirklich nicht hierher! Er war doch nicht hergekommen, um sich was aufzureißen. Silas griff in die Innentasche seiner Jeansjacke. »Ich such da wen.«

»Tut mir leid, haben sich nicht blicken lassen.« Strahlend. Ohne das geringste Zögern.

Silas blickte ihr direkt in die bernsteinfarbenen Augen. Augen wie Whiskey, dachte er und runzelte die Stirn. »Woher wissen Sie denn, wen ich suche?«

»Spielt keine Rolle.« Sie beugte sich vor, legte die schlanken Arme auf den Tresen. Silas bot sich ein Blick auf die Rundungen ihrer kleinen, festen, von der Korsage gestützten Brüste, aufreizend, vielversprechend. Eingerissene, abgegriffene Bestellzettel lugten aus dem Mieder hervor. Vor der blütenweiß schimmernden Haut wirkten sie geradezu obszön dreckig.

Silas zwang sich, den Blick zu heben und der Brünetten ins Gesicht zu schauen. »Ich muss unbedingt …«

»Haben sich nicht blicken lassen«, wiederholte sie mit fester, jetzt kalter Stimme. Samt und Stahl. »Also: Was möchten Sie trinken?«

Sexuelle Begierde kämpfte gegen hochkochenden Ärger. Gegen Frust in Reinkultur. Nun, das Perch war nicht anders als jede andere Bar. Zum Teufel, warum nicht? Silas nickte. »Ein Bier.«

Er klaubte ein paar kleinere Scheine aus der Innentasche seiner Jeansjacke heraus. Währenddessen hatte er reichlich Zeit, die straffen Kurven des festen kleinen Hinterns zu bewundern, der in kaum existenten goldfarbenen Shorts steckte. Die Brünette beugte sich im rückwärtigen Thekenbereich hinunter, um nach einer braunen Flasche ohne Etikett zu angeln. Mit dem dumpfen Klirren von Glas wurde die Flasche gleich darauf unsanft vor Silas abgestellt. Die Finger der Schönen schlossen sich um die Scheine, die er ihr entgegenhielt.

Eine Sekunde länger als nötig hielt er das Geld fest. Gerade lang genug, um ein Ausrufezeichen an die richtige Stelle zu setzen.

Der Blick der Brünetten wanderte erst hinunter zu Silas' Fingern, dann zu den Scheinen und schließlich zu dem Armband um sein Handgelenk: ein Lederband mit Holzperlen. Schließlich blieben die Augen der Schönen an der schwarzen Tätowierung hängen, die halb unter dem Saum seines langärmeligen T-Shirts verborgen lag. »Nettes Tattoo.« Sie entriss Silas die Scheine, als er seinen Griff ein wenig lockerte. »Rufen Sie, wenn Sie noch eins wollen!«

Mit fliegenden Goldbändern drehte sich die Brünette auf dem Absatz um und stolzierte mit routiniert wiegendem Gang hinter dem Tresen entlang, dem anderen Ende der Theke entgegen. Silas blickte ihr nach. Sein Blick heftete sich, ohne dass er es hätte verhindern können, auf ihre langen, nackten Beine.

Ein sehr verlockender Anblick. Dass ihn das anmachte, erstaunte ihn. Mit Stripperinnen hatte er es normalerweise nicht so. Außerdem, so rief er sich ins Gedächtnis zurück und setzte sich auf dem Barhocker zurecht, war er hier, um zu arbeiten. Es juckte ihn, das Foto aus der Innentasche hervorzuholen. Als Konzentrationshilfe. Ein einziger Blick auf das Foto hatte genügt, auf Jessica Leighs frisches, junges Gesicht, auf ihr Lachen, und es hatte ihn in seinen Bann geschlagen. Sich in sein Gehirn gebrannt. Jessica Leigh strahlte vor Freude, in einem Augenblick wahren, unverhohlenen Glücks. Jemand Lichtes, Klares. Zerbrechliches.

Ganz anders als der gerissene Scheißkerl auf dem Foto neben ihr.

Deswegen war Silas Smith jetzt hier. Weil ein Geist aus längst vergangenen Tagen ihn angerufen hatte, ein Geist, den er mit dieser verfluchten Stadt hinter sich gelassen zu haben glaubte. Und weil er nicht Nein sagen konnte.

Find sie! Schnapp sie dir! Ganz einfach, oder?

Silas wartete. Aber seine Ungeduld ließ sich kaum mehr zügeln; der Geduldsfaden war ausgefranst genug, um gleich zu reißen. Innerhalb der nächsten Stunde, die im Zeitlupentempo dahinschlich, trank er sein Bier, und die Schmerzen in seinem Knie verklangen zu einem dumpfen Pochen. Erst dann – vier Aspirin und sieben Anmachen später und kurz davor auszurasten – stellte er fest, dass auch die letzte in einer ganzen Reihe von Stripperinnen eine gefärbte Blondine und ganz sicher nicht Jessica Leigh war.

Silas stellte die leere Flasche auf den Tresen und drehte sich um, um die Barkeeperin mit einem Wink auf sich aufmerksam zu machen. Wie er feststellte, stand die Brünette in Samt und Gold neben der hölzernen Klappe fürs Barpersonal. Sie hielt die Klappe, die mit Scharnieren am Tresen befestigt war, mit einer Hand hoch und fischte mit der anderen nach den Bestellzetteln in ihrem Ausschnitt.

Eine kleine Blondine, die vor ihr stand, nahm die Zettel in Empfang und nickte. Schlagartig schnellte Silas' Puls hoch, und Adrenalin flutete seinen Körper. Der Lärm im Club kreischte in seinen Ohren, und Silas stand bereits, bereit zu handeln. Greif sie dir und dann raus hier! Die Frau drehte sich um, und Silas stieß enttäuscht die angehaltene Atemluft aus.

Verdammte Scheiße! Nur eine weitere Blondine in einem Neckholder-Top aus Kunstleder und ausreichend Oberweite, um es anständig auszufüllen.

Verflucht! Langsam hatte er diesen ganzen Undercover-Scheiß satt. Er hievte sich wieder auf den Barhocker und griff nach seiner Flasche. Mit einer Sekunde Verspätung erinnerte er sich daran, dass sie leer war, und tat, als hätte er von Anfang an nur die Ellenbogen auf den Tresen stützen wollen. Scheiße! Das Ganze. Der Job. Er war nicht der Typ für unauffällige Ermittlungen. Er erreichte mehr mit dem tödlichen Ende des Revolvers, den er stets verdeckt bei sich trug. Trotzdem hatte Silas sich in diese ganze Scheiße hineinziehen lassen.

Zur Hölle mit Naomi West, weil sie ihn gefunden hatte!

Silas' Blick flog zum anderen Ende des Tresens, als die Klappe zugeschlagen wurde. Gerade verriegelte die langbeinige Brünette die Klappe hinter sich und schlenderte dann in Richtung Tanzfläche davon. Er beobachtete sie, weil sie verflucht noch mal die Hüften schwang, als wüsste sie ganz genau, welche Wirkung goldfarbene Zehn-Zentimeter-Absätze auf Männer hatten.

Ein Parfüm, ein unangenehm süßlicher Blumenduft, stach Silas in die Nase, als die Neue, die blonde Ablösung der Langbeinigen, die mit den beachtlichen Titten, sich Silas' leere Bierflasche schnappte und diese in einen Abfalleimer hinter sich warf. Glas zersplitterte. »Noch eins, Süßer?«

»Nein, danke!«

Sie folgte seinem Blick und grinste anzüglich. »Dein Geschmack, was? Macht ganz schön was her, finde ich auch. Ich hab ihr gesagt, sie bekäme sicher mehr Trinkgeld, wenn sie bei ihrem Blond geblieben wär. Die Männer fahren da voll drauf ab. Aber hat sie auf mich gehört? Zum Teufel, nein! Bin ja auch erst seit drei Jahren in dem Geschäft, verstehst du? Und ich, ich mach hier verdammt gut Kohle!«

Silas hörte nur mit halbem Ohr hin. Er schnitt eine Grimasse und änderte seine Sitzposition, damit der Schmerz in seinem Knie nachließe. Ja, die Dunkelhaarige war sexy. Aber sie war nicht, was er suchte. Sie war nicht Jessica. Er würde morgen wiederkommen und übermorgen. Würde abwarten, ob sich Jessica Leigh blicken ließe oder ob das, was er über sie ausgegraben hatte, einfach nur falsch gewesen war.

Mitten in seinem Gedankengang hielt er inne. Er runzelte die Stirn. *Sie bekäme sicher mehr Trinkgeld, wenn sie bei ihrem Blond geblieben wär.*

Bernsteinfarbene Augen. Volle Lippen. Hohe Wangenknochen … *Scheiße!* Jessica!

Silas war gerade schnell genug aufgesprungen, um zu sehen, wie die Tür fürs Personal zufiel. Verfluchter Mist!

Silas krallte seine Finger in die Kunstlederjacke des tätowierten Typen gleich neben ihm. Mit einem heftigen Ruck riss der sich von Silas los und war drauf und dran, auf ihn loszugehen. »Ich gebe dir fünfzig Mäuse«, sagte Silas mit ausdrucksloser Stimme. Abrupt endete das Knurren, mit dem sich der Typ aufgeplustert hatte. »Kannst du was einstecken?«

Kaum dass die Personaltür hinter ihr zugefallen war, setzte sich Jessica Leigh schneller in Bewegung und hastete den Gang hinunter. Scheiße! Scheiße! Scheiße, verfluchte!

Vor Angst und Adrenalin zitterten ihr die Hände, als sie die Tür zum Umkleideraum aufstieß. Ein Missionar. Ein Hexenjäger, direkt vor ihrer Nase! Sie hatte sofort gewusst, wer er war, was er war, in der Sekunde, als sie das verdammte Tattoo gesehen hatte. Es hatte sie ihre ganze Selbstbeherrschung gekostet, ganz gelassen darauf zu reagieren. Das Ende ihrer Schicht abzuwarten. Keine plötzlichen, panischen Bewegungen zu machen.

Nicht plötzlich loszuschreien.

Niemals zuvor war sie einem Jäger so nahe gekommen. Niemals zuvor hatte sie in stahlharte Augen geblickt und gelächelt, als wäre es nichts. Heute Abend hatte sie beides getan. Eine ganze Stunde lang hatte sie unter diesem unverhohlen prüfenden Blick aus kalten grünen Augen ihre Arbeit gemacht wie unter einer Schwertklinge.

Jetzt musste sie dringend hier raus.

Mit einem gezischten »Verdammt!« riss sie die Tür zu ihrem Spind auf. Die drei Frauen, die sich als Einzige im Backstagebereich aufhielten, kümmerten sich nicht weiter um sie. Mickey war mal wieder high, und Ramona und die Neue, die Jessie noch kaum kannte, waren viel zu fertig, um mehr zustande zu bringen, als ihr halbherzig zuzuwinken.

Jessie schenkte ihnen ein strahlendes Lächeln und warf sich ihren schweren, schwarzen Rucksack über die Schulter. »Nacht dann!«, rief sie. Sie zwang sich, ohne sichtbare Eile in Richtung Duschen und Toiletten zu gehen. Schicht zu Ende, Zeit, nach Hause zu gehen, keine große Sache.

Jessie war nicht unerfahren in solchen Situationen. Nur kurzzeitig dumm wie Bohnenstroh, wie es schien.

Sie schlüpfte ins Klo, verriegelte die Tür hinter sich und gab augenblicklich Gas. Mit zitternden Händen riss sie sich die dunkelhaarige Perücke vom Kopf und stopfte sie in den Rucksack. Mach langsam!, ermahnte sie sich selbst. Angst und Adrenalin führten zu Fehlern. Jessie konnte es sich nicht leisten, jetzt alles zu versauen. Atme! Denk nach, verdammt!

Sie musste hier raus. Unbedingt.

Bedauern schnürte ihr die Kehle zu, als sie sich aus der Samtkorsage und den dazu passenden knappen Goldshorts schälte. Sie hätte schon vor zwei Wochen machen sollen, dass sie hier wegkam, und sie hatte es gewusst. Sie wurde allmählich träge, denkfaul. Selbstgefällig.

Sie hatte Freunde gefunden.

Jessie blinzelte die plötzlich aufsteigenden Tränen weg, hatte schon eine verblichene Jeans aus dem Rucksack gezogen und stieg nun hinein. »Sei nicht albern!«, sagte sie laut bei dem Versuch, ihr Gleichgewicht und ihre Fassung zu wahren. Sie wusste es doch ganz genau, besser als jeder andere. Die ordentliche Bezahlung und ein paar Leute, die nett zu ihr waren, würden sie nicht am Leben erhalten.

Abzuhauen aber würde es. Nur so bliebe sie den dreimal verfluchten Hexenjägern einen Schritt und dem Rest der Welt drei Schritte voraus. Das war der einzige Weg, um am Leben zu bleiben. Unterhalb des Radars bleiben, nicht ins System geraten.

Wenn man nicht mehr konnte, rannte man eben atemlos und mit Seitenstechen weiter. Ganz schön paranoid. Und wofür das Ganze? Sicher für nichts, das Ähnlichkeit mit Ruhe und Frieden hatte.

Jessie streifte sich ein graues Tank-Top über und warf sich in eine mattschwarze Neoprenjacke. Den Reißverschluss zog sie hoch bis unters Kinn. Ebeneneinwärts in den Mittel- und Unterebenen New Seattles, in den schlechteren Wohngegenden also, fiele sie in diesem Outfit nicht weiter auf. Es dauerte nur einige Sekunden, die rote, strubbelige Kurzhaarperücke herauszufischen und überzustülpen.

Rasch wischte Jessie jegliche Spur von Make-up aus ihrem Gesicht, spülte die feuchten Tücher die gelb verfärbte Toilette hinunter und stopfte die Stöckelschuhe in ihren Rucksack. Kaum hatte sie ihre Füße in schlichte schwarze Stiefel mit dicker Sohle gezwängt, schaute sie auf die Plastikuhr an ihrem Handgelenk und runzelte die Stirn.

Für all das hatte sie weniger als fünf Minuten gebraucht. Sie war verdammt noch mal zu gut darin geworden.

Die Tür quietschte, als Jessie sie vorsichtig öffnete, um einen Blick in den Gang dahinter zu werfen. Niemand zu sehen. Sie schlüpfte aus dem Toilettenraum und brauchte nicht lange, um den Alarm am Notausgang auszuschalten. Zwei Sekunden später war sie schon so gut wie auf der Zielgeraden.

In der schmalen Gasse warf die Neonreklame von oben ein diffuses violettes und pinkfarbenes Licht: Girls, girls, girls. »Jetzt eins weniger«, murmelte Jessie und schloss leise die Tür hinter sich. Das Schloss klickte mit einer Endgültigkeit, die Jessie einen Stich versetzte.

Das war einfach nicht fair.

Dann schoss Jessie durch den Kopf, dass das Leben nicht mehr fair gewesen war, seit Mutter Natur völlig aus dem Ruder gelaufen war und Untergang und Zerstörung über den größten Teil des Planeten gebracht hatte. Jessie war noch nicht einmal geboren, als sich der San-Andreas-Graben aufgetan und ganz Seattle verschlungen hatte. Aber das zählte nicht viel in einer Welt voller schreckensstarrer, ums Überleben kämpfender Menschen.

Vor dem Großen Beben hatten Hexen und Hexer, Magiebegabte, am Rand der Gesellschaft existieren können. Niemand hatte sich auch nur einen Deut um sie geschert. Sie hatten sich nicht verstecken müssen. Nicht immer und nicht überall waren sie willkommen gewesen, okay. Aber man hatte sie auch nicht auf offener Straße gesteinigt. Dann war die Welt im Chaos versunken, und der Orden des Heiligen Dominikus hatte das Heft in die Hand genommen, um wieder für Ruhe und Ordnung zu sorgen. Und um das Mäntelchen von sogenannter Moral und Anstand über die Welt zu breiten. Eigentlich hätten fünf Jahrzehnte ausreichen müssen, um die Flut von Hexenverfolgungen abebben zu lassen. Offenkundig aber war das nicht genug. Jedes verdammte Mal, wenn sie ihre wenigen Habseligkeiten zusammenraffte, musste sich Jessie aufs Neue mit diesem Umstand abfinden. Die Verfolgungen hatten nicht aufgehört. Stattdessen steckten Kirche und Regierung jetzt fest unter einer Decke. Unschuldige zu grillen hatte sie zu besten Freunden gemacht.

Schlimmer noch: Die radikal-fundamentalistische Mission, früher eine terroristische Vereinigung von Extremisten, war zur rechten Hand des Ordens geworden. Die Mission war eine von oben sanktionierte Mörderbande am Ende der tödlichen Kette aus Ordnungswahn und falschen Moralvorstellungen.

Heutzutage bedeutete das Leben für eine Hexe ganz real Unrecht zu erdulden und Verfolgung. Als Hexe musste man in einer Gesellschaft überleben, die verzweifelt nach einem Sündenbock suchte für die Verheerungen der vor fünfzig Jahren entfesselten Naturgewalten – und dabei nicht besonders wählerisch vorging.

War sie, Jessie, nicht schon ihr ganzes Leben auf der Flucht? Hatte sie etwa nicht mitansehen müssen, wie ihre eigene Mutter umgebracht worden war? Hatte sie nicht alles auf der Straße gelernt, wo es »Friss oder stirb!« hieß und sonst nichts?

Hatte sie ihrem kleinen Bruder nicht genau das alles einzutrichtern versucht?

Deshalb, verdammt, genau deshalb, ging es Jessie durch den Kopf, hätte sie es besser wissen müssen! Sie schlug den Jackenkragen zum Schutz gegen den Regen hoch. Nein, man blieb nicht so lange an einem Ort und ließ es sich gutgehen, wie sie es im Perch getan hatte. Dumm. Ganz dumm.

Jessie könnte heute Abend gut die Nächste auf der Liste der Mission sein. Als der Hexenjäger ihr direkt in die Augen geblickt hatte, hätte sie schwören können, dort ihren eigenen Tod zu sehen. Es war verdammt schwer gewesen, gelassen zu bleiben, nicht auf der Stelle in Panik zu geraten, nicht einfach über den Tresen zu setzen und die Beine in die Hand zu nehmen.

Jessie holte tief Luft. Den ihr vertrauten Gestank nach vergammelndem Müll nahm sie dabei ebenso wenig wahr wie den unaufdringlichen, aber charakteristischen Geruch des kalten Regens. Das war's nun also: In diesem Club konnte sie nicht mehr arbeiten. Na und? Sie würde einen anderen Club finden. In den unteren Ebenen der Stadt gab es massenweise Kaschemmen wie das Perch.

Wenn Lydia Leigh ihren Kindern etwas beigebracht hatte, dann, wie man von vorn anfängt.

Im gespenstisch flackernden Licht der sattroten Leuchtreklame stieg Jessie die Stufen der baufälligen Treppe hinunter. Mit jedem Mal fiel ihr der Neuanfang schwerer. Aber was soll's? Sie hatte schließlich keine Wahl. Hexenjäger töteten Hexen.

Ausrufezeichen.

Jessie platschte mit den schweren Stiefeln durch seichte, kleine Pfützen, die sich allenthalben sammelten; bei jedem raschen Schritt wirbelte sie lose Steinchen auf. Den schwarzen Riesenschatten, der sich aus dem Dunkel am Ende der Gasse löste, hätte sie beinahe nicht weiter beachtet. Erst als der Schatten ihren Weg kreuzte, zögerte sie. Sie hatte jetzt wirklich keine Zeit für so was.

Hellrotes Neonlicht enthüllte eine massige, breitschultrige Gestalt, aufdringlich viele hingerotzte Tattoos und, wo die nicht waren, reichlich abgewetztes Kunstleder, über und über metallgespickt. Ziemlich groß, das Arschloch. Notgeil wahrscheinlich. Er schien genau der Typ.

Mit solchen Kerlen war Jessie schon häufiger fertig geworden. Ein ungezwungenes Lächeln, ein charmantes Augenzwinkern, eine unbekümmert klingende Erinnerung daran, dass die Rausschmeißer gleich hinter der nächsten Ecke wären, und der Scheißkerl würde wieder ins Perch verschwinden und eine andere mit den Augen verschlingen.

»Nett.« Der stämmige Typ breitete die Arme aus, um Jessie den Weg zu versperren. »Echt nett. So leicht hab ich noch keine abgekriegt.«

Sein heißer Atem traf sie. Alkohol und der Restdunst von etwas, das alles andere als legal war, selbst im Perch.

Das musste wieder einmal ihr passieren.

Jessie verzog die Lippen zu einem frechen Grinsen und sorgte dafür, dass auch ihre Augen mitfunkelten. »Du bist hier falsch, Süßer. Die echt geilen Bräute sind ...«

»Genau hier«, sagte er gedehnt. Er beugte sich zu ihr hinunter, bis sich ihre Nasen fast berührten. In einer Übelkeit erregenden Mischung wehte Jessie der Geruch von Schweiß und Bier entgegen.

Sie machte einen Schritt rückwärts, ehe sie es verhindern konnte, gab Gelände auf, wofür sie – wie sie ganz genau wusste – gleich die Zeche zahlen müsste.

Niemals Schwäche zeigen.

»Ich hab gerade Pause«, behauptete Jessie. Die Lüge kam ihr glatt über die Lippen. Hoffentlich, so betete sie inständig, war der Typ zu high, um den schweren Rucksack zu bemerken, der über ihrer Schulter hing. »Wenn du mich tanzen sehen möchtest, musst du rein, in fünf Minuten geht's los.«

»Vielleicht kann ich dich auch gleich hier die Hüften schwingen sehen.« Der Riese kam noch näher. Schlagartig verspannte sich jeder Muskel, jede Sehne in ihrem Körper, ihr Mund war staubtrocken.

Scheiße! Dafür hatte sie jetzt echt keine Zeit. Jede Minute könnte dieser Jäger hier auftauchen. Die Gewissheit jagte Jessie eine Gänsehaut über den Rücken.

Da plötzlich flammte über ihr die Neonreklame wieder auf und tauchte die Gasse in kräftiges Dunkelrot. Es färbte den Vollbart des Riesen und glänzte auf den zahlreichen Piercings in seinem Gesicht. Die Zähne, die er in einem wölfischen Grinsen entblößte, schimmerten rot, ebenso wie der Schweißfilm auf seinen von Adern durchzogenen Muskelpaketen an den Armen.

Rot fiel Jessie der hohnlachende Narr ins Auge, der in den einen dicken Oberarm eintätowiert war.

Ich sehe den Tod und den lachenden Narren.

Jessie schlug das Herz bis zum Hals. »*Fuck*«, flüsterte sie und zuckte zusammen, als der Riese lachte.

»Noch nicht, Kleine«, sagte er und griff nach ihr. Ein Tunnelblick auf das dreckige, selbstgefällige Grinsen des Bikers war alles, was Jessie an Wahrnehmung blieb. Ohne Vorwarnung riss ihr der Geduldsfaden.

Sie spürte, wie sie die bewusste Kontrolle über sich verlor. Es glich dem Gefühl, das sie spürte, wenn sie sich in ihre Gabe hineinfallen ließ, die tief unterhalb ihres bewussten Seins in ihr schlummerte. Nur fühlte es sich dieses Mal klarer an, schärfer. Wütender. Fokussiert.

Der Biker stand für jeden Scheißkerl, der je lüstern nach ihr geschielt hatte. Für jeden, der sie in einer der dunklen Nischen in einer der Bars angegrabscht hatte, in denen sie gearbeitet hatte. Für jeden, der ihren kleinen Bruder und sie, Straßenkinder in einer gnadenlosen Welt, ausgelacht hatte.

Jessie warf sich hinein in die Bewegung; ihr Körper reagierte schneller, als ihr Gehirn bewusst Befehle geben konnte. Sie sprang den Riesen an, warf sich ihm geradewegs in die Arme, den schaufelradgroßen Händen entgegen, die sie packen wollten. Als sie sah, wie dem Riesen vor Überraschung das Grinsen im Gesicht gefror, lief Befriedigung durch Jessie wie eine Welle. Mitten in dieses ach so feiste Grinsen platzierte sie ihre Faust. Der Schlag ließ den Riesen rückwärtstaumeln.

Sein breites Gesicht verzerrte sich. Erst Schock, dann Wut. »Scheiß Nutte!«

Adrenalin trieb Jessie vorwärts. Sie schnellte an ihm vorbei. In derselben Sekunde musste sie würgen, halb erstickt vom eigenen Kragen, als eine fleischige Hand sie hinten an der Jacke zu fassen bekam und sie zurück in die Gasse riss. Sie wurde gegen eine der Mauern geschleudert, krachte mit dem Rücken gegen die pockennarbigen, vom Zahn der Zeit angenagten Ziegel, mit solcher Wucht, dass es ihr die Luft aus den Lungen presste. Ihr verschwamm alles vor den Augen, als sie erneut ausholte und ihr Schlag auf etwas Metallischem an der Jacke des Bikers landete. Augenblicklich wurde Jessies Arm von den Fingern bis zum Ellenbogen hinauf taub. Sie schrie vor Schmerz.

Wenn der Narr dich in die Finger bekommt, Jessie, dann ist es so weit. Das ist der Anfang von allem. Lass dich bloß nicht von ihm aufhalten!

Die Stimme ihres Bruders hallte klar und deutlich in Jessies Kopf wider. Verdammt noch mal zu spät.

Jessie versuchte sich loszureißen, schrie wieder auf, in dem Moment, als die Faust des Riesen ihre Lippen traf. Schmerz explodierte in ihrem Schädel. Sie sah Sterne, lila, tiefrot, hellrot, und ging zu Boden.

Sie schmeckte Blut auf der Zunge, den Eisengeschmack ihres eigenen Blutes, seine Wärme. Jessie verbiss sich die Tränen, die Schmerz, Wut und Scham ihr in die Augen trieben, stemmte sich auf Hände und Knie, kämpfte sich wieder hoch. Sie schlug noch einmal zu.

Und noch einmal. Und …

»Was zum Teufel …«, war alles, was sie hörte. Sie spürte neue Energie um sich herum wie eine Windböe, die alles durcheinanderwirbelte. Benommen, wie Jessie war, glaubte sie einen Moment lang, ihr Gegner habe sich verdoppelt und bewege sich in einem seltsam unbeholfenen Tanz von ihr fort. Er schien ihr auseinanderzufallen wie ein in zwei Hälften zerbrochener Spiegel. Die eine Hälfte Mann stand aufrecht, taumelte aber, ein massiges Muskelpaket, die andere war schmal und hochgewachsen. Mit einem heiseren Brüllen warf sich der Biker auf den zweiten Mann, der nichts zu sein schien als ein durchtrainierter, blitzschnell reagierender Schatten, der aus seiner Reichweite tänzelte.

Um wieder klar denken zu können, schüttelte Jessie heftig den Kopf. Hastig stolperte sie auf das Ende der Gasse zu. Mach, dass du hier rauskommst, zum Teufel, lauf! Sie durfte sich nicht in diese Auseinandersetzung verwickeln lassen, auf keinen Fall. Nicht, solange der Jäger hier ... Herr im Himmel!

Die Beine versagten ihr den Dienst. Total und schlagartig. Sie fiel rücklings gegen die Ziegelmauer. Jessies Finger schrammten an den scharfkantigen Ziegeln entlang auf der Suche nach Halt, als sie hinüber zu den Kämpfenden starrte. *Er*. Erschrocken schlug sie die Hand vor den blutenden Mund.

Neonlicht flackerte auf, durchzuckte die Gasse. Jessie erkannte braun gebrannte Haut, das schwarze Tattoo, groben Jeansstoff, als der Hexenjäger den linken Arm hochriss, um mit dem Unterarm einen Schlag abzufangen. Der Jäger knurrte etwas und holte zu einem brutalen rechten Haken aus.

Wie bei einem Jäger zu erwarten, bewegte er sich mit der Effizienz einer gut geölten Maschine. Sofort nach dem Schwinger platzierte er zwei erbarmungslose Schläge aus kurzer Distanz auf die Nase des betrunkenen Bikers. Darauf folgte unmittelbar ein Stoß mit dem Ellenbogen. Der Treffer saß, dem hässlichen Knirschen nach zu urteilen, das dabei zu hören war.

Blut spritzte; im Neonlicht wirkte es fast schwarz.

»Lauf!«, brüllte der Hexenjäger Jessie über die Schulter hinweg zu. Genau in dem Moment trat der Biker mit aller Gewalt gegen das Knie des Jägers. Der krümmte sich zusammen, reagierte ungelenk, ohne die bisherige Geschmeidigkeit und Agilität in der Bewegung. Jessie sah, wie sein Gesicht kalkweiß wurde, wie in Folge eines Schocks, hörte, wie der Jäger vor Schmerz aufstöhnte.

Wut und Angst brachten Jessie dazu, endlich zu handeln. Mit einer Hand packte sie ihren Rucksack und schleuderte ihn mit aller Kraft, die ihr zur Verfügung stand, in Richtung des Bikers. Der Rucksack aus schwarzem Segeltuch flog durch die Luft, die schwer und bedrückend in der Gasse hing. So zartfühlend wie ein Ziegelstein traf der massive Rucksack mit einem dumpfen Krachen seitlich das Gesicht des Bikers.

Der Riese fiel um, im gemessenen Tempo einer gefällten Eiche.

Schreckensstarr stand Jessie da. Der Biker rührte sich nicht mehr. O Gott, hatte sie ihn umgebracht? Sie hatte schon genug Probleme ohne Totschlag auf der Liste und Cops, die dann hinter ihr her wären. Jessie rang nach Luft, bekam aber nicht genug in ihre Lungen gepumpt. Am Rande ihres Sichtfelds tanzten schwarze Punkte vor ihren Augen. Ob ein dreißig Pfund schwerer Rucksack jemanden von dieser Statur tatsächlich umbringen konnte, wusste sie nicht. Aber wenn sie eines nicht wollte, war es, das hier und jetzt herausfinden zu müssen.

Sie wankte.

Starke Hände packten sie, Finger schlossen sich um ihre Unterarme. »He!«

Jessie blinzelte. Verständnislos starrte sie in ein Gesicht, das noch fester und unnachgiebiger wirkte, als die Ziegelmauern um sie herum. »Kannst du laufen?«, fragte der Jäger. Es war eigentlich keine Frage, sondern klang eher fordernd.

Jessies Gedanken kreisten nur um eines. »Ist er …«

»Lauf, beweg dich!«, befahl der Jäger und zerrte sie hinter sich her, raus aus der Gasse.

Er humpelte. Das war der einzige halbwegs rationale Gedanke, den zu fassen Jessie in der Lage war. Wortlos schlüpfte sie unter seinem Arm hindurch und legte ihn sich um die Schultern. Der Jäger zögerte, wollte offenkundig ihre Hilfe nicht. Aber Jessie ließ sich nicht beirren, schlang ihren eigenen Arm um seine Taille und stützte ihren Retter. Sie spürte das Spiel durchtrainierter Muskeln, als sie ihn umfasste und die Hand oberhalb der Hüfte in sein Shirt krallte.

Der Jäger war verletzt. Eigentlich hätte Jessie diesen Umstand lieber dazu genutzt, so viel Entfernung wie möglich zwischen sich und ihn zu bringen. Trotzdem wollte sie ihn nicht im Stich lassen. Sie konnte es nicht. Er hatte ihr geholfen. Jetzt war es an ihr, ihm zu helfen.

Außerdem brauchte sie im Augenblick etwas, egal was, um sich daran festzuhalten. Das war der Grund, sonst nichts.

Der Jäger bestimmte die Richtung. Sie hielten auf einen rostigen, ehemals orangefarbenen Pick-up zu, auf den er gezeigt hatte, kaum dass sie aus der Gasse raus waren. Der Jäger riss die Fahrertür auf. Halb schob, halb hob er Jessie auf den Fahrersitz. Unsanft drängte er sie weiter, hinüber auf den Beifahrersitz, während er sich mit schmerzverzerrtem Gesicht selbst hineinhievte. Er verschwendete kein Wort an sie, ließ den Motor an und legte den Gang ein. Also hatte Jessie reichlich Zeit, seine harten Gesichtszüge zu mustern.

Ihr blieb die Wahl zwischen Pest und Cholera.

Ein Hexenjäger. Und ein Held, zumindest für die fünf Sekunden, die es dauerte, bis Jessies Gehirn wieder funktionierte und die Information verarbeitet hatte.

Der Hexenjäger hatte sie gerettet.

Sie hatte ihn gerettet. Sie fragte sich allerdings, ob er genauso heroisch gewesen wäre, wenn er gewusst hätte, wer oder was sie war. Sie hätte ihr gesamtes Trinkgeld darauf verwettet: Er hätte sie sterben lassen in dieser Gasse, wenn er geahnt hätte, dass sie ein Hexe war.

Als der Pick-up mit quietschenden Reifen scharf wendete, verrenkte sich Jessie den Hals, um zu sehen, ob der betrunkene Biker in der Gasse sich vielleicht rührte. Sie erhaschte einen Blick auf ihn, mit dem Gesicht im Dreck, regungslos, genau wie der Jäger und sie ihn zurückgelassen hatten. Ihn und – oh Scheiße! – ihren Rucksack.

An der nächsten Kreuzung bog der Jäger scharf nach links ab und scherte hinter einem Wohnwagen aus, um ihn zu überholen. »Keine Sorge. Der Biker wird's überleben.«

»Ein Glückspilz«, war ihre Antwort, harmlos genug. Nichtssagend, nichts verratend. Jessie beobachtete den Hexenjäger, während dieser den Rückspiegel mit einer aufgeschrammten Hand justierte. Obwohl sein Beruf Angst und Schrecken verbreitete, wirkte er auf eine schwer greifbare Art anziehend. Er hatte ein markantes Kinn, doch der Mund darüber war fein geschwungen, fast schon sinnlich. Das war Jessie sofort aufgefallen, als er sich an ihre Theke gesetzt hatte.

Ganz kurz hatte sie in diesem Augenblick mit dem Gedanken gespielt, sich über den Tresen zu beugen und von diesen Lippen, wie gemacht zum Küssen, zu kosten. Im Nachhinein war sie froh, dass sie dem Impuls nicht nachgegeben hatte. Nicht einmal das Extra-Trinkgeld, das sie dafür eingestrichen hätte, war diesen Flirt mit dem Tod wert.

Jessies Blick wanderte hinauf zu dem wirren Schopf des Jägers aus kurzen, dunkelbraunen Locken. Zerzaust, der ganze Kerl. Aber dennoch konnte Jessie nicht umhin, die Kraft zu bewundern, mit der er sie einen halben Block weit mit sich geschleift hatte, obwohl er verletzt war und hinkte.

Das war genau dieselbe Kraft, die er nutzte, um im Schutze der Nacht unschuldige Menschen zu erdrosseln.

Jessie setzte ein entschlossenes Gesicht auf.

Wut ging von dem Jäger aus wie Wellen von einem ins Wasser geworfenen Stein. Die Aura lodernden Zorns war so eindeutig zu spüren, dass man dafür keine übernatürliche Gabe brauchte. Lange, schmale Finger, die zu allem fähig waren, umklammerten das Lenkrad mit solcher Kraft, dass die Fingerknöchel weiß hervortraten. Mit dieser Wut im Bauch fuhr der Jäger seinem Ziel entgegen.

Aber welchem Ziel?

Der Tod und der lachende Narr. Waren das zwei verschiedene Personen? Scheiße, Calebs Prophezeiungen ergaben niemals auch nur *irgendeinen* Sinn!

Mit zittrigen Fingern strich sich Jessie den Pony der Rothaar-Perücke aus der Stirn. »Danke für die Hilfe…« Der Jäger verzog den Mund. »Aber«, fuhr sie fort und schlug einen leichten Tonfall an, »du kannst mich jetzt hier rauslassen.«

Der Jäger antwortete nicht. Er ging auch nicht vom Gas. Er reagierte überhaupt nicht auf das, was sie gesagt hatte. Sie biss sich auf die Lippe und zuckte zusammen, als dort prompt Schmerz zu pochen begann.

Es konnte nichts anderes als Zufall sein. Jessie hatte noch nie gehört, dass ein Hexenjäger eine Hexe gerettet hätte, nur um sie dann selbst umzubringen. Es sei denn, der Typ hier neben ihr im Wagen war eine Bestie, ein Abartiger der ganz besonderen Sorte.

Oder er hatte sie in ihrer neuen Verkleidung nicht erkannt.

Kurzes rotes Haar, keinerlei Make-up, normale Straßenkleidung das war meilenweit von dem brünetten Vamp hinter dem Tresen entfernt, als den er sie kennengelernt hatte. In der Gasse war es dunkel gewesen. Vielleicht hatte er nicht mehr als eine Frau in Not gesehen.

Durfte sie ihr Leben dem guten Willen eines Hexenjägers anvertrauen?

Wäre das nicht sogar, als würde sie sich ihrem eigenen Tod direkt in die Arme werfen?

Nein. Dennoch wäre es ein großes Risiko. Der lachende Narr hatte sie nicht getötet. So weit, so gut. Aber das bedeutete nicht, dass sie nun in Sicherheit war. Bisher war lediglich der erste Dominostein gefallen. Ihm würden weitere folgen, sollte sich die düsterste aller Prophezeiungen ihres jüngeren Bruders bewahrheiten. Herr im Himmel! Verfluchte Scheiße!

Nein, sie würde nicht draufgehen.

Beiläufig legte Jessie ihre Hand auf die in der Tür eingelassene Armlehne, ihr Daumen ruhte schon auf dem Türgriff. Sobald der Jäger vom Gas ginge und sich ihr nur die leiseste Chance zur Flucht böte, wäre sie weg.

»Versuch's erst gar nicht!«

»Versuchen? Was denn?«

»Wir fahren fast Hundert. In einer halben Minute sind wir auf dem Karussell. Wenn du jetzt springst, bleibt von dir nicht mehr übrig als ein Fleck aus Blut und Fett. Und ich werde bestimmt nicht langsamer.«

Was war der Scheißtyp, ein Hellseher? Jessie explodierte. »Das Risiko geh ich ei … Aua, verdammt, lass mich los!« Kalte Finger schlossen sich unerbittlich um ihren Unterarm.

»Ich hab dich doch nicht vor den Fickfantasien dieser miesen Ratte gerettet, um dich dann vom Asphalt zu kratzen«, erklärte er mit ausdrucksloser Stimme.

Jessie biss die Zähne zusammen. »Ich brauche keinen Helden, der mich rettet«, sagte sie gepresst. »Lass mich gefälligst in Frieden!«

Zumindest ließ er sie los. Allerdings nur, um wieder mit beiden

Händen das Lenkrad zu umfassen. »Du bleibst verdammt noch mal hier!«

Jessie rauschte das Blut in den Ohren. Schmerz pochte in ihrer Lippe. Das bisschen Schmerz wäre ihr geringstes Problem, wenn sie der Sprung aus dem fahrenden Truck nicht gleich tötete.

Sie nahm allen Mut zusammen und streckte die Hand nach dem Türgriff aus.

»Deine Freundin hatte recht«, sagte der Jäger in diesem Moment. »Du wärst besser bei deinem Blond geblieben.«

KAPITEL 2

Jessies Hand erstarrte unmittelbar über der Entriegelung für die Wagentür. Silas blickte starr geradeaus, hinaus auf die Straße, aber sein peripheres Sehen war ausgezeichnet. Er sah, dass sie einen Blick zu ihm hinüberwarf.

Herr im Himmel! Er spürte diesen Blick geradezu körperlich.

Wut prickelte auf seiner Haut wie Strom in einer elektrischen Leitung. Es war nicht genug Wut, um gegen den unerträglichen Schmerz etwas auszurichten, der sein Bein von den Zehen bis zur Hüfte hinauf durchbohrte. Er musste diese Wut aussitzen, ihm blieb nichts anderes übrig. Obwohl er am liebsten das Steuer herumgerissen und gewendet hätte, um diesen verfluchten Hurenbock für seinen Übereifer platt zu fahren. Er hätte es verdient, zermatscht zu werden dafür, dass er Jessica Leigh mit seinen schmutzigen Fingern begrabscht hatte.

Diese miese Ratte, die Silas dafür *bezahlt* hatte, dass sie Jessica Leigh mit ihren schmutzigen Fingern begrabschte.

Silas' Finger krampften sich um das Lenkrad. »Beinahe hätte ich dich nicht erkannt, Jessica. Obwohl ich dich doch schon mit dunklem Haar gesehen hatte.«

Den Bruchteil einer Sekunde zögerte sie, ehe sie sich in den Beifahrersitz zurückfallen ließ und dabei von der Tür abrückte. »Tja, ist halt so.« Ein reumütiges Lächeln huschte über ihr Gesicht, ein Lächeln, bei dem sich ihr Mund kein Stück entspannte. »Wir verändern gern unser Aussehen. Manchmal werden die Männer da drinnen einfach zu ... handgreiflich.«

Verdammt! Silas knirschte mit den Zähnen. Seine Kopfschmerzen wurden davon auch nicht besser.

Das Scheinwerferlicht entgegenkommender Autos durchschnitt das

Dunkel der Fahrerkabine wie plötzlich aufflammendes Leuchtfeuer. Silas sah, wie Jessica zusammenzuckte, als sie mit dem Handrücken vorsichtig über ihre blutende Lippe fuhr. Er fischte ein Taschentuch aus der Innentasche seiner Jeansjacke, aus der Tasche, in der er Jessicas Foto aufbewahrte. »Hier«, sagte er ohne jegliche Gefühlsregung. Immerhin: ein Anflug von Höflichkeit.

Jessica starrte die Hand mit dem Taschentuch an und wägte ihre Möglichkeiten ab. Ihr Verstand arbeitete auf Hochtouren. Zum Teufel, Silas konnte ihn förmlich rattern hören. Sicher plante sie schon den nächsten Fluchtversuch.

Er ließ sie gewähren, behielt stur die Straße im Blick. Die Geschwindigkeit, die der Wagen hier auf dem Karussell draufhatte, ließ nicht viel Spielraum für einen Sprung aus der Fahrerkabine. Nicht, wenn Jessica Leigh ihr Leben lieb war. Silas jedenfalls könnte die ganze beschissene Nacht so weiterfahren, wenn es denn sein musste.

Straßen gab es dafür hier weiß Gott genug. Vierzehn Jahre waren vergangen, seit Silas zum letzten Mal die Stadt über das New-Seattle-Karussell verlassen hatte. Aber es fühlte sich an, als wäre er nie weg gewesen. In Serpentinen wand sich das Highwaysystem um die hoch in den Himmel hinaufragende Stadt. Ab- und Auffahrtrampen verbanden es mit jeder Ebene wie die Beine eines Tausendfüßlers, der sich um die Stadt gelegt hatte, um ihr, seiner Beute, die Luft abzupressen. Nur die Einheimischen wussten, wie man sich auf dem Scheißding zurechtfand. Silas ärgerte sich darüber, dass er immer noch wusste, welche Abfahrt ihn in welchem Bogen wohin führen würde. Kaum etwas hatte sich in all den Jahren geändert.

Die Fahrt durch die verdreckten Straßen der unteren Stadtebenen hatte genügt, um Silas das klarzumachen. Die hoffnungslos Armen fristeten in diesen Unterebenen ihr Dasein am absoluten Existenzminimum, während die unverschämt Reichen ihre Leben in den oberen Ebenen selbstgefällig und glücklich in vollen Zügen genossen. Der einzige Ort, an dem man die Sonne – ehrliches, echtes Sonnenlicht – zu Gesicht bekam.

Jeder, der das Glück hatte, in einer der Ebenen dazwischen zu landen, suchte sich Weidegründe in den zivilisierteren Ecken, in den Randregionen. Wie apathische Schafe, katalogisiert nach Nützlichkeit und dadurch in unterschiedliche Klassen eingeteilt: die Industriearbeiter, die Wanderarbeiter, die Mittelklasse mit ihren wenigen, sich nach dem Licht verrenkenden Bäumen und ihrem kleinen bisschen Sonne.

Das ebeneneinwärts allgegenwärtige Neonlicht der mieseren Gegenden konnte man nicht als Zeichen für Zivilisiertheit verstehen. Gerade eben noch akzeptabel wie die wenig Klasse besitzende Klientel im Perch.

Oder die dunklen Straßen der kirchlichen Waisendistrikte.

Vierzehn Jahre hatten daran nicht viel geändert. Silas hasste diesen Seelenverkäufer von einer Stadt mit jeder Faser seines Herzens. Ebenso sehr, wie er seine Heimatstadt vermisste.

»Kein Bedarf. Mir geht's bestens.« Jessica Leighs kaltschnäuzige Behauptung brachte Silas ins Hier und Jetzt zurück. War auch verdammt nötig, wie er sich grimmig selbst ermahnte. Er musste sich auf die Gegenwart konzentrieren. Auf die Mission. Nicht auf die Vergangenheit. Und schon gar nicht auf den feinen Schwung von Jessica Leighs jetzt nicht mehr knallig angemalten Lippen.

Oder die ultralangen Beine, die sie, wie Silas genau wusste, in diesen Jeans versteckte.

Ach, zum Teufel! Mit einer ruckartigen Bewegung streckte Silas seiner unwilligen Beifahrerin das Taschentuch wieder entgegen. »Jetzt nimm das verdammte Ding schon!«, knurrte er. »Deine Lippe blutet.«

Sie starrte ihn finster an und griff nach dem weißen Stück Stoff. Sie riss es ihm förmlich aus der Hand, wütend und ungeduldig. »Wer zum Teufel sind Sie?«, verlangte sie zu wissen. »Und woher kennen Sie meinen Namen?«

Silas ließ einige Augenblicke verstreichen, in denen er sich wieder ganz auf die Straße konzentrierte. Diese Zeit brauchte er, um sich eine passende Antwort zurechtzulegen. Denn was ihm als Erstes eingefallen war, würde ihm nicht das Maß an Kooperationsbereitschaft einbringen, das er sich von Jessica Leigh sichern wollte.

Je eher ihm gelänge, sie dazu zu bringen, mit ihm zu kooperieren, desto eher könnte er hier wieder weg.

Kein schlechter Anfang. Die Frau zum Bluten zu bringen, die er mit allen Tricks dazu bewegen musste, die Mission zu unterstützen. Auf keinen Fall durfte er sie also wissen lassen, dass ihr Bruder der Erste auf der Liste war, die die Überschrift trug: *Magiebesessene, die wegen Verbrechen gegen die Menschlichkeit hinzurichten sind.* Er musste Jessica Leigh nach Strich und Faden belügen darüber, was dem Jungen bevorstand, sobald man ihn erwischte. Kein Problem.

Und ... Auftritt!

»Ich heiße Silas Smith.« Stumm musterte Jessica Leigh ihn. Sein Taschentuch war ein weißer Fleck vor ihrem Kinn. »Ich bin Agent einer Bundesbehörde. Wir brauchen deine Hilfe.«

Himmel, klang das lahm! Selbst in seinen eigenen Ohren.

»Ah!« Der Laut, den sie von sich gab, hatte etwas Unverbindliches. Sie hätte genauso gut »Schwachsinn!« oder etwas Ähnliches sagen können. Aber zu Silas' Überraschung fragte sie freundlich: »Und was soll ich für diese Behörde tun?«

»Wir suchen dich schon seit Wochen.« Jessica versteifte sich, eine kaum wahrnehmbare Veränderung in ihrer Körperhaltung. Silas hätte sie auch nicht bemerkt, wenn er sich ihr und ihres Körpers nicht in übertriebenem Maße bewusst gewesen wäre. Er registrierte jede ihrer Bewegungen, auch die kleinste.

Sich selbst dabei zu erwischen, kotzte ihn unglaublich an. Es kotzte ihn noch mehr an, dass er sich selbst weiszumachen versuchte, er beobachte sie nur, um die ersten Anzeichen eines neuerlichen Fluchtversuchs rechtzeitig mitzubekommen.

Er hoffte, die Missionare würden noch an ihrem ganzen beschissenen Mist ersticken! »Ach Scheiße!«, murmelte er. Jessica Leigh schnaubte, als er es sagte. Silas' Gesicht verfinsterte sich. »Okay, die Kurzfassung: Dein Bruder hat sich mit einer ganz üblen Bande von

Leuten eingelassen.« Im Halbdunkel der Fahrerkabine warf Silas seiner Beifahrerin einen forschenden Blick zu. »Leuten, denen das besondere Augenmerk von Bundesbehörden wie der meinen gilt. Wir brauchen deine Hilfe, um deinen Bruder zu finden.«

Sie schürzte die Lippen. »Zuerst einmal: Wenn ich einen Bruder hätte ...«

»Du hast einen.«

»Selbst wenn ich einen Bruder *hätte*«, wiederholte sie eigensinnig, »hätte ich keinen Grund, Ihnen zu trauen, Agent Smith. Wo haben Sie beispielsweise Ihre Dienstmarke, Ihr offizielles Was-weiß-ich?« Sie machte eine Geste, die seine ganze Gestalt einschloss. Kein Schmuck, kein Nagellack, nichts Schrilles, alles war natürlich an ihren langen feingliedrigen Fingern. »Ihre Uniform oder so?«

Silas erwischte sich dabei, wie er ihre schlanke, ringlose Hand betrachtete und sich fragte, ob Jessica Leigh mit jemandem zusammenlebte. Ob sie wohl mit jemandem schlief. Die Akte über sie, die man ihm ausgehändigt hatte, war recht dünn gewesen.

Wenn sie mit jemandem schlief, dann musste der Kerl die Geduld eines Heiligen besitzen, um mit einer Stripperin zusammen sein zu können.

Silas schüttelte den Kopf. »Nicht diese Art von Behörde.«

»Na großartig«, murmelte sie. »Nicht diese Art, schon klar.« Sie verschränkte die Arme vor der Brust. Der straffe Neoprenstoff ihrer Jacke spannte sich über ihren Brüsten. »Und wenn Sie den Gesuchten gefunden haben, was gedenken Sie dann mit ihm zu machen?«

»Sobald wir deinen *Bruder* gefunden haben«, korrigierte Silas sie ohne viel Aufhebens, »gedenken wir mit seiner Hilfe die Gruppe zu infiltrieren und das ganze Schlangennest auszuheben.«

»Warum gerade mit seiner Hilfe?« Gott, war die Kleine schnell!

Aber auf eine Frage wie diese war Silas vorbereitet. »Caleb Leigh ist auffällig geworden und daher ins Visier der Sicherheitsorgane geraten. Laut seiner Akte ... oh ja, er hat eine Akte«, warf Silas ein, als er seine momentane Zielperson scharf Luft holen hörte und darin eine Frage erahnte. »Er ist nur ein armer kleiner Idiot, der bis über beide Ohren in etwas drinsteckt, das er nicht überblicken kann.« Genau in dem Moment, als sie die Augen ein klein wenig verengte, auch das kaum wahrnehmbar, blickte er zu ihr hinüber. »Es gehört nicht zu unseren Angewohnheiten, kleine Jungs ans Kreuz zu nageln, um uns dran aufzugeilen. Aber wir erkennen eine potentielle Quelle, wenn wir eine vor uns haben.«

Lügen, nichts als Lügen. Silas zwang sich, wieder auf die Straße zu sehen, ehe Jessica Leighs bernsteinfarbene Augen mehr entdecken konnten, als er verdammt noch mal zeigen wollte. Er konnte sich nicht einmal erklären, woher seine Wut kam. Oder wieso er sich mit dieser Heftigkeit der Wärme bewusst war, die der Körper neben ihm ausstrahlte. Jessica saß immerhin ein ganzes Stück von ihm weg.

Und sie war bestimmt nicht auf den Kopf gefallen. »Warum sollte ich Ihnen trauen?«

»Das brauchst du gar nicht.« Immerhin das war die Wahrheit. Silas zog den Pick-up über drei Spuren auf eine weniger befahrene Bahn. Das Hupen des schnittigen silbernen Sportwagens hinter ihm ignorierte er. »Welche Wahl bleibt dir denn, Jessica?«

»Jessie.«

In Silas' Magengrube begann es zu kribbeln. »Jessie«, wiederholte er ruhig. Ihre Augenlider zuckten. Das Schweigen zwischen ihnen dehnte sich aus. Die Stille aber vibrierte, so heftig ratterten in ihrem Verstand die vielen kleinen Rädchen.

Verdammt, Silas konnte sie förmlich Funken sprühen sehen!

Schließlich verzog Jessie den Mund mit den schön geschwungenen, vollen Lippen. Bitterkeit und Resignation. »Sie sind der Mann mit der Marke. Das heißt ja dann wohl, dass ich keine andere Wahl habe, oder?« Sie trat mit einem schwarzen Stiefel gegen das Armaturenbrett. Silas zuckte zusammen. Sie bemerkte es nicht. »Schön. Was wollen Sie von mir?«

»Antworten.« Silas lächelte nicht.

Das war verdammt zu einfach gewesen.

Die Schwester eines Hexers. Sobald die Mission sie in den Fingern hätte, wäre sie so gut wie am Arsch.

Sie zuckte mit den Schultern. »Na, dann schießen Sie mal los mit Ihren Fragen!«

»Heute Abend nicht mehr. Viel zu spät dafür. Wohin soll ich dich fahren?« Er blickte sie an. »Ich hol dich dann morgen früh wieder dort ab.« Den Teufel täte er. Er würde die ganze Nacht über draußen vor ihrer Bleibe im Wagen kampieren und könnte die Wohnung dann später, sofern nötig, immer noch filzen.

Jessie schlug die Augen nieder. Während sie aufmerksam das blutbefleckte Taschentuch in ihren Händen studierte, beschatteten ihre langen Wimpern die Wangen. »Ich habe keine Bleibe oder so was.«

»Und wo schläfst du?«

»Wo immer ich Platz finde«, erwiderte sie und hob das Kinn.

Dieser stille, eigensinnige Funken Stolz traf auf etwas Bekanntes in Silas' Erinnerungen, auf eine Art von Mitgefühl, das sich tief in seinem Herzen regte. Verfluchte Scheiße! Keinen Platz zum Schlafen? So viel zumindest schuldete er Jessie.

Rasch, ehe er es sich anders überlegen könnte, umfasste er das Lenkrad fester und wechselte wieder über mehrere Spuren hinweg die Fahrbahn. Die Maschine unter der Motorhaube brummte. Sorgfältig gewartet, wie sie war, lief sie ruhig und gleichförmig. »Gut, dann weiß ich, wohin.«

»Ich werde nicht ...«

»Ich habe nicht vor, dir irgendetwas anzutun, Jessie, okay?« Die Dunkelheit, die in der Fahrerkabine herrschte, verbarg sein Gesicht. Rasch warf er einen prüfenden Blick auf das GPS, das festverankert oben auf dem Armaturenbrett saß. »Ich gebe dir mein Wort darauf.«

Alles, was Silas neben dem pochenden Schmerz in Knie und Schläfen gerade wahrnahm, war, dass es hier und jetzt mächtig zum Himmel stank.

Jessie war erleichtert darüber, dass der Hexenjäger nicht nachgebohrt hatte, was ihre vermeintlich fehlende Bleibe anging. Aber Erleichterung kämpfte mit gerechtem Zorn. Dieser verfluchte Scheißkerl wollte sie, Jessie Leigh, dazu benutzen, um ihren kleinen Bruder in die Finger zu bekommen!

Ihr war schon die Galle hochgekommen, als *Agent* Smith den Namen ihres Bruders überhaupt in den Mund zu nehmen gewagt hatte.

Der Typ hatte echt Nerven.

Allein schon dem Jäger das Leben gerettet zu haben war zum Kotzen! Oder ihn zumindest davor bewahrt zu haben, nach Strich und Faden vermöbelt zu werden. Sie hätte die beiden Arschgeigen in dieser dreckigen Gasse sich einander die Knochen aus dem Leib prügeln lassen sollen, verdammt!

Und trotzdem, obwohl er der Feind war ihr Feind, *Calebs* Feind! , konnte sie nicht verhindern, dass ihr Blick immer wieder zur Fahrerseite, zu ihm, Silas Smith, hinüberhuschte. Dieser Typ besaß echt Ausstrahlung, das musste sie ihm lassen. Er füllte den Raum in einer Art und Weise aus, dass Jessie das Gefühl hatte, nicht mehr genug Luft zu bekommen.

Jeder Atemzug, den Jessie machte, schmeckte nach altem Leder, rostigem Metall und etwas noch Wärmerem. Etwas ausgesprochen Männlichem. Silas Smiths Hände waren rau, narbig, seine Gesichtszüge scharf geschnitten, lebenserfahren, selbst seine Kleidung wirkte nicht ab-, sondern eingetragen. Jessie hatte mehr als nur eine Vermutung darüber, wie der muskulöse Körper unter Jacke und Shirt aussähe.

Ein stahlharter Mann mit einem gestählten Körper in Kleidung, aus der man leicht hinaus- und wieder hineinkam. In der man – so ermahnte sich Jessie selbst scharf, und die Ermahnung war nötig – auch leicht töten konnte. Wahrscheinlich saß sie gerade auf den letzten Spuren, die von einem seiner armen Opfer noch übrig waren, jetzt in diesem Moment, während sie über all das nachdachte.

Aber Silas Smiths Hände wirkten stark, geschickt. Beschützerhände. Jessie beobachtete, wie er das Lenkrad hielt und den Wagen steuerte, bewunderte die Sicherheit, die Leichtigkeit, mit der er das tat. Sie betrachtete die Lederschnur um sein Handgelenk und die auf Hochglanz polierten Holzperlen, die auf die Schnur aufgefädelt waren und sich in die braun gebrannte Haut drückten.

In der Dunkelheit leuchteten Jessie die Buchstaben eines Namens darauf entgegen. *Nina*. Ob das seine Ehefrau war? Oder seine Tochter?

Völlig egal, dachte Jessie und rüttelte ihren Verstand wach. Silas Smith, Agent des Dominikanerordens der Einzigen Heiligen Kirche, war der Feind. Das durfte sie auf keinen Fall vergessen. Wenn die Einzige Kirche hinter Caleb her war, dann konnte das nur bedeuten, dass sie wussten, was er war: ein Hexer.

Wenn die Einzige Kirche wusste, dass er Magie praktizierte, was wussten die Kirchenmänner dann über sie, Jessie, Calebs Schwester?

Worauf zum Teufel hatte sich Caleb eingelassen, um auf dem Radar der Mission wie ein Leuchtfeuer zu blinken?

Unaufhörlich kreisten die Fragen in ihrem Verstand und stolperten übereinander, bis Jessie schreien wollte. Oder auf etwas einschlagen. Nicht, dass es ihr je geholfen hätte, wütend auf irgendetwas einzuschlagen.

Sie rutschte auf dem Sitz herum, zog das andere Bein hoch auf den Sitz. Sie legte das Kinn aufs Knie. »Also«, meinte sie gedehnt. Eine ganze Weile ließ sie dieses eine Wort in der Stille der Fahrerkabine hängen. Silas blickte zu ihr herüber, seine Augen dunkel. »Erzählen Sie mir mehr über diese ganz üble Bande von Leuten, mit denen sich Caleb eingelassen hat!«

Schweigen. Die Stille zwischen ihnen dehnte sich aus. Und dann: »Wie lange hast du deinen Bruder nicht mehr gesehen?«

Ärger sammelte sich wie ein Klumpen in ihrem Hals, wollte unbedingt über ihre Lippen. Aber Jessie schluckte den Ärger hinunter, die Wut, heftig genug um leise zuzugeben: »Ungefähr ein Jahr nicht mehr.« Es war die Wahrheit, weiter nichts. Ein ganzes Jahr war vergangen, seit Caleb in die Nacht hinaus verschwunden war und alles zurückgelassen hatte. Sie, seine Schwester, mit eingeschlossen.

»Ziemlich lange Zeit«, meinte Silas.

Ach was, im Ernst?, darauf zu sagen, schien wenig hilfreich. Also zuckte sie nur mit den Schultern und lächelte. Aber es war ein müdes Lächeln. »Die üblichen Rivalitäten unter Geschwistern. Streiten konnten wir beide schon immer besonders gut. Es ist jetzt etwa ein Jahr her, da hat Caleb plötzlich gemeint, er hat genug von mir, und weg war er.«

Lügen war für Jessie immer einfach gewesen. Ihre Lügen hatten Caleb und ihr häufiger den Arsch gerettet als sie in Schwierigkeiten gebracht. Die Lügen in ihrer Lebensgeschichte hatten sie beide ernährt, gekleidet und ihnen gelegentlich sogar einen Job eingebracht.

Hol's der Teufel, es war gut, dass ihre Lügerei so plausibel klang. Sich streiten, sich die Köpfe heiß reden und voll aus der Haut fahren, wer kannte das nicht unter Geschwistern? Einem Missionar würde Jessie bestimmt nicht verraten, dass ihr Bruder vorhergesehen hatte, etwas Schreckliches werde passieren. Etwas, das ihn zu Tode erschreckt und dazu gebracht hatte, nach ein paar kryptischen Bemerkungen und einer Warnung den Abflug zu machen.

Such nicht nach mir, Jessie, probier's nicht mal!

Seitdem hatte ein Schatten gereicht, um Jessie zusammenfahren zu lassen. Offenbar mit gutem Grund. Der lachende Narr hatte sie nicht getötet. Aber die Zukunft offenbarte sich weiß Gott in Rätseln.

Verdammt, verdammt, verdammt!

Jessie hatte nur Augen für Silas, der nur Augen für die Straße hatte. Sie sagte sich, nur so könne sie mitbekommen, wenn sich der erste Hinweis auf Unredlichkeit in Silas Smiths energische, viel zu harte Gesichtszüge einschlich. Den Umstand, dass es sie reizte, ihre Wange an seinem markanten Kinn zu reiben, ignorierte sie geflissentlich.

Silas blickte sie an. Selbst hier, im Schutz der Dunkelheit, spürte sie das Gewicht dieses Blickes.

Sofort hatte sie den völlig irrationalen Impuls, mit den Armen ihre Brust zu bedecken. Nicht, dass die Jacke, die sie trug, auch nur den Hauch einer Andeutung unanständig gewesen wäre … Sie musste sich einfach zusammenreißen! Erotische Fantasien mit dem Feind in der Hauptrolle nicht mit ihr.

Keinen träumerischen Blick mehr auf sein zerzaustes Haar, auf seinen Mund und den Schwung seiner Lippen, wenn er sprach, oder …

»Was weißt du über den Zirkel der Erlöser?«, fragte Silas ganz unerwartet. Jessie schüttelte den Kopf, erleichtert über die Ablenkung.

»Den was der was?«

Er runzelte die Stirn. »Es handelt sich um eine terroristische Zelle«, erklärte er, schaltete in einen höheren Gang und gab Gas. Jessie packte den Haltegriff oberhalb der Beifahrertür, als die Fahrerkabine beunruhigend schaukelte. »Terroristen, die eine verdammte Menge erschreckenden Scheiß tun, alles im Namen eines höheren Ideals, das es ihnen erlaubt, über Leichen zu gehen.«

Jessie setzte sich auf, straffte die Schultern. Verflucht, ein Zirkel! »Und Sie glauben, Caleb hängt mit denen zusammen?« Es kostete sie einige Anstrengung, ihre Stimme ruhig klingen zu lassen. Neugierig, doch nicht voller Panik.

Zirkel hieß: mehrere Magiebegabte auf einem Haufen. Mehrere Magiebegabte auf einem Haufen aber hieß, dass die Mission sich einmischen würde. Gemetzel. Hetzjagden. Tod und Verderben.

Energisch schüttelte Jessie den Kopf, die unerschütterliche Treue zu ihrem Bruder in Person. »Ganz sicher nicht. Ganz sicher ist mein Bruder nicht Mitglied einer terroristischen Gruppe, niemals!«

Silas Smith blickte nicht zu ihr herüber. »Vielleicht hast du recht.«

»Nein«, wiederholte Jessie mit fester, lauter Stimme, »nicht *vielleicht!*« Sie verlagerte ihr Gewicht, wurde in den Sitz gedrückt, als ein schwerer Transporter auf der New-Seattle-Tangente an ihnen vorbeirauschte. »Als Caleb dreizehn war, hat er aus Versehen mit seinem Motorrad eine Katze überfahren. Er hat tagelang geheult, Agent Smith. Tagelang! Und Sie wollen mir weismachen, er sei Mitglied einer terroristischen Vereinigung? Vergessen Sie's!«

Jessie konnte sich an den Vorfall gut erinnern. Sie hatte ihren kleinen Bruder im Arm gehalten, während er geschluchzt hatte. Damals hatte sie gewusst, dass es nichts gab, was sie hätte tun können, um ihm zu helfen, ihn zu trösten. Er hatte ihr gesagt, dass er es doch eigentlich hätte kommen sehen müssen. Seine Gabe war ja der Blick in die Zukunft.

Jessie hatte ihm erklärt, so funktioniere es halt nicht. Aber sie war nicht in der Lage gewesen, ihm zu erklären, *warum* das so war. Sie hatte es nie gekonnt, damals nicht und auch später nicht.

»Ein Jahr kann einen Mann ziemlich verändern«, gab der Jäger zu bedenken, unerbittlich wie Granit. Und ebenso zartfühlend.

»Er ist noch kein *Mann!*« Sie machte eine abwehrende Handbewegung und wünschte sich, sie könnte den Hexenjäger aus seinem Pick-up stoßen, gleich jetzt, bei diesem Tempo. »Er ist mein *Bruder*. So sehr könnte er sich gar nicht verändern. Ich sag's noch einmal: Selbst wenn er da ist, wo Sie glauben, ist er keiner von *denen*. Egal, wer *die* nun sind.«

»Wenn du meinst.« Silas blickte auch jetzt nicht zu ihr herüber, sondern schaltete erneut, dieses Mal in einen niedrigeren Gang. Am liebsten hätte Jessie den Steinklotz von Jäger angebrüllt. Stattdessen ließ sie sich in die Rückenlehne fallen und biss die Zähne zusammen.

»Wie ich schon sagte: Wir wollen seine Verbindung zu der Gruppierung nutzen, um sie zu infiltrieren und dann hochzunehmen. Für einen Jungen, der uns dabei hilft, ist da jede Menge drin.«

Hübsche Lippenbekenntnisse, mehr nicht. Jessie erkannte Formulierungen wie diese als das, was sie waren: die Scheu, ein Versprechen zu geben. Wenn die Kirche hinter Caleb her war, wenn er tatsächlich so sehr den Verstand verloren haben sollte, dass er sich allen Ernstes einem Zirkel angeschlossen hatte, hätte er keine Nachsicht zu erwarten – nicht von der Kirche. Ganz egal, wie nützlich er ihr zu sein versuchte. Nein, dachte Jessie, während sie jetzt auch den zweiten Stiefel gegen das Armaturenbrett stemmte. Sie rief sich ins Gedächtnis zurück, dass sie diesen ganzen Mist sowieso niemandem abkaufen würde. Ganz bewusst ignorierte sie, dass der Jäger ihre Art, es sich in seinem Truck bequem zu machen, mit einem Stirnrunzeln quittierte.

Jessie steckte die Hände unter die Achseln. Nachdenklich starrte sie aus dem Fenster. Der Pick-up wechselte erneut die Spur, fuhr jetzt auf eine der mittleren Abfahrtrampen im Karussell auf.

Caleb war es gelungen, seiner Schwester ein ganzes verdammtes Jahr aus dem Weg zu gehen. Es war ihm so vollständig gelungen, als wäre er vom Erdboden verschluckt worden. In dem Schlund verschwunden, dem uralten Tiefseegraben, der sich weit unterhalb der Fundamente der Stadt aufgetan hatte. Auch die Kräfte, die Jessie selbst besaß, hatten ihr nicht weitergeholfen – ihre *Gabe.*

Ihre Gabe war der Blick in die Gegenwart. Eigentlich hätte sie in der Lage sein müssen, Caleb aufzuspüren. Es gab nur zwei Möglichkeiten: Er hatte, egal, wo er gerade war oder was er gerade tat, gelernt, sie abzublocken.

Oder er war tot.

Aber Jessie wusste, sie wusste es einfach, dass er *nicht* tot war.

Das hieß also, dass er sie abblockte. Das beunruhigte sie mehr als alles andere. Er brauchte ihre Hilfe.

Ich sehe den Tod und den lachenden Narren.

Ein Meter fünfundachtzig Hexenjäger mit rauchgrauen Augen und schlankem, gut gebautem Körper reichten sicher, um als Tod durchzugehen. Aber war es überhaupt ihr Tod, den Caleb gesehen hatte? Oder vielleicht sein eigener? Oder hatte er irgendjemand ganz anderen sterben sehen?

Verfluchter Mist! Sie wünschte, sie besäße einen Dekodierungsring für die Zukunft.

In den vergangenen Jahren hatte Jessie immer wieder von Zirkeln reden hören. Als ihre Mutter noch am Leben gewesen war, hatte es tatsächlich noch mehrere gegeben. Aber die Leighs hatten sich niemals einem solchen angeschlossen. Für Lydia Leigh waren die Zirkel so etwas wie Gift gewesen, schrille Neonreklame, die geradezu um die Aufmerksamkeit der Einzigen Kirche bettelte. Die Zirkel, die sich in den großen Städten zusammengefunden hatten, bestanden tendenziell etwas länger, aber nicht viel.

Die Bevölkerung überall auf der Welt war Armageddon verdammt zu nah gekommen, um das ein zweites Mal riskieren zu wollen.

Ob nun im Herzen von New Seattle oder in der Isolation irgendeiner Einöde sonst wo in Amerika, Jessies Mutter hätte jemandem, der zu einem Zirkel gehörte, nicht einmal die Uhrzeit gesagt. Hexenbünde zogen nur Aufmerksamkeit auf sich.

Und Aufmerksamkeit auf sich zu ziehen brachte unweigerlich Hexenjäger auf den Plan.

Und Hexenjagden gingen nie gut aus.

Gerade hatte ihr ein von der Einzigen Kirche bezahlter Killer erzählt, Caleb, ihr kleiner Bruder, der die magischen Kräfte ihrer Mutter geerbt hatte, habe sich einem Zirkel angeschlossen. Darüber hinaus wollte dieser Killer ihr, Jessie, lieber nicht offen sagen, was sie eigentlich sowieso schon wusste: dass Caleb so gut wie tot war, wenn Kirche und Mission erst einmal hatten, was sie von ihm wollten.

Aber Caleb hatte gesagt, er habe sie, seine Schwester, brennen sehen. Mit beiden Händen rieb sich Jessie die Augen. Sie war frustriert, und die Frustration vernebelte ihr das Hirn. Sie hasste diese ganze Zukunftsdeuterei. Und wie!

Ihrer Mutter hatte diese Gabe auch nichts Gutes eingebracht.

»Wir sind da.«

Jessie richtete ihre Aufmerksamkeit wieder auf die Gegenwart. Der Blick aus dem Fenster in diese Gegenwart zeigte Jessie die Aussicht auf einen holprigen Parkplatz. Sie blinzelte. »Wo?«

»Hier bist du sicher.«

»Na, das erklärt alles«, murmelte sie vor sich hin. Sie stieß die schwere Tür des Pick-ups auf, die protestierend in den Angeln quietschte, und sprang leichtfüßig von dem hohen Sitz hinunter. Das Quietschen der Tür hallte über den fast leeren Parkplatz. Versprengt standen ein paar wenige Wagen auf dem Asphalt, dessen unzählige Löcher mit Kies gefüllt waren. Die Wagen passten zu dem heruntergekommenen Platz, waren verbeult, ramponiert, vielleicht gar nicht fahrtüchtig. Der Jäger umrundete den Kotflügel und hinkte dabei stark wegen seines verletzten linken Knies.

Die Welle aus Mitgefühl für diesen harten Mann, die Jessie so unerwartet wie unerwünscht überflutete, ließ sie vor sich selbst zurückschrecken.

Der Jäger hatte noch immer dieses grausame, unversöhnliche Glitzern in den Augen, als er sich ihr näherte. Ein Blick, der Gefahr bedeutete. Mitgefühl? Jessie bezweifelte, dass Silas Smith dieses Wort überhaupt kannte. Das durfte sie auf keinen Fall vergessen. Besonders dann nicht, wenn sich in ihr Gefühle sammelten wie Sonnenwärme an einem geschützten Ort. In der Nähe eines Jägers hatte das nichts zu suchen: die Gefühle nicht, die Wärme nicht, nicht einmal der Gedanke daran.

Jessie duckte sich unter seinem Arm hindurch, als er über ihrem Kopf die Hand auf die Beifahrertür legte. »Wir bleiben hier für die Nacht«, sagte der Jäger. Wenn er bemerkt haben sollte, dass sie schreckhaft wie ein Kaninchen war, ließ er sich das nicht anmerken. Er schlug die Tür zu und musste kräftig zulangen, um die schwergängigen Angeln dazu zu bewegen, ihre Arbeit zu verrichten. Dann ging er voraus, ohne sich nach Jessie umzusehen.

Wahrscheinlich hatte ihm die Ermordung eines seiner Opfer das Hinken eingebracht.

Dieser Gedanke mit all seiner Kälte half Jessie, ihr inneres Gleichgewicht wiederzugewinnen. Sie machte, dass sie zu dem Jäger aufschloss. »Wohnen Sie hier?«

»Nein, ein Freund.« Er öffnete die Abdeckplatte aus Metall, die neben einer schmucklos-unauffälligen Eingangstür in die Mauer eingelassen war. Rasch tippte er einen Code ein. Ein Klicken war zu hören, das Zischen entweichender Luft, dann sprang die Tür auf.

Jessie hob eine Augenbraue. »Na, vom Feinsten.« Und sicher sehr teuer. Sie hatte schon einiges an Sicherheitsvorkehrungen in den mittleren Ebenen kennengelernt, aber das hier übertraf alles.

Offensichtlich war die Einzige Kirche nicht gerade knausrig, wenn es um ihre eigenen Leute ging. Prima.

Der Fahrstuhl hatte einen eigenen Code. Jessie entging nicht, dass der Jäger das Eingabefeld sorgfältig mit seinem Körper abschirmte. Sie bekam die Zahlenkombination nicht mit. Ein cleveres Kerlchen. Er ging einem tierisch auf den Geist, war aber nichtsdestotrotz clever.

»Das hier ist der sicherste Ort, den es für dich gibt. Also, tu mir bitte einen Gefallen ...«, meinte Silas, als sie die Fahrstuhlkabine betraten. Der Fahrstuhl gab ein hohl klingendes Seufzen von sich, sackte ein winziges Stück nach unten weg, ehe er sich mit einem Ruck in Bewegung setzte und nach oben schnurrte.

»Welchen?«, fragte Jessie und griff nach dem Handlauf.

»Bleib hier, zumindest lang genug, um dich auszuruhen! Morgen treffen wir uns mit den anderen, und dann beginnen wir mit der Suche nach deinem Bruder.«

Mit den anderen? Alarmglocken schrillten in Jessies Verstand los. »Moment mal ...«

Der Jäger packte sie am Arm. Ihr Magen machte einen merkwürdigen Satz und schaltete jegliches Alarmschrillen in ihrem Verstand aus.

»Nur eine Nacht, Jessie«, sagte der Jäger ruhig. »Gib mir wenigstens das!«

Es klang wie ein Versprechen. Oder ein Angebot. Eine Nacht voller stöhnender, schweißtreibender Fleischeslust. Sie wusste ohne den Hauch eines Zweifels, dass sie es genießen würde, es mit Silas Smith zu treiben.

Sie blickte ihm direkt in die Augen. Mit einem Mal war sie unglaublich froh, dass er nicht ihre Gedanken lesen konnte.

Agent Silas Smith hob die schwielige Hand und berührte mit einem Finger ganz sanft die frische Kruste in Jessies Mundwinkel. »Lass mich zumindest das da wiedergutmachen.«

Das Blut, das vor Müdigkeit viel zu träge durch ihre Adern floss, kochte und brodelte plötzlich. Die Stimme des Jägers strich rau über Jessies Haut, eine seltsame Mischung aus rauchigem, torfigem Whiskey und Samt. Es waren nur ein paar Zentimeter. Nur ein paar Zentimeter trennten ihre Lippen von seinem Mund.

Wie wohl die Küsse eines Hexenjägers schmeckten?

Der Umstand, dass sie sich allen Ernstes diese Frage stellte, genügte schon. Sie zwang sich dazu, ein Gähnen vorzutäuschen, das sie trotz aller Müdigkeit nicht wirklich fühlte. Eine Nacht allein mit Silas Smith, dem Hexenjäger? Nur um dann am nächsten Morgen noch mehr Hexenjägern gegenüberzustehen?

Der Kerl tickte doch nicht richtig!

»Okay«, log sie, »eine Nacht.«

KAPITEL 3

Nur eine Nacht noch, und er hätte diese Charade hinter sich. Die Schwester des Hexers würde Leuten übergeben, die weitaus besser als er auf nett machen konnten. Er bräuchte dann nur noch abzuwarten, bis der Befehl zur Liquidation bei ihm ankam.

Oder, sehr viel besser noch: Silas würde machen, dass er aus dieser beschissenen Stadt herauskäme und so viel Distanz wie möglich zwischen sich und alles legen, was mit ultralangen Beinen und bernsteinfarbenen Augen zu tun hatte. Er war einfach nicht für den Umgang mit Zivilisten gemacht. Das hatte er noch nie gekonnt.

Silas schloss die Tür hinter ihnen. Er legte den Daumen auf den elektronischen Sensor und wartete auf das unverkennbare Klicken der Türverriegelung.

»Nur so aus Neugier: Warum treffen wir morgen noch mehr von Ihren Leuten?«

Silas drehte sich um und sah Jessie die Wohnung begutachten. Ihre Hände stützte sie in Hüfthöhe auf die eng sitzende Jeans. In der Wohnung gab es nicht viel zu sehen. Der Teppichboden war abgetreten und hatte bereits erste Löcher. Seine melierte Unfarbe passte nicht zu der schäbigen, ausgeblichen roten Couch, die fast eine ganze Wand an der Schmalseite des Raumes einnahm. Zu Jessies Linken wechselte der Bodenbelag von Teppichboden zu brüchigem, von Kratzern zerfurchtem Linoleum und führte in die winzige Küche. Neben den alten Küchengeräten unter der einzigen Arbeitsfläche fanden dort vielleicht gerade einmal zwei Personen Platz.

Schmale, mit Vorhängen verhängte Fenster, zwei Türen, dazwischen ein paar Beistelltische, auf denen rein gar nichts lag; mehr gab es nicht zu sehen. Silas beobachtete, wie Jessie das alles mit einer zweifelnd hochgezogenen Augenbraue in sich aufnahm und ihm dann einen skeptischen Blick zuwarf.

»Mehr gibt's nicht«, bestätigte er die stumme Frage in diesem Blick. Aber um seinen Mund zuckte es. Ganz schön mäkelig für eine Stripperin. Silas schälte sich aus seiner Jacke, warf sie über die Rückenlehne der Couch und humpelte in die winzige Küche hinüber. »Im Grunde ist der Zirkel der Erlöser eine ganz typische Terrororganisation. Aber weil er weltweit operiert, ist er so gefährlich. Wenn's darum geht, kleinere, nur für ein bestimmtes Operationsgebiet definierte Ziele zu erreichen, spaltet sich der Zirkel in einzelne Zellen auf.«

»Mhm-hmm!«

Das charakteristische Knacken verriet, dass Silas die Kühltruhe öffnete. Er schnitt eine Grimasse, als er darin nichts als gefrorene Fertiggerichte fand.

»Es gibt Plastik und Pappe zum Abendessen, falls du Hunger hast.«

»Keinen Hunger.« Jessie verzog das hübsche Gesicht. »Ich habe schon bei der Arbeit gegessen.«

Silas griff sich einen der Plastikbehälter und humpelte zurück zur Couch. Bei jedem Schritt mahlten die Knochen in seinem Knie wie schwere Mühlsteine aufeinander. Silas stöhnte vor Anstrengung, als er sich in die durchgesessenen Polster der Couch fallen ließ. Kaum dass er saß, legte er sich die Tiefkühlmahlzeit auf das verletzte Knie. »Scheiße noch mal«, murmelte er. Halb war es Protest, halb Erleichterung, als das Brennen der Eiseskälte sich mit Windeseile durch den pochenden Schmerz in seinem Knie fraß. Silas schloss die Augen. »Also, es ist ganz einfach: Wir treffen uns deshalb mit noch mehr Agenten, weil es auch mehr als nur ein paar böse Jungs gibt. Glaub mir: Eine ganze Gruppe von Zielpersonen alleine anzugehen, ist nicht gerade ein Ticket zum Überleben.«

»Wie viele sind es denn?«

»Mitglieder im Zirkel? Wir wissen es nicht genau.«

»Nein, ich meine: Agenten.«

Normalerweise waren es mindestens vier: der Einsatzleiter, der

Techie, also der technische Überwachungsspezialist, verantwortlich für den ganzen computergestützten Kram, und zwei Agenten, die den Einsatz durchführen. Silas nahm an, dass sich auch das in den letzten vierzehn Jahren nicht geändert hatte. Aber ganz sicher war er nicht.

Ohne hinzusehen, spürte er die Holzperlen um sein Handgelenk. Totes Gewicht.

Mühsam blinzelte er unter einem Auge hervor und stellte fest, dass Jessie ihn beobachtete. Geduldig. Sie versuchte ihn einzuschätzen. Jedenfalls sofern er das Rattern der Rädchen nicht missdeutete, die offensichtlich eifrig unter der Rothaar-Perücke arbeiteten. »Wahrscheinlich vier, möglicherweise fünf.«

Jessie presste die Lippen zusammen. Lange und unverwandt musterte sie sein Gesicht. Dann blickte sie auf sein Knie. Silas lachte grimmig in sich hinein. Jetzt war wahrscheinlich nicht der passende Moment, um sie zu fragen, ob sie nicht für ihn tanzen wolle.

Sie musterte ihn auf dieselbe Art und Weise, wie sie das Apartment unter die Lupe genommen hatte. Silas war sich nicht sicher, ob er sie hatte beeindrucken können. Verletzter Stolz nagte den Bruchteil einer Sekunde an ihm, dann fand er sich damit ab.

»Warum haust du dich nicht aufs Ohr und schläfst 'ne Runde …?«, sagte er. Es war kein Vorschlag. Er tat nicht einmal so, als hätte sie eine Wahl. Sie runzelte die Stirn, also fügte er hinzu: »Du kannst das Bett haben.«

Dieses Mal war das Lächeln echt. »Die Couch da ist ganz schön schmal.«

Das stimmte. Und dem Sitzgefühl nach waren die Polster mit Steinen gefüllt. Aber Silas schloss wieder die Augen und zuckte mit den Schultern. »Ich kann überall schlafen. Aber du musst das heute nicht. Ich wecke dich dann morgen früh.«

Wenn Stille Worte hätte, dann würde er jetzt einen sehr genervten Monolog halten. Er hielt die Augen geschlossen und zwang sich, entspannt zu wirken, obwohl er Jessies Blick wie ein Tonnengewicht auf sich liegen spürte. Sein Knie zickte herum, bombardierte ihn mit gleißendem Schmerz; bei jedem Atemzug bohrten sich die kaputten Sprungfedern der Couch in seinen Rücken, und diese verwünschte Neoprenjacke von ihr würde sich mit Sicherheit wie Geschenkpapier herunterschälen lassen.

Schließlich, als sich das Schweigen zwischen ihnen unangenehm lang ausdehnte, die Spannung zu groß wurde, holte Silas Luft, um …

Irgendetwas. Sag einfach irgendetwas! Warne sie, bring sie dazu zu kooperieren! Quatsch ihr ihre Neoprenjacke und ihre Jeans vom Leib und alles andere, mach endlich, dass sie hier neben dir auf dieser hässlichen, unbequemen Couch landet!

Aber was schließlich herauskam, klang wie ein Knurren: »Ich bin echt nicht in der Stimmung, mich zu unterhalten, Jessie. Wenn du also Gesellschaft möchtest, wäre es am besten, du ziehst dich aus.«

Jessies Schweigen veränderte seine Qualität; es wurde schärfer. Bissig.

Er hörte ihre Stiefelsohlen über den Teppich schrappen, eine Tür knarren. Mit einem Klicken wurde die Schlafzimmertür ins Schloss gezogen. Sie wurde nicht zugeschlagen, was Silas als Reaktion erwartet hätte. Frustriert stieß er langsam den Atem aus.

Nett. Richtig nett. Weiter so, und es wären nicht die Magiebesessenen, die ihm bei dieser Mission das Leben schwer machen würden, sondern seine eigene verdammte Ungeduld. Es musste ihm endlich gelingen, sich für diese Lachnummer einer Operation zusammenzureißen. Sonst verlöre die Mission noch die einzige Spur zu Caleb Leigh.

Und Naomi würde ihm den Arsch aufreißen.

Silas öffnete die Augen und betrachtete das Muster aus Stockflecken an der Decke. Nicht einmal ein Tag in Jessica Leighs Gesellschaft, und schon hatte Silas einen Zivilisten verletzt. Nun, nicht so direkt, klar. Aber es war seine Schuld, dass der Drecksack Jessie überhaupt aufgelauert hatte, sie sogar angefasst hatte. Ihr einen Faustschlag auf die vollen Lippen verpasst hatte.

Jessie, das war sein Plan gewesen, sollte eigentlich nicht in die Sache hineingezogen werden.

Genauso wenig wie ein anderes Mädchen, zu einer anderen Zeit. Bei einer anderen Mission.

Silas streckte sich auf der Couch aus. Er zuckte zusammen, als sein Knie augenblicklich schmerzhaft protestierte. Der Schmerz bohrte sich ihm nicht so tief ins Herz wie die Erinnerungen, die Silas aus den schmutzig braunen Flecken an der Decke herauslas. Trotzdem war der Schmerz heftig genug, um seinem Gedächtnis auf die Sprünge zu helfen.

Das beschissene Knie wollte einfach nicht richtig heilen. Teilweise, so vermutete er zumindest, weil sich Silas nie lange genug ausruhte, um den Sehnen die Zeit zu geben, wieder zusammenzuwachsen. Zum Teil aber auch, und das war keine Vermutung, weil er einfach beschissen zu alt für diesen Job wurde. So viele Jahre im Dienst der Mission forderten eben ihren Tribut, körperlich wie seelisch.

Zu viel Zeit in Gesellschaft von Missionaren und Hexen zu verbringen, hatte in jedem Fall die Synapsen in der für Höflichkeit zuständigen Gehirnregion völlig gelähmt.

Andererseits reichte ja schon Jessies weiblich-schlanker Körperbau, um seinen Verstand zu Matsch zu verkochen.

»Meine Fresse!«, murmelte er und warf die langsam, aber sicher aufgetaute Packung mit Fertignahrung neben sich auf die Couch. Mühsam berappelte er sich und kam auf die Füße. Er fühlte sich wie der letzte Idiot, wie er so über den schäbigen Teppich humpelte.

Leise klopfte er an die Schlafzimmertür.

Keine Reaktion. Er zuckte zusammen. »Jessie?« Er kam sich dämlich vor, wie er da vor der Tür stand, mehr wie ein verknallter Teenager als wie ein erwachsener Mann. »Schläfst du schon?«

Erleichterung rang mit Schuldgefühlen, als von ihrer dunklen, rauen Stimme hinter der Tür nichts zu hören war. Wahrscheinlich saß sie ganz Furie im Bett und war auf Hundertachtzig.

Eines war klar: Er hätte trotzdem nicht so mit ihr reden dürfen. Es machte die ganze Sache eher noch schlimmer. Silas verdrehte die Augen gen Decke und sagte brummig: »Ich wollte mich entschuldigen.

Für vorhin. Für meinen …« – tja, was? Meinen Vorschlag, mein Angebot, *meine Fantasien?* – »… unpassenden Kommentar.« Er rieb sich mit der Hand übers Gesicht. »Du hast einiges einstecken müssen.«

Immer noch keine Reaktion. Alles, was zu hören war, war der Regen, der gegen die Fenster in Silas' Rücken trommelte. Silas wandte sich von der Tür ab, kopfschüttelnd.

Dann zögerte er.

Ganz langsam drehte er sich wieder zur Tür um. Ein winziger Zweifel regte sich in seinem von der Mission ausgebildeten Verstand.

Jessica Leigh war Stripperin. Sie hatte gelernt, es zu einer verdammten *Kunst* entwickelt, außerhalb der Gesellschaft und damit auch außerhalb von deren Schutz und Annehmlichkeiten zu leben. Nur mit viel Glück hatte Silas Jessie überhaupt finden können. Er hatte ihr erzählt, dass er für die Regierung arbeite. Das war wahrscheinlich mehr Schutz und Annehmlichkeit von Seiten der Gesellschaft, als sie an sich heranzulassen gewillt war.

Silas riss das dünne Türblatt auf, wusste aber schon, was ihn dahinter erwarten würde. Wind trieb Regen durch das weit geöffnete Fenster herein und hatte die billigen Vorhänge beiseitegeweht. Das Licht, das für die mittleren Ebenen der Stadt charakteristisch war, fiel in den Raum hinein und auf ein schmales, von seiner Bettwäsche entblößtes Bett. Wie ein Scheinwerfer beleuchtete es das improvisierte Seil, das fest um den Heizkörper unterhalb des Fensterbretts geschlungen war. Der überbeanspruchte Heizkörper knarzte und ächzte metallisch.

Unglaublich! Überraschung, Resignation und purer Zorn vermischten sich miteinander, als Silas mit vier langen Schritten beim Fenster war. Sein Blick folgte dem vor dem schmutzigen Grau der Fassade gut erkennbaren Weiß des Bettzeugs wie ein Suchscheinwerfer.

Jessies behelfsmäßiges Seil hatte ihr nur ein Stockwerk auf dem Weg nach unten eingebracht. Jetzt baumelte sie verdammt viel zu hoch über dem Bürgersteig.

»Jessie!«

Sie blickte zu ihm hoch. Silas sah, wie sie entschlossen die Zähne zusammenbiss, das blasse Oval ihres Gesichts leuchtete im scharfen Licht eines Blitzes hell auf. Zum Schutz vor dem Regen, der um Jessie herum gegen die Hauswand schlug, senkte sie wieder den Kopf. Sie streckte ein Bein vor, suchte mit dem Stiefel Halt auf einer schmierig-schmutzigen Fensterbank.

Dummes Weibsstück! Silas packte das Betttuch mit beiden Händen. »Halt dich fest!« Der Stoff spannte sich, als Silas sich gegen das Fensterbrett stemmte.

Er musste nicht groß raten, was wohl passiert sein könnte, als das Laken in seinen Händen plötzlich schlaff wurde. Die Kraft, mit der er sich gegen Jessies Gewicht gestemmt hatte, ließ ihn jetzt rückwärtstaumeln. Das Lakenende peitschte durchs Fenster und gegen Silas' Brust. Er ließ es fallen; und es landete als durchnässtes Knäuel auf dem Teppich. Silas verzog das Gesicht, als es in seinem Knie scharf knackte und ein greller Schmerz ihn durchzuckte. Dennoch war Silas gleich darauf erneut am Fenster und starrte die Hauswand hinunter.

Jessie klammerte sich an das Fallrohr an der Mauer. Zum Teufel noch mal, was verflucht wollte die Kleine denn beweisen?

»Verdammt, rühr dich jetzt ja nicht vom Fleck!«, brüllte Silas hinunter.

Das Licht leuchtete auf den Kupfersträhnen in Jessies Haarschopf, als sie ihren Kopf zurücklegte und zu ihm hinaufblickte. Sie kniff die Augen zusammen.

Und dann ließ sie los.

Silas wurde es eng um die Brust, als er Jessie wie einen Stein fallen sah. Sie war noch nicht unten auf dem Pflaster aufgeschlagen, da hastete er bereits in Richtung Tür.

Das würde echt wehtun. Aber Jessie wusste das, als sie den Pflastersteinen entgegenfiel.

Weil sie es wusste, war sie auf den Aufprall vorbereitet. Bewusst zwang sie sich, alle Muskeln zu entspannen. Gleich würde sie unten auftreffen, schwer aufschlagen bei dieser Geschwindigkeit. Beim Aufprall schoss Schmerz ihre Beine hoch, aber da rollte sich Jessie auch schon ab. Mit dem Rücken lag sie auf dem Asphalt, die Welt um sie herum drehte sich. Füße und Beine, die die meiste Aufprallenergie abbekommen hatten, pochten und fühlten sich taub an. Aber Jessie hatte keine Zeit, darüber nachzudenken, wie weh sie sich getan hatte. Sie rollte sich zur Seite und stemmte sich hoch.

Sie musste unbedingt zum Stadtkarussell zurückfinden. Die Stadt war einem in sich gedrehten Kuchen aus Metallscheiben vergleichbar, einem sich nach oben verjüngenden Gewinde. Zur Basis hin wurden die tieferen Ebenen der Stadt immer breiter und jede Ebene, außer an ihrem äußersten Rand, immer lichtloser und dunkler. Jessie aber wusste genau, wie man sich in den finsteren Tiefen der sonnenlosen Straßen gleich über den eingeschlossenen, zugedeckelten Überresten des alten Seattle verbergen konnte.

Fußgänger waren auf dem Karussell nicht erlaubt. Aber es gab in dessen Nähe Treppen, die sich durch den Beton und den Stahl bohrten, um die einzelnen Ebenen der Stadt und das Netz ihrer Straßen miteinander zu verbinden. Besser noch: Die Treppen steckten in Betonröhren, sodass die Bessergestellten aus den Oberebenen die Fußgänger aus den Mittel- und Unterebenen dort vom Labyrinth der verkehrsführenden Trassen aus nicht zu Gesicht bekamen.

Mit ein bisschen Glück würden der Missionar und seine Freunde vermuten, Jessie wäre zu ihrer alten Wirkungsstätte zurückgekehrt. Schließlich war das der einzige sichere Ort, den sie deren Meinung nach kannte. Vielleicht hätte Jessie das unter anderen Umständen auch tatsächlich getan. Aber nicht dieses Mal. Sie musste wieder einmal ganz von vorn anfangen.

Sie brauchte ein paar Versuche, aber ihre Beine erinnerten sich schließlich doch daran, wie sie sich, ehe sie den Asphalt geküsst hatte, auf ihnen fortbewegen konnte.

Der Regen hämmerte der Stadt mit seinem Tropfenhagel Demut ein; sie kapitulierte. Die Sicht war gleich null. Jessie senkte den Kopf und rannte in Richtung der nächsten Straße los. Hoffentlich hatte sie sich nicht verschätzt, was die Entfernung des schmuddeligen Häuserblocks zu dem Schnellstraßensystem anging, das New Seattle umgab, als wände sich eine Schlange an der Stadt empor.

Eines der anrüchigen Motels, in dem Jessie im Notfall Unterschlupf suchte, lag in guter Deckung etwa zwei Stadtetagen unterhalb der Ebene, in der sich das Perch befand. Diese Kaschemmen waren abgeranzt genug, um eine stundenweise Bezahlung zu verlangen, und schäbig genug, dass Jessie dort nicht um ihr letztes Geld feilschen musste. Auf eine der höheren Stadtebenen zu wechseln kam nicht in Frage. Es war einfach zu weit. Außerdem gab es dort Sicherheitskontrollen und elektronische Sicherheitsanlagen mit Elektroschockfunktionen, die auf »Maximale Abschreckung« eingestellt waren. Jessies Überlebenswahrscheinlichkeit wäre deutlich niedriger.

Weil sie all ihre Habe beim Perch hatte zurücklassen müssen, war sie sowieso im Nachteil. Es würde sie viel Anstrengung kosten, die mit dem Rucksack verloren gegangenen Ressourcen wieder zusammenzutragen. Aber sie könnte es schaffen, und sie würde es, keine Frage. Sie hatte es ja auch früher schon geschafft.

Geduckt rannte sie in eine schmale Gasse. Ihre Lungen brannten, als sie versuchte, Atem zu holen. Mit einer Hand wischte sie sich das nasse Haar aus dem Gesicht. Erst jetzt bemerkte sie, dass wirre, verfilzte Strähnen um ihren Kopf lagen. Irgendwann, irgendwo hatte sie also die Rothaar-Perücke verloren, vielleicht beim Aufschlagen auf dem harten Pflaster. Jessie zerbiss sich einen Fluch auf den Lippen.

Sie fühlte sich, als wäre sie nackt. Es war sehr viel Zeit vergangen, seit sie sich das letzte Mal mit ihrem eigenen, echten Haar auf der Straße hatte blicken lassen. Trotzdem, mehr als zehn Schritt weit konnte man bei diesem Wetter nicht sehen. Es gab niemanden auf der Straße, der sie gut genug sehen könnte, um auf ihrer Spur zu bleiben. Oder doch?

Der Gedanke machte sie nervös.

Sie zog den Kopf tief zwischen die Schultern und stellte den Kragen ihrer Jacke hoch. Aber außer zu laufen, als wäre der Teufel hinter ihr her, gab es nichts, was sie hätte tun können.

Und wegzulaufen, darin war sie richtig gut.

Sie hinkte leicht, ignorierte aber das böse Stechen in ihren Knöcheln. Sie hastete die Gasse entlang, sprang über vom Regen durchgeweichte Abfallhaufen und weggeworfene Plastikverpackungen. Vor dem Regen, der Jessie nadelspitz ins Gesicht schlug, kniff sie die Augen zusammen und blinzelte in die Lichter New Seattles, die grell den Regen durchdrangen.

Schicht auf Schicht Menschengemachtes. Zement und Stein, Fundamente aus Metall, gläserne Wolkenkratzer ganz oben, wie aus einer absonderlichen, verqueren Märchenwelt. Jessie konnte die funkelnden Türme der oberen Ebenen in dem wütenden Unwetter nicht erkennen. Aber das war auch gar nicht nötig: Sie wusste auch so, dass die Türme da waren. Sie waren die Grenzposten der Zivilisation, die Wächter der Gläsernen Stadt.

Neue Hoffnung für die ums Überleben kämpfende Menschheit.

Jessie verzog den Mund. Sie hatte nie vorgehabt, in die Geburtsstadt ihrer Mutter zu kommen. Es war allerdings einfacher, sich in einer großen Metropole zu verstecken als woanders. Dieser Grundsatz galt erst recht für eine Metropole, die derart geteilt, zerteilt und in sich gespalten war wie New Seattle. Jahrelang schon war Jessie hier untergetaucht, das Chaos des Molochs ihre Deckung, und immer noch hatte Jessie den weiten Mantel aus Anonymität nicht verschlissen, den die Stadt ihr bot.

Caleb hatte nie gern hier gelebt. Vielleicht war am Ende das der Grund, warum er gegangen war.

Möglicherweise war er noch nicht bereit dafür, von der Hand in den Mund zu leben, von einer rattenverseuchten Wohnung zur nächsten zu ziehen, zu arbeiten, zu stehlen und davonzulaufen. Der Gedanke versetzte Jessie einen Stich ins Herz. Vielleicht hatte sie alles falsch gemacht, alles von genau dem Moment an, an dem sie ihre Mutter tot, ermordet, aufgefunden hatte, in den großen Ofen ihrer eigenen Bäckerei gesteckt wie ein nutzlos gewordenes Stück Gepäck.

Scheinwerferkegel rissen Jessie aus ihren Erinnerungen, Sekundenbruchteile bevor sie über die Bordsteinkante auf die Fahrbahn stolperte. Ein schwerer Lastwagen schoss mit halsbrecherischer Geschwindigkeit heran; das wütende Geheul seiner Hupe gellte durch Jessies Schädel und hallte wie Trommelschlag in ihrer Brust wider.

Instinkt steuerte reaktionsschnell ihre Bewegungen. Den rauen Schrei, der sich ihrer Kehle entrang, vermochte Jessie nicht zu unterdrücken. Mit diesem Schrei schrak sie vor der Hauptstraße zurück. Sie taumelte rücklings fort von den Fahrzeugen, die mit gedankenloser Gleichgültigkeit an ihr vorbeirauschten. Jessie prallte mit dem Rücken gegen die Ecke eines alten Gebäudes aus rötlich braunem Sandstein, drückte sich schutzsuchend an die raue Mauer. Schmutzwasser von der Straße spritzte Jessie über die Beine, als ein Auto nach dem anderen die Abfahrt vom Karussell herunterfuhr.

»Idiot!«, brüllte Jessie und wusste, dass ihr empörtes Wettern nichts helfen würde.

Zitternd richtete sie sich jetzt, die Mauer immer noch als Stütze im Rücken, aus der zusammengekauerten Haltung auf. Hier und jetzt: Sie musste sich konzentrieren. Sie konnte es sich nicht leisten, mit den Gedanken woanders als in der Gegenwart zu sein.

Sie musste zu den Treppen jenseits der achtspurigen Schnellstraße hinüber, diese Treppen sechs Ebenen hinuntersteigen, dann in östlicher Richtung auf die Mietskasernen zulaufen und dabei immer schön im Schatten Deckung suchen. Wenn es ihr gelänge, in den verwahrlosten unteren Ebenen unterzutauchen, wäre alles gut.

Immerhin hatte sie jetzt eine Spur, die sie zu Caleb führen würde jedenfalls, wenn das stimmte, was Silas ihr erzählt hatte. Sie nämlich bräuchte keine fremde Hilfe, um ihren Bruder zu finden. Wie schwer konnte es schon sein, einen Zirkel aufzuspüren? »Weil das zu tun, ja auch nicht wirklich das Allerdümmste wäre«, seufzte sie und wischte sich eine patschnasse Haarsträhne aus dem Gesicht. Jessie begutachtete den stetigen Verkehrsfluss, passte den richtigen Moment ab und spurtete über die erste Fahrbahn. Die Verkehrsdichte hatte gerade kurz genug abgenommen, dass eine Lücke im unablässigen Strom der Autos ihr das Überqueren erlaubte.

Als sie zwei Fahrbahnen weiter war, hörte sie Silas Smith ihren Namen brüllen.

Sie ruderte mit den Armen, um das Gleichgewicht zu behalten, während sie rasch einen Blick über die Schulter zurückwarf. Sie sah Silas die Gasse, durch die sie selbst gekommen war, gerade verlassen. In seinem Gesicht stand Mordlust. »Was zum Henker tust du da?«, brüllte er.

Jessie biss die Zähne zusammen und sprang durch die Lücke zwischen zwei Autos zur nächsten Fahrbahn. Ehe sie noch ihr Gleichgewicht wiedergefunden hatte, tat sich dort die nächste Lücke im Verkehr auf. Jessie ergriff ihre Chance sofort.

Der Seitenspiegel eines rostigen Gütertransporters erwischte sie, untermalt von einem wütenden Dauerhupton. Jessie wurde herumgewirbelt und gleichzeitig vorwärts auf die nächste Fahrbahn gestoßen. Unkontrollierbar taumelte sie in den Lichtkegel eines heranrasenden Sportwagens. Und sämtliche Klischees wurden wahr: Ihr gesamtes Leben lief vor ihrem inneren Auge ab.

Bisschen dünn, meine ganze Geschichte, dachte sie noch und wappnete sich gegen den Schmerz, der gleich kommen musste.

Starke Arme umfassten sie auf Brusthöhe, rissen sie zurück. Durch den Schwung schleuderte es Jessies Beine hoch in die Horizontale. Sie kreischte auf, als Stiefel und Jeans an der Goldlackierung der Sportwagenkarosserie entlangschrammten. Damit Jessie nicht mitgerissen wurde, bedurfte es gewaltiger Kraftanstrengung. Sie hörte Silas etwas in ihr Ohr fauchen, während er sie umfasst hielt. An ihrem Rücken spürte sie seine angespannte Muskulatur an Brust und Bauch, spürte seine Armmuskeln wie ein Stahlband um ihre Brust. Irgendwie, während sich die Welt in ein vor den Augen verschwimmendes Chaos aus Gliedmaßen, Blech und Asphalt verwandelte, gelang es Silas, sie beide in die Gasse hineinzuretten, von der Jessie gerade eben erst gestartet war. Gebäudeschatten verschluckten die Lichtkegel der Scheinwerfer,

Jessie ging die Puste aus, und dann spürte sie in ihrem Rücken Beton, der langsam, aber sicher zerbröselte.

Der Schock sickerte durch Jessies Muskelfasern und verwandelte sich beim Blick in Silas' hartes, wutverzerrtes Gesicht in Eiswasser. Undeutlich registrierte in ihr etwas die Scheinwerferkegel vorbeifahrender Autos, die in viel zu kurzem Abstand aufeinander über sie beide hier unten auf dem Pflaster der Gasse hinweghuschten. Daneben bemerkte Jessie nur noch, dass der Geruch von regennassem Straßenschmutz und Abgasen ihr das Atmen schwer machte. Irgendwo in Jessies Hinterkopf mahnte sie eine dringliche Stimme aufzuspringen. Wegzulaufen.

Aber alles, was sie mit ihren Sinnen wahrnahm, waren Silas' Hände, die sie rechts und links von ihrem Kopf auf dem Straßenbelag festnagelten, und ihr eigener Herzschlag. Ihr Herz schlug im Stakkato gegen ihre Rippen.

»Was«, presste Silas hervor, und sein Blick brannte sich in Jessies Augen, »zum Teufel noch mal sollte das?«

Jessie befeuchtete die Lippen mit der Zunge. Sie schmeckten ganz leicht nach saurem Regen. »Ich dachte …«

»Lass es!«, unterbrach er sie grob. Er packte sie vorn an ihrer Jacke und zog sie mit einem brutalen Ruck hoch auf die Füße.

Mühsam holte Jessie Luft. »Was soll ich lassen?« Wut und Adrenalin trieben sie an, als sie sich gegen Silas' Brust stemmte, Muskeln unnachgiebig wie Fels. Aber sie wollte sich von ihm losmachen, koste es, was es wolle. »Zu denken? Vor einem Verrückten zu fliehen, der … Verflucht, lass mich los!« Jessie hob das Kinn und starrte Silas ins Gesicht.

Vom Regen war er tropfnass. Eigentlich hätte das komisch wirken müssen. Oder zumindest weniger bedrohlich. Das dunkle Haar klebte ihm am Kopf, Regenwasser rann von den Haarspitzen über die Stirn und tropfte ihm in die Augen. Er blinzelte nicht einmal, als er Jessie mit seinem Blick durchbohrte. Aufzuckende Blitze und Scheinwerferlicht erhellten die Gasse und tauchten Silas in ein dämonisches Orange und

Gold. Sein durchtrainierter, schlanker Körper, seine ganze schmale Gestalt schrie Jessie Anspannung entgegen. Die Spannung ging von jedem seiner geschmeidigen, gut trainierten Muskeln aus.

»Lass es!«, wiederholte er, und in den beiden Silben schwang etwas Ungezügeltes, Ungezähmtes mit, das irgendwo ganz tief in seiner Seele verborgen lag.

Jessie ballte die Hände zu Fäusten. »Fahr zur ... !«

»Verflucht und zugenäht«, stieß er rau hervor und packte ihr Gesicht mit beiden Händen. Ehe Jessie auch nur einen einzigen Gedanken fassen, reagieren oder auch nur *atmen* konnte, drückte Silas ihr die Lippen zu einem Kuss auf den Mund. Neben diesem Kuss existierte nichts mehr außer Hitze, die ungestüm durch Jessie hindurchschoss.

Es war seltsam. Der Kuss war beinahe schmerzhaft, jetzt, wo ihr Kopf so heftig in den Nacken gedrückt wurde und die Schultern brutal gegen eine Hausmauer gepresst waren. Der Kuss war wütend, wurde ihr aufgezwungen. Der Kuss hätte sie in Angst und Schrecken versetzen müssen.

Stattdessen legte er die Lunte an ein Pulverfass.

Erregung jagte von ihren Lippen hinunter zu ihrer Scham und ließ pulsierende Wärme zwischen ihren Beinen explodieren. Das ging so schnell, war so umfassend, dass Jessie aufkeuchte. Silas drängte nach, der Laut Bestätigung für ihn. Er schmeckte die feuchte Hitze ihrer Lippen, ihres Mundes und stöhnte auf. Das Stöhnen war so verzweifelt hungrig, so fordernd wie seine vor Anspannung steifen Finger, die sich in Jessies verfilztes Haar krallten.

Silas setzte jeden Nerv, jede Faser unter ihrer nassen Haut unter Strom, bis sie unter seinen Händen zuckend zum Leben erwachte. Bis sie sich unter seinem brutalen Ansturm nach ihm verzehrte.

Ihre Fäuste krallten sich in sein dünnes T-Shirt; der Stoff spannte sich über der muskulösen Brust. Jessies Hände schoben das Shirt hoch, bis da nur noch nackte, warme, feuchte Haut über gut ausmodulierten Muskeln war.

Ihr Lustseufzer nährte seine Begierde; er schob seine Zunge in ihren

Mund. Der Kuss hatte nichts Subtiles, nichts Sanftes oder Zärtliches. Silas verführte Jessie nicht, er nahm sie, beanspruchte sie, zwang seine Zunge zwischen ihren Lippen hindurch, als ob er jedes noch so kleine bisschen Wärme, das sie zu geben imstande war, aus ihr heraussaugen wollte. Er ließ ihr Gesicht los, packte sie stattdessen bei den Hüften, zog sie mit einem brutalen Ruck an sich und ließ sie deutlich die unverkennbare Wölbung seiner Erektion unter der Jeans spüren.

Jede Faser von Jessies Körper schrie nach mehr, mehr genau davon und an der Stelle, wo sie es am meisten brauchte. Wieder seufzte Jessie laut, fast war es ein Schrei, eine Mischung aus Lust und plötzlichem Schrecken.

Silas riss sich los von ihren Lippen, fluchte unterdrückt. Doch immer noch umspannten seine Hände Jessies Hüften.

Sie blinzelte. Sie ließ Silas' T-Shirt los, schrak davor zurück, als hätte sie sich daran verbrannt. Das Blut rauschte ihr in den Ohren, sie rang mühsam nach Atem.

Was sollte das denn nun werden?

Offensichtlich Sex gleich hier auf der Straße, Sex mit einem Mann, vor dem sie Angst hatte. Der sie dazu bringen wollte, mit ihm Sex zu haben. Der sie sofort umbrächte, in dem Augenblick, in dem er von ihrer Gabe erführe. Dumm, *ganz* dumm.

Jessie straffte die Schultern und versuchte Boden wieder gutzumachen, den sie in dem Moment verloren hatte, als sie Silas Smith das Kinn entgegengereckt hatte. Aber er ließ sie nicht los. Er packte ihren Arm, noch ehe sie in ihrem umnebelten Verstand sinnvolle Worte formen konnten.

Die Feuersbrunst aus sexueller Erregung und vollkommener Verwirrung wich eisigem Schrecken, als sich kaltes Metall um eines ihrer Handgelenke legte.

Mit einer halben Drehung wurde Jessie gegen die Mauer gestoßen, als Silas ihr den zweiten Arm nach hinten auf den Rücken zog und die Handschellen auch um das andere Handgelenk zuschnappen ließ. »Was soll das?«, verlangte sie von ihm zu wissen und kämpfte darum, den Händen zu entkommen, denen sie sich noch vor einer Minute entgegengedrängt hatte.

»Ich bringe dich zurück«, antwortete Silas, und seine Stimme klirrte vor Kälte. »Beweg dich, los!«

Schiere Wut kochte hoch, so heftig, dass es Jessie schüttelte. »Du hast vielleicht Nerven!« Sie wand sich unter seinem Griff. Es war ihr völlig egal, dass ihre Stimme schrill klang und von den Mauern, die die Gasse begrenzten, zurückgeworfen wurde. »Wer glaubst du eigentlich, wer ...«

»Spar dir deinen Atem«, würgte er ihren Protest ab. Jessie strauchelte, als er ihr von hinten einen Stoß versetzte. »Beweg dich endlich!«

Gesunder Menschenverstand hielt Jessie gerade so eben davon ab, irgendeine Dummheit zu begehen – beispielsweise ihm einen Tritt genau dorthin zu verpassen, wo es am meisten wehtat. Stattdessen bohrte Jessie die Absätze in den Boden. »Ich beweg mich kein Stück«, sagte sie, nur um gleich darauf so obszön zu fluchen, wie sie nur konnte. Silas hatte zugepackt und ihren Oberarm in seinem Schraubstockgriff. Jetzt schleifte er sie hinter sich die Gasse hinunter.

Dabei gönnte Silas Jessie keinen Blick. »Tust du doch. Und jetzt halt den Mund, Jessie!«

Sie schürzte die Lippen. »Leck mich, *Agent* Smith!«

Der Mund eine schmale Linie sagte Silas Smith kein einziges Wort mehr, während er Jessie den ganzen Weg zu dem heruntergekommenen Wohnblock zurückschleifte, aus dem sie ihm entwischt war. Nass bis auf die Knochen, wütend – *mit Handschellen*, verflucht noch mal! –, versuchte Jessie zu ignorieren, dass ihre Lippen sich unter den nadelspitzen Regentropfen seltsam dick anfühlten, wie geschwollen. Dass sie kribbelten, als ob sie sie gegen eine elektrische Leitung gepresst hätte, als stünden sie immer noch unter Strom.

Jessie hielt ihre Zunge im Zaum, wahrte aufsässig das Schweigen zwischen ihnen, als Silas sie in den Aufzug stieß. Sie würdigte ihn keines Blickes, nicht einmal, als sie vor Kälte zu zittern begann und den gestreiften Teppichboden nass tropfte. Sie hoffte, er fühlte sich schuldig, diese miese Ratte.

Sie hoffte, es würde ihn bis in seine Träume verfolgen, wie sich ihr Becken an seinen Schwanz gepresst hatte.

Ganz plötzlich kam Verlegenheit in ihr hoch und dann wieder Erregung, die mit der bitterkalten aufbereiteten Luft kollidierte, die über Jessies nasse Kleidung strich.

»Falls es was hilft«, sagte Silas schließlich, während sein Daumenabdruck ihnen die Tür öffnete, »es tut mir leid.«

»Kla … ar, s … sicher doch«, murmelte Jessie durch zusammengebissene Zähne hindurch. Das war nötig, damit sie nicht vor Kälte schnatterte.

Aus dem Augenwinkel nahm sie wahr, dass es in seinem Gesicht arbeitete, ganz als wollte er noch etwas sagen. Dann aber legte er ihr nur eine Hand ins Kreuz und schob sie in Richtung Schlafzimmer.

Er stieß sie nicht hinein, nicht mit Gewalt. Jessie wusste kleine Lichtblicke zu schätzen.

Denn ihr ganzer Körper war ein einziger beschissener Schmerz.

Mit einer Kopfbewegung schüttelte sie sich das Haar aus dem Gesicht und betrat den schlichten kleinen Schlafraum, den sie gerade erst verlassen hatte. Sie verkniff sich einen Blick zum Fenster. Das Laken lag als nasser Haufen auf dem Fußboden. Silas schob es mit einem Fußtritt beiseite.

Jessie könnte gleich wieder aus dem Fenster steigen.

»Setz dich!«, befahl Silas. Er packte sie an den Schultern und zwang sie, sich auf den Boden zu setzen.

Erste Fünkchen Beklommenheit brachten Jessies Magen zum Flattern. »Das wird doch jetzt nicht …«

»Kein Wort mehr!«

Sie schwieg, wie geheißen. Denn sie war sich nur allzu bewusst, wie viel männliche Kraft in der schlanken Gestalt steckte, die sich bedrohlich über sie beugte. Jessie hatte schon Bekanntschaft mit der stählernen Härte dieser Muskeln, der Schnelligkeit und der animalischen

Eleganz gemacht, die diesen Körper ausmachten. Diesen Mann. Es war gar nicht so lange her und nicht sehr weit entfernt von hier gewesen. Hier aber saß sie auf dem Boden und starrte beklommen zu Silas Smith hinauf.

Er würde sie nicht noch einmal küssen. Er würde ihr sicher nicht wehtun.

Oder doch?

Jessie biss sich auf die Lippe. Sie biss noch fester zu, als Silas Smith nach seinem Gürtel griff und die Metallschnalle aufspringen ließ. Der Gürtel surrte aus den Schlaufen, die ihn an der Jeans hielten. Jessies Blick huschte hinauf zu Silas' erbarmungslosen Gesichtszügen, zu den harten, zornig funkelnden Augen.

Angst jagte wie ein aufgescheuchtes Tier durch alle Winkel ihres Verstands. Würde er jetzt …?

Wäre das ihre Strafe? O Gott, würde er sie jetzt wirklich zwingen …?

»Ich weiß, dass du wieder abhauen wirst«, sagte er. Er kniete hinter ihr. Sie versteifte sich, zuckte zusammen, als sie seine rauen Finger an ihren Händen spürte. Ein metallisches Klicken verriet ihr, dass er die Handschellen öffnete. Aber der Jäger hielt Jessie bei den Handgelenken gepackt, ehe sie mehr tun konnte, als sich überrascht zu strecken. Wieder spürte sie raue, schwielige Hände, die an ihr herumfingerten. Silas verknotete den Gürtel um ihre Handgelenke. Als er fertig war, stand er auf. »Da ist genug Freiraum, damit du dich hinlegen kannst. Also sieh zu, dass du etwas Schlaf bekommst!« Erleichterung zersprang wie Glas in der Hitze aufwallender Wut. Fest presste Jessie die Handflächen zusammen und verdrehte die Handgelenke gegeneinander. Gott, wie abgrundtief sie Hexenjäger und vor allem diesen hasste!

Sie wagte nicht, sich zu bewegen. Ihr Herz schlug so laut, dass sie glaubte, der Jäger müsste es hören können. Aber er drehte sich um und verließ das Zimmer. Die Tür zog er nicht gerade sanft hinter sich zu.

Jessie zählte bis zehn. Zwischen jeder Zahl atmete sie tief durch. Der Heizkörper hinter ihr klackerte zweimal metallisch laut und ächzte.

Dann spie er Luft in den Raum, die nur unwesentlich wärmer war als die im Zimmer ohnehin herrschende Temperatur. Trotzdem war Jessie dankbar, als das bisschen Wärme in ihre nasse Kleidung sickerte. Ganz langsam, so langsam, dass Jessie sicher war, es würde sie in den Wahnsinn treiben, zog sie ihre Handgelenke auseinander.

Das Nylonmaterial des Gürtels gab nicht nach. Jessies Handgelenke steckten darin fest, waren viel zu straff verschnürt. Das Arschloch von einem Jäger verstand sich auf Knoten. Jessie bewegte die Handgelenke gegeneinander, sie spreizte und drehte sie, bis die Haut dort von ihren vergeblichen Bemühungen brannte.

»Gott verdamm mich!«, murmelte sie und sank gegen das warme Metall des Heizkörpers. Mit einem Mal überschwemmten Tränen ihre Augen, heiße Tränen des Zorns. Jessie blinzelte sie fort.

Sie konnte es sich nicht leisten zu weinen. Nicht jetzt. Sobald sie sich erst befreit hätte, sobald sie Caleb gefunden und ihn aus der Scheiße gezogen hätte, in die er sich hineinmanövriert hatte, könnte sie den Tränen nachgeben. Dann könnte sie sich hinsetzen und eine Runde flennen.

Jessie atmete hörbar aus.

Mit geschlossenen Augen versuchte sie sich vorzustellen, was das wohl für Leute waren, denen sie bei Tagesanbruch begegnen sollte. Sie fragte sich, ob sie diese Begegnung wohl überleben würde oder eher nicht. Diesen Leuten gegenüberzustehen würde ihr alles an Mut abverlangen und an Kaltblütigkeit, was sie noch in sich hatte. Sie musste einen ganzen Raum voller Hexenjäger anlügen und lang genug überleben, um später darüber zu lachen.

Selbst wenn ihr Lachen dabei an Hysterie grenzte.

Herrgott! Was hatte sie nur verbrochen, um dieses Schicksal zu verdienen? Was hatte Caleb verbrochen? Ging es hier tatsächlich nur um ihre magischen Kräfte?

Oder ging es eigentlich um etwas ganz anderes?

Erschöpfung schlug über ihr zusammen wie eine gewaltige Welle. Jessie veränderte ihre Sitzposition, versuchte, es sich bequemer zu machen. Dann gab sie es einfach auf. Sie konnte ihren Kopf nicht mehr oben halten.

Schon bald würde der Morgen anbrechen. Mit Hilfe dieser Missionare, die alles andere wollten, als ihr zu helfen, würde Jessie ihren kleinen Bruder retten.

Punkt.

KAPITEL 4

Sonnenlicht sickerte durch das offene Fenster. Bläulich schimmerte es durch Jessies Augenlider, und ihre süßen Träume aus mütterlichem Lachen und Kerzenschein zerbarsten, als sie erwachte.

Jessie fuhr hoch und stieß mit dem Kopf gegen das vorstehende Heizungsventil. Sie fluchte. Der Schmerz verscheuchte den letzten Rest wohliger Entspannung, die ihr der Schlaf geschenkt hatte. Jessie sog scharf die Luft ein und hielt sich den dröhnenden Kopf.

Sie blinzelte. Was zum Teufel ...? Ihre Hände waren frei. Sie sah sich um und entdeckte mit einem Stirnrunzeln Silas' Gürtel, dessen Ränder sich seltsam wellten. An der Innenseite der gusseisernen Heizkörperrippen klebten sogar Reste versengten Nylons. Offensichtlich konnte es dort ziemlich heiß werden.

Eine verblasste, vormals blaue Decke lag wie ein Rettungsring um Jessies Taille. Die Decke war noch schlafwarm. »Was ist das denn?«, murmelte Jessie mit schwerer Zunge. Mit den Fingern fuhr sie an der ausgefransten Kante der Decke entlang. »Woher ...?« Wann war diese Decke auf der Bildfläche erschienen? Wer hatte Jessie damit zugedeckt?

Silas. Das schien die naheliegendste Erklärung. Wahrscheinlich hatte er verhindern wollen, dass seine Informantin Nummer eins sich eine Lungenentzündung einfing und daran krepierte. Aber warum war Jessie dann nicht aufgewacht, als der Jäger das Schlafzimmer betreten hatte?

Jesus Maria, schon der Gedanke, er könnte in demselben Raum gewesen sein, in dem sie wie eine Tote geschlafen hatte, genügte, um Jessie schaudern zu lassen.

Wie lange hatte sie wohl geschlafen? Silas' angeblich sichere Wohnung lag auf einer der mittleren Stadtebenen und war damit dem Himmel und dem Licht näher als Jessies übliche Verstecke. Das bedeutete, dass es hier mehr Sonnenlicht gab: Verschiedene Blautöne waren am Himmel zu sehen. Der Helligkeit nach musste es bereits Morgen sein. Wo aber waren dann die anderen Missionare?

Was war mit dieser verfluchten *Einsatzbesprechung?*

Der Gedanke machte sie nervös. Mühsam rappelte sie sich hoch. Beinahe wäre sie wieder mit dem Hintern auf dem dünnen Teppichboden gelandet: Ihre Beine und Arme wollten ihr nicht gehorchen, die Muskeln waren ganz steif. Jessie versuchte erst gar nicht darüber nachzudenken, was und wem in der letzten Nacht sie die Schuld dafür geben könnte.

Erst hatte sie ein tätowierter Hornochse angegriffen. Dann war sie zwei Stockwerke in die Tiefe gesprungen. Im Anschluss daran hatte sie mit Autos Fangen gespielt. Und schließlich hatte sie auf dem nackten Fußboden einer billigen Wohnung genächtigt. Jessie hätte gerne über ihre eigene Dummheit gelacht, aber schon atmen tat höllisch weh. Sie sehnte sich nach einem Bad. Das wäre jetzt genau das Richtige.

Mit zusammengebissenen Zähnen zwang sie sich aufzustehen und dachte dabei: So viel passiert, und nichts davon geht auch nur ansatzweise als brillanter Plan durch. Herrje, wie ihre Knochen schmerzten!

Es kostete Jessie einige Anstrengung, hinüber in Richtung Tür zu gehen. Aber mit jedem Schritt bewegten sich ihre Muskeln etwas williger. Vorsichtig zog sie die Tür auf. Mit dem typischen unangenehmen Scharren von nachgemachtem Holz auf Holz gehorchte das Türblatt.

Silas hatte die Tür nicht abgeschlossen. Wie dumm war das denn?

Schummriges Licht von einem wolkenverhangenen Himmel draußen fiel in das ungemütliche, kaum möblierte Wohnzimmer. Hier konnte nicht einmal ein Staubkorn unentdeckt bleiben, noch weniger ein Missionar, der über eins fünfundachtzig groß war.

Jessie legte die Stirn in tiefe Falten. Wenn Silas sie hier zurückgelassen haben sollte, dann würde sie jetzt einfach …

Tja, was denn? Wieder aus dem Fenster klettern? Ach, verflucht!

»Silas?«, rief sie. Auf immer noch steifen Beinen stakste sie durch die leere Wohnung. Sie klopfte an die Badezimmertür. »Silas? Bist du da drin?«

Endlich kapierte sie. So plötzlich, dass Jessie überrascht knurrte, aus Ärger und Wut. Oh ja, Silas hatte den Abflug gemacht und sie hier sitzen lassen! Der Scheißkerl überließ sie einfach ihrem Schicksal!

Was jetzt? Jessie stand mitten in dem leeren Zimmer und betrachtete den abgewetzten, fleckigen Teppich. Immer und immer wieder ging ihr die eine Frage im Kopf herum: Warum war Silas fort? Brauchte er sie nicht für seine Jagd? War sie nicht der Köder, mit dem er Caleb schnappen wollte?

Brauchten die Jäger nicht ihre Hilfe?

Oder hatte Silas sie angelogen?

Wie Schmieröl im Getriebe brachte eine aufkeimende Idee Jessies Gedanken erst recht auf Trab. Eine sehr verlockende Idee. Sie könnte Silas ausspionieren. Schauen, wo er abgeblieben war.

Es *sehen*.

Nervös bewegte Jessie ihre Finger und lockerte sie. Sie hatte ihre Gabe schon eine ganze Zeit lang nicht mehr genutzt. Das letzte Mal hatte sie vergeblich versucht, Caleb zu finden. Ihre magischen Kräfte waren wie in einer Monsterwelle auf sie zurückgeworfen worden. Eine ganze Woche lang war Jessie die höllischen Kopfschmerzen nicht mehr losgeworden.

Aber bei Silas war das etwas anderes. Nichts derart Machtvolles beschützte ihn.

Es könnte die Sache wert sein. Jessie erführe mehr als nur das. Sie könnte erfahren, was Silas Smith, der Hexenjäger und mieseste aller Hundesöhne, hinter ihrem Rücken so alles tat und was er mit ihr vorhatte. Sie erführe außerdem, was das ganze Team von Hexenjägern um ihn herum plante.

Er würde sie sowieso nur wieder anlügen, oder nicht?

Enttäuschung prickelte gleich unterhalb der Wut, die Jessies Emotionen beherrschte. Scheinheilig war das, das wusste Jessie genau.

Schließlich hatte sie auch nichts anderes getan, als Silas nach Strich und Faden anzulügen von Anfang an. Sie hatte also kein Recht, sich darüber aufzuregen, wenn er es genauso hielt. Dennoch musste sie sich eingestehen, dass sie enttäuscht war, zumindest ein klein wenig. Er hatte so … so aufrichtig gewirkt. Ein Mann, ein Wort.

»Och, nun mach aber mal halblang, Jessie«, seufzte sie. Sie rieb sich die Beule am Kopf. Kaum mehr schlimm, die Schwellung klang bereits ab. *Selbstverständlich* hatte Silas Smith aufrichtig gewirkt. Er brachte Hexen um, ganz nach dem Willen der Kirchenwächter. So gesehen war Silas Smith ein aufrechter Mensch, ein ganzer Kerl was sonst?

Wie oft musste Jessie sich noch selbst daran erinnern? Er würde sie sofort töten, gäbe sie ihm Gelegenheit dazu. Entschlossen ging sie zurück ins Schlafzimmer und schloss die Tür hinter sich. Sie machte sich nicht die Mühe, ihre Stiefel auszuziehen.

Der Länge nach streckte sie sich auf dem Bett aus. Dann bedeckte sie mit einem Arm die Augen; die andere Hand ruhte auf ihrem Herzen. Jessie spürte, wie es bei jedem kräftigen Schlag dumpf gegen ihre Handfläche pochte, zuverlässig, unbeirrbar.

Es gab einen Kniff, einen Trick, um die Gabe freizusetzen, die Jessie tief in ihrem Inneren fest im Zaum hielt. Vor langer, langer Zeit hatte sie neben ihrer Mutter gesessen und ihr dabei zugesehen. Beide hatten sie Gegenstände benutzt, um sich zu sammeln. Amulette. Kerzen. Steine. Lydia hatte ihre Tochter alles gelehrt, sie angeleitet. Stets war ihre Stimme sanft gewesen, ihre Hände zärtlich.

Aber seit dem Blutgericht hatte sich alles geändert. Alles. Seither benutzte Jessie nichts mehr, was Aufmerksamkeit hätte erregen können. Keine Zauberbücher, keine Zaubersprüche. Keinen Fokus. Sie selbst war ihr einziges Werkzeug.

Das machte sie schwächer. Aber es sicherte auch ihr Überleben. Menschen reagierten in der Regel nervös, wenn ein blondes Ding wie sie plötzlich Steine in der Hand hielt oder ein Messer.

Fest schloss Jessie die Augen. Dann holte sie tief und sehr bewusst Atem. Sie zählte ihre Herzschläge. Sie sammelte sich, suchte ihre Mitte.

Sie musste ihr inneres Gleichgewicht finden, den einen Ort der Stille tief in ihrem Selbst.

Die Magie floss durch diese Mitte, den Kern ihres Seins. Dort war sie, leuchtete hell, sprudelte lebendig wie eine heiße, heilende Quelle, die Wärme und Energie schenkte. Es hatte Jahre gedauert, bis sich Jessie an den Fluss der Magie gleich unterhalb ihrer äußeren Hülle gewöhnt hatte, Jahre, bis die Gabe ihr vertraut geworden war. Jetzt pulsierte die Magie in ihr. Sie brannte darauf, freigesetzt zu werden. Sie brannte darauf, benutzt zu werden.

Jessie stellte sich Silas vor. Ein Schauer durchlief sie, als sein Bild überraschend klar vor ihrem inneren Auge erschien, ganz mühelos. Sie sah ihn vor sich. Sie sah sein Lächeln, dieses strenge, flüchtige Lächeln. Sie sah vor sich, wie seine Augen sich verdunkelten, wenn er wütend war. Wenn er sie, seine Gefangene, beobachtete.

Wenn er sie küsste.

Ganz langsam verschwand unter Jessie das weiche, kühle Material der Matratze. Das schäbige Zimmer, das Licht in ihm, das Blau und Grau in all den Schattierungen eines wolkenverhangenen Himmels, verblasste zu einer vagen Erinnerung.

Jessie schwebte, verschmolz zu einem einzigen Funken Bewusstsein, der sie sanft, aber entschlossen davontrug aus dem Hier und Jetzt.

Silas Smith. Wo war er? Wo befand er sich?

Mitten in dem wirren Geflecht aus Energiesträngen pulsierte ein einzelner Strang, schimmerte wie reines Silber. *Silas*. Jessies Magie griff nach diesem Strang, ehe sie dem Gedanken selbst folgen konnte. Es war leicht, dem silbernen Strang zu folgen, ein heller Lichtschein in der Dunkelheit. Schon glitt Jessies Bewusstseinsfunke über einen seltsamen Ort dahin. Dort vereinten sich alle Energiestränge, und Jessies Bewusstsein kreiste dort.

Dann, unmittelbar darauf, als gleißendes Gold die Dunkelheit durchstach, geriet sie ins Trudeln, drehte sich wie ein Kreisel.

Der Länge nach durchschritt Silas einen lichtdurchfluteten Saal. Raumgreifend war jeder Schritt seiner langen Beine, energiegeladen.

Nur mühsam gebändigt war die Kraft, die ihn geschmeidig in dem ihm eigenen Rhythmus vorantrieb. Er bemerkte kaum die Sonnenstrahlen, die die Konturen seiner breiten Schultern in feurigem Licht umrissen. Eine Glaskuppel krönte den Saal und ließ das gleißende Sonnenlicht hereinströmen, das sich durch alle Schichten von Jessies Bewusstsein brannte. Jessie musste vor dessen blendender Helligkeit blinzeln, war mit einem Mal dort, in diesem Saal, und war es doch nicht. Sie sammelte sich und konzentrierte sich wieder ganz auf den kuppelbekrönten Saal.

Hohe, breite Fenster, reinster Luxus, und ein Saal groß genug, dass alle Wohnungen nebeneinander hineingepasst hätten, in denen Jessie je in ihrem Leben genächtigt hatte. Das Zentrum des palastartigen Saals beherrschte ein massiver Tisch aus dunklem Holz. An dem verfluchten Tisch konnten bequem fünfzig Personen Platz finden! Aber Silas setzte sich nicht auf einen der mit Schnitzereien verzierten Stühle, die den Tisch umstanden.

Er bewegte sich in dem Saal wie ein fauchendes Raubtier im Käfig. Er passte an diesen Ort wie ein Brocken Granit unter feinstes Kristall.

Jessies Gedanken rasten. Sie waren irgendwo weit oben in der Gläsernen Stadt. Sehr nah der Spitze, die sich spiralförmig hoch hinauf in den Himmel und der Sonne, dem Licht, entgegenstreckte.

Das bedeutete Reichtum. Mehr als Reichtum sogar. Aber wenn dies hier Kirchenbesitz war, war das kein Wunder.

Jessie war so körperlos wie ein Gedanke. Sie spürte nicht die Wärme der Sonnenstrahlen, die durch die Glaskuppel in den Saal fluteten. Sie schmeckte auch nicht die saubere, frische Luft, die über die schweren Wandteppiche waberte. Aber Jessie wusste, dass diese Luft süß schmeckte.

Nicht nach Müll und Moder, nicht säuerlich und nicht nach Hunger, der sich bis in die Knochen fraß.

Silas hatte keinen Blick für seine Umgebung. Klar. Er dürfte ja eine Umgebung wie diese gewohnt sein. Sein Gesicht war eine starre Maske kaum unterdrückter Ungeduld, aus Stein gemeißelter Zorn, während er die Gruppe von Personen anraunzte, die an dem einen Kopfende der langen Tafel Position bezogen hatte.

»Ich mache das nicht«, sagte Silas unverblümt. Jessie war sich seiner Person derart bewusst, dass sie ihren Puls in Bereichen spürte, die sie sich nicht einzugestehen wagte. Nicht, wenn sie auf den Energiebahnen ihrer Magie schwebte, nicht, wenn sie so nah dran war. Fest biss Jessie die Zähne zusammen und konzentrierte sich wieder auf den Saal. Auf die Anwesenden.

Auf Silas.

»Ich glaube kaum, dass du eine Wahl hast.« Die einzige Frau im Raum klang mehr als nur ein bisschen amüsiert. Sie saß auf der Tischkante und ließ ein Bein baumeln, das in einem schweren Stiefel steckte. Vor und zurück, und vor und zurück.

Die Frau war auf eine Art schön, die sich jede Tänzerin gewünscht hätte, die Jessie kannte. Sie hatte herrlich schwarzes glänzendes Haar; einzelne Strähnen schimmerten in der Sonne wie im Feuerschein funkelnder tiefdunkler Wein. Das Haar hatte die Frau zu einem Knoten hochgesteckt, aus dem einzelne Haarspitzen wie Stachel herausgezupft waren. Ihre Ohren zierte jede Menge Metall, an ihren Ohrläppchen hingen schwere Silberspiralen, und auch eine ihrer Augenbrauen war gepierct. Selbst an der allzu üppigen Unterlippe glitzerte genau in der Mitte ein schmaler Ring.

In ihren Zügen mischte sich Exotisches so, dass ihre schrägen Mandelaugen und ihre lächerlich vollen Lippen ihr eine gewisse kantige Schärfe verliehen. Mindestens ein Teil asiatisch, japanisch vielleicht, aber zum größten Teil eine Mixtur aus Haltung und einstudierter Pose.

Auf Kilometerabstand ganz leicht wiederzuerkennen. Jessie speicherte das Bild sofort, als sich die Frau über ihr Lippenpiercing leckte. »Im Übrigen«, fügte die Unbekannte hinzu, »hast du mehr zu beweisen als wir anderen.« Ihr Tonfall klang schwer von Ungesagtem, das sich auf Jessies sensibilisiertes Bewusstsein legte.

»Du hast mich hier haben wollen!«, fauchte Silas, jede Faser in seinem vor Kraft strotzenden Körper war zum Zerreißen gespannt.

Einer der Männer schnitt eine Grimasse. »Naomi hat recht, Smith. Ungeachtet deiner Vergangenheit ...«

»Ach, jetzt komm schon!« Wütend hob Silas in einer Abwehrgeste die Hände. »Das hier ist ganz allein dein Ding, Nai, denk dran! Also schieb mir jetzt ja nicht den scheiß Schwarzen Peter zu!«

Jessie krallte sich die Fingernägel in die Handflächen, als der Drang, tiefer ins Jetzt einzutauchen, immer unwiderstehlicher wurde.

Lass es, verdammt! Reiß dich zusammen!

Die Gabe, die Gegenwart zu sehen, war nicht mit einer Bildschirmübertragung vergleichbar; es war ganz und gar nicht wie eine Art Film. Jessie wusste nicht, zu was die Mission fähig wäre, wenn sie das hier jetzt versaute. Wenn sie der Magie zu viel Spielraum ließe, zu viel Macht gäbe.

Der Mann, der sich eben gerade zu Wort gemeldet hatte, war ein grauhaariger älterer Typ mit Stirnglatze. Er saß in einem der mit Schnitzereien üppig verzierten Lehnstühle. In dem Stuhl wirkte er kleiner, schmaler, als er wirklich war. Aber hinter seinen haselnussbraunen Augen lauerte eine wache Intelligenz. Mit der flachen Hand schlug er auf die glänzende Lackoberfläche der Tischplatte. »Kannst du nun die Schwester bei der Jagd nach dem Bruder zu deinem Werkzeug machen, oder kannst du es nicht?«

Silas ballte die Fäuste. »Das ist nicht meine Aufgabe. Ihr habt einen Missionar gebraucht, den hier keiner kennt, um sie aufzuspüren. Und ich habe sie aufgespürt. Ihr brauchtet jemanden, der dafür sorgt, dass sie kooperiert. Und ich habe verdammt noch mal dafür gesorgt, dass sie kooperiert.«

»Und wo ist sie dann?« Das Sonnenlicht brachte Naomis beispiellos veilchenblaue Augen zum Funkeln. »Du hast doch immer noch Zugriff auf sie, das sehe ich richtig, ja?«

»Sie schläft«, erklärte Silas kurz angebunden. »Sie wie eine Gefangene zu behandeln ist wohl kaum dazu geeignet, sich ihre Kooperationsbereitschaft zu sichern.«

Jessies Blick ins Jetzt flirrte wie Luft in mittäglicher Hitze. Es war die

Hitze ihres eigenen Zorns, die das geschehen ließ. Sie mit einem Gürtel zu fesseln war ganz sicher nicht der richtige Weg, sich ihre Kooperationsbereitschaft zu sichern. Das hieß also, Silas Smith log gerade. Warum?

»Er kann es nicht«, sagte Naomi und zuckte mit den Schultern. Das Top in kräftigem Rot, das sie trug, entblößte dabei milchig weiße Haut überall dort, wo es kunstvoll eingerissen war. »Ich hätte es wissen müssen ...«

»Die Zelle des Zirkels, die hier in dieser Stadt operiert, hat siebenunddreißig Menschen getötet.« Mit dem Timbre eines Nebelhorns durchstieß die Stimme des zweiten Mannes den Klangteppich, den alle anderen Stimmen gewebt hatten. Die Blicke der anderen Jäger flogen hinüber zu dem Mann, der am Kopfende des langen Tisches thronte. Silas' Augen verengten sich zu schmalen Schlitzen.

Jessie betrachtete den Mann genau. In seinem Gesicht stand nicht mehr zu lesen als ruhige Entschlossenheit. Diese Entschlossenheit war so bestimmend, dass sie im Raum greifbar schien. Auch dieser Mann hatte graues Haar, eisengrau war es und ganz kurz geschoren. Eisengrau umrissen Koteletten ein scharf geschnittenes Gesicht, die perfekte Begleitung zu dem kantigen, energischen Kinn. Der Mann war sehr viel älter als alle anderen im Saal. Das Alter hatte Falten um seine blauen Augen gegraben. Aber es vermochte nicht zu schmälern, wie viel Willenskraft und Energie von diesem Mann ausging. Seine machtvolle Aura umgab ihn wie ein durchscheinendes Gespinst. Mit ihrem magischen Blick konnte Jessie diese Aura sehen, als wäre sie so real wie ein fein gesponnenes Netz.

Oder ein Schutzzauber. Jede Hexe und jeder Hexer, die verdienten, so genannt zu werden, hätte es sich zweimal überlegt, sich mit einem Mann von solch enormer Willenskraft anzulegen.

Jessie atmete ganz langsam, ganz ruhig aus, als der eisengraue Mann wieder zu sprechen begann. »Siebenunddreißig Menschen«, wiederholte er. »In einem einzigen Jahr. Caleb Leigh hat persönlich mindestens fünf dieser Opfer zu verantworten.«

Auf der kalten Matratze verspannte sich Jessies ganzer Körper, als wäre er eine Bogensehne kurz vor dem Schuss. Ihre Konzentration nahm noch zu. Noch mehr Lügen. Es konnten nur Lügen sein.

»Ich kenne die Fakten«, begann Silas und wollte mehr sagen. Aber der Mann, der sein Vorgesetzter sein musste vielleicht auch jemand, der weitaus höher in der Missionshierarchie aufgestiegen war , hob die wettergegerbte Hand. Er schnitt Silas das Wort ab. Er guillotinierte es förmlich.

»Wir können davon ausgehen, dass der Zirkel sämtliche Angehörigen der New-Seattle-Mission beobachtet. Sie gehören nicht dieser Mission an.«

»Ich denke nicht …«

»Sie sind nicht hierher gerufen worden, um zu denken, Silas Smith!« Die Art und Weise, wie der eisengraue Mann Silas bei seinem vollen Namen nannte, ließ Jessie ihre Zähne zusammenbeißen. Es klang unglaublich herablassend. Der Ton war spitz, arrogant. »Sollte also die Schwester mit dem Jungen unter einer Decke stecken, würde auch sie uns auf Anhieb als das erkennen, was wir sind.«

Jetzt schon, du verlogener, mordgieriger Schweinepriester! Alle würde sie erkennen. Wieder flimmerte das Bild vor Jessies Augen, als ihre Wut die Konzentration überlagerte, die notwendig war, um die Magie zu steuern. Hastig sorgte Jessie für Ruhe, ließ Wut und Adrenalin abebben.

Verflucht noch mal, war sie eingerostet! Sie verschränkte die Hände über der Brust.

Gleich darauf stellten sich Jessie sämtliche Nackenhaare auf, als der eisengraue Mann mit noch eisigerer Stimme fortfuhr: »Und deshalb müssen wir einen Fremden einsetzen auf diesem Schlachtfeld von einer Stadt. Sie, Mr. Smith! Nur Sie können die Schwester benutzen, um den Jungen aufzuspüren. Nur Sie können ihn mit Hilfe des Mädchens dieser Mission überantworten und, wenn möglich, die Stabilität des Zirkels untergraben.«

Silas starrte auf den Tisch, ballte die Fäuste und öffnete sie wieder.

Naomi beobachtete ihn; träge umspielte ein leichtes Lächeln ihre Lippen. Der Glatzkopf tat, als gehöre seine ganze Aufmerksamkeit einem seiner Daumennägel, die Augenbrauen zusammengezogen. Der Missionar mit der tragenden Stimme hatte sein Pokergesicht aufgesetzt; seine Geduld schien unerschütterlich.

Jessie beobachtete das alles gespannt. Würde Silas sich weigern? Würde er sie, die Schwester eines Hexers, und Caleb, den Hexer, den die Mission für einen Mörder hielt, diesen Leuten ausliefern?

Silas wandte das Gesicht ab. »Also schön«, sagte er, »ich benutze sie, um den Zirkel zu unterwandern.«

»Sie bleiben mit Ihrem Team in Kontakt ...« – Jessie sah, wie ein Muskel in Silas' Gesicht zuckte –, »immer und überall«, beendete sein Vorgesetzter den Satz.

»Nein ...«

Naomi veränderte ihre Sitzposition auf der Tischkante. »He, Moment mal, verdammt!«, mischte sie sich jetzt ein. »Was ist mit uns anderen, Peterson? Soll das heißen, wir dürfen die ganze Zeit über nur still auf unseren Hintern sitzen und Däumchen drehen?«

Silas klappte den Mund zu.

»Was diesen Einsatz angeht, ja.« Die Frau presste die Lippen zusammen, als Peterson seine ganze Aufmerksamkeit auf sie richtete. »Je weniger wir in Bewegung setzen, desto geringer ist das Risiko, vorzeitig aufzufliegen. Das restliche Team wird mit einer anderen Sache betraut. Lagebericht an mich in einer Stunde!«

Der Glatzkopf pfiff überrascht auf. Eine auffällige Drei-Ton-Folge. »Nur so aus Neugier«, fragte er, und sein ernster Blick war Vorsicht in Reinkultur. »Smith spielt doch nicht etwa den Anführer für uns fröhliche Gauner, oder doch?«

Silas straffte die Schultern. »Zum Teufel, nein!«

Einen Herzschlag lang passierte gar nichts. Dann war Petersons Bariton zu hören: »Ich habe das Kommando, niemand sonst. Wegtreten! Sie, Mr. Smith, bleiben!«

»Na, aber mal langsam! Welche andere Sache ...«

»Ich sagte: *Wegtreten*, Miss West!«

Jessie saß jetzt aufrecht auf dem schmalen Bett. Es roch nach Staub in dem Missionsversteck, und halb hing ihr der Geruch des alten Teppichs in der Nase. Daneben aber gab es nur den lichtdurchfluteten Saal mit seinem herrlich alten Mobiliar. Schweigen herrschte zwischen den beiden Männern am Tisch, bis die anderen den Raum verlassen hatten. Silas' ganze Haltung, sein ganzes Mienenspiel signalisierte Unnachgiebigkeit.

»Silas Smith«, meinte Peterson gedehnt und kaute auf den einzelnen Silben herum wie auf einem Problem, das anzugehen ihn große Überwindung kostete. Bedächtig legte er den Tablet-Computer zwischen sich und Silas auf den Tisch. »Waise. Eremit. Verwundeter Missionskämpfer.«

Silas zuckte vor dem Bildschirm zurück. »Bin nicht interes ...«

»Setzen! Los, *hin*setzen!«

Silas gehorchte nicht. Aber er ließ den eisengrauen Missionar auch nicht einfach stehen und ging. Stattdessen umklammerte er die Lehne eines der schönen Stühle so fest, dass die Knöchel seiner Hände weiß hervortraten, und wartete.

Sein Gegenüber begann zu sprechen. Der Tonfall war leise, drohend. Es juckte Jessie sofort in den Fingern, nach dem schmalen Tablet zu greifen und das Ding dem selbstgefälligen Arschloch mitten ins Gesicht zu schlagen. »Ich beobachte Sie jetzt schon eine Weile. Ich beobachte Sie, seit Miss West Ihren Namen ins Spiel gebracht hat. Bei meinen Missionen dulde ich keine einsamen Wölfe. Und ich werde Sie hier in meiner Stadt exakt so lange dulden, wie unbedingt nötig ist. Haben Sie mich verstanden?«

Silas starrte auf seine digitale Akte. Einer seiner Unterkiefermuskel zuckte, vielleicht ein nervöser Tick. »Ja, Sir.«

»Wenn Ihre Mission abgeschlossen ist, werde ich eine erneute Tauglichkeitsprüfung für Sie beantragen. Ich rechne damit, dass diese Tauglichkeitsprüfung bestätigen wird, was wir beide, Sie und ich, längst wissen.«

»Und das wäre?« Jessie fiel auf, dass Silas kein Stück neugierig klang. Er klang, als kannte er die Antwort auf die Frage, als hätte er das alles längst erwartet.

Was für ein Scheißspiel ging da gerade ab?

»Dass Sie«, führte Peterson aus, ließ sich Zeit beim Sprechen und genoss offenkundig jede Silbe, »Ihre besten Zeiten hinter sich haben. Dass Sie im Einsatz eine Belastung sind und überall sonst nur noch eine tragische Figur abgeben.« Silas' Blick hätte Löcher in den Bildschirm des unschuldigen Tablets brennen können. »Ich kenne Ihre ganze Geschichte. Sie werden hier keine Gelegenheit haben, Ihre Fehler zu wiederholen. Sobald diese Mission abgeschlossen ist, war es das für Sie: Sie arbeiten für keine andere Mission in diesem Land mehr. Habe ich mich deutlich genug ausgedrückt?«

Silas versuchte erst gar nicht, sich zu verteidigen. »Glasklar«, antwortete er nur. Er spuckte dieses eine Wort aus und wandte sich ab. Mitgefühl für ihn überschwemmte Jessie und erstickte ihre Wut.

»Ich habe nicht gesagt, dass Sie wegtreten dürfen!« Petersons Tonfall blieb unverändert. Dennoch wurde das Bedrohliche darin in der Luft greifbar. Jessie spürte, wie dieser Ton ihr unter die Haut ging.

Nein, nicht ihr, *Silas* ging der Ton unter die Haut.

Den Rücken kerzengerade stand er da. Aber unter der dünnen Tünche aus Kontrolle kochte es in ihm. Jessie schnappte nach Luft, wusste, dass sie keuchte. Doch alles, was sie hörte, war, wie Silas mit den Zähnen knirschte.

Sie spürte es, als wären es ihre eigenen Zähne.

Sie wehrte sich dagegen, tiefer in Silas einzutauchen. Aber die Magie hatte ihren eigenen Willen. Sie wollte unbedingt in ihn hineinschlüpfen.

»Sorgen Sie dafür, Mr. Smith, dass Sie Kontakt halten und regelmäßig Meldung machen. Ihr Team wird Sie im Auge behalten. Ganz besonders genau.«

Als Silas steifbeinig den Saal in Richtung Tür durchquerte, zerstach zorniges Rot das Bild, das Jessie statt der heruntergekommenen Wohnung vor Augen hatte. Ihrer Kehle entrang sich ein Schrei. Verzweifelt ruderte Jessie mit den Armen, um irgendwo Halt zu finden, sich wieder zu fangen.

Zwecklos. Sie verlor die Kontrolle. Groll, wilder Zorn, der einem durch Mark und Bein ging. Jessie konnte nicht entkommen. Es war ein Gischt sprühender Strudel aus zu vielen unterschiedlichen Emotionen, zu beschissen vielschichtig, zu kompliziert, um sie alle hier und jetzt auseinanderzuhalten. So viele verschiedene Gefühle und keines ihr eigenes. Denn der Ursprung all dieser Gefühle war Silas, niemand sonst.

Er schrie seine Not heraus, und die Magie antwortete mit einem Schrei ganz eigener Art. Die Magie pulsierte in Jessies Adern. In einem Sekundenbruchteil verlor die Szenerie, der Saal, die Sonne, die Möbel, alles, ihre wirklichkeitsechte Farbigkeit, versank im Dunkel. Jessie versuchte noch, die Bremse zu ziehen, versuchte, den Energiefluss zu kappen und sich zurückzuziehen. Aber wie ein Banner im Wind blähte sich die Magie, und im nächsten Moment war es passiert: Es machte hörbar *Klick!*, ein Laut, der Jessie durch und durch ging, und die Magie wurde zum Schlüssel, der sein Schloss fand. Kräfte fanden zu Leidenschaft. Gefühle waren ein höllisch guter Fokus.

Plötzlich war Jessie in Silas. Sie war in seinem Verstand, in seinem Denken und Fühlen; sie steckte in seiner Haut. Sein Zorn brannte so heiß, dass es Jessie die Luft aus den Lungen presste.

Blutrote Funken reinen Zorns tanzten ihr vor den Augen, Wut schnürte ihr schmerzhaft die Kehle zu.

Erinnerungen, Bitterkeit überflutete Jessies Denken und Fühlen. Es ging zu schnell. Sie bekam nicht mehr zu fassen als Bilder von Blut und Flammen, heftige Wortwechsel, böse Worte, die fielen, und Blutspritzer auf einer weiß verputzten Wand.

Jessie war zu nah dran. Es ging zu schnell.

Sie sah mehr, als sie von dem Hexenjäger je hatte sehen wollen, von dem Mann, der Menschen wie sie am liebsten tot sah.

Mit aller Kraft mühte sich Jessie, sich aus den mächtigen Fängen von Silas' Wut zu befreien. Ihr Denken riss sich los von ihm, dem Hexenjäger, bahnte sich gewaltsam einen Weg aus dem dichten Gespinst der Magie. Schmerz zuckte auf, umschloss ihr Handgelenk. Nein, verflucht, *Silas'* Handgelenk! Gleißend blaues Feuer fraß eine Brandspur durch Jessies wie durch sein Fleisch. Es fraß sich hindurch und durch die Magie mit solch einer Geschwindigkeit, dass Jessies Bewusstsein aus dem Saal hinausgeschleudert wurde, fort von Silas. Dessen zorniger Blick zuckte hoch hinauf in das gleißende Sonnenlicht. Lautlos in der Leere, die Jessies Bewusstsein hinterließ, formten Silas' Lippen Worte.

Das Bild kippte zur Seite, drehte sich auf den Kopf. Goldener Sonnenschein verblasste zu diesigem Blau. Opulent gemusterte Tapeten verdorrten zu fleckigem Farbanstrich. Und endlich – endlich! – fand Jessie zu sich selbst zurück. Hinter ihren Schläfen wüteten Schmerz, Angst und flammender Zorn.

Nur die Hälfte dieser Gefühle gehörte zu ihr.

Die Mission würde Caleb *umbringen*. Sie wussten, dass er ein Hexer war; sie waren sich sicher, dass er Menschen umbrachte …

Nein.

Übelkeit überfiel Jessie; ihr Magen hob sich bedenklich. Ihr blieb nur eine Gnadenfrist von einer Sekunde, bis ihr ihr Mageninhalt die Kehle hinaufschösse.

Auf schwankenden Beinen machte Jessie, dass sie ins Badezimmer kam.

Über der Kloschüssel übergab sie sich so lange, bis der gesamte Mageninhalt herausgewürgt war. Als Jessie sich wieder bewegen konnte, ohne dass der Boden unter ihren Füßen schwankte wie ein Schiffsdeck im Sturm, stemmte sie sich hoch. Sie zitterte am ganzen Leib, taumelte hinüber zu dem zersprungenen Waschbecken und hielt sich mit beiden Händen an dessen Rand fest. Nur so vermochte sie das Gleichgewicht zu halten. Im Spiegel starrte ihr ein blasses, schweißnasses Gesicht entgegen.

»Reiß dich bloß am Riemen!«, sagte sie zu dem Gesicht. Sie atmete ein, zählte bis drei. Ihr widerspenstiger, gereizter Magen wollte sich partout nicht beruhigen.

Die Übelkeit war nichts Neues. Wenn man zurückschnellte wie ein Gummiband, hatte man nun mal, zumindest sie, Jessie Leigh, das Gefühl, die Hälfte der lebensnotwendigen Organe zurückgelassen zu haben. Allerdings war es Jahre her, dass Jessie derart vollständig Verbindung mit jemandem gefunden hatte. Derart mühelos. Und auch da nur mit Caleb.

Was hatte das zu bedeuten?

Und was hatte Jessie nun erfahren? Was hatte sie gesehen?

Missionare nannten sie sich selbst. Killer waren sie, jeder Einzelne von ihnen, und Jessie hatte vier gesehen. Silas, die exotische Schönheit namens Naomi West, den Anführer namens Peterson und den Glatzkopf.

Vier, hatte Silas ihr gesagt, vielleicht fünf.

Eine eigenständig operierende Einsatzgruppe. Ihr Ziel: Jessies Bruder zu töten.

Jessie drehte den Wasserhahn auf, klatschte sich reichlich kaltes Wasser ins Gesicht und spülte ihren Mund aus. Danach konnte sie wieder normal Luft holen, ohne den sauren Geschmack von Galle auf der Zunge zu haben. Sie tupfte sich das Gesicht trocken und kontrollierte noch einmal ihr Spiegelbild.

Sie war immer noch blass. Müde. Daher fielen die gerötete Haut um die Wundkrusten am Mundwinkel und an der Unterlippe umso mehr ins Auge. Es sah aus, als habe Jessie auf einem kaputten Rotstift herumgekaut. Aber sie konnte das Kinn hoch tragen, ihr Blick war fest und unerschrocken, und ihre Augen glänzten im trüben Licht der Badezimmerbeleuchtung. Jessie lächelte ein schmallippiges Lächeln.

Wenn die Missionare glaubten, sie würde ihnen ihren kleinen Bruder auf einem Silbertablett zum Frühstück servieren, dann würden sie ihr blaues Wunder erleben.

KAPITEL 5

Drei Stunden und sechsunddreißig Minuten.

Das war eine kleine Ewigkeit, wenn man in einem winzigen heruntergekommenen Appartment festsaß. Der aufdringliche Geruch nach Weihrauch, der in der Luft hing, und nach schimmelndem Teppich machte das Atmen schwer.

Sie tat es trotzdem, mühsam. Ein, aus.

Jeder rasselnde Atemzug kämpfte gegen die Zeit, versuchte Sauerstoff in ihre Lungen zu pumpen und die Flüssigkeit loszuwerden, die sich dort sammelte. Minute um Minute, Tröpfchen um Tröpfchen, und jedes Tröpfchen bedeutete qualvollen Schmerz.

Unten, in den Ruinen der alten Stadt, wo kein Sonnenstrahl mehr durch Risse in Beton und Zement drang, würde sie niemand vermissen. Hier war jeder Tag ein gnadenloser Kampf ums Überleben. Wahrscheinlich würde sie hier verrotten, allein und vergessen. Ihre Leiche würde verwesen, das Fleisch von ihren zarten, zerbrechlichen Knochen faulen. Es würde sich zu einer Pfütze verflüssigen, die für niemanden mehr einen Wert besaß in dieser hungrigen, rachsüchtigen Stadt, in der sie langsam verreckte.

Die Gläserne Stadt.

Die Stadt der Magiebegabten und der Narren.

Die Frau rührte sich. Ein Schaudern. Es lief ihr über die nackte Haut, und der Atem gurgelte in ihrer Brust. Es hatte eine Zeit gegeben, da war sie schön gewesen. Sie war sogar noch schön gewesen, kurz bevor ihr die rituellen Symbole in die bleiche Haut geschnitten worden waren. Bevor die Schnitte in jedes Gelenk sich schwarz vor Blut in jeden ihrer Knochen gefressen hatten.

Es hatte eine Zeit gegeben, da hatte sie gelächelt.

Jetzt lag sie ausgestreckt auf dem Boden, gefesselt mit Seide und Stahl. Eines ihrer herrlich langen Beine zeigte genau nach Süden, das andere nach Osten. Ein langer Holzpflock mit Schnitzwerk, bis zum Knochen in jeden Oberschenkel getrieben, sorgte dafür, dass die Beine gespreizt blieben. Die Muskeln der Bauchdecke, die vor Anspannung eine tiefe Senke über ihren schmalen Hüften bildete, zuckten, verkrampften in dem mühsamen Unterfangen, Luft zu holen. Frischer Schorf auf frischen Wunden riss. Bluttränen quollen heraus und rannen über die Hüften der einst so schönen Frau.

Sie war nackt. Natürlich war sie nackt. Aber es ging nicht um die Befriedigung sexueller Triebe. Mit Sexualität hatte das Ritual nichts zu tun, nie etwas zu tun gehabt. Ganz im Gegenteil. Es war das schrecklichste Ritual, das er je hatte mitansehen müssen.

Und doch war es notwendig.

Bei jedem flachen, gequälten Ausatmen sprudelte der Frau Blut aus dem Mundwinkel, benetzte das Kinn und sickerte hinunter auf ihre Brust. Die wenigen Besitztümer, die man der Frau gelassen hatte, schimmerten in dem kränklich grünen Licht, das der Leuchtstab neben ihm abgab. Sie allerdings konnte das nicht sehen. Ihre Augen hatten als Erstes dran glauben müssen.

Aber sie war einst wirklich schön gewesen. Der bezaubernde Verlobungsring aus Silber, den sie an der rechten Hand trug, gab beredt Zeugnis davon, dass auch jemand anders einst dieser Meinung gewesen war.

Ein Blick auf die Uhr zeigte, dass es fast Mittag war. Am Lichteinfall hier unten, oder besser: an dessen Fehlen, hätte man das nie feststellen können.

»Ich …« Das Wort war ein Gurgeln tief in der Brust der einst so schönen Frau.

Er kniete sich in den kleinen Kreis aus Licht. Das bisschen an Teppich, das nach all der Zeit noch übrig war, gab ein schmatzendes Geräusch von sich. Augenblicklich sog sich der Hosenstoff am Knie mit Blut voll. Das Blut war klebrig, kalt.

Seide raschelte, sanft wie der Flügelschlag eines Schmetterlings. Selbst das verschwindend geringe Gewicht des Stoffes war zu schwer. Die zerschmetterten Arme der Frau konnten die Seide nicht bewegen.

»Ich wünschte …« Sie würgte, hustete. Blutströpfchen sprühten von ihren aufgesprungenen Lippen. Er drehte das Gesicht weg, als das Blut in einem sanften, warmen Sprühregen seine Wange traf.

»Schschsch!«, flüsterte er leise. Sanft berührte er ihre Wange mit der bloßen Hand. Danach waren seine Finger feucht von ihrem Blut und kribbelten. »Ruhig, Delia! Es ist fast vorbei.«

Sie verzog ihr zerschundenes Gesicht, doch erst als sie seltsam keuchte, begriff er, dass sie versuchte zu lachen. Er nahm ihr Gesicht in beide Hände und sorgte dafür, dass sie stillhielt.

Wie in einem Brunnen sammelte sich in ihrem halb geöffneten Mund das Blut, ein See aus blutigen Worten. Delia spie in einem Husten Blutschaum über ihre Lippen, holte schwer Luft und erstickte fast am eigenen Blut, würgte.

Er beugte sich über sie und befreite ihre Handgelenke aus den Fesseln. Er führte ihre Hände an seine Brust. Er schrak nicht vor den blutigen Spuren zurück, die ihre Finger auf seinem grauen Shirt zurückließen.

»Versprich mir«, wisperte sie so leise, so schwach, dass er sich sehr konzentrieren musste, um die Worte zu verstehen. »Versprich es mir!«

Er umfasste ihre Hände fester. Er wusste, worum sie bat. Er wusste, dass er ihr dieses Versprechen bereits gegeben hatte. Weil es ihn nichts kostete. Und weil es ihn nichts kostete, einer sterbenden Hure ein Versprechen zu geben, schon als sie das Ritual noch nicht hinter sich hatte, erneuerte er sein Versprechen jetzt. »Ich verspreche es.«

Als hätte sie mit diesem Versprechen ihren Frieden gefunden, starrten die leeren Höhlen, in denen zuvor ihre Augäpfel eingebettet gewesen waren, für einen kurzen, stillen Moment hinauf zur Decke.

Dann, im Todeskampf, bäumte sich ihr Körper auf und verkrampfte sich. Ihre Finger krallten sich in seine Brust. Er griff nach ihren Handgelenken, aber nicht, um die Sterbende von sich zu stoßen. Er hielt sie, ließ ihre feingliedrigen Hände nicht los, zog sie an sich und hielt sie fest, so wie er es versprochen hatte.

Er hielt sie fest und sog jeden, auch den letzten Tropfen der vorhandenen, aber nie offenbar gewordenen Kräfte aus der sterbenden Hülle ihres Körpers.

Ein weiterer Krampf schüttelte ihren Körper, wieder suchten ihre Hände verzweifelt Halt. Kurz spürte er, der doch nur auf ihren Tod wartete, einen brennenden Schmerz im Nacken. Eine der Ketten riss, die Perlen fielen hinunter und klackerten in einem Hagel aus Metall über den fadenscheinigen Teppich. Es war nur die Kette eines Amuletts, er trug eine ganze Reihe davon. Daher galten seine Augen nur ihr, der Sterbenden, nicht den davonspringenden Perlen. Er sah, wie der letzte Atemzug schwer durch ihre Lunge rasselte.

Er flüsterte ihr Worte ins Ohr, auch dann noch, als das Leben aus ihrer Hülle aus Haut sickerte wie Wasser aus einem eingerissenen Beutel.

Verborgene, nie offenbar gewordene Magie. Unangetastetes Potenzial. Es wäre nie so süß, so stark wie wahre Magie. Aber Herzblut war etwas anderes. Er beanspruchte das unangetastete Potenzial für sich, sammelte es ein, sog es aus ihrem Körper, als er ein letztes Mal flüsternd sanft mit seinen Lippen ihren zerschmetterten Mund berührte.

Als sie endlich diese Welt ganz und gar verlassen hatte, neigte er, das Gesicht voller Blut, den Kopf, um noch einmal auf die Uhr zu schauen. Drei Stunden und dreiundfünfzig Minuten. Er war spät dran. Nicht so spät, dass man nach ihm suchen würde, aber spät genug, um Neugier zu wecken. Er kam sonst nie zu spät.

Er war vom gewohnten Muster abgewichen.

Der Schmerzen wegen erhob er sich nur langsam. Er reckte und streckte die Glieder, die Gelenke, die schmerzten, weil er so lange hatte reglos dastehen müssen. Er lockerte seine Muskeln im steif gewordenen Rücken, ließ die Schultern kreisen, bewegte den Nacken.

Die Tote lag inmitten eines Sees aus dunkler gallertartiger Flüssigkeit. In seiner Erinnerung war die Flüssigkeit rot, aber die Stunden, die vergangen waren, hatten sie erst braun, dann schwarz werden lassen. Er wandte sich ab, schloss das Futteral des Leuchtstabs und steckte das wiederaufladbare Gerät in seine Tasche.

»Ruhe in Frieden, Delia«, murmelte er, »endlich.«

Jeden Schritt, den er tat, begleitete ein klebrigsattes, schmatzendes Geräusch. Die verfallene Wohnung würde ihr einziges Grab werden. Die Luft roch faulig hier, abgestanden. Dennoch, oder vielleicht deshalb, vibrierte jeder Atemzug, den er tat, durch seinen aufgeladenen, gesättigten Körper, eine mit fremder, gestohlener Kraft straff gespannte Saite, die angeschlagen wurde.

Er schloss die Tür und verkeilte sie. Damit niemand Schutz suchte an diesem verfluchten, verdammten Ort. Und niemand sie fand, wie sie jetzt dalag, verkrümmt, zerschlagen und verwesend. Besonders nicht die Schwester, die es nie, niemals verstehen würde.

Cordelia war tot. Ihre Probleme interessierten sie nicht mehr, und ihn auch nicht.

Mit dem Tod hatte Caleb Leigh nie sonderlich viele Probleme gehabt.

KAPITEL 6

Der Zirkel war in die Offensive gegangen.

Mit kaum verhohlener Ungeduld stand Silas im Aufzug, der altersschwach und geräuschvoll hinauf in den vierten Stock kroch. Silas tat das Handgelenk nicht länger weh. Er strich mit den Fingern über das Tattoo. Die Erinnerung an den Schmerz war noch frisch, ein brennendes, scharfes Stechen.

Magie. Das Zeichen des Heiligen Andreas, der Schild des Heiligen gegen jede Form von Magie, hatte wie erwartet funktioniert. Es hatte Silas gewarnt und die magischen Kräfte abgeblockt. Aber er hatte keine Ahnung, was die Magiebesessenen von ihm wollten. Hatte man ihn angreifen wollen? Ihn nur beobachten? Ihn mit einem Fluch belegen?

Ach Scheiße! Die Möglichkeiten waren endlos.

Mit einem leisen Ping erreichte der Fahrstuhl den vierten Stock. Silas hastete auf die Tür des sicheren Unterschlupfs zu. Seine Gedanken überschlugen sich. Okay, er war Ziel eines magischen Angriffs geworden. Aber wie war das möglich? Er war nach außen für alle und jeden doch nur der Neue in der Stadt. Denn er war ein Missionar, dessen Gesicht niemand kannte, den man extra ins Boot geholt hatte, weil der Zirkel vermutlich alle anderen Gesichter der hiesigen Mission kannte.

Wie konnte der Zirkel dann aber etwas von ihm wissen? Gab es ein Leck, hier in der Mission?

Und warum zum Teufel hatte er niemandem von dem Angriff berichtet?

Okay, die Antwort auf diese Frage war leicht. Er hatte, als die magische Warnung sein Handgelenk mit Schmerz durchbohrte, nicht Alarm geschlagen, weil es ihn anpisste, wie David Peterson mit ihm umsprang.

Sie alle, jeder der Missionare hier ging ihm voll auf den Sack. Aber auf Peterson war er nicht nur sauer, sondern stinksauer. In vierzehn Jahren hatte sich verdammt viel geändert. Der Missionsleiter hatte ein Problem: Er war ein Kontrollfreak.

Und Silas konnte es absolut nicht leiden, kontrolliert zu werden.

Wütend presste Silas seinen Daumen auf den Sensor.

Jetzt musste er Jessie benutzen, um Caleb Leigh zu finden. Er musste sie benutzen, um an den Jungen heranzukommen. Und dabei möglichst verschleiern, dass ihr Bruder so gut wie tot war.

Tja ... dann mal los!

Er versetzte der Tür einen so wütenden Stoß, dass sie aufflog und gegen die Wand krachte.

Gedämpftes Sonnenlicht tauchte das Wohnzimmer in sämtliche Nuancen von Blau, die der Himmel hergab. Von Vorhängen unbehindert sickerte das Licht durch die Scheiben und schuf in dem karg möblierten Raum eine behagliche, beinahe anheimelnde Atmosphäre. Halb erwartete Silas schon, vom Duft von frisch gebackenem Brot oder Kochschwaden begrüßt zu werden oder von irgendetwas, mit dem ganz normale Leute mit ganz normalen Familien ihre Zeit verbrachten.

Silas' Finger umklammerten die Akte. »Jessie!«, bellte er.

Keine Antwort.

Sie konnte unmöglich noch schlafen, es war schon Mittag. Eigentlich hatte er längst zurück sein wollen. Die Einsatzbesprechung hatte viel länger gedauert als erwartet. Das bedeutete, dass seine kleine Gefangene viel zu viel Zeit allein verbracht hatte. Wenn sie sich durch einen Sprung zwei Stockwerke tief nicht von der Flucht abhalten ließ, dann konnten das ein paar läppische Knoten sicher auch nicht.

Jessie an die Heizung zu fesseln hatte Silas in der Nacht noch für eine großartige Idee gehalten. Nach einer ganzen Weile hatte er sich, um nach seiner Gefangenen zu sehen, in das Schlafzimmer geschlichen. Sie hatte fest geschlafen, obwohl sie am ganzen Leib zitterte. Silas hatte sie zugedeckt und sich dabei redlich Mühe gegeben, den gut gebauten, schlanken Körper mit seinen weiblichen Rundungen zu ignorieren, an dem die feuchte Kleidung klebte. Oder die dunklen Ringe unter Jessies Augen, die zeigten, wie erschöpft sie war.

Sie heute Morgen weiterschlafen zu lassen war nett von Silas gewesen. Und gut für seine Nerven. Immerhin war seine Geduld in letzter Zeit arg strapaziert worden. Jetzt aber, im Licht der Mittagssonne, hielt er diesen Akt der Nächstenliebe für ziemlich dumm.

Grimmig zog Silas die Tür hinter sich ins Schloss und warf den Umschlag auf die kleine Arbeitsplatte der winzigen Küche. Zum Henker, er hatte keine Zeit für diese Scheiße!

Mit einigen wenigen fließenden Bewegungen war er an der Schlafzimmertür und stieß sie auf. Als er die zusammengeknüllte Decke und die Reste seines Gürtels sah, fluchte er. »Verdammte Schlamp…«

»Hallo, Schatz«, hörte er sie in seinem Rücken sagen. Sie zog die Silben lang auseinander. »Wie war dein Tag?«

Ihre Stimme jagte einen Stromstoß durch jeden einzelnen Nerv in Silas' Körper. Aber als er einen Herzschlag später herumwirbelte, war es Wut, die durch seinen Körper pulsierte. »Wie zum Teufel hast du dich befreit?«

In Jessies Augen blitzte es vergnügt. »So schlimm, ja?«

»Wie hast du meine Knoten aufbekommen?«

Um ihren Mund zuckte es. Aber ihre bernsteinfarbenen Augen verdunkelten sich, ihr Blick wurde misstrauisch. Und wütend. Oder vielleicht immer noch wütend, weil sie heute Nacht ziemlich hart geschlafen hatte.

Jep, er war ein echtes Arschloch. Und jetzt gleich würde er noch eins obendrauf setzen und zum Mega-Arschloch mutieren.

Jessie wandte sich ab und ließ sich auf die schäbige Couch fallen. Betont lässig fläzte sie sich in die Polster, den Fuß des einen Beins auf dem Knie des anderen. »Dein Gürtel ist geschmolzen«, erklärte sie und warf in einer kurzen, provozierenden Geste den Kopf in den Nacken, was heißen sollte: Leck mich! »Deine Knoten waren also bestens. Vielen Dank auch!«

Es zuckte Silas in den Fingern, und, Kacke, sein Schwanz zuckte auch. Das pisste ihn noch mehr an als alles andere. Nun mach schon, los! Los jetzt!

Silas griff nach der Mappe auf der Arbeitsplatte. Drei Schritte, und Silas war beim Sofa. Er warf Jessie den Umschlag in den Schoß. Sie fing das wild trudelnde Wurfgeschoss auf.

»So richtig gut gelaunt heute, was?«, kommentierte sie sein Tun mit einer gewissen Vorsicht. Sie hielt die Mappe in beiden Händen. »Was ist das?«

»Schau nach!«

Ihr Blick zuckte zu seinem Gesicht hinauf. »Ach, komm schon.«

»Jessie, halt die Klappe und schau rein, verdammt!«

Vielleicht war es die unverhohlene Aggression, die in seiner Stimme mitklang. Oder vielleicht war es, weil er keine Anstalten machte, sich hinzusetzen. Er wollte nicht aufhören, sich zu bewegen, tigerte unablässig im Zimmer auf und ab, vielleicht war es das. Er wollte nicht sitzen oder stillstehen. Er wollte ihr nicht ins Gesicht sehen müssen, wenn sie den Aktendeckel öffnete und eine Reihe Hochglanzfotos ihr in den Schoß rutschten.

Er wusste genau, was sie sehen würde. Wie sich ihre Augen an die Farbe Rot heften würden, wie sich das Rot in ihr Gedächtnis fräße wie Wundbrand und das Bild in ihr faulte wie die Leichen, die die Fotos im Zustand der Verwesung festhielten. Fotos, getränkt von Schwarz und Braun und Rot, satt und voll davon. Und sehr detailliert.

Ein Schlachtfest in Hochauflösung.

Jessie keuchte auf. Der Laut traf ihn bis in sein Innerstes. Silas wappnete sich und wandte sich zu ihr um. Er wusste genau, dass er ein Arschloch war und es ihm egal zu sein hatte.

Jessies Gesicht war blass, ihr Mund halb geöffnet. Sie starrte ihn an. Ihr koboldhaftes, zart geschnittenes Gesicht war anklagend, und alle Wut darin galt ihm. Eines der Fotos umklammerte sie mit einer Hand, zerknickte es dabei. »Warum?«, flüsterte sie.

Warum. Beinahe hätte Silas laut gelacht. Stattdessen, weil er es musste, legte er nach. »Melissa Calhoun. Bobby Jenkins. Katie Angela Morris.« Jeder einzelne Name wollte ihm in der Kehle stecken bleiben. Er spuckte sie aus, als seien sie Säure, und so verätzten sie die, die sie hörte.

Jessie wurde noch bleicher, weiß wie eine Wand.

»Zwei konnten nicht identifiziert werden. Keine Namen«, fuhr Silas fort. Mit professioneller Gefühlskälte ignorierte er, dass Jessie jetzt starr dasaß, unfähig, sich zu rühren. »Sie existieren einfach nicht, und diese Stadt interessiert sich einen Scheiß für sie.« Jessie senkte den Blick, starrte wieder die Hochglanzfotos an. Ihre Lippen bewegten sich, aber sie brachte keinen Ton heraus. Silas durchmaß das Wohnzimmer und ging vor Jessie in die Hocke.

Auge in Auge mit der zerbrechlichen, unschuldigen Schwester des Hexers.

Tu's, jetzt, los!, dachte er und drehte das Messer in der Wunde, die er mit den Fotos in Jessies Denken und Fühlen gestoßen hatte. »Dein Bruder, Jessie, hat diese Menschen schreien lassen.«

Die Fotos wirbelten durch die Luft, als Jessie hastig, instinktgesteuert, vor ihm zurückwich, halb die Sofalehne hinauf, mit scharrenden Füßen, verzweifelt bemüht, dem Hochglanzpapier zu entkommen. Die Bilder brannten sich ihr ein, das wusste Silas, hatte es gleich gewusst. Brannten sich in ihren Verstand, in ihr Herz, in ihre Seele.

»Nein«, weigerte sie sich, das zu glauben, und schüttelte heftig den Kopf. Ihr Haar fiel ihr wie ein Vorhang aus Seide ins Gesicht. Silas fluchte, packte Jessies Arm und zog sie brutal zurück auf das Sitzpolster der Couch. Unter dem Oberschenkel verknickte Jessie dabei eines der Fotos.

»Schau sie dir an!«, verlangte er. Er schob seine Hand unter ihren Oberschenkel und zog das Foto von Melissa Calhoun darunter hervor. Es zeigte deren zerschmettertes Becken. »Caleb Leigh und sein Zirkel haben diese Menschen zu Tode gefoltert. Glaub ja nicht, dass es schnell ging! Es war ein langsamer, qualvoller Tod.«

Jessie, das Gesicht kalkweiß, zitterte. Silas konnte ihr Zittern spüren, an ihrem Arm, da, wo er sie gepackt hielt. Sie wandte das Gesicht ab.

Es reichte noch nicht. Silas verteilte die Fotos auf ihrem Schoß. »Vielleicht haben sie deinen Bruder gemocht, Jessie, jedenfalls, bevor er angefangen hat, sie aufzuschlitzen. Bis er ein glühendes Messer in ihre Körper gestoßen hat, durch das Fleisch hinein bis in ihre Knochen. Bis er sie zu einer Opfergabe für die Dämonen gemacht hat, als deren williges Werkzeug er sich hier und jetzt sieht.«

Jessie wollte sich losreißen, fort von den Fotos, aber Silas war stärker als sie. Er spürte, wie ihre Haut unter seinem brutalen Griff brannte. Jessie war jetzt grün um die Nase, und trotzdem war es noch nicht genug. »Aufhören!«, hauchte sie, flehte sie.

»Nein!« Silas wählte ein anderes Foto aus, ein Foto eines der namenlosen Opfer und hielt es ihr vors Gesicht. »Schau hin, Jessie! Schau ihn dir an!« Nackt, ohne Kleider. Nackt, ohne Haut. »Sie haben diesen Jungen bei lebendigem Leib gehäutet. Hast du eine Ahnung, wie sich das anfühlen muss?«

Ihm flog das Foto aus der Hand, als Jessie danach schlug, mit wilden Handbewegungen alle Fotos von ihrem Schoß fegte. »Aufhören!«

Silas packte Jessie bei den Handgelenken, zog ihr die Arme in den Schoß. Mit einem Mal saß er ihr Stirn an Stirn gegenüber, Auge in Auge.

Er sah Tränen, starrte sie an.

Himmel, fang jetzt bloß nicht an zu heulen! »Vielleicht war es gar nicht Caleb«, meinte er mit rauer Stimme. »Vielleicht hat man ihn gezwungen, mitzumachen, zuzusehen. Vielleicht war er so eine Art Geisel. Hilf mir ihn zu finden, Jessie! Hilf mir, das herauszufinden!«

»Er hat nicht …«

»Er hat«, unterbrach er sie und tat, als schenkte er all ihren Versuchen, sich aus seinem Griff zu befreien, keine Beachtung. »Sieh mich an, Jessie …«

»Nein!« Mit ungeheurer Anstrengung riss sie sich los und drosch und trat auf ihn ein. Er biss die Zähne zusammen, als ein Tritt sein

Knie traf, fluchte laut, als ihre spitzen Handknöchel auf seine Brust eintrommelten.

Mit einer wohlkalkulierten Drehung warf er Jessie rücklings in die dünnen Couchpolster, zwang sie nieder, ein Bein nagelte ihre Beine fest. Wieder fluchte er, dieses Mal, als sie sich wie eine fauchende Katze unter ihm aufbäumte und ihr Körper schmerzhaft mit seinem kollidierte.

Jetzt reichte es ihm. Nur noch eine feine Linie, keine fette Barriere, trennte ihn von loderndem Zorn und bitterster Enttäuschung. »Es wird wieder passieren. Geht das nicht in deinen Schädel?«, knurrte er. Er war jetzt ihrem Gesicht so nah, dass er die goldenen Flecken sehen konnte, die das Braun ihrer bernsteinfarbenen Augen sprenkelten.

Er sah tiefe Trauer und Angst in diesen Augen. Jessie lag steif und starr unter ihm; sein Gewicht nagelte sie auf dem Sofa fest. Heftig rang sie nach Atem, ihr Gesicht war vor Anstrengung rot angelaufen.

Sie war so lebendig warm, so weiblich zart und voller Gefühl in einer Welt, in der er, Silas Smith, längst zu vergessen gelernt hatte, was zart, was weich, gefühlvoll zu sein, bedeutete, wie es sich anfühlte. Und Jessie war wütend, keine Frage. Aber das reichte nicht. Sie musste es begreifen, unbedingt.

»Weil es wieder passieren wird!«, wiederholte er, ruhiger geworden. Mit Bedacht schlug er einen freundlicheren Ton an. »Auf wessen Befehl hin die Morde auch geschehen: Caleb weiß es. Wenn nicht er es ist, der das Sagen hat, dann kann er uns zum Kopf des Zirkels führen. Begreifst du das endlich, ja?«

Ihre Augen verengten sich zu schmalen Schlitzen. Ihre Brust hob und senkte sich mit jedem Atemzug. So, wie er auf ihr lag, konnte Silas ihren Körper ganz und gar spüren, jedes Detail daran. Jedes Mal, wenn sie wütend Atem holte, drückten sich ihre Brüste gegen seine Brust, kleine, sehr erotische, sehr wirkliche Brüste. An ihren zarten, schmalen Handgelenken konnte er den Puls spüren, während er sie umklammerte und über ihrem blonden Schopf mit aller Kraft in die

Sofapolster drückte. Ein Echo dieses Pulses sah er unter ihrer warmen Haut gleich an ihrer Kehle flattern.

Schlagartig war sich Silas geradezu schmerzhaft bewusst, dass sie unter seinem Gewicht hilflos war, hilflos unter seinem Körper gefangen. Sein Körper reagierte mit einer Welle sexueller Erregung, die ihn durchflutete. Primitiver Instinkt und sexuelles Begehren.

Sein Timing war voll für den Arsch. »Herr im Himmel!«, brachte er heiser heraus. Er rollte sich von ihr herunter, landete hart auf dem Teppich, auf den Fotos, die überall auf dem Boden verstreut lagen. Schmerz schoss durch seinen Rücken, sein Knie. Schlug in seinem Kopf ein.

Geschah ihm recht.

Einen Arm über den Augen tat er sein Bestes, um diesen gehetzten, verunsicherten Ausdruck auf diesem verflucht zarten Gesicht zu verdrängen. Um zu verdrängen, mit welcher wütenden Vehemenz sie den Glauben an das verteidigte, was Silas' Wissen nach alles an Familie war, was sie noch hatte.

Dieser verdammte Arsch von einem Hexer und sein dreimal verdammter Scheißzirkel!

Silas verzog den Mund. Und die Schwester dieses verdammten Arschs von Hexer fiel in *seine* Zuständigkeit, war sein Job. Die Zivilperson, die *er* zu schützen hatte, die *er*, ohne sie zu gefährden, zum Werkzeug der Mission zu machen und zu belügen hatte. Und was tat er? Er konnte sie nicht aus seinem Kopf bekommen und seine Augen nicht von ihren gottverdammten Lippen lassen!

Verfluchter … Scheiß … job!

Jessie rührte sich nicht. Setzte sich nicht auf. Silas stellte es sich vor: wie sie ausgestreckt auf den Sofapolstern lag; wie ihr Haar in wirren Strähnen über die Sofakante floss; wie sie ihn anstarrte.

Jessie Leigh brachte ihn dazu, an Sonnenschein und Honig zu denken, an alle Goldtöne, die Mutter Natur in petto hatte, an Freude, Frische, Freundlichkeit.

Das verdiente er nicht. Nichts davon.

»Woher wissen Sie, dass er ein Hexer ist?« Ihre Stimme bebte, verriet die Anspannung, die greifbar in der Luft hing. Er ärgerte sich darüber, dass er nach Jessies Hand greifen wollte.

Er war verdammt noch mal nicht dafür geschaffen, Händchen zu halten!

»Untersuchungen haben gezeigt, dass alle Magiebesessenen ein bestimmtes Allel in ihrer DNA aufweisen.« Mit aller Gewalt riss Silas seine Gedanken von der Frau los und zwang sich, nur an Blut, Knochen und leere Augenhöhlen zu denken. »An allen fünf Tatorten wurde Blut deines Bruders gefunden.«

Ein Herzschlag verging. Dann bewegte sich Jessie auf der Couch, die alten Federn quietschten. »Blödsinn!«

Ihrem Ausbruch fehlte die hitzige Schärfe. Die Überzeugung. Silas hatte Jessie endlich geknackt. Verflucht sollte er sein, er hatte sie! »Ich kann dir die entsprechenden Untersuchungen zeigen«, meinte er müde. »Keine Ahnung, ob es einen Zusammenhang zwischen genetischer Disposition und dem ganzen teuflischen Scheiß gibt, den sie tun. Oder ob Menschen nur verdammt noch mal nicht die Finger von der Magie lassen können, wenn sie sie in sich spüren.«

»Und das heißt dann was? Dass alle Magiebegabten böse sind?«

Fest kniff Silas die Augen zusammen. Der Muskel des Unterarms, der seine Augen noch immer bedeckte, war hart vor Anspannung. »Jep.« Hinter geschlossenen Augenlidern sah er jetzt Blut. Blut und das erschrockene Lächeln eines jungen Mädchens. »Jep. Irgendwann werden sie alle so.«

Jessie holte tief und vernehmlich Luft. Ganz langsam stieß sie die Atemluft wieder aus. Silas konnte die Anspannung in dem zittrigen Laut hören. Dennoch war alles, woran er denken konnte, Honig.

Wie zum Teufel konnte Jessie Leigh so … rein, so unbefleckt sein? Wie schaffte sie es, hier in diesem Raum auf diesem Sofa zu sitzen mit all den Fotos der Leichen zu ihren Füßen, und dennoch in ihm den Wunsch zu wecken, sie zu beschützen? Ihr zu erzählen, alles würde gut?

Honigsüß und lieb – darauf verstand er sich nicht.

Ihm blieb nur die Giftspritze.

»Das Blut sagt alles, Sonnenschein. Mein Blut, deins, das Blut eines Babys, ganz egal, wessen Blut, es sagt absolut alles. Das Allel ist da. Caleb war an den Tatorten. Wenn wir ihn nicht erwischen oder die Leute, die ihn dazu zwingen«, legte Silas jetzt nach, obwohl er wusste, dass das Schwachsinn war, »dann suchen sie sich noch mehr unschuldige Opfer und bringen sie um. *Foltern* sie zu Tode. Noch mehr Leichen.«

»Sie lügen«, hielt Jessie ihm entgegen und schien die Ruhe selbst. »Sie saugen sich das alles aus den Fingern, nur um mich dazu zu bekommen …«

»Auf die eine oder die andere Art«, unterbrach er sie, »müssen wir ihn finden und festsetzen. Du kannst dabei sein, oder ich sperre deinen süßen Hintern oben irgendwo weg und uns bleibt nichts anderes übrig, als deinen Bruder umzulegen. Deine Entscheidung.«

»Aber ich …«

»Nein!« Erneut fiel er ihr ins Wort. Ihr entschlüpfte ein scharfer, entrüsteter Laut. Er lächelte grimmig. »Es gibt kein Aber, Jessie. Es ist deine Entscheidung. Bist du dabei oder raus aus der Sache?«

Jessie starrte an die verputzte Decke mit ihren Flecken und wusste, dass sie keine Wahl hatte. Sie musste mitmachen.

Sie musste Caleb finden und ihn da rausholen. Ihn in Sicherheit schaffen, oder die Missionare würden ihn umbringen.

Sie würden ihn in jedem Fall umbringen.

Verfluchter Scheiß!

Caleb konnte keiner Fliege etwas zu Leide tun. Niemals könnte er einen Menschen verletzen, ihn töten, schon gar nicht so. Das war böse. Das Böse in Reinkultur, und Silas Smith irrte sich. Nicht jeder Magiebegabte war böse. Das war nur der Schwachsinn, den die Kirche verbreitete.

Sie musste es schließlich wissen.

Aber wie zum Henker waren die Missionare an Calebs Blut gekommen? Woher wussten sie, dass es sein Blut war?

Das musste sie unbedingt herausfinden. Sie würde das lügende Arschloch von Hexenjäger dazu benutzen, es herauszufinden. Das Arschloch, das vorhatte, ihren Bruder umzubringen, und das war eine Tatsache. Das Arschloch, das sie, Calebs Schwester, angelogen hatte, um über sie an ihren Bruder heranzukommen. Sie würde dazu die Waffe benutzen, die das Arschloch im Holster unter seinem Arm hatte. Sie hatte die Waffe gespürt, als der Scheißkerl auf ihr gelegen und sie mit seinem ganzen Gewicht auf dem Sofa festgenagelt hatte.

Das Gewicht eines stählernen, durchtrainierten Körpers. Oje, verdammt, sie saß wirklich in der Scheiße! Sie holte tief Luft. »Dabei«, flüsterte sie. Das Wort blieb ihr im Halse stecken; sie musste es nochmal versuchen. Lauter. Caleb brauchte ihre Kraft jetzt. Er brauchte sie stark, nicht schwach und ängstlich. »Ich bin dabei. Ich helfe Ihnen.«

Eine Bewegung neben ihr. Silas Smith hatte sie gehört. Jessie wagte nicht, ihn anzusehen. Nicht jetzt. Nicht, wenn sie sich nicht sicher war, ob ihre sorgfältige Maske aus Lügen noch verbarg, was verborgen bleiben sollte. Jessie schloss die Augen und zählte bis zehn. Sie sagte nicht, was ihr unbedingt über die Lippen wollte, was ihr in der Kehle brannte.

Silas würde *ihr* helfen, Caleb zu finden. Er würde *sie* in seine Nähe bringen, damit *sie* ihn retten könnte, ihn raushauen, worin immer er verwickelt war. Vielleicht wäre Silas in der Lage, die Bösen zu töten, an den Zirkel heranzukommen und ihn zu sprengen, vielleicht alle zu töten, die ihm angehörten. Aber Caleb und sie wären längst weg, ehe der Hexenjäger begriffe, wie ihm geschah.

Oh, Caleb!, dachte Jessie, einen dicken Kloß aus Wut und Schmerz in ihrer Kehle. Wo war er da nur hineingeraten? Warum war sein Blut …?

Sie hustete, als die Magie in ihrem Kopf einen ersten Funken schlug.

»Jessie?«

Silas' Stimme verblasste hinter einem Vorhang aus rotem und weißem Nebel. Zitternd presste Jessie die Handflächen vor die Augen.

»Jessie!«

Ihre magischen Kräfte erwachten. Unter Jessies Haut, ohne irgendein Zutun, gewannen sie an warmer Energie. Sie dröhnten in ihrem Schädel. Jessie biss die Zähne zusammen. »Geben Sie mir einen Moment, verflucht!« Es gelang ihr, normal zu klingen. Angespannt, wütend, aber normal.

Die plötzliche Welle, als sie ihn erkannte, kämpfte sie mit zusammengebissenen Zähnen nieder. Caleb. Er war am Leben. Sie wusste es. Denn es war, als ob tief in ihrem Kopf ein Licht eingeschaltet worden wäre, dort, wo ihre magischen Kräfte ruhten. Jessie konnte es spüren: Er lebte. Aber etwas war anders. Etwas war … entzweigegangen, ein Schild mannigfach zerstört, ein Schutzzauber gebrochen. Calebs Gabe rief nach der seiner Schwester. Leise nur, wie weit entfernt. Aber Jessie hörte den Ruf und reagierte mit der ganzen magischen Energie darauf, die ihr zur Verfügung stand.

Caleb war da draußen. Er war am Leben und war irgendwo da draußen. Jessie konnte es spüren. Seiner Spur folgen.

Aber sie konnte ihn nicht *sehen*. Warum nicht?

War er in Schwierigkeiten? Brauchte er ihre Hilfe?

Jessie ließ die Hände sinken. Mit einem Ruck setzte sie sich auf, heftig genug, um die Federn der durchgesessenen Couch quietschen zu lassen. Genau so, mit der Kraft einer losgelassenen Sprungfeder, durchfuhr Energie Jessies Körper und Sein.

Denk nach! Sie musste sich vorsichtig herantasten.

»Okay«, sagte sie. Sie tat, als bemerkte sie Silas' forschenden Blick nicht. Er starrte sie an, teils unsicher, teils misstrauisch, als ob er erwartete, dass sie gleich zusammenbräche.

Vielleicht würde sie das. Aber nicht hier vor seinen Augen.

»Okay«, wiederholte sie. Dieses Mal war ihre Stimme fester. Sie zwang sich, Silas' Blick zu begegnen und dafür das Signalfeuer in ihrem Kopf herunterzudimmen, das an ihren Nerven zerrte. »Sie wollen meinen Bruder? Dann sollten wir los und ihn suchen! Zuerst sollten wir an einem ganz bestimmten Ort nachsehen.«

Silas kam auf die Füße, ungebändigte Kraft, eingesperrt hinter Muskeln. Jessie gab sich alle Mühe, zu ignorieren, dass ihr Mund trocken wurde und sie nur Augen für das Spiel stahlharter Muskeln unter Silas' T-Shirt hatte. Aber Mühe allein genügte nicht. Jessie brauchte mehrere Anläufe, ehe sie es schaffte.

Mehrere Augenblicke voller Anspannung und Erregung. Konzentrier dich, verdammt!

Silas fuhr sich mit beiden Händen durchs Haar. Sein Haar blieb zerzaust, wie es war. »Warum hast du nicht gleich …«

»Wie jetzt?« Ihr raues, spöttisches Auflachen war kurz wie ein Peitschenknall. »Sie haben echt geglaubt, ich falle meinem Bruder in den Rücken, nur weil es Ihnen so gefällt?«

Silas runzelte die Stirn. »Nein.«

»Fein!« Jessie sprang auf, und die Federn schnellten mit leichter Verzögerung hörbar zurück. Der Teppich, auf den die Sonne warme Sprenkel warf, wärmte ihre eine nackte Fußsohle. Aber die andere traf auf kaltes Hochglanzpapier. Jessie schrak zurück. Ihr Magen verkrampfte sich beim Gedanken an die Fotos. Ihr wurde schummrig.

Silas bewegte sich mit der Geschmeidigkeit einer Raubkatze. Er hatte sie bei den Armen gepackt, ganz oben, gleich unterhalb der Schultern, ehe Jessie auch nur nach Luft schnappen konnte. Er gab ihr Halt, stützte sie. Eine Leichtigkeit für ihn, so stark, wie er war.

Mit einem Mal sah Jessie nur Grün und Grau, Nebel und Wald. Überdeutlich merkte sie, dass sie Silas tief in die Augen blickte. Er war keinen Atemzug von ihr entfernt. Viel zu nah, um seinen Blick zu vermeiden, woandershin zu sehen als in das Grün und Grau. »Ich … ähm.« Seine Finger packten fester zu, als sie mit der Zunge über ihre plötzlich trockenen Lippen fuhr. Sie setzte zum zweiten Versuch an. »Ich habe Ihnen nicht getraut.«

Silas stierte auf ihren Mund. Einen Herzschlag lang, einen zweiten. Jessie schluckte, wagte nicht, sich zu rühren oder auch nur zu atmen. Überlegte er vielleicht, ob er sie küssen solle? Ob er sie aus der Jacke schälen solle, die sie wie eine Panzerung trug, um ihren Körper mit Fingern, Lippen, Zunge zu erforschen?

Und sie selbst, Jessie, die Hexe? Es juckte sie, mit den Fingerspitzen über den Bizeps des Hexenjägers zu streicheln, auf seiner Brust die modulierten Muskelpakete entlangzufahren.

Er ist der Feind!, rief sie sich zur Ordnung. Mit Bedacht trat sie einen Schritt zurück. Sie entzog sich seinem Griff und wusste, dass er es zuließ.

»Klug von dir«, sagte er. Er klang ebenso grob wie pragmatisch, als er das sagte. Nein, »ebenso« war falsch. Es war deutlich mehr grob als pragmatisch. Aber Jessie war bereit, Silas ein paar Punkte dafür zuzugestehen, dass er es versucht hatte. Sie hätte jetzt gern gelächelt. Aber es gelang ihr nicht.

Silas Smith wollte ihren kleinen Bruder umbringen. Das hieß, dass sie wahrscheinlich den Missionar zuerst umbringen musste.

»Er ist in einem sicheren Versteck, glaube ich.« Sie ging um Silas herum, vermied, auf die Fotos zu treten oder zu schauen. Sie bemühte sich, einen leichten Ton anzuschlagen. Unbekümmert. Sich ihrer sicher.

Nichts davon entsprach momentan ihren wahren Gefühlen.

Aber das Lügen fiel ihr leicht. Zu leicht. Der Hexenjäger nahm ihr ab, was sie sagte. Sie fühlte sich nicht wohl dabei. Zu überleben war offenbar kein gutes Mittel gegen Gewissensbisse.

Dabei hatte sich der Mistkerl das alles doch selbst eingebrockt!

Während Jessie in ihre Stiefel stieg, schob Silas die Fotos zusammen und verstaute sie fein säuberlich zwischen den Aktendeckeln. Mit der Mappe machte er eine auffordernde Geste in Richtung Tür, und Jessie folgte der Geste ohne Widerspruch. Währenddessen überschlugen sich ihre Gedanken. Aus den wenigen Informationen, die sie besaß, ließ sich nur ein grober Plan zusammenbasteln. Ein Zirkel, eine ganze Reihe Leichen und Rituale, die sie nicht kannte.

Himmel noch mal, sie brauchte mehr Informationen!

Ich bin auf dem Weg, Caleb, ich komme!

Silas schloss die Fahrertür des Pick-ups auf und gab Jessie einen Wink einzusteigen. Sie tat es und rutschte auf die Beifahrerseite. Mit einem Seitenblick beobachtete sie Silas, wie er sich gleich nach ihr in die Fahrerkabine hievte. Sie musterte sein kantiges Profil, seine hohen Wangenknochen, die dunklen Bartstoppeln auf seinen Wangen.

Was zum Henker brachte einen Menschen dazu, einen Beruf zu wählen, bei dem man morden musste?

Die Zündschlüssel klimperten, als Silas sie mit Nachdruck ins Zündschloss trieb. »Wohin also?«

»Ähm.« Jessie verschränkte die Hände im Schoß. »Ins alte Seattle runter, in die Unterstadt.«

»Das ist dein Ernst, ja?« Als sie nickte, zuckte Silas mit den Schultern. »Was ist das für ein Ort, zu dem wir fahren?«

»Ich weiß es nicht so genau«, erklärte sie. Immerhin dieses Mal war sie ehrlich. »Ich glaube, es ist so etwas wie seine … Zuflucht. Vermute ich.«

»Eine Art Versteck? Eine konspirative Wohnung also?«

Jessie nickte. »So etwas in der Art.«

»Unten in den Katakomben? Ist dein Bruder lebensmüde, oder was?« Sie schoss Silas einen verächtlichen Blick zu, und er presste die Lippen zusammen. »Wie nah an den Graben heran müssen wir?«

Kacke! Einzelheiten. Jessie kannte keine Einzelheiten. »Nicht sonderlich nah«, meinte sie ausweichend. Sie hoffte, dass das stimmte. Der südliche Rand der Ruinenstadt war nicht nur gefährlich, man saß dort buchstäblich in einer tödlichen Falle.

Sollte sich Caleb irgendwo tief im Süden herumtreiben, dann würde es bald richtig interessant.

Silas ließ eine Hand unter seiner Jacke verschwinden. Jessie wusste, was er da machte. Er prüfte, ob seine Waffe noch sicher in ihrem Holster steckte.

Immerhin war er ja hier, um ihren kleinen Bruder zu erschießen.

Jessie setzte sich zurecht. »Fahren Sie einfach drauflos! Ich erinnere mich sicher gleich, wo wir langmüssen, sobald ich es sehe.« Und dann musste sie es ganz natürlich aussehen lassen, nicht so, als folgte sie einer aus Magie gelegten Spur durch ein chaotisches Labyrinth.

Ohne dass noch ein weiteres Wort zwischen Silas und Jessie fiel, folgte der Pick-up dem sich Kehre um Kehre nach unten windenden Highway hinunter zu den halb vergessenen Straßen des alten Seattle. Jessie lehnte den Kopf an die Scheibe und beobachtete, wie die vertrauten Gebäude aus Stein und Stahl an ihnen vorbeiflogen.

Der Verkehr wurde immer dünner. Ein Auto nach dem anderen fuhr vom Karussell ab, bis der Pick-up der einzige Wagen auf der Straße war. Niemand sonst fuhr so weit hinunter. Jessie verfolgte mit dem Finger auf der Scheibe den Schwung, den die Leitplanke der Ausfahrt hatte.

»Wohnen Sie hier in Seattle, Agent Smith?«

Er blickte nicht zu ihr herüber. »Nein.« Seine Hände lagen locker um das Lenkrad. »Ich wohne schon lange nicht mehr hier. Und bitte: du und Silas, okay?«, setzte er dann hinzu.

Jessie war sich nicht sicher, ob sie das konnte. Immer noch tippte sie mit den Fingerspitzen gegen die Scheibe. »Aber Sie kennen die Geschichte, oder? Ich meine, die der alten Stadt.«

Wieder blickte er zu ihr herüber. Ein Blick, als ob er ihre Frage erst auf ausgelegte Fallstricke hin untersuchen müsste. Nach einer Weile zuckte er mit den Achseln. »Wer kennt die nicht? Die Westküste wurde in zwei Stücke gerissen. Erdbeben, Tsunamis, Vulkanausbrüche. Dieselbe Geschichte, die zu erzählen es überall gibt, mit ein paar Jahren Unterschied, mehr nicht.«

So einfach konnte man das in Worte packen. So schnell war das dahingesagt. Jessie konnte sich die Verwüstungen kaum vorstellen, die Panik. »Meine Mutter hat nicht viel darüber erzählt«, sagte sie. »Sie ist hier geboren und aufgewachsen. Ich habe gelesen, dass die Menschen aufwachten und eine Aschewolke den Himmel verdunkelt hat.«

»Hast du denn sonst noch mit Überlebenden darüber gesprochen?«

Jessie schüttelte den Kopf. »Ist ja kein Thema, auf das man mal eben so kommt«, meinte sie mit einem schwachen Lächeln. »Aber manchmal sieht man einem alten Trunkenbold, der in einer Ecke der

Bar hockt, in die Augen. Und da kann man es lesen … das, was er alles gesehen hat.«

Lange Zeit starrte Silas hinaus auf die Straße. Schließlich sagte er: »Seattle war nicht die einzige Stadt, die ausgelöscht wurde.«

»Seattle ist die einzige Stadt, die als Antwort auf Mutter Natur hoch und höher hinauf in den Himmel gebaut hat«, erwiderte Jessie trocken. »Ein paar inbrünstig fromme Worte, eine Prise fanatischer religiöser Eifer, und schon bauen sie eine neue Stadt auf den Ruinen der alten, überbrücken den Graben mit ihrer Neuschöpfung, als wäre er nichts als ein Schlagloch.« Jessie hob den Blick hinauf zu den schlanken Gebäuden, die in den Himmel ragten wie glitzernde Speere. »Schöner, besser und sicherer gebaut und natürlich mit noch mehr Glas.«

Andere Städte hatte in dieser schrecklichen Zeit die Erde verschlungen. Sie waren weggeschwemmt oder hinweggefegt worden, waren niedergebrannt. Ohne erkennbaren Grund war alles aus den Fugen geraten und ins Chaos gestürzt.

Religiöser Eifer reichte als Beschreibung nicht mal aus.

Jessie schloss die Augen. Fünfzig Jahre waren keine Ewigkeit, eher im Gegenteil. Jessies Mutter hatte von einer alten Hexe erzählt, die die Unwetter überlebt hatte, die Paris von der Landkarte getilgt hatten. Ob Jessie selbst so viele Jahre, nur auf sich gestellt, würde überleben können?

Wollte sie das überhaupt?

Silas grunzte. »Der Graben, der ist was? Vielleicht anderthalb Kilometer breit, an der breitesten Stelle, oder nicht?«

Jessie machte die Augen auf. »Keine Ahnung. Vielleicht, ja. Aber tief ist er, verdammt tief.« Tief genug, um damals die halbe Stadt auf Nimmerwiedersehen zu verschlingen. Ein riesiges, finsteres Grab. »Mir war nie danach, mich dort umzusehen.«

»Klar, verdammt! Man hat die Ruinen ja nicht ohne Grund abgeriegelt und versiegelt.« Mit gerunzelter Stirn warf Silas einen Blick in den Rückspiegel. »Noch vor vierzehn Jahren war die Unterstadt eine Todeszone. Instabile Straßendecken, Erdfälle in der Nähe des Grabens, immer wieder unerklärliche seismische Aktivität. Himmel, die haben die Hälfte aller Aufklärer-Drohnen verloren, die sie den Graben runtergeschickt haben!«

Jessie senkte den Blick, starrte auf ihre Hände. Verdammt noch mal! Der Jäger klang, als wäre er ein cleverer Bursche. Jessie biss sich auf die Lippe. »Die Stadt ist wie eine überdimensionierte Schichttorte aus Metall und Glas. Meinen Sie wirklich, die haben das nicht vorher geprüft? Dass es sicher ist, obendrauf zu bauen, meine ich.«

»Sollte man meinen, nicht wahr?« Er grinste kläglich. Es war ein schiefes Grinsen von bitterer Süße, sodass Jessies Herz plötzlich losgaloppierte. Sie ballte die Fäuste. »Nach dem, was ich gehört habe, haben die einfach ein paar tausend Stützträger darübergelegt, das Ganze asphaltiert und dann für in Ordnung erklärt.«

Silas' männlich tiefe Stimme ging Jessie viel zu schnell und viel zu tief unter die Haut. So schnell konnte sie die Deckung gar nicht hochziehen. Da war sie nun, diese Stimme, und pendelte sich irgendwo zwischen sanft und vertrauensvoll ein. Jessie schürzte die Lippen und versuchte herauszufinden, warum. Warum war ihre erste instinktgesteuerte Reaktion, Silas Smith zu vertrauen? Und das, wo sie doch ganz genau wusste, dass er sie am Ende töten würde und Caleb erst recht!

Vielleicht bin ich's einfach nur leid, immer auf der Flucht zu sein, überlegte sie.

»Tja, hat ja funktioniert irgendwie.« Jessie hob den Blick und sah am Beifahrerfenster die baufälligen, schmutzigbraunen Wände eines Tunnels vorbeiziehen. »Ich hatte geglaubt, ich bekomme das Ganze zu sehen. Damals, als Caleb und ich über die Zubringertrasse hierherkamen. Ich war ziemlich enttäuscht, als nichts daraus wurde.«

»Warum?«

Rasch warf sie ihm einen Seitenblick zu. Silas konzentrierte sich ganz auf die Straße. Der Pick-up wurde langsamer. Jessie folgte Silas' Blick und erkannte Trümmer auf dem Asphalt, dessen Zustand sich schon deutlich verschlechtert hatte. Niemand kümmerte der Zustand der Straßen hier unten, nicht mehr.

Jessie schüttelte den Kopf, war es leid zu lügen. Hörbar atmete sie aus. »Also, zuerst einmal hatte der Transporter keine Fenster«, sagte sie dann. »Caleb und ich steckten in zwei Kisten, das war unser Versteck. Eine Lieferung für einen Laden in einem der oberen Stadtteile.«

Silas furchte die Stirn. »Kisten? Ihr zwei habt in luftdicht verschlossenen Transportkisten gesteckt?«

»Richtig.« Jessie machte keine Anstalten, das Bild farbiger zu gestalten. Sie wollte es einfach nicht. Es waren die längsten vier Stunden ihres Lebens gewesen, in absoluter Dunkelheit, zusammengekauert und mit steifen Gliedern. »Der Fahrer hat uns auf einer der unteren Ebenen abgesetzt, und das war's. Ganz abgesehen davon«, fuhr sie dann mit einem ironischen Kopfschütteln fort, »führen die Straßen hier unten nicht an den Katakomben vorbei. Wahrscheinlich 'ne gute Idee.«

Silas lächelte nicht. »Wie alt warst du da?«

»Fünfzehn.«

»Himmel, du warst ja noch ein halbes Kind!«

Nein. Ein Kind war sie nie gewesen. Ihr Blick war hart, unnachgiebig. »Wir waren schon eine ganze Weile auf uns allein gestellt, danke der Nachfrage. Wir sind prima zurechtgekommen.«

Der Blick, den er ihr von der Seite zuwarf, hatte etwas Stechendes. »Prima zurechtgekommen, aha! Einer von euch beiden ist Mitglied eines Kultes, der bestialisch Leute umbringt, und die andere hat es an der Backe, hinter ihm aufzuräumen.«

Mit einem Mal waren Jessies Wangen ganz heiß. Wie ein Peitschenhieb traf sie die eigene Wut und machte sie stumm. Sie wandte das Gesicht ab, blickte wieder zum Beifahrerfenster hinaus und schwieg hartnäckig.

Sie wusste genau, dass Silas recht hatte. Jessie könnte drumherum reden und lügen und Gewese machen, so viel sie wollte: Der Hexenjäger hatte verdammt noch mal recht. Vielleicht war es ja tatsächlich ihre Schuld, dass Caleb jetzt in der Scheiße saß. Vielleicht hätten sie irgendwo bleiben sollen, wo es schön ruhig und beschaulich war. Irgendwo in einer der Gemeinden weit draußen auf dem Land, wo das Leben einfacher war. Dort hätten sie vielleicht ein ganz normales Leben führen können.

Hätten Freunde gehabt. Freundinnen. Wären zur Schule gegangen.

Doch der kühl kalkulierende, rationale Teil von Jessies Verstand bestand darauf, dass sie alles richtig gemacht hatte. Ihre Mutter war umgebracht worden. Okay, vielleicht hatte Caleb es nicht gesehen. Vielleicht hatte er sich verstecken können, ehe die Mörder Lydia allein und ohne jeglichen Schutz in ihrem gemütlichen ländlichen Heim angetroffen hatten. Aber genau wusste es Jessie nicht. Jeden Tag seitdem fragte sie sich, ob der zwölfjährige Caleb nicht vielleicht doch Zeuge geworden war, wie ihrer beider Mutter starb. Vielleicht hatte er immer schon gewusst, warum die Gabe der Mutter, in die Zukunft schauen zu können, nach ihrem Tod in ihn hineingefahren und in ihm aufgeblüht war.

Vielleicht war das der Grund dafür, dass er ein so ernstes, wütendes Kind geworden war.

Oder vielleicht hatte einfach nur die Fähigkeit, in die Zukunft zu sehen, ihn so werden lassen.

Jenseits des Beifahrerfensters war es immer dunkler geworden, mit jedem Meter, den sie tiefer in die Unterstadt vordrangen. Jetzt waren die Scheinwerferkegel des Pick-ups und gelegentlich auftauchende brennende Abfalltonnen das einzige Licht. Jessie gab sich große Mühe, irgendwo Menschen zu entdecken, während sie aus dem Fenster stierte. Doch niemand hockte um die brennenden Fässer herum, nirgendwo bewegten sich Schatten, und es gab keine Kinder, die irgendwo spielten. Silas drosselte das Tempo des Pick-ups, um den schweren Wagen um Schutthaufen herumzulenken, die überall verstreut lagen. Jessie wusste, dass die Menschen, die in diesen heruntergekommenen Straßen ihr Leben fristeten, kaum eine Handbreit von der Hölle trennte.

Allein schon der Gedanke traf Jessie mitten ins Herz.

Die Stadt hatte sich viel Mühe gegeben, das vielfach gebrochene, in sich verbogene Skelett des alten Straßensystems, die innerstädtischen

Schnellstraßen und die Auf- und Abfahrten dazu, abzuriegeln. Aber Zeit und Elemente hatten ihren Tribut gefordert. Einst hatten große, in die Straßendecke eingelassene Betonblöcke verhindern sollen, dass Fahrzeuge wie Silas' Truck in die Katakomben hineinfuhren. Diese Blöcke jedoch waren längst verwittert, gesprungen, zerbröckelt oder von Besuchern beiseitegeschafft worden, die einen verzweifelt, die anderen einfach nur neugierig.

Hinter den Zwillingskegeln der Pick-up-Scheinwerfer verschluckte Dunkelheit die Straße, und die Dunkelheit war so undurchdringlich, dass sie zu atmen schien wie ein riesiges Biest auf der Lauer.

»Bist du so weit?«

Jessie rieb sich mit der einen Hand über das Brustbein. Ihre Stimme klang dumpf, als sie sagte: »Ich verstehe nicht, warum ein Ort wie der hier nicht so gesichert ist, dass niemand hier so einfach hineinspazieren kann.«

»So einfach nun auch wieder nicht«, erwiderte Silas und machte eine Kopfbewegung in Richtung Windschutzscheibe. Jessie beugte sich vor. Mit zusammengekniffenen Augen starrte sie in die Nachtschwärze hoch über ihnen, die sich auf den Pick-up und seine Insassen herabsenkte wie ein massiver Block sich materialisierender Schwärze. Ein ganz schwaches Schimmern markierte die Grenze des letzten elektrischen Lichts, das die Ränder der untersten der zivilisierten Ebenen erhellte. »Untermittig« nannte man diese Bereiche der Stadt hier. Sie lagen höher als der Scheiß von Straßen, auf denen Silas und Jessie sich momentan herumtrieben, aber viel zu weit unten, um von Bedeutung zu sein.

»Ich werde das Gefühl nicht los, dass wir die einzigen lebenden Menschen hier unten sind«, murmelte Jessie.

»Könnte sogar stimmen. Wir sind auf der untersten Ebene von New Seattle überhaupt, der Basisebene. Nur ausgewachsene Trottel mit Todessehnsucht verlaufen sich hierher. Die Zubringertrassen führen zwar genau hier durch, aber dieses Straßennetz hier berühren sie nicht.«

»Na prächtig!« Jessie holte tief Luft, ließ sich in den Sitz zurückfallen und verschränkte fest die Hände. Sie würde es schaffen. Sie spürte unablässig, wenn auch schwach, das Pulsieren von Calebs magischem Signal in sich. »Dann mal los, machen wir uns zum Trottel!«

Es hieß immer wieder, die Ruinenfelder seien der einzige Weg aus der Stadt ohne automatisierte, computergestützte Sicherheits- und Passkontrollen.

Aber Jessie hatte in genug Striplokalen und Hardcore-Trinkerkaschemmen gearbeitet, um Verzweiflung beim Sprücheklopfen zu erkennen, wenn sie sie hörte. Nicht ein einziges Mal hatte sie von jemandem gehört, der tief in die Unterstadt vorgedrungen war und eine Karte mitgebracht hatte, die man hätte verscherbeln können. Sie wusste, die Information über einen Fluchtweg hätte einen ordentlichen Preis erzielt.

Silas hatte also wieder recht. Geriet man zu tief in die Ruinenfelder, brauchte selbst der entschlossenste Flüchtling einen fleißigen Schutzengel, um zu überleben. Als der Pick-up an einer in die Jahre gekommenen, verblassten Reklametafel vorbeifuhr, betrachtete Jessie die Graffiti darauf und fragte sich, wie viel mittellose Reisende trotzdem diese Route gewählt hatten. Jedenfalls genug, dass einer davon eine Botschaft im grellen Orange von Rostschutzfarbe auf der Tafel hinterlassen hatte.

Lasset alle Hoffnung fahren!

Jemand mit Sinn für Humor.

Silas zirkelte den Pick-up um die Straßensperren aus Beton und diverse Schutthaufen herum. Die Tunnelwände schienen immer näher zu rücken, ein tintenschwarzes Areal aus Echos und Stein. »Wohin jetzt?«

Kurz schloss Jessie die Augen. Die Erinnerung an Calebs Magie und ihre eigene vereinigten sich zu einem einzigen Strang aus bleichem, mattem Licht. Jessie hatte keine Ahnung, warum sie alles um sich herum als Energiestränge wahrnahm, die miteinander verbunden waren. Symbole zu deuten zählte nicht gerade zu ihren Stärken.

Aber trotzdem funktionierte ihre Magie, und das gefiel Jessie.

Sie schlug die Augen auf und blickte konzentriert durch die Windschutzscheibe. »Geradeaus, glaube ich. Dieser Tunnel muss ja irgendwann aufhören.« Dass Silas Gas gab, war bis in die Fahrerkabine zu spüren. »Man kann sich nur schwer vorstellen, dass das hier mal eine blühende, lebendige Stadt war. Wir sind noch nicht einmal eine Minute hier, und trotzdem fühlt es sich schon an, als ob wir in ein Grab hineinfahren.«

»Auch das könnte durchaus stimmen. Zwei Millionen Menschen sind bei dem Beben umgekommen, und das allein hier in Seattle. Also tatsächlich ein Grab, wie es grabmäßiger nicht sein könnte, findest du nicht?« Mit beiden Händen hielt Silas das Lenkrad fest. Er hatte sich vorgebeugt, um die tintenschwarze Nacht, die von überall her den Pick-up bedrängte, besser im Auge behalten zu können.

»Das ist schrecklich.«

»So ist das Leben«, gab Silas zurück.

Jessie verkniff sich eine Antwort. Sie hätte zu der Zahl der Toten gern noch die hinzugezählt, denen man den Prozess gemacht hatte, die hingerichtet, ermordet und auf dem Scheiterhaufen verbrannt worden waren. Zwei Millionen? Die Zahl reichte bei weitem nicht!

Der Tunnel endete. Die Scheinwerfer erfassten am Tunnelausgang die aufgerissene, aufgeworfene Asphaltdecke. Die Dunkelheit blieb. Als ob wir immer noch in dem Tunnel wären, dachte Jessie. Ein Irrgarten der Zerstörung, ein wahrhaft verfluchter Ort.

»Wir sind da. Erkennst du etwas wieder?«

»Nein«, gestand sie und zog die Augenbrauen zusammen. »Ich kann ja keinen Schlag sehen.« Der Pick-up wich umgestürzten, verbogenen Metallpfeilern und Schlaglöchern aus so breit und lang wie die Windschutzscheibe. »Silas, ehrlich, ich begreife das nicht. Wie kann die Stadt, ohne einzustürzen, in den Himmel wachsen? Schließlich sind da Millionen von Tonnen aus Glas und Stahl über uns.«

»Statik ist nicht gerade mein Spezialgebiet«, entgegnete Silas trocken. Er ging vom Gas. Der verbeulte Pick-up kroch jetzt nur noch vorwärts und kämpfte sich durch eine tiefe Senke, in der Wasser stand.

»Nach allem, was man so hört, ist schon vor dem Großen Beben das alte Seattle auf eine noch ältere Siedlungsschicht gebaut worden. Die Erbauer des neuen Seattle sind also nur einer Tradition gefolgt.«

»Ziemlich dämliche Tradition«, meinte Jessie. Sie blinzelte, als Silas einen Schalter betätigte. Die Scheinwerfer streuten ihr Licht heller. Ganz wie das plötzlich aufflammende Signalfeuer eines Leuchtturms schnitten sie einen gleißend hellen Streifen in die rundum herrschende Dunkelheit. Der Lichtkegel traf auf eine Fläche aus pockennarbigem Metall und wurde von einem wahren Meer aus massigen Stahlträgern, von einem Geflecht ineinander verschlungener Rohre und Rost zurückgeworfen.

Jessie bekam große Augen. »Ach, du heilige ...«

»Leck mich!«, entfuhr es Silas. »Wie niedrig ist denn diese Decke hier, verdammt?«

Niedrig genug, um die Hand danach auszustrecken und sie zu berühren, wenn Jessie danach wäre. Sie blickte hinauf in den künstlichen Himmel aus Stahl über ihnen. Die Straße führte plötzlich bergab und verlief dann leicht abwärts weiter. Der Stahlhimmel, der die alte Stadt deckelte, hing daher nicht mehr so tief wie eben noch. Er wich zurück, bedrängte sie nicht mehr. Die miteinander verflochtenen Träger und Rohre, der engmaschige Teppich aus Metall verlor sich in der Dunkelheit, die sich Jessie als wunderschönen, nun aber verlorenen Himmel vorstellte.

Trauer überfiel sie. Zu Tausenden waren die Menschen hier gestorben. Jessie fühlte sich wie ein Eindringling.

»Nach was genau, an dem du dich orientieren kannst, halten wir eigentlich Ausschau?«

Jessie riss ihre Gedanken vom Was-wäre-wenn und Es-war-einmal los, um Silas mit einem finsteren Blick zu bedenken. Die Stirn zu runzeln und böse zu gucken war in jedem Fall besser, als sich selbst zu vergessen und die Hand nach ihm auszustrecken, um ihn anzufassen.

Herr im Himmel, sie wünschte, der Kerl wäre nicht so ... so gottverdammt ... *da!*

»Äh, was, bitte?«, fragte sie. »Wie?«

»Dich orientieren«, wiederholte er und brauchte einen Moment, um den Blick von der Straße zu heben und Jessie mit kühlen graugrünen Augen anzuschauen. »Du hältst doch Ausschau nach Orientierungspunkten, oder nicht?«

Oh! Ja, genau. Scheiße! Jessie deutete mit dem Kinn auf die Straße vor ihnen, die jetzt breiter wurde. »Wenn wir der Straße folgen, kommen wir auf einen großen Platz.« Sie erklärte nicht, woher sie das wusste. Sie wusste es einfach. »Ich glaube, dass dort früher einmal ein Denkmal gestanden hat. Jetzt ist aber nur noch der Sockel da. Hoffe ich jedenfalls«, fügte sie an. Sie fand, es klänge ehrlicher, wenn sich Zweifel in ihren Tonfall einschlichen.

Silas nickte, als wollte er ihre Worte bestätigen. »Hab keinen Schimmer, wie sehr sich hier unten alles verändert.«

»Ich auch nicht. Aber egal. Außer im Falle eines Totaleinsturzes«, bei dem Gedanken rieselte es Jessie eiskalt den Rücken hinunter, »wird alles doch noch einigermaßen vertraut aussehen.« Sie fuhr zusammen, als der erste Tropfen auf der Windschutzscheibe auftraf und sich darüber verteilte.

»Scheiße noch mal!«

»Was war das?«, fragte Jessie zeitgleich mit Silas' Ausbruch. Sie stützte sich mit beiden Händen am Armaturenbrett ab. Der Wassertropfen floh, gefolgt von anderen, über die ganze Scheibe hinweg. Ein weiterer dicker Tropfen schlug auf der Fahrerseite auf. Silas schaltete die Scheibenwischer ein. »Oh! Haben Sie irgendwo eine Taschenlampe?«

»Im Handschuhfach.«

Jessie fummelte an der Griffmulde herum, um das Handschuhfach zu öffnen. Es gelang ihr, und endlich hielt sie eine schwere Taschenlampe mit Kunststoffgehäuse in der Hand. Noch mehr Zeit vertat Jessie auf der Suche nach dem Kippschalter. Mit einem rauen, aber deutlich amüsiert klingenden Laut griff Silas von seinem Platz aus nach der Lampe und drückte den Knopf, der im Griffende eingelassen war.

Die Taschenlampe gab gutes Licht. Ihr Strahl stieß in die Dunkelheit hinein und fand den Metalldeckel über der Ruinenstadt, warf helles Licht auf das Meer aus Metall dort oben. »Oh!«, machte Jessie und stieß Silas mit der Hand an. Da war er, sein Bein, ganz nah, gleich links neben ihr. »Schauen Sie doch!«, verlangte sie nach seiner Aufmerksamkeit.

Aus dem künstlichen Himmel regnete es. Während der Pick-up auf den von Trümmern übersäten Platz fuhr, strömte Wasser zwischen den stählernen Maschen des Metallteppichs über ihren Köpfen auf sie herab. Es war die einzige Art von Regen, die die Straßen der Unterstadt je erlebten, ein heftiger, kalter Regen.

Silas bremste den Pick-up ab und hielt. Wieder herrschte eine ganze Weile Schweigen zwischen Jessie und ihm. Die Grabesstille auf dem Platz füllte sich mit den Geräuschen des Regens. Er trommelte seinen Rhythmus auf Metall, Glas und Beton.

Unter Jessies Hand bewegten sich Muskeln. Die Bewegung brachte Jessie schlagartig zu der Erkenntnis, dass ihre Hand immer noch auf Silas' Oberschenkel ruhte. Dass Silas sich ihrer Berührung nicht entzogen hatte. Dass sie vor der Berührung nicht zurückgeschreckt war.

Sie starrte auf ihre Hand, die auf der Jeans lag.

Rasch zog Jessie die Hand zurück und fingerte am Türgriff herum. »Kommen Sie!«, forderte sie Silas schnell auf. Sie fühlte sich wie eine ausgemachte Idiotin. Hoffentlich war es in der Fahrerkabine dunkel genug, damit ihre Verlegenheit nicht offensichtlich wurde. Ihr Gesicht, das wusste Jessie, war jedenfalls puterrot angelaufen. »Von hier aus können wir zu Fuß weiter!«

»Nimm die Taschenlampe mit! Du wirst sie brauchen.«

»Brauchen Sie denn keine?«

Jessie blieb nicht stehen, um den Ausdruck auf Silas' Gesicht zu lesen, als er ihr nach draußen folgte. »Ich habe immer eine in der Tasche. Ich frage mich die ganze Zeit, woher …«, begann er nachdenklich. »Das ganze Wasser: das muss Niederschlagswasser sein. Es läuft nach hier unten ab, wenn es in der Oberstadt regnet. Bestimmt geht schon wieder ein Gewitter über der Stadt runter.«

»Ihnen gefällt das Wetter nicht? Dann warten Sie mal zehn Minuten!«, sagte Jessie mit ironischem Unterton. Bei Silas' amüsiertem Grunzlaut wurde ihr seltsam warm und wohlig zumute.

Wieder biss sie sich auf die Lippe, zuckte zusammen. Benimm dich bloß! »Kommen Sie! Ich bin mir ziemlich sicher, es ist nicht mehr weit von hier. Aber der Zustand der Straße vor uns wird immer schlechter.«

Jessie verpasste sich selbst innerlich einen Tritt in den Hintern, als die Worte ihr, ganz ohne nachzudenken, über die Lippen purzelten. Verdammt sei ihr loses Mundwerk! Silas musterte die gegenüberliegende Seite des gepflasterten Platzes. Sie lag in vollkommener Dunkelheit. »Woher weißt du das?«

»Ist geraten, mehr nicht«, meinte sie leichthin. Sie klemmte die Taschenlampe zwischen die Knie und nahm die Haare zurück. Mit dieser Bewegung blockte sie sehr effizient Silas' Blicke auf ihr Gesicht ab.

»Sieht echt scheiße hier aus«, meinte Silas, beobachtete aber dabei Jessie.

Sie, nicht die Umgebung. Er überprüfte den Sitz seiner Waffe im Holster, knöpfte die verwaschene Jeansjacke halb zu und schloss den Pick-up ab. Dabei ließ er sie nicht aus den Augen. Ob er spürte, dass sie ihn angelogen hatte? Jessie ließ die Schultern kreisen, um die Anspannung zu lösen, die sie in ihrem ganzen Körper spürte. Es half nicht. »Na dann los, gehen wir!« Ohne auf ihn zu warten, nahm sie die schwere Taschenlampe in die Hand und marschierte los, einmal quer über den Platz, auf den der Regen niederging. Jessie musste sich große Mühe geben, um den Blick auf dem unebenen Pflaster unter ihren Stiefeln zu behalten. Sie wusste, spürte, dass Silas ihr gefolgt war und sie eingeholt hatte.

Der Mann hatte eine unglaubliche Präsenz. Sie würde sich daran gewöhnen müssen. Für den Moment zumindest.

Nach nur ein paar Augenblicken waren Silas und Jessie nass bis auf die Haut. Jessie hatte den Reißverschluss ihrer Jacke geöffnet, um das kalte Wasser die alberne Hitze in ihrem Bauch herunterkühlen zu lassen. Der Regen roch irgendwie nach Kupfer. Als Jessie sich über die Lippen leckte, schmeckte das Nass auf ihrem Gesicht ein klein wenig metallisch.

Wohin floss all dieses Wasser ab? Plötzlich hatte sie das Bild einer Flut vor Augen, die höher und höher stieg. Jessie knirschte mit den Zähnen. Ihrer Einbildungskraft freien Lauf zu lassen war momentan alles andere als hilfreich. Es hatte in den letzten fünfzig Jahren immer und immer wieder geregnet. Das Wasser musste irgendwo abgeflossen sein.

Der Gedanke bot wenig Trost, als Jessie mit Silas durch das Labyrinth der Unterstadt zog. Misstrauisch beäugte Jessie jede baufällige Mauer, jedes Gebäudeskelett mit seinen fensterlosen Augen.

Die Magie war Jessies Wegweiser.

Schließlich deutete Jessie eine Seitenstraße hinunter. Zumindest war dies schon eine Nebenstraße gewesen, ehe alle Straßen der Unterstadt zu nichts anderem als Nebenstraßen verkommen waren. »Das müsste die richtige Straße sein. Glaube ich.«

Wortlos griff Silas in seine Jacke und holte eine zierliche Stablampe hervor, nicht größer als ein Stift. Ihr kräftiges Licht durchschnitt die künstliche Nacht wie eine Messerschneide. »Bleib direkt hinter mir, okay?«

Jetzt ging er voran. Er war schon an Jessie vorbei, ehe sie den Fuß zum ersten Schritt gehoben hatte. Sie starrte Silas' Rücken an. »Erwarten Sie irgendwelchen Ärger?«

»Immer.«

Die lakonische Erwiderung nahm Jessie den Wind aus den Segeln. Immer, echt? Wie … traurig!

Und wie vertraut.

Jessie richtete die Taschenlampe auf die Straße zu ihren Füßen, die trügerische Sicherheit vorgaukelte, und folgte Silas schweigend. Immer wieder musste sie sich Regen aus den Augen blinzeln. Silas suchte sich mit großer Umsicht seinen Weg über den immer wieder geborstenen, von tiefen Rissen durchzogenen und vielfach aufgeworfenen Straßenbelag. Als Silas über einen ganzen Hügel aus Asphalt und Erdreich stieg, warnte er: »Vorsicht hier!«, und war schon daran vorbei.

Jessie blinzelte den Hügel an. Sie runzelte die Stirn. Ohne Vorwarnung setzte sich das Bild in ihrem Gehirn zusammen. »Oh!«, hauchte sie und ging in die Hocke, um mit der Hand über den Hügel zu streichen. Etwas Weiches, Grünes kitzelte am stumpfen Rand aus geborstenem Bitumen ihre Handfläche.

Die Natur eroberte sich die vergessene Stadt zurück. Jessie brauchte die Wurzeln nicht zu sehen, um zu wissen, dass sie überall in dem Hügel zu finden wären. Wurzeln, Moos und bröckelnder Stein. »Wow!«, flüsterte sie. Sie fand keine Worte, um die Freude und das Erstaunen auszudrücken, die sie darüber empfand. Die Freude schlüpfte unter ihre Müdigkeit, und ihre Wut und wuchs und gedieh.

Es gab Hoffnung, erste, lebendige Hoffnung.

»Was hast du entdeckt?«, rief Silas aus der Dunkelheit vor ihr. Seine Stimme prallte von nassem Stein und verrottendem Bauholz ab; sie klang seltsam schaurig, unwirklich.

Jessie hob den Kopf, blinzelte rasch. Energisch rief sie sich zur Ordnung und konzentrierte sich wieder auf den Grund ihres Hierseins. »Nichts!«, log sie. Silas würde es ja sowieso nicht verstehen. Sanft strich sie noch einmal über das erste Grün, den ersten lebenden Hügel in der Ruinenstadt, stieg darüber hinweg und beeilte sich, zu Silas aufzuholen.

Dieses Mal packte die Magie sie bei der Kehle. Ihr Bewusstsein zersplitterte in einem Schrapnellhagel, der in alle Richtungen flog. Viel zu viele Bilder gleichzeitig stürzten auf Jessie ein, sodass sie nicht eines davon erkennen konnte. Dann plötzlich loderten Jessies eigene magische Kräfte auf, umschlangen ihr Bewusstsein und zwirbelten alle Eindrücke und Bilder zu einem einzigen Faden zusammen. Die Energiespur verblasste allerdings rasch, wurde schwächer und schwächer, bis sie für Jessie in der realen Welt, die von allen Seiten auf sie einstürmte, kaum noch auszumachen war.

Regen, Stahl, Stille.

Da!

Heftig schüttelte Jessie den Kopf und berührte eine Tür gleich neben sich. »Caleb«, flüsterte sie. Ohne auch nur einen Moment zu zögern, aber mit angehaltenem Atem, drückte sie mit der Hand kräftig gegen die halb verrottete Tür.

Holz brach; es trieb Jessie Splitter in die Hand. Augenblicklich sickerte Wasser in die Lücke im Holz. Jessie warf sich mit der Schulter gegen den geborstenen Türrahmen, biss die Zähne zusammen und drückte mit dem ganzen Gewicht ihres Körpers gegen die Tür.

KAPITEL 7

Die verrottete Tür gab nach. Jessie stolperte in einen winzigen Raum. Staub und faulige Gerüche schwängerten die Luft, umhüllten Jessie wie ein dünner Nebelschleier. Sie hustete bereits, kaum dass sie in den von Menschen und Gott vergessenen Ort hineingetaumelt war, so scheußlich war der Geruch. Der Gestank von Moder und Verwesung.

Jessie atmete durch den Mund, musste niesen. Sie hielt sich beide Hände über die Nase. Ihre Augen tränten.

Draußen hörte sie Silas ihren Namen rufen. Das unaufhörliche Prasseln des Regens verschluckte seine Stimme teilweise. Jessie ignorierte ihn und wusste, dass er ihr später die Hölle dafür heißmachen würde. Es spielte keine Rolle. Nicht, wenn Caleb hier war. Jessie arbeitete sich an alten Holzkisten vorbei, vollgestopft mit irgendwelchen Dingen, die jetzt nur noch Müll waren, schon vor langer Zeit in der feuchten Luft vermodert. Jessie stieg über Abfallhaufen und vergessene Schätze. Altes Werkzeug, die hölzernen Griffe längst verrottet. Plastikspielzeug, zu schmutzverkrustet, um zu erkennen, was es einmal gewesen war. Eine völlig verrostete Schubkarre, beim Verrotten mit dem Boden unter ihr verschmolzen.

Mit großer Vorsicht bahnte sich Jessie ihren Weg. Auf der gegenüberliegenden Seite des Raumes erfasste der Lichtkegel der Lampe die Überreste einer Holztreppe. Die Stufen, halb vermodert und kaum noch vorhanden, führten zu einer Tür, etwa einen halben Meter über dem Boden in der Wand. Jessie steuerte an allen Müllbergen vorbei auf diese Tür zu.

Es fühlte sich merkwürdig an, wie Jessie mit jedem Schritt weiter durch jemandes Vergangenheit ging. Immerhin stieg Jessie hier über die Überbleibsel eines Lebens, über das, was von einem Menschen geblieben war, hier, in seinem Heim oder dem Ort, wo er seinen Lebensunterhalt verdient hatte.

Dieses Leben war zerstört worden, er hatte es aufgeben müssen wie so viele andere Menschen seit dem Großen Beben und in der Zeit danach.

Altersschwaches Holz knarrte unter Jessies Stiefelsohlen. Sie beugte sich hinunter, wühlte in etwas, das für sie nicht mehr zu identifizieren und in seine Bestandteile zerfallen war. Sie seufzte. »Wer immer du warst«, murmelte sie, »ich hoffe, du hast überlebt.«

Die Chancen dafür waren bestenfalls gering. Nach allem, was Jessie so gehört hatte, hatten Flutwellen und Feuerwalzen das vernichtet, woran sich ein Überlebender des Bebens hätte festhalten können, bis Hilfe kam.

Jessie stand da, mit nichts als Bedauern für dieses Leben, und klopfte sich den Staub von den Händen. Die Tür, zu der die Stufen vor fünfzig Jahren noch geführt hatten, war überraschend stabil, wenn auch mit Schimmelflecken übersät. Offenkundig war diese Tür besser vor den Elementen geschützt gewesen als der tiefer liegende Teil der Räumlichkeiten, zu denen sie gehörte. Jessie stemmte sich gegen die Tür und drückte mit beiden Händen dagegen.

Nichts geschah. Die Tür knarrte und knarzte, gab aber nicht nach.

Hinter Jessie tanzte jetzt ein zweiter messerscharfer Lichtstrahl wild über die moderige, schimmelige Wandverkleidung. »Direkt hinter mir bleiben«, sagte Silas, und vor Zorn klang seine Stimme scharf, »bedeutet, mir Bescheid zu geben, wenn du einen Umweg machst.«

»'tschuldigung«, sagte Jessie und meinte es nicht. »Wir müssen hier durch.«

»Hast du den Türknauf probiert?«

Jessie schoss ihm einen Blick über die Schulter zu, die Augen schmal vor Zorn. Ihr Blick wanderte über sein nasses, zerzaustes Haar, registrierte die glitzernden Regentropfen auf seinen harten, wütenden Gesichtszügen und blieb an den rauchgrauen Augen hängen, mit denen Silas das Türblatt vor ihr begutachtete. »Ja ... ha«, antwortete sie. Sie musste abbrechen, sich räuspern. Verdammt noch eins! Das musste ein Ende haben, das Mit-den-Augen-an-ihm-kleben-Bleiben. »Die Tür klemmt oder so.«

»Geh mal weg!« Silas klemmte sich die Ministablampe zwischen die Zähne und stieß Jessie beiseite, weg vom Türrahmen. Er nahm mit der Schulter Maß, hielt sich mit einer Hand am Türrahmen fest, um nicht das Gleichgewicht zu verlieren, und versetzte der Tür einen Stoß.

Holz ächzte und knackte.

»Verflucht!«, grummelte Silas und verlagerte sein Gewicht auf das hintere Bein. Er nahm die Taschenlampe aus dem Mund und befahl: »Halt dir die Hände vors Gesicht, klar?«

»Was?«

Als Silas sie nur schweigend anfunkelte, verdrehte Jessie die Augen und bedeckte ihr Gesicht mit dem rechten Unterarm. Sie hörte, wie Silas sich festen Stand suchte und den Oberkörper gegen die Tür krachen ließ. Holz splitterte unter dem schweren Aufprall. Noch ein kraftvoller Stoß, und die Tür gab geräuschvoll nach und krachte innen gegen die Wand.

»Scheiße!«, entfuhr es Silas. »Jessie, komm nicht ...«

Jessie ignorierte ihn. Ohne größere Schwierigkeiten wich sie dem Arm aus, den Silas warnend ausgestreckt hatte, um sie aufzuhalten. »Ich bin mir sicher, wir sind fast ...«

Die Worte verkümmerten ihr noch auf der Zunge, und ihr Kopf war leer.

Schwarz und braun. Blut und Knochen. Der Gestank schlug über ihr zusammen, war so greifbar, als hätte ihr jemand körperlich einen Stoß versetzt. Es war ein widerlicher, in Auge und Nase stechender Gestank, auf den Würgereiz folgte. »O Gott!« Jessie taumelte zurück gegen die Wand, die Taschenlampe entglitt ihren Händen und klirrte unmittelbar vor ihren Füßen zu Boden. »O Gott! *Silas!*«

Sie spürte, wie er sie bei der Schulter nahm, wusste, dass er sie umdrehte. Aber das Bild, das sich in ihr Gehirn eingebrannt hatte, war noch da: die Leiche in der Mitte des kleinen Raums. Halb verwest. Halb flüssig. Halb … o Gott, stand sie vielleicht darin?

Stand sie vielleicht gerade in *Caleb*?

Jedes Härchen auf ihrer Haut stellte sich auf. Kalter Schweiß brach ihr aus, und ihr Magen hob sich bedrohlich. »Ich muss gleich … Lass mich los!«

Silas aber ließ sie nicht los. Er zog sie an sich und barg ihr Gesicht an seiner Schulter. So umfangen zog er sie aus dem Raum. Er zog sie in den staubigen Lagerraum vor dem kleinen Zimmer, in die Dunkelheit dort, die nicht dieselben Farben hatte.

Die keine Leiche barg.

Jessie versuchte, sich loszumachen. Silas hielt sie umso fester. »Jessie«, sagte er, der Ton so unnachgiebig wie die Arme, die sie hielten. So hart wie seine Brustmuskulatur, die Jessie unter den suchenden Händen spürte. Sie krallte die Fäuste in seine Jacke und wusste nicht, ob sie es tat, um ihn wegzustoßen oder um sich daran festzuhalten.

Der Gestank war unerträglich. Jetzt wusste sie auch, warum.

»O Gott«, flüsterte sie wieder. »Wer ist das? Warum?«

Mit einer Hand umfasste Silas ihren Hinterkopf, mit langen, schlanken, kraftvollen Fingern; die andere Hand hatte er in Jessies Rücken; sie lag warm auf ihrem Kreuz. Sanft wiegte er sie, während er sie fest in seinen Armen hielt. »Ganz ruhig ein- und ausatmen!«, verlangte er von ihr. »Komm schon, Jessie, atme! Ein. Aus. Durch die Nase verfluchte Scheiße noch mal!« Als die Krämpfe einsetzten, packte er sie, hielt sie ein Stück von sich weg und hinein in den Kegel aus schwachem Licht, den ihre auf den Boden gefallene Taschenlampe warf. Er nahm ihr Gesicht in beide Hände, zwang sie, ihn anzusehen.

Sein Blick war finster, herrisch. Die Augenbrauen waren über der Nasenwurzel zusammengezogen, die Lippen eine schmale, harte Linie. »Atme durch die Nase!«, verlangte er wieder und hielt entschlossen den einmal hergestellten Blickkontakt aufrecht. »Es wird deinen Geruchssinn überbeanspruchen und ausschalten. Konzentrier dich auf mich!« Das tat sie. Ein. Aus. Genau wie er gesagt hatte. »Immer schön weiteratmen. Du gewöhnst dich daran, nur schön weiteratmen!«

Sich daran gewöhnen?

Machte ihm der Gestank etwa nichts aus?

Jessie knirschte mit den Zähnen. Sie atmete ein. Langsam, Stück für Stück, bekam die Welt um sie herum wieder Struktur.

Jessies Kiefer schmerzten, ihre Kehle schmerzte. Herr im Himmel, ihre ganze Seele war ein einziger Schmerz! »Ich kann nichts erkennen«, hauchte sie. Ihr brannten die Augen. »Ich kann nichts erkennen. Wer ist das da drin?«

»Keine Ahnung.« Silas strich ihr das Haar aus dem Gesicht. »Wenn du mir nicht umkippst, sobald ich loslasse, gehe ich und schaue ...«

»Nein.« Jessie holte tief Luft, behielt sie in den Lungen, bis diese gequält nach Luft schrien. Jessie atmete aus, zornig. »Ich bekomme das hin.«

»Zum Teufel, Jessie, du musst das nicht tun.«

»Doch, muss ich.« Sie griff nach seinen Handgelenken und zog seine Hände von ihrem Gesicht fort. »Ich muss das tun.«

Silas' Blick bekam etwas Unerbittliches, ähnelte eher Stein als Eis. Jessie begegnete dem Blick, versenkte sich in diesen Blick. Schließlich aber musste sie loslassen. Sie trat einen Schritt zurück.

»Okay.« Er gab nur widerstrebend nach. Offenbar war er verärgert, unsicher, ob er das Richtige tat. »Bleib ganz nah bei mir, und wenn du merkst, dass du da rausmusst, dann sag es rechtzeitig!«

»Versprochen.« Dieses Mal war Jessie sich nicht sicher, ob das wirklich gelogen war, auch wenn es als Lüge gemeint gewesen war. O Gott, wenn das da drinnen Caleb war! Aber wenn die Leiche ihr kleiner Bruder war, musste sie das unbedingt wissen.

Tränen schossen ihr in die Augen, während sie die Taschenlampe auflas und Silas in die Kammer folgte. Alles verschwamm ihr vor den Augen. Aber es war nicht nötig zu sehen, was sie sowieso schon spürte: dickflüssige, klebrige Gelatine. Bei jedem Schritt schmatzte der Teppich unter den Sohlen ihrer Stiefel. Vorsichtig umrundete sie die grauenvolle Szene und wischte sich verstohlen die Tränen aus den Augen.

»Jessie?«

»Was?«

Silas hockte neben der Leiche, neben der aufgedunsenen Masse toter Mensch mit gespreizten Armen und Beinen. Der Jäger betrachtete sie, begutachtete sie genauestens, ruhig, mit ausdruckslosem Gesicht. Jessie spürte Mitgefühl in sich aufkeimen für den Mann, dessen Leben so hart gewesen war, dass er einen scheußlichen Anblick wie diesen ertragen konnte, ohne auch nur im Geringsten die Fassung zu verlieren. Ruhig und unerschütterlich.

Mit zitternden Fingern fuhr sich Jessie durchs Haar. Sie fixierte den Knoten, zu dem sie es geschlungen hatte, weil … ach verdammt, weil sie sonst mit ihren Händen nichts anzufangen wusste. »Ich sehe gar nichts …« … *was nicht ins Bild passt* klang unglaublich deplatziert. Sie schüttelte den Kopf. »Ich vermute mal, es ist …«

»Das ist nicht dein Bruder«, sagte Silas bestimmt. »Es ist eine Frau.«

Erleichterung kämpfte gegen blankes Entsetzen. Ungeheure Schuldgefühle. »Wie lange ist sie …?«

»Keine Ahnung.« Silas verzog das Gesicht. »Kannst du Proben nehmen?«

Ihr Verstand weigerte sich. Jessie verspannte sich, hob aber aufmüpfig das Kinn. »Wovon?«

»Von dem Blut hier.« Silas griff in seine Jackentasche und holte einen kleinen Plastikzylinder heraus. »Je eine Probe aus jeder Himmelsrichtung. Ich decke das ab.«

Er warf Jessie den Zylinder zu. Es rappelte darin, als sie ihn mit der freien Hand auffing. Was hatte er gesagt: *das*. Nicht ein menschliches Wesen mit Würde, eine Sie, sondern nichts als ein Haufen toter Mensch.

Wie benommen stierte Jessie den Zylinder in ihrer Hand an.

»Zieh den Stopfen obendrauf heraus!«, erklärte Silas ihr. Seine

Stimme war ruhig, gelassen, geduldig. »Es sollte ein Viererpaket Abstrichbesteck darin sein, vier einzeln verpackte sterile Wattestäbchen in ihren Röhrchen. Nimm mit jedem Stäbchen eine Probe und steck es danach in das jeweilige Röhrchen zurück! Und dann zustöpseln.«

»Okay.« Kein Problem. Das würde sie hinbekommen. Jessie würde funktionieren und die Ruhe selbst sein. Sie wandte sich ihrer Aufgabe zu und wanderte in einem Kreis um die Leiche. Sie versuchte, nicht daran zu denken, in wie viel Blut sie gerade trat. Die Leiche ... die *Frau* musste verblutet sein. Ausgeblutet.

Jessie konnte sich nicht vorstellen, dass jemand so viel Blut verlor und noch lange am Leben blieb.

Jessie hockte sich hin, nahm das erste Stäbchen heraus.

Wo bist du, Caleb?

Warum hatte die Magie sie hierher geführt? Diese Leiche war nicht ihr Bruder, und Jessie war unglaublich erleichtert darüber. Aber warum war sie hier?

Jessie dreht das Stäbchen in der angetrockneten, Ekel erregenden Flüssigkeit. Rasch versenkte sie es wieder in seinem sterilen Röhrchen und drehte es zu. Sie wollte fertig sein, ehe der kalte Schauer, der ihr den Rücken hinunterlief, sie dazu brächte, es in einem Anfall von Hysterie in hohem Bogen von sich zu werfen. »Nummer eins erledigt«, meldete sie und war stolz darauf, dass ihre Stimme kaum bebte.

»Gut«, lobte Silas sie, ohne den Blick zu heben und Jessie anzuschauen. Er bewegte die Leiche, und schützte seine Hände mit einem Taschentuch. »Wahrscheinlich verlangte dieses Ritual Blut zum Fokussieren.«

Ach ja? als Antwort klänge viel zu rotzig. Stattdessen lächelte Jessie matt und ging um Silas herum, um die restlichen Proben zu nehmen. Sie hockte sich an der nächsten Stelle nieder, drehte das Stäbchen im Blut. Plötzlich runzelte sie die Stirn. Gold schimmerte im gedämpften Licht der Taschenlampe.

War das eine Spur? Jessie streckte die Hand danach aus, zögerte dann, blickte zu Silas hinüber.

Er beachtete sie nicht. Er war viel zu sehr mit der zerschmetterten sterblichen Hülle vor sich auf dem Boden beschäftigt.

Gold. Mit Blut besudeltes Gold.

Ach Scheiße! Jessie tauchte ihre Finger in den See aus kalter, zähflüssiger Blutmatsche und beachtete den Schauer nicht, der einmal von Kopf bis Fuß ihren ganzen Körper erbeben ließ. Sie schluckte die aufsteigende Übelkeit hinunter, den Ekel und brauchte dafür jedes bisschen ihrer noch vorhandenen Willenskraft.

Sie musste es wissen. Sie musste alles in Erfahrung bringen, was nur ging.

Metall, ja, mit rötlichem Glanz unter der angetrockneten, obersten Schicht, die es verbarg. Echtes Gold? Jessie bezweifelte das, nicht bei dieser Form. Falschgold.

Vergoldet. Eines von sechs. Drei davon rechts, drei links. Eine gute Zahl, eine zuverlässige Zahl, wenn man Magie praktizierte. Ein Band. Ein Siegel. Oh, Caleb!

Jessie schlug das Herz bis zum Hals. Dennoch fuhr sie mit der flachen Hand über den blutverkrusteten Teppich, durchpflügte mit den Fingern die Masse aus Blut und Leichensaft zu ihren Füßen. Drei weitere Perlen beförderte sie so ans Licht. Mit aller Gewalt unterdrückte Jessie den Laut, der unbedingt über ihre Lippen wollte, als ihre Finger auf etwas Kaltes, Scharfkantiges stießen.

Entsetzt darüber, was sie ertastet hatte – und sie wusste sofort, was es war –, blickte sie über die Schulter zu Silas hinüber. Fest umklammerte sie den blattförmigen Anhänger. Er war aus Silber, reinem Silber. Die ziselierten, mit hoher Handwerkskunst bearbeiteten Ränder schnitten ihr in die Handfläche. Zittrig holte Jessie Luft.

Den Anhänger hatte sie Caleb zu seinem dreiundzwanzigsten Geburtstag geschenkt. Es war das letzte Geschenk gewesen, das er von ihr bekommen hatte, ehe er gegangen war.

Der ideale Fokus für einen Tarnzauber. Um sich vor ihr, seiner Schwester, zu verbergen.

Warum versteckte sich Caleb vor ihr?

Warum fand sich das Amulett hier, an diesem Ort?

»Was hast du gefunden?«

Jessies Blick flog hinüber zu Silas. Er beobachtete sie, maß sie mit Blicken.

Wie viel hatte er gesehen?

Sie schluckte gegen den Kloß in ihrem Hals an. »Nichts«, log sie und hob die blutverschmierte Hand. »Ich bin ausgerutscht.«

»*Scheiße!*« Silas sprang auf die Füße, brauchte keine Sekunde, um ungeachtet des schlüpfrigen Bodens neben ihr zu sein. Er packte ihr Handgelenk und zog ihren Arm weg von ihrem Körper. »Geh nach draußen und wasch dir das ab!«, befahl er grimmig.

»Es ist nur Blut«, erwiderte Jessie. Sie wunderte sich darüber, wie ruhig ihre Stimme klang. So ganz anders als die in ihrem Kopf, die schrie und schrie und schrie. Ihr gelang ein schwaches, humorloses Lächeln. »Ich glaube, sie hier kümmert das nicht mehr.«

»Krankheiten, Jessie!« Silas zog sie in Richtung Treppe, die an dicken, verrosteten Stahlseilen hing. »Bakterien. In Blut, das derart verunreinigt ist, kann alles Mögliche sein. Herrgott noch mal, fass ja nichts an!«

Jessie dachte an den blutigen Anhänger, der jetzt in ihrem Stiefelschaft steckte, und sagte nichts.

Jessie Leigh war die mutigste Zivilistin, der Silas je begegnet war. Er zog sie die Treppe hinaus aus dem Lager hoch und wusste eines: Er würde noch bereuen, dass sie in die Sache verwickelt worden war. Korrektur: Er bereute es bereits.

So viel Blut, und jetzt war sie auch noch ausgerutscht und hineingefallen!

Silas riss die Tür auf; deren Schloss war schon lange verrottet. Er zerrte Jessie Leigh hinaus in den unechten Regen, der immer noch glitzernd an den Röhren des Stahlteppichs über ihren Köpfen hing und von ihnen hinuntertroff. Der Regen fiel auf Dächer und Arkadengänge, die langsam zerbröselten; aber die Luft roch jetzt sehr viel frischer.

Dankbar atmete Silas tief durch. Er wusste, Jessie tat es ihm nach, als er sich zu ihr umdrehte und auf ein stetiges Rinnsal aus Regenwasser deutete, das aus einem undichten Fallrohr gleich in ihrer Nähe quoll. In der einen Hand hielt Silas die Ministablampe. Diese Hand zitterte nicht. Aber die andere, mit der er Jessies Handgelenk umspannte, schon. Es fühlte sich an, als stünde ein größeres Erdbeben unmittelbar bevor, als wäre Jessies Haut die Erdkruste, die das Beben gewaltsam durchbrechen wollte. Silas hätte Jessie nie da reinlassen dürfen, verdammt noch mal!

»Da! Wasch dir die Hän… Scheiße!«

Es geschah ohne Vorwarnung. Eine Feuerspur, die einmal mit Macht um Silas' Handgelenk fuhr. Die Stablampe zuckte in seiner Hand. Das Knistern überspringender Glutfunken, heiß und gleißend blau überall auf der Haut. Jessies Blick, der über seine Schulter zu etwas zuckte, das hinter seinem Rücken geschah. Ihre Augen, die sich vor Entsetzen weiteten. Ihr Warnruf. »Silas …!«

Silas packte sie am Kragen und riss sie mit sich hinunter auf das Straßenpflaster. Einen Sekundenbruchteil später krachten Schüsse und zerrissen die nur vom Prasseln des Regens durchbrochene Stille. Steinsplitter spritzten auf, genau dort, wo Silas eben noch gestanden hatte. Die Splitter jagten durch die feuchte Luft.

»Hände hoch, Jäger!«

Der Befehl kam aus der Straße gleich hinter ihnen. Eine männliche Stimme, höhnisch im Ton, dem Ton, den jeder Hexer und jede Hexe anschlug, wenn sie glaubten, sie hätten ihn im Sack. Jessie biss sich auf die Unterlippe.

Silas berührte ihre Wange, gleich neben der Prellung am Mund. »Lauf!«, sagte er.

Sie kniff die Augen zusammen. »Nein, ich werde nicht …«

»He da, Jäger!« Eine zweite Kugel ging in die Mauer gleich über ihnen, und modriger Putz regnete auf ihre Köpfe.

Noch während das Echo des Schusses verklang, kalkulierte Silas seine Chancen. Fünfmal war geschossen worden; Klang und Schussrate deuteten auf einen gewöhnlichen Trommelrevolver hin. Fünf Schüsse, fünfmal daneben. Blieb einer.

Hastig griff er unter die Jeansjacke nach seiner eigenen Waffe, holte sie heraus und drückte sie Jessie in die Hand. »Zielen«, erklärte er rau, »dann den Abzug durchziehen! Kein Gerede, keine Spielchen. Erschieß sie, oder sie erschießen dich, ganz einfach. Kapiert?«

Jessie nickte krampfhaft. Unter den nassen Haarsträhnen, die ihr ins Gesicht hingen, war sie kalkweiß vor Schreck. Wieder berührte Silas ihre Wange, stand auf. »In Ordnung«, sagte er mit erhobener Stimme und streckte die Hände seitlich vom Körper weg. Im Augenwinkel sah er Jessie geduckt davonhasten. »Und was jetzt?«

Drei Meter von ihm entfernt kam ein Mann aus seiner Deckung. Den Waffenarm ließ er locker baumeln; die Waffe lag entspannt in seiner Hand. Mehr brauchte Silas nicht zu sehen, um zu wissen, dass sein Gegner es nicht mit ihm aufnehmen konnte. Nass klebte dem Mann das rote Haar um den Kopf. Das dümmliche Lächeln, das er im Gesicht trug, machte nur allzu deutlich, was er von Silas hielt. Keine Gefahr mehr.

Trottel.

»Wenn sie nur einen einzigen weiteren Schritt macht«, verkündete der Hexer aufgeräumt, »knall ich dich ab!«

Im Licht der Stablampe, die Silas hatte fallen lassen, erstarrte Jessie.

Verflucht!

»Hat dir tatsächlich noch nie jemand erzählt, dass Magie bei meinesgleichen nicht wirkt?« Silas erhob die Stimme, legte so viel Spott hinein wie irgend möglich. Achte nur ja auf mich, Sackgesicht, nicht auf sie! »Mir scheint, du bist nicht nur ein lausiger Schütze, sondern auch lausig im Zuhören.«

Um den Mund des Hexers zuckte es verräterisch. »Große böse Mordbuben wie du kennen wohl den Unterschied zwischen Begrüßung und Bedrohung nicht, was?«

»Das sagt gerade der Richtige«, erwiderte Silas gelassen. Mit ein paar Schritten hatte er sich zwischen Jessie und den waffenschwingenden Typen gebracht.

»Ts-ts!« Das Kinn des Mannes zuckte. »Das würd ich an deiner Stelle lieber lassen!«

Hinter Silas' Rücken schrie Jessie auf. Es war kein gedämpfter Angstlaut; es war ein endlos langer Schrei, der ihr die Kehle sprengte: echte Panik. Echter Schmerz. Silas' Magen krampfte sich zusammen, während sein Kopf zur Seite zuckte und er einen raschen Blick über die Schulter warf.

Was er sah, passte nicht zu Jessies kalkweißem Gesicht oder dazu, wie sie nach Luft rang, während ihr Schrei sich in Echos an den Mauern und Trümmern der Unterstadt verlor. Ein zweiter Mann stand hinter ihr. Auf Brusthöhe umschlang er sie mit einem Arm; mit der anderen Hand, die eine Waffe hielt, umfasste er ihr Handgelenk. Ein älterer Hexer. Abwartend blickte er über Jessies vom Regen dunklen Haarschopf hinweg zu Silas hinüber; ihre Blicke trafen sich.

Echter, heftiger Schmerz stand Jessie ins Gesicht geschrieben, als auch sie Silas' Blick suchte. Und Wut.

Ihre Mundwinkel hoben sich, beruhigend lächelte sie Silas an.

Sein Herzschlag kam aus dem Rhythmus. Kacke!

»Na prima«, sagte er. Er wandte sich wieder dem Rothaarigen zu und machte drei Schritte vorwärts. Dreh dich jetzt bloß nicht um! Immer schön ein Hexer nach dem anderen. »Was willst du von mir?«

»Was ich von dir will? Dich tot sehen. Aber sie da, sie ist keine Jägerin, habe ich nicht recht?«

Silas nahm die Hände herunter. Er lächelte ein zeitlupenlangsames, bewusst provozierendes Lächeln, bleckte die Zähne. »Mich willst du? Na dann komm und hol mich!«

»Oh, Mann!« Der Hexer zog den Hahn des Revolvers zurück und zielte über Kimme und Korn. »Das wird ihnen echt gefallen!«

Einen Sekundenbruchteil bevor die Waffe abgefeuert wurde, ließ Silas sich aufs Pflaster fallen. Er grunzte vor Schmerz, als er aufschlug.

Die Kugel pfiff an ihm vorbei, ein Laut, der in Jessies wildem Aufschrei unterging.

Sechs!

Silas rollte sich ab, erhaschte dabei einen kurzen Blick auf den zweiten Hexer, der mit seinem Arm voll Jessie zu kämpfen hatte, und war schon wieder auf den Füßen. Im selben Augenblick stürmte der revolverschwingende Rothaarige auf ihn zu.

»Ich hasse Jäger!«, fauchte er und warf die Waffe nach Silas.

Der riss abwehrend den Arm hoch und fluchte, als das provisorische Projektil auf Elle und Speiche auftraf. Heißer Schmerz schoss ihm den Arm hinauf und ließ ihn vom Ellenbogen abwärts taub werden.

Mit einem Grunzen warf Silas sich auf den jetzt wehrlos gewordenen Hexer und betete zu Gott, dass er mit dem Kerl rasch genug fertig würde, um Jessie beizuspringen.

Zur Deckung riss der Hexer beide Arme hoch und duckte sich unter Silas' Faustschlag weg. Gleich darauf rammte er ihm die Schulter in den Unterleib. Der Hieb trieb Silas sämtliche Luft aus den Lungen. Er rang nach Luft und landete rücklings auf dem Boden.

Die Luft um ihn herum knisterte.

Scheiße! Unmittelbar bevor ein blauer und hitzegleißender elektrischer Strahl über die Straße schoss, genau dorthin, wo Silas eben noch nach Luft geschnappt hatte, rollte er sich weg. Eine schwarze Brandspur zierte den vor Hitze glitzernden Asphalt. Es roch stechend nach Ozon und zugeschmolzenem Bitumen.

Silas kam wieder hoch; nur musste er sich dieses Mal viel zu sehr anstrengen.

»Ist schon komisch mit der Magie«, meinte der Hexer munter. »Wenn ich sie erst einmal aus dem Nichts geholt habe, ist sie so wirklich und tödlich wie eine Kugel.« Eine Hand schoss vor. »Dann wollen wir mal sehen, ob dein Tattoo das wegstecken kann!«

Wieder knisterte die Luft, lud sich auf, und die Spannung entlud sich, sehr real, sehr machtvoll. Gerade eben noch gelang Silas der Sprung zur Seite. Er konnte spüren, wie die feinen Härchen auf der

Haut seines Arms zusammenschmolzen, als einer der Blitze unmittelbar neben dem Arm vorbeischoss und sie versengte. Die Hitze war unglaublich.

Wo war Jessie?

Wie aufs Stichwort krachten Schüsse. Erst einer, dann zwei. Drei. Adrenalin pur trieb Silas vorwärts. Er krachte in den von der Wucht seines Angriffs überraschten Hexer. Zurückgeworfen von Silas' Schutzzeichen, entluden sich die magischen Kräfte des Hexers wie ein Gewitter, gefangen zwischen den beiden Kontrahenten wie zwischen zwei Bergrücken. So blieb es, bis Silas den Hexer niederringen konnte.

Scheiße aber auch, es tat höllisch weh! Elektrische Energie und Hitze krochen über Silas' Haut und rissen sie auf. Die Blitze trieben sich ihm als tiefe Wunden ins Fleisch, während Lichtbögen von einem Kämpfer zum anderen übersprangen. Der Hexer kreischte und schlug um sich wie eine Wildkatze mit ausgefahrenen Krallen.

Die Schmerzen, die den Blutzoll begleiteten, waren nichts gegen das, was die elektrische Spannung, mit den beiden Gegnern machte. Fest biss Silas die Zähne zusammen und kämpfte gegen die entsetzlichen Schmerzen an, gegen die weißglühenden Speere, die sämtliche Synapsen in seinem Gehirn verschmorten. Er warf sich mit seinem gesamten Gewicht auf den Hexer, um ihn am Boden festzunageln. Er packte dessen Kopf mit beiden Händen und nahm alle Kraft zusammen.

Der Hexer brüllte auf, als Silas ihm den Kopf auf das Straßenpflaster donnerte. Er brüllte noch einmal, als sein Kopf vom Pflaster abprallte. Er brüllte und brüllte, bis Schädelknochen brachen und Silas' zupackende, kraftvolle Hände Gehirnmasse aus dem Schädel herausquetschten und seine Finger in Brei griffen. Die magischen Kräfte knisterten, bis die Energie ausblutete und in sich zusammenbrach, bis nur noch der Geruch von Ozon Silas in die Nase stach.

Der Körper des Hexers krampfte unter Silas' Händen, die ihn gepackt hielten; Gliedmaßen zuckten und zappelten. Dann endlich hielt der Hexer still, regte sich nicht mehr.

Die Regungslosigkeit des Todes.

Silas' Haut zischelte und zischte immer noch. Fast wäre er vornübergefallen. Aber er konnte sich gerade noch abfangen, ehe er mit der Stirn auf dem Asphalt aufschlug. Keine Zeit. Keine Zeit für Schmerz und Wunden. Silas stemmte sich hoch, kam auf die Füße. Genug Adrenalin heilt alle Wunden.

»Jessie!«, brüllte Silas und rannte los, als wäre der Teufel hinter ihm her.

KAPITEL 8

Lauf, lauf, los, lauf!

Der Refrain dröhnte durch Jessies Kopf, im selben Rhythmus, wie die Sohlen ihrer nassen Stiefel auf das geborstene Straßenpflaster knallten. In vollem Tempo wich Jessie herumliegendem Draht und den rankenden Tentakeln vergessener Gartenpflanzen aus. Sie hastete durch dunkle schmale Straßen und Gassen, bog plötzlich und unvorhersehbar ab, und hoffte ihren Verfolger damit abzuschütteln.

Wen versuchte sie da eigentlich zu verarschen? Sie bekam heftiges Seitenstechen. Sie hoffte nur, Silas war noch am Leben und fand sie, ehe jemand sie umbrachte.

Angst trieb sie weiter vorwärts. Sie stolperte über den weiträumig verteilten Schutt einer eingestürzten Mauer. Gerade eben noch schaffte sie es, nicht der Länge nach hinzufallen, sondern sich an der gegenüberliegenden Mauerecke festzuhalten. Panik stieg in ihr hoch, die Jessie tapfer bekämpfte, während sie die Umgebung rechts und links von sich musterte. Der Lichtkegel ihrer Taschenlampe hüpfte unstet über die Seitenstraße. Robustes Moos wuchs in jeder Ritze, in jedem Riss im Boden, jedenfalls dort, wo der Lichtkegel der Taschenlampe auftraf. Der Regen aus dem Röhrenhimmel sammelte sich hier zu einem wahren Wasserfall. Das viele Wasser wusch das Blut und den Schmutz von Jessies Haut und – oh, bitte, Gott! – dämpfte ihren keuchenden Atem.

Mit der freien Hand fuhr sie sich durchs Haar und vertraute ihrem Bauchgefühl. Ihr Bauch meinte, sie solle nach links.

Ihr Verstand verlangte zu wissen, wieso.

Keine Zeit für Erklärungen. Jessie wandte sich nach links. Die Straße, nicht breiter als eine einzige Fahrbahn, eignete sich nicht gerade für einen Spurt. Bei jedem Schritt trampelte, rutschte und stolperte Jessie über Wurzelwerk und Schutt, und je weiter sie vorankam, desto schlimmer wurde es. Im tanzenden Lichtkegel der Taschenlampe war kaum zu erkennen, was an Hindernissen vor Jessie lag. Sie kämpfte sich durch dichte, klebrige Spinnweben hindurch. Einmal musste sie einen Aufschrei hinunterschlucken, als eine fette braune Spinne gegen ihre Wange prallte und sich an ihrem fragilen Faden wieder davonmachte.

Es schauderte Jessie. Mit geballten Fäusten zog sie den Kopf ein und versuchte nicht an acht dünne Spinnenbeine zu denken, die nach ihr griffen und sich in ihrem Haar verfingen.

Aber sie durfte nicht stehen bleiben, um sich nach ihrem Verfolger umzusehen; sie durfte nicht in Panik geraten.

Der Mann, der hinter ihr her war, schien die Tritte, die sie ihm verpasst hatte, gar nicht gespürt zu haben. Es hatte ihn nicht gekümmert, als sie ihm mit aller Gewalt auf den Fuß getreten war oder ihm ihre steif durchgedrückten Finger in den Hals gerammt hatte.

Aber Jessie selbst, oh ja, sie hatte jede noch so kleine Berührung seiner Finger gespürt! Es war, als hätte der Kerl sie mit Dornen und Nadeln durchbohrt, überall dort, wo er sie angefasst hatte, ganz als wären Feuerameisen über ihren Körper gelaufen. Jede Berührung hatte Schmerz bedeutet. Aber der verfluchte Scheißkerl hatte Jessie nicht nur Schmerz spüren lassen. Vor allem hatte er dafür gesorgt, dass es ihr Angst machte. Das Ganze hatte kaum mehr als eine Sekunde gedauert.

Verdammt viel Macht, die der Kerl ausstrahlte.

Jessie steckte Silas' Waffe in den Bund ihrer Jeans und fragte sich, wie viel Schuss sie noch übrig hatte – ob es den Schmerzhexer überhaupt interessierte, wenn sie im Laufen wild in seine Richtung schoss. Was passieren würde, wenn der Wichser sie einholte, fragte Jessie sich auch. Ob sie wohl fähig wäre, den Abzug durchzudrücken und ihm dabei direkt in die Augen zu sehen?

Sie überquerte eine Straße, ohne das Gelände vorher zu prüfen. Sie schauderte. Also verdrängte sie das Bild des großen Mannes mit der grauen Haarmatte, der hinter ihr her war. Der sie verfolgte.

Der sie angrinste und mit diesem Grinsen verhöhnte.

Irgendwo in der Nähe hörte man Steine rollen, Schutt, der ins Rutschen geriet. Jemand platschte durch Pfützen, jemand, der in schweren Stiefeln rannte. Zumindest glaubte Jessie, dass es Schritte waren, die sie über das Prasseln des Regens hinweg hörte. Vielleicht war es aber auch einfach nur Wasser, das von einem Dach herunterrauschte, irgendwo weit vor ihr. Doch vielleicht war es ihr Verfolger.

Vielleicht war er gleich hinter ihr.

Sie sprang über einen niedrigen, verrosteten Zaun, der das, was ehemals, vor dem Beben, Straße gewesen war, von dem trennte, was dahinterlag. Jessies Atem rasselte; Luft zu holen, genug Luft zu bekommen, war eine echte Anstrengung. Da passierte es: Mit der Handfläche blieb sie an dem verbogenen Metall des Zaunes hängen. Es riss ihr die Haut auf, als wäre diese nichts als Papier. Jessie japste auf und landete unbeholfen auf der anderen Seite des Zauns; Schmerz jagte durch ihren Körper. Hinter dem Zaun war es tiefer hinuntergegangen, als Jessie gedacht hatte.

Sie rappelte sich auf, drückte dabei die verletzte Hand gegen die Brust. Etwas unsicher auf den Beinen humpelte sie auf ein schlichtes Steingebäude zu, das vor dem Himmel aus Stahl und Beton zu erkennen war. Wenn das eine Gruselgeschichte wäre, dachte sie schaudernd, dann wäre jetzt ein guter Moment für einen warnenden Blitz in der Dunkelheit. Sie blieb wie angewurzelt stehen.

Der menschengemachte Himmel, der Stahldeckel auf der Unterstadt, kannte keine Blitze. Und das hier war, verflucht noch mal, keine Horrorgeschichte. Es war die Realität.

Entsetzt starrte Jessie auf die riesige altmodische Uhr, die in den Turm der kleinen Kirche eingelassen war.

Das Glas des Zifferblatts war gesprungen und zersplittert. Was davon noch übrig war, bleckte weiß die gezackten Ränder der nie mehr endenden Dunkelheit und dem Regen entgegen. Die schweren Eisenzeiger waren festgerostet. Die Mechanik, die diese einst, vor dem Großen Beben, bewegt hatte, war längst dahin. Jessies Hände bebten so sehr, dass der Strahl der Taschenlampe heftiger denn je auf und ab hüpfte.

»›Hüte dich vor dem Grab, das die Zeit vergessen hat!‹«, hauchte Jessie. Sie spürte kalten Schweiß auf ihrer Haut, kälter noch als der Regen. Sie vergewisserte sich, dass die Waffe noch in ihrem Hosenbund steckte, und wusste nicht recht, ob sie lachen oder schreien sollte.

Hüte dich vor dem Grab, das die Zeit vergessen hat! Ich kann nicht erkennen, was dort passieren wird. Aber wenn du es findest, darfst du dort nicht bleiben. Bleib ja nicht dort, Jessie!

Eine gesprungene Uhr über einer in Trümmern liegenden Kirche. Calebs Prophezeiungen waren also doch zutreffend. Jessie drehte sich um; ihr Herz raste.

»Wo bist du?« Die Männerstimme kroch durch die unheimliche Stille der Straßen von Old Seattle. Gerade eben noch konnte Jessie einen entsetzten Aufschrei unterdrücken. Es war ein echter Kraftakt. Denn Frustration und blanke Angst hatten sie fest im Griff. Jessie machte auf dem Absatz kehrt und rannte in Richtung Kirche.

Die Stufen, die Jessie hinunterhastete, zerfielen fast unter ihren Füßen. Zeit und Verwitterung hatten die Steinkanten abgewetzt, den Stein zerfressen. Die Treppe führte zu einer Art seichtem Graben hinunter, in dem Wasser – grün und braun von Algen und Schlick – stand. Jessie rutschte fast aus, platschte aber, ohne das Tempo zu drosseln, hindurch. Zwei Stufen auf einmal nahm sie, um sich der Ruine zu nähern, dem Gerippe einer Kirche. Jessie zog die Waffe aus dem Bund der Jeans. Der Griff fühlte sich klamm an.

Die Zeit hatte der Kirche alle Schutzwälle genommen, die sie einst geboten hatte. Jessie rannte durch den sich hoch hinaufwölbenden Bogen des Portals, stolperte in eine Eingangshalle, die einst vielleicht so etwas wie ein Versammlungsraum gewesen war. Jetzt war es ein Ort vergessenen, verblassenden Glanzes, ein Echo alter Herrlichkeit. Schatten hingen überall, an zerbröckelten Statuen und herabgestürzten Friesen. Aufgeworfene Reste eines verrottenden roten Teppichs wellten sich wie weggeworfenes Papier im Regen.

Jessie durchquerte das Kirchenschiff, suchte verzweifelt nach einem anderen Weg hinaus als den, den sie gekommen war. Sie suchte nach einer Tür, einem Portal, einem Fenster, das nicht vergittert war, um Buntglasfenster zu schützen, die längst nicht mehr existierten. Jessie suchte einen Ausgang, der nicht versperrt in der Dunkelheit zusammengesackter Wände und eingestürzter Decken verrottete.

Es gab aber nur den einen Eingang.

Hier war Jessie nicht sicher.

Bleib ja nicht dort, Jessie!

Hin- und hergerissen zwischen Schmerzen und Angst vor der Prophezeiung zauderte sie.

»Jessie!«

Sie schrie auf. Die Taschenlampe schepperte zu Boden, und das Scheppern hallte von allen Wänden wider. Jessie wirbelte herum und zielte mit Silas' Waffe auf die bedrohliche Gestalt, deren Silhouette sich vor dem Eingangsportal abhob. Jessie zitterten die Arme, so schwer war das kalte Metall. Ihr brannten die Augen, aber sie durfte jetzt auf keinen Fall auch nur mit der Wimper zucken, nicht blinzeln. Sie durfte den Mann nicht merken lassen, dass sie die Kräfte verließen.

Hüte dich vor dem Grab, das die Zeit vergessen hat!

Ihrem Grab?

Nein, *sein* Grab! Sie wappnete sich, stützte die Schusshand mit der verletzten Hand.

»Jessie«, wiederholte der Mann. Er bewegte sich, löste sich aus der Dunkelheit. »Jessie, nimm die Waffe runter!«

Jessie zitterte am ganzen Leib. »Keine Bewegung!«, warnte sie. Der nasse Stein um sie herum sog ihre viel zu hohe Stimme auf und warf sie als zigfaches Echo von den Wänden zurück. »Keine Bewegung, hab ich gesagt! Wag ja nicht, mich noch einmal anzufassen!«

Ganz langsam streckte Silas die Arme seitlich vom Körper weg, spreizte die Finger. »Ganz ruhig«, sagte er, leise und sanft. Jessie war sich nicht einmal sicher, ob er es wirklich gesagt hatte, so laut hämmerte ihr das Herz in der Brust. »Ganz ruhig, Sonnenschein. Nimm die Waffe runter!«

»Stehen bleiben, verflucht!«

»Ich bin's, Jessie.« Seine Stimme überbrückte das bisschen Distanz, das noch zwischen ihnen war. Sie schnitt durch ihre Haut, kalt von Schweiß, schnitt durch die Angst. Silas machte einen weiteren Schritt. Die Hände hielt er gut sichtbar von sich weg.

Heftig biss sich Jessie auf die Unterlippe, als ihr die Augen vor Tränen schwammen. Ihr Finger krümmte sich um den Abzug.

»Jessie!«, sagte Silas scharf, machte noch einen Schritt. »Ich bin es, Silas. Alles ist in Ordnung. Du bist in Sicherheit. Du bist okay.«

»Ne ... ne ... nein«, flüsterte sie und erschauerte.

Silas kam näher, Schritt um zeitlupenmäßigen Schritt. »Er ist tot, Jess. Du hast ihn erwischt. Er ist tot. Hast du verstanden?« Vorsichtig streckte Silas die Hand nach Jessie aus. »Gib mir die Waffe, okay? Lass sie los!«

Jessies Arme zitterten. Ihre Schultern ächzten unter dem Gewicht der Waffe. Als Silas nach dem Lauf der Pistole griff, holte Jessie tief und zittrig Luft.

Erschreckend rasch hatte er ihr die Waffe entwunden und zur Seite geschleudert. Die Pistole prallte auf dem nassen Boden auf und schlitterte über die Steinfliesen. Vor Erleichterung schluchzte Jessie auf; ihre Nerven lagen blank. Sie krallte beide Hände in Silas' Jacke und zog ihn mit einem heftigen Ruck an sich, presste ihre Lippen auf seinen Mund.

Vielleicht hatte er das nicht erwartet, vielleicht sie es gar nicht beabsichtigt. Er grunzte überrascht, sie aber gab ihm keine Gelegenheit zu einer rationalen Reaktion. Zum Nachdenken. Für Vernunft.

Auch Jessie wollte nicht vernünftig sein. Sie wollte an nichts anderes denken als an Silas' durchtrainierten, muskulösen Körper, dessen Männlichkeit und Kraft. Sie wollte an nichts anderes denken als daran, wie seine Lippen schmeckten. Sie drängte sich an ihn, rücksichtslos und ohne zu zögern, als wollte sie unter seine Jacke kriechen, sie sich mit ihm teilen. Mit Armen und Beinen umschlang Jessie ihn, während sie seine Lippen mit den ihren verschlang und seine Wärme in sich einsog.

Überraschung verwandelte sich in entfesselte Begierde. Silas packte Jessie bei den Hüften und riss sie an sich. Der Kuss, der eben noch von ihr ausgegangen war, wurde zu seinem, und Silas bedrängte Jessie so leidenschaftlich, dass sie zurücktaumelte. Lustvoll steigerte er die Intensität des Kusses. Seine Zunge stieß fordernd in ihren Mund vor, trieb ein wildes Spiel mit Jessies Zunge. Verzweifelt versuchte Jessie wieder die Oberhand zu gewinnen.

Aber er ließ es nicht zu. Seine Hände erkundeten die sanften Rundungen von Jessies Po, umspannten ihn. Problemlos hob Silas sie hoch, ihre Scham ritt auf seiner Männlichkeit. Überrascht schnappte Jessie nach Luft, erschrocken darüber, dass ihr Rücken gegen kalten Stein stieß. Gleich darauf aber stöhnte sie vor Lust auf. Mit den Oberschenkeln umschlang sie Silas' Hüften fester, begieriger. Sie schob ihr Becken gegen seine deutlich spürbare Erektion, die sich ebenso deutlich spürbar gegen seine beengte Jeans aufbäumte.

Silas vergeudete keine Zeit. Heftig, geradezu wütend zerrte er an Jessies Jacke, bis diese endlich von ihren Schultern rutschte. Er kämpfte mit ihrem Tanktop. Die schmalen Träger rissen endlich, und Jessies Brüste fanden den Weg in Silas' ungeduldige Hände. Wie heißer Wind eine Feuerwand schürt, entfachte die kaum verhohlene unterschwellige Aggression seiner Bewegungen Jessies brünstiges Verlangen noch mehr.

Mit einem unverständlich leisen, atemlos hervorgestoßenen Fluch löste Silas seine Lippen von Jessies Mund und umspielte mit der Zunge stattdessen eine ihrer Brustwarzen. Die feuchte Berührung seiner Zungenspitze ließ Jessie ekstatisch aufstöhnen. Er leckte an der empfindsamsten Stelle und verweilte dort, während er mit rauen, wissenden Fingern die andere Brustwarze knetete. Er hörte nicht auf damit, bis Jessie jenseits von Vernunft und Denkvermögen sich aufbäumte und sich unter seinen zupackenden Händen wand.

Ihr beider keuchender Atem und die leisen Laute der Lust, die sich ihren Kehlen entrangen, vervielfachten sich, als sie von den feuchten Wänden der Kirchenruine widerhallten. Jedes heisere Stöhnen, das Silas von sich gab, bezeugte, wie schmerzhaft heftig er nach der Erfüllung seiner Lust gierte, und jeder dieser rauen, wollüstigen Stöhnlaute peitschte Jessie hoch hinauf und höher, bis auch sie die Erregung fast zerriss.

Jessies Finger suchten den Bund ihrer eigenen Jeans, versuchten die widerspenstige, regennasse Hose aufzuknöpfen. Sie lachte, als Silas ihre Hände ungeduldig beiseiteschob, um es selbst zu tun.

Sein Blick bohrte sich in ihren. Es war ein wilder Blick aus in der Dunkelheit eher grünen Augen, in denen Ungeduld und Verlangen brannten. Verlangen nach ihr, Jessie. Nach ihrem Körper, nach der Erfüllung seiner Lust zwischen ihren gespreizten Beinen, nach ihren leisen Lustlauten, die sie gegen seine Haut hauchte. Sie wusste das so sicher, wie sie ihre eigenen Sehnsüchte kannte.

Sie wollte es. Wollte ihn. Jetzt. Hier.

Ihre schlafende Gabe, ihre Magie, regte sich. Unbarmherzig rang Jessie sie nieder.

Das Hier und Jetzt gehörte ihr. Nur ihr.

Silas umfasste Jessies Unterschenkel, löste sich aus ihrer Umschlingung, sorgte dafür, dass sie wieder auf ihren eigenen Beinen stand. Wortlos, beinahe schon grob drehte er sie mit dem Gesicht zur Wand, drängte sie gegen den kalten Stein, eine warme Hand genau über der schwarzen Tätowierung mittig auf ihrem Rücken. Im selben Moment, als Jessie auf ihrer hochsensibilisierten Haut den kalten Stein spürte, keuchte sie auf, ächzte, als ihre aufgerichteten Brustwarzen über raues Mauerwerk schrammten, ein gleißend heißer Funken Schmerz und Lust. Kalte Luft huschte wie Schattenfinger über die nackte Haut ihrer Hüften und Oberschenkel, als Silas ihr die Jeans bis zu den Knien herunterzog.

Teils in plötzlichem Erschrecken, teils vor Getriebenheit und Not schrie Jessie auf, als Silas' tastende Finger sie feucht und die Schamlippen in größter Erregung geschwollen fanden. Jessie stützte sich rechts und links mit den Handflächen, mit weit gespreizten Fingern an der

Wand ab, presste ihre heiße Wange gegen den kalten Stein. Sie war ganz und gar körperlicher Genuss.

Sie war ganz und gar sehnsüchtiges Verlangen.

Silas war alles, was sie wollte und brauchte. Feurige Leidenschaft und fordernde Triebhaftigkeit, ungezügeltes Begehren und ungestillte Erregung. Jessie schob Silas ihren Hintern entgegen, hob das Gesäß mit durchgedrücktem Kreuz. Es war eine Geste verzweifelt sehnsüchtiger, wortloser Aufforderung. Als Silas' Geschlecht ihren warm pulsierenden Schoß berührte, schnappte Jessie nach Luft, stieß heißen Atem gegen kühlen, feuchten Stein. Sie japste ein halb ersticktes »Ja!«, im selben Augenblick, da Silas sie fand und tief in sie eindrang. Sein Ständer war hart, groß, perfekt.

Mit völlig überreizten, überempfindlichen Sinnen war alles, was Jessie noch fähig war zu tun, am kalten Mauerwerk vor ihr festzuhalten und Silas in sich zu spüren. Heiß und hart. Und sehr real. Er gehörte ihr.

Jedenfalls für diesen kurzen, vergänglichen Moment.

Silas stemmte sich gegen die Mauer, nahm sich um Jessies willen zusammen. Jeder Muskel in seinem Körper bebte vor Anspannung und Erregung in dem Versuch, nicht zu kommen. Es hinauszuzögern. »Jessie«, stieß er hervor. Die erzwungene Selbstkontrolle klang wie echter Schmerz in seiner Stimme und dazu noch – o Gott! – Rücksichtnahme.

Das Letzte, was Jessie wollte, war Rücksichtnahme.

Jessie schob sich Silas entgegen, rieb sich heftig an dem rauen Denim der Jeans, die immer noch auf seinen Hüften saß. Er warf den Kopf in den Nacken und packte sie mit beiden Händen um die Taille. Er war so gottverdammt kontrolliert! Noch einmal bewegte sich Jessie, ließ Silas tiefer in sich ein, ritt auf ihm und tat es nachdrücklicher, energischer. Er verbiss sich einen Fluch.

Jessie lächelte, und genoss das hitzige Hochgefühl, das den beginnenden Orgasmus begleitete. Sie ritt den Strudel aus sich steigernder Hitze und Erregung. Silas stieß tiefer in Jessie hinein, zog sich zurück, nur um gleich wieder in sie vorzudringen, tiefer und wieder und wieder. Mit jedem Stoß brachte er Jessie ihrem Höhepunkt ein Stück näher, noch ein Stück näher und noch näher, bis sie sich aufbäumte, sich ihm entgegenwarf und einen wilden Schrei ausstieß. Auf der Welle ihres rauschhaften Orgasmus, der ihren ganzen Körper erfasste vom Kopf, der ihr schwirrte, bis zu den Zehen , zersplitterte ihr bewusstes Sein wie feines Glas in tausend Stücke.

Silas in ihrem Rücken, der nichts war als Atem, als kehlige Laute der Lust, wurde von Jessies wollüstigen Bewegungen, von dem warmen Fleisch, das ihn umgab, und ihrer Hitze mit hinunter in den Strudel reinen Spürens gerissen.

Jessie sank in sich zusammen, stützte sich schwer auf die Mauer vor ihr. Keuchend rang sie nach Atem, sog mühsam Luft in ihre leer gepumpten, schmerzenden Lungen. Silas brach über ihr zusammen. Regennass tropfte es aus seinem Haar auf ihre Schultern, und seine nasse Jacke kratzte über die nackte Haut ihres Rückens.

Jessie brauchte einen Augenblick, um zu begreifen, dass auf der feuchten Kühle der Mauer seine Hand auf ihrer lag, seine und ihre Finger ineinander verflochten waren. An seinem Handgelenk glänzten glatt polierte Perlen mit der Gravur *Nina*.

Mit einem Mal schlug ihr Herz weniger heftig.

»Jessie«, sagte Silas leise gegen ihre Schulter. »Jessie. Sonnenschein, ist alles in Ordnung?«

Jessie war sich nicht sicher, ob sie eine Antwort auf diese Frage wusste.

Fluchend zog sich Silas aus ihr zurück. Sie schnappte nach Luft, als er sie zu sich herumdrehte. Seine Augen suchten ihren Blick. »Jessie? Habe ich dir wehgetan?«

Nur vom ersten Moment an, da sie sich begegnet waren, sonst nicht.

Jessie schüttelte den Kopf. »Nein«, behauptete sie. Sie zog ihre Jeans hoch, was eine wunderbare Entschuldigung bot, sich aus seinen Armen zu befreien. »Ganz im Gegenteil«, fügte sie hinzu. Sie zwang sich zu einem Lächeln, das ihre Unsicherheit verdeckte. Lass ihn einfach nur die wohlige Trägheit ausgekosteter Befriedigung sehen, die er dir verschafft hat.

Und ja nichts von der Angst.

Seine Stirn glättete sich, aber nur ein klein wenig. Ihr armer süßer Missionar.

Ich kann nicht erkennen, was dort passieren wird, hatte Caleb gesagt. Aber Jessie wusste es jetzt. Sie hätte diesen Ort meiden sollen. Sie hätte dort nicht bleiben dürfen. Auf gar keinen Fall.

Hüte dich vor dem Grab, das die Zeit vergessen hat! Danach würde sich alles ändern.

Oder überhaupt nichts.

»Ach, leck mich doch!«

Jessie, die gerade in ihre Jacke schlüpfte, blickte zu Silas auf. »Was denn? Das jetzt auch noch?«

Silas lachte nicht. Stattdessen legte er seine Hand über das zerrissene Tanktop. Sofort hämmerte Jessie das Herz wild in der Brust. Ein hungriges Herz.

»Du blutest.«

Jessie war ein wenig verwirrt und sah an sich herab. »Wie? Oh!«, meinte sie und hob ihre verletzte Hand. Aus dem tiefen Riss, der ihre Lebenslinie kreuzte, quoll träge Blut. »Das hatte ich ganz vergessen. Ist nur ein Kratzer.«

Wut knisterte wie Elektrizität in der Luft um Silas, als er Jessies Handgelenk einfing. »Das muss verbunden werden.«

Jessie runzelte die Stirn. »Das muss ausgewaschen werden, und gut ist.«

Schweigend blickte Silas auf sie hinunter und wartete. Ausgerechnet jetzt die Geduld in Person. Jessie verdrehte die Augen, gab sich geschlagen, egal wie sehr sie sich auch darüber ärgerte. »Okay, schon gut. Bring mich zurück in euer sicheres Versteck da. Nur weg von all diesem …« Blut. Verwesung. Goldperlen, ertränkt in Tod. »… diesem gottverlassenen Ort.« Heftig blinzelte Jessie. Gleich mehrmals hintereinander. »Bitte!«

Silas berührte ihre Wange. Das war das Schlimmste, was er tun konnte.

Es war genau das, was sie brauchte.

Sie schmiegte die Wange in seine schwielige Hand und ergab sich dem Herzschmerz, als er ihr seine Hand entzog. Ganz als ob er sich an ihr verbrannt hätte. Er trat einen Schritt zurück. Wortlos sammelte er die Waffe ein, die er ihr entrissen und wie achtlos fortgeworfen hatte.

Jessie wusste nur eins: Sollte sie diesen ganzen Scheiß hier tatsächlich überleben, dann nicht unbeschadet und ohne Narben.

Sie schloss den Schmerz in ihrer Handfläche in einer Faust ein. »Lass uns hier verschwinden!«

KAPITEL 9

»Einen hat's in jedem Fall erwischt.«

Caleb Leigh starrte auf den Sockel, der sich über dem moosbewachsenen Kreis aus Ziegelsteinen erhob. Hinter ihm stand die hübsche schwarzhaarige Hexe, die Caleb nur als Alicia kannte, und beobachtete ihn.

»Nick ist der Erste gewesen, den sie gefunden haben«, fügte sie hinzu. Spitz im Ton.

Das alles wusste Caleb bereits. Er hatte es schon gewusst, als er am Morgen nach nur ein paar Stunden unruhigen Schlafs aufgewacht war. Alicias ironischer Tonfall zerrte an seinen Nerven und kostete ihn den Rest seiner mühsam bewahrten Geduld.

Er gab einen unbestimmten, nichtssagenden Grunzlaut von sich.

Alicia fasste das als Einladung auf, ging um den Kreis herum und stellte sich neben Caleb. Auch ihr Blick ruhte auf dem Sockel. Der leere Sockel wirkte seltsam … verloren hier. »Allen Anzeichen nach haben wir es mit einem, vielleicht sogar mit zwei Jägern zu tun. Einiges spricht dafür, dass Nick noch zu grillen versucht hat, was immer ihn erwischt hat. Aber es gibt keine weiteren Leichen.« Ein Herzschlag. »Außer der im Kreis.«

Caleb blickte Alicia an. »Zu tot, um noch eine Hilfe zu sein«, meinte er trocken.

Alicia zuckte mit den Schultern. »Wenn Kojo …«

»Sie war offensichtlich bereits tot, Alicia, und zwar *bevor* der Jäger sie gefunden hat«, erklärte Caleb ungeduldig und erstickte damit ihre nutzlosen Wenn-dann-Überlegungen. »Kojo kann nur sehen, was die Frau in ihrem Gedächtnis abgespeichert hat, solange sie lebte. Kojos Macht über die Toten kann uns hierbei nicht helfen.« Oder, um genau zu sein, es könnte schon helfen, nur Caleb nicht. Er konnte die Auferweckungsmagie des Zombie-Hexers bei der Leiche von Delia Carpenter so gar nicht brauchen.

Immerhin waren Delia Carpenter seine Geheimnisse frisch im Gedächtnis gewesen, als sie gestorben war, und sein Gesicht war das Letzte, was sie auf dieser Welt gesehen hatte.

Caleb hätte ihr die Zunge herausschneiden sollen, als sich die Gelegenheit dazu bot.

Alicias Blick aus strahlend blauen Augen hätte ihm die Haut vom Körper geschält, wenn so etwas möglich wäre. Aus dem Augenwinkel heraus bemerkte er, dass ihre Lippen ein hart wirkendes, schmales Lächeln umspielte. »Wie du meinst, Weissager.«

Caleb erkannte ein Problem, wenn er es vor sich hatte. Alicia war die Lieblingshexe des Zirkelmeisters, sein Schoßtier. Das wusste sie ganz genau. Aber das war ihr nicht genug. Sie gierte nach mehr Macht. Sie genoss die Aufmerksamkeiten des Zirkelmeisters, aber wartete wie eine Raubkatze auf dem Sprung nur auf den rechten Augenblick. Sie wartete darauf, dass Caleb es verpatzte und sein Arsch auf dem Scheiterhaufen landete. Dann säße sie in der ersten Reihe und genösse die Show. Caleb war fest entschlossen, ihr dieses Vergnügen nicht zu gönnen.

Zumindest im Augenblick drohte ihm weniger Gefahr als ihr. Er kannte die Zukunft. Seine Prophezeiungen waren für den Zirkelmeister von unschätzbarem Wert. Das war etwas, was Alicia mit den himmelblauen Augen nicht aufwiegen konnte. Jedenfalls nicht, solange sie ihm diese magische Macht nicht während seines letzten Atemzugs entriss, etwas, was Alicia nicht zu bewerkstelligen verstand.

Nur sehr wenige Zirkelmitglieder wussten, auf welche Weise man unter Einsatz von Gewalt magische Kräfte übertrug, so wie er es zu tun verstand.

Er erwiderte das Lächeln seiner Verbündeten wider Willen. Er wusste, dass sein Lächeln grimmig war, und bemühte sich auch nicht, sich im Ton zu mäßigen. »John ist tot.«

»Woher weißt du das?« Caleb beantwortete die Frage nicht. Das brauchte er nicht. Einen Herzschlag später färbte ein leichtes Rot die blasse Haut auf Alicias Wangen, und sie ballte ihre schmalen, schönen Hände zu Fäusten. »Wo?«

»Schwärmt aus! Ihr findet ihn wahrscheinlich irgendwo in offenem Gelände.«

Ein knappes Nicken, und Alicia machte auf dem Absatz kehrt ohne ein weiteres Wort. Caleb hörte, wie sich ihre Schritte entfernten, hörte unter ihren Sohlen Schutt und Steinsplitter knirschen.

Caleb schloss die Augen und ließ den Kopf hängen. John Cunningham war für ihn so etwas wie ein Freund gewesen, jedenfalls mehr als jeder andere. Ein Mensch, dem nahezukommen schwer gewesen war. Er hatte Caleb das Pokern beigebracht, das einzig wahre Pokern. Sie hatten ohne Einsatz gespielt, einfach so zum Spaß.

Jetzt war John tot.

Und er war nicht der Letzte, der bei der Sache draufgehen würde.

»Dummköpfe«, murmelte Caleb. *Idioten.* Magiebegabte Marionetten, die am Ende schwer zu verfolgender Fäden hingen. Er musste dafür sorgen, dass sie sich verflucht noch mal von dem kleinen Zimmer mit der blutigen Dekoration auf dem verschlissenen Teppich fernhielten, und sie von weiteren Nachforschungen abhalten, solange es ging.

Delias Leiche war nicht die einzige in Old Seattle. Aber er war nicht für alle diese Leichen verantwortlich. Eine weitere Leiche würde niemanden gleich auf seine Spur bringen, zumindest nicht zwangsläufig. Es wäre nur ein weiterer grausiger Fund in einem Grab, das sich mit grausam entstellten Leichen mästete.

Aber die Anwesenheit eines Missionars änderte alles.

Caleb zog die schlanke, kleine Stabtaschenlampe aus seiner Tasche und betrachtete den glatten schwarzen Zylinder. Wie war es den Missionaren gelungen, den Tatort aufzuspüren?

Caleb glaubte nicht an Zufälle.

Wenn er dem Zirkel den Namen und die Beschreibung des Jägers geben könnte, wäre das ein weiterer Erfolg, den er für sich verbuchen könnte. Ein weiteres *Leck mich!* an Alicias Adresse. Es würde ihm etwas Zeit verschaffen, mehr Handlungsspielraum und das Vertrauen des Zirkelmeisters, der sie anführte, in ihn, seinen Weissager, stärken.

Es bedurfte eines Rituals, um sich auf das große Ganze zu konzentrieren. Aber als Caleb den schlanken Metallkörper mit beiden Händen umfasste, konnte er sich nicht zurückhalten. Er wollte schon jetzt einen kurzen Blick riskieren. Er könnte den Mustern folgen, die den Gegenstand umgaben, für sein magisches Auge so deutlich zu erkennen wie eine Namensgravur.

Zudem hatte Caleb noch ein Ass im Ärmel, das richtig ausgespielt durchaus todbringend sein konnte. Er wusste über die Tätowierungen der Missionare Bescheid. Er kannte die heiligen Schutzschilde, die auch nichts anderes als Magie waren. Das allerdings war etwas, das die Kirche selbstredend nie einzugestehen bereit wäre.

Was die Kirche und ihre Missionare nicht wussten, war, dass Bannsprüche und Schutzzauber bei Calebs Art von Magie ohne Bedeutung waren. Solange er sich allein auf die Zukunft konzentrierte, solange er die Hexenjäger selbst, nach denen er seine Magie ausstreckte, nicht tatsächlich mit diesen seinen magischen Kräften berührte, würden die Schutztätowierungen nicht aktiviert.

Schlupflöcher. Es blieben immer Schlupflöcher, die zu stopfen ihnen nie gelänge. Die Zukunft, Gegenwart und Vergangenheit eines Menschen waren schließlich und endlich ein einziges beschissen riesiges Schlupfloch.

Caleb schluckte schwer. Dann suchte er die Verbindung zu seiner Gabe.

Er erwartete den Tod zu sehen, das entschlossene, kalte Glitzern im fanatisch-frömmlerischen Blick des Hexenjägers oder der Hexenjägerin. Er wollte einen Blick auf den Menschen werfen, Mann oder Frau, der oder die ohne Gnade, ohne Reue zu töten fähig war, fähig, einem anderen Menschen mit roher Gewalt und bloßen Händen den Schädel einzuschlagen.

Aber was dann jeden seiner Sinne erfüllte, ließ ihm das Herz bis zum Hals schlagen.

Jessie.

Ihr Lächeln, ihr Lachen. Ihre blutverschmierte Haut, jetzt, wo sie verzweifelt um ihr Leben kämpfte und alles gab. Der Himmel ließ Feuer auf sie herabregnen. Das Wasser zu ihren Füßen färbte sich rot von Blut. Sie schrie.

Sie schrie seinen Namen.

Gewaltsam löste sich Caleb aus seiner Vision. Er stellte fest, dass er auf den Knien lag. Er hielt den kleinen Metallzylinder an die Brust gedrückt, als ob er so die Schwester beschützen könnte, die er vor so langer Zeit verlassen hatte. Seine Hose sog sich mit dem Regenwasser der Pfütze voll, in der er kniete, erreichte seine Haut unter der Jeans kalt und nass und erinnerte ihn daran, dass die Mitglieder seines Zirkels überall um ihn herum ausgeschwärmt waren.

Sie suchten nach der Leiche eines ihrer Brüder.

Auf keinen Fall durften sie Caleb so erleben. Schwäche zu zeigen würde Fragen aufwerfen. Die Fragen würden Misstrauen und Verdächtigungen nähren und alles untergraben, was er sich mühsam erarbeitet hatte. Zitternd, das Herz hämmerte in seiner Brust, holte Caleb tief Luft und straffte die Schultern.

Der Hexenjäger, dem dieses schlanke schwarze Ding gehörte, wäre Jessies Tod. Eines Tages, vielleicht schon recht bald, würde er ihr auf die Spur kommen, ganz zufällig, und er würde Jessie jagen. Sie war wie ein Fuchs, ein zerbrechliches lebendiges Wesen, das von einer Meute blutgieriger Hunde gehetzt, gequält und gerissen würde.

Caleb kannte den Schauplatz von Jessies Tod, als wären Ort, Zeit, Umstände in seine Augenlider eingebrannt. Denn das alles war Teil einer seiner eigenen Prophezeiungen. Er hatte das Traumbild in der Nacht gesehen, in der sich der Tod seiner Mutter jährte. Aber jetzt hatte er ein Gesicht, einen Namen, die er mit der Warnung verbinden konnte. Jetzt wusste er, in welcher Gestalt Jessies Tod sich ihr nähern würde.

Caleb musste unbedingt wissen, ob seine Schwester noch am Leben war. Die Zeit verstrich verflucht zu schnell.

Er musste mehr erfahren. Er musste mehr sehen. Ob er es wagen konnte?

Ein entschlossener Zug erschien um seinen Mund. Caleb wusste, dass er keine Wahl hatte. Alle Pläne für den Zirkel der Erlöser, alle getroffenen Vorbereitungen, alle sorgsam ausgeführten Schritte hin auf das alleinige Ziel wären bedeutungslos, wenn Jessie trotzdem hingerichtet würde.

Caleb hatte seine Seele bereits an den Zirkel verkauft. Töten gehörte dazu. Folter gehörte dazu. Gewalttaten zu planen und auszuführen gehörte dazu. Einen Handel mit den Dämonen abzuschließen, die ihn verfolgten, gehörte dazu. Aber jeder Mensch hatte seine Grenzen. Seine Schwester war für Caleb tabu.

Daran gab es keine Zweifel.

Er wandte sich ab und überquerte den Platz. Die Umgebung zu säubern überließ er den anderen.

Wenn sein Zauberbann die ihm innewohnende Macht entfaltet hätte, würde Caleb alles wissen, was es über Silas Smith zu wissen gab, über den Missionar, den Mörder.

Seine Tage waren gezählt.

KAPITEL 10

Sobald der Pick-up aus dem Unterstadt-Tunnel heraus war, gab Silas Gas und forderte dem Motor volle Leistung ab. Cops gab es nicht sonderlich viele in den unteren Ebenen der Stadt, und Silas wollte die Ruinen von Old Seattle so schnell wie möglich hinter sich lassen.

Nein, er wollte, dass *Jessie* hier raus wäre.

Sie rutschte auf dem Beifahrersitz herum; die verletzte Hand hielt sie sorgsam an der Brust. »Ist nichts. Alles okay«, setzte sie an. Silas warf ihr einen Blick zu, in dem jedes schaurig kalte, mörderische Hirngespinst, das ihm durch den Kopf schoss, in schönster Deutlichkeit zu lesen stand. In fetten Druckbuchstaben. Jessie entschied sich, lieber den Mund zu halten.

Sie wandte sogar das Gesicht ab. Einmal mehr fühlte Silas sich wie das Arschloch, das er sowieso schon war.

Zum zweiten Mal hatte er sie in Gefahr gebracht. Zum zweiten Mal war sie seinetwegen verletzt worden, seinetwegen und wegen ihres gottverdammten Bruders und weil er, Silas Smith, nicht in der Lage war, Jessie aus allem Ärger herauszuhalten.

Für ihr Begräbnis wollte er nicht auch noch verantwortlich sein.

Der Pick-up rumpelte durch ein Schlagloch. Silas konnte nur noch das Lenkrad umklammern und aufpassen, dass es ihm nicht aus der Hand geschlagen wurde.

Und dann, als ob das noch nicht genug wäre, als ob er nicht schon genug Scheiße gebaut hätte, ging er jetzt in dieser beschissenen Totenstadt auch noch hin und trieb Jessie in die Enge! Er hatte sie gegen eine Mauer in einer der beschissenen Ruinen dort gedrückt und war über sie hergefallen. Er hatte gespürt, wie sie die Kontrolle verloren hatte – mit ihm in ihr.

Silas knirschte mit den Zähnen. In ihr drin, das hatte sich gut angefühlt, erwartungsvoll feucht und geschmeidig, zugleich angespannt und spannungsgeladen. Es hatte ihr den Atem genommen, als er in sie eingedrungen war. Verflucht, er hatte sie gegen eine beschissene Mauer gedrückt!

Zartfühlend, Smith, echt liebevoll, ganz groß!

Aber zartfühlend zu sein war gottverdammt nun mal nicht sein Ding.

»Lass das!« Jessies Stimme riss ihn aus seinen Gedanken. Ihr Ton war scharf wie eine Messerschneide.

Er sah zu ihr hinüber, ihre Blicke trafen sich. Der Blick aus ihren Augen war dunkel, umwölkt von tiefer Erschöpfung, gezeichnet von den Ereignissen wie ihre Wangen von den dunklen Prellungen. Aber sie lächelte. »Falls du so ein finsteres Gesicht ziehst, weil du nach einer Entschuldigung suchst wegen dem, was vorhin passiert ist: Spar dir den Atem! Ich bin schon ein großes Mädchen.«

»Wäre aber angebracht.« Silas zwang seinen Blick wieder hinaus auf die Straße. »Das war nicht ganz das, was …«

»Doch«, unterbrach sie ihn mit ein bisschen zu viel zur Schau gestellter Befriedigung, »war es wohl!«

»Verflucht noch mal, Jessie!« Er runzelte finster die Stirn. »Du bist verwundet, blutest, bist total erschöpft.« Genau, er hätte sein ganzes Leben so weiterleben können und nie erfahren, wie warm sich ihre Haut um das seltsame Barcode-Tattoo anfühlte, dass man ihr ins Rückgrat gestochen hatte.

Oder wie fest sich ihr Fleisch um sein Fleisch herum angefühlt hatte.

Oder wie sein Name in ihrem Atem gewesen war, in dem Aufkeuchen, als sie gekommen war.

Silas knirschte so heftig mit den Zähnen, dass es zu hören war.

Jessie kniff die Augen zusammen und verlagerte ihr Gewicht, um ihn besser ansehen zu können. Betagte Polsterfedern knarrten. »Moment mal. Ist das das ganze Problem? Dass ich verletzt bin?«

Silas lenkte den klappernden Pick-up auf die Hauptstraße des Karussells. Tief atmete er durch die Nase aus und ein. Als sonderlich hilfreich erwies sich das nicht. Er roch altes Leder und regendurchweichte Frau. Jessies warmen, ihn willkommen heißenden Duft. Sein Schwanz regte sich. Zur Hölle damit, er wollte es am liebsten gleich noch einmal mit Jessie treiben! Trotz allem.

»Von wegen«, meinte sie entschlossen und schüttelte den Kopf. »Du bist wütend, weil du die Sache nicht im Griff hattest.«

»Du warst voller Blut.« Er drosch den Satz heraus wie einen Faustschlag. »Du wärst niemals da unten gewesen, wenn ich dich nicht dorthin mitgenommen hätte und ...«

»Holla, schön langsam!« Jessie beugte sich vor, zum Fahrersitz herüber, schob sich genau in Silas' Blickfeld. In ihren Augen voller honigfarbener Sommerwärme gewitterte es mächtig. »Damit das klar ist, Mr. Superagent-ich-bin-so-groß-und-mächtig: Du hast mich nirgendwohin *mitgenommen!* Ich bin mitgekommen, weil ich wusste, wohin wir mussten, und du nicht! *Ich* habe *dich* mitgenommen!«

Silas mochte das nicht hören. Er mochte das so wenig hören, wie er sehen mochte, dass ihr Hals blutverschmiert war. Es war Blut aus der Wunde in ihrer Hand, die sie jetzt gegen die Brust gedrückt hielt. Es gefiel Silas nicht, dass Jessie recht hatte.

Rasch warf er einen Blick über die linke Schulter, wechselte über drei Spuren hinweg die Fahrbahn und umklammerte das Lenkrad noch fester. »Pass auf, die Sache läuft so«, sagte er mit leiser, fester Stimme. »Wir kehren in die sichere Wohnung zurück. Du bleibst dort ...«

»Vergiss es!«

»Du bleibst dort«, wiederholte er lauter und schmetterte ihre hitzige Erwiderung mit bloßer Lautstärke und Autorität ab. Kopfschmerz hämmerte gegen seine Schläfen. »Wo es sicher ist und die miesen Schweine, die diese Frau gehäutet haben, dich nicht.«

»Nein.« Jessie straffte die Schultern. Herausfordernd, diese Geste, und Jessie selbst offenkundig fest entschlossen.

Herr im Himmel, diese Frau schaffte es noch, ihn für den Rest seines Lebens zu verfolgen!

Besonders wenn sie umgebracht würde, was sehr wahrscheinlich war, solange sie in seiner Nähe blieb.

»Du hast gar keine andere Wahl«, versetzte er. »Wenn du nicht freiwillig dableibst, fessel ich dich mit den verfluchten Handschellen an das verdammte Bett!«

Ihre Augen blitzten. »Traust dich ja doch nicht!«

»Willst du's drauf ankommen lassen?«

Sie lachte nicht. Mit jeder Faser ihres Körpers schrie sie ihm die Herausforderung entgegen, während sie sich in ihre Ecke der Fahrerkabine zurückzog. Sie beobachtete ihn. »Du brauchst mich. Ich weiß Dinge, die du nicht weißt. Das macht uns zu Partnern.«

»Schwachsinn, wir sind keine Partner!«, knurrte Silas. Es kam rau aus tiefster Kehle. Jessie zuckte zusammen, als hätte er ihr eine gescheuert. Sie wandte sich ab.

Genau, Sonnenschein, kapier's endlich, ich bin ein richtiges Arschloch!

Wieder zwang er sich, sich auf die Straße zu konzentrieren. »Ich bin hier der ausgebildete Agent. Ich habe verdammt noch mal gelernt, wie man jemanden verfolgt, zu fassen bekommt und tötet.« Ihr Gesicht zuckte zu ihm herum; ihre Augen waren schmal wie Reptilaugen. »Du bist eine Stripperin, Jessie. Du hast gelernt, wie man Männer ausnimmt. Glaub ja nicht, dass das zwischen uns mehr ist, als was es eben ist!«

Eisiges Begreifen kristallisierte sich im Mienenspiel auf ihrem erschöpften, abgespannt aussehenden Gesicht. »Du miese Ratte!«, brach es aus ihr heraus. Nur ein Teil der Energie hinter diesen Worten war Schmerz. Der Rest war nichts als urweibliche Wut.

Zum Teufel, sie war echt eine Schau!

»Ganz genau«, sagte er böse.

»Ganz genau, ja.« Jessie setzte sich wieder gerade hin, schaute durch die Windschutzscheibe hinaus auf den Asphalt. Die Arme hatte sie vor der Brust verschränkt. »Ficken Sie sich doch ins Knie, *Agent* Smith!«

Silas würgte das aufwallende schlechte Gewissen wieder hinunter und blickte wie Jessie stur geradeaus durch die Windschutzscheibe, während er die Frau, die ihm nicht mehr aus dem Kopf wollte, in Sicherheit brachte. Vom heftigen Gewitterregen war nur noch ein Nieseln übrig, kaum genug für die Scheibenwischer. Er stellte sie aus.

Als Ersatz für ihn würde er jemanden anfordern müssen, der auf Jessie aufpasste.

Während Silas den Pick-up auf die richtige Abfahrt lenkte, fragte er sich, ob er irgendeinem von den anderen so weit traute, um diese Aufgabe zu übernehmen.

Jessie schäumte vor Wut und schwieg. Das Schweigen hielt sie ganze fünf Minuten durch, dann gab sie es auf.

»Nur fürs Protokoll«, sagte sie kurz angebunden, und ihr scharfer Ton zerriss die unbehagliche Stille zwischen ihr und Silas wie ein Schuss, »ich habe nie gestrippt.«

Silas' Fingerknöchel traten weiß hervor, so fest umklammerte er das Lenkrad. »Interessiert mich nicht.«

»Aber mich!«, gab sie spitz zurück. »Ich habe im Perch immer nur als Bardame gearbeitet.«

»Klar, *Riesen*-Unterschied, ein echter Quantensprung, sicher!«

»Ach was, ausziehen macht für dich Arschloch keinen Unterschied?! Das erklärt so einiges.« Jessie bemühte sich, ihr Temperament zu zügeln. Aber auf übereinandergeschichtete Blocks von Mietskasernen zu starren, die am Seitenfenster vorbeizogen, machte es ihr nicht leichter, sich zu beherrschen. Sie stellte sich vor, wie sie Silas Smith einen solchen Schwinger versetzte, dass er sich voll auf den Arsch setzte. »Ich hab gekellnert, aber meine Titten habe ich nie geschwungen.« *Und damit basta!* hinterherzuschieben, erschien ihr reichlich pubertär. Stattdessen entschied sie sich für eine ironische Spitze: »Und das wird sich auch nicht ändern, solange du nicht vorhast, ordentlich Schotter auf die Theke zu knallen ...«

Der Wohnkomplex mit der sicheren Wohnung kam in Sicht. Die Fenster schimmerten gleichmäßig bläulich im Dämmerlicht der tiefer liegenden Stadtbezirke ebeneneinwärts. Silas schloss hörbar die Kiefer. »Versuch's erst gar nicht, Jessie!«, stieß er seine Warnung durch zusammengebissene Zähne hervor. Er schaltete so schnell runter, dass der ganze Pick-up unter protestierendem Motorröhren schaukelte.

»Besser, *du* versuchst es erst gar nicht!«, schoss sie zurück und stützte sich am Armaturenbrett ab, um es nicht der Motorbremse wegen gleich mit der Stirn zu küssen. Laut hupend schoss ein anderes Auto an ihnen vorbei. Jessie ignorierte es. »Du bist doch schließlich derjenige, der …«

Ein Schauer lief ihr den Rücken hinauf und hinunter.

Magie.

Ganz plötzlich verschwamm alles vor Jessies Augen. Obwohl die Straßenbeleuchtung alles in trübes Licht tauchte, war Jessie so gut wie blind.

Magische Kräfte verschmolzen, Magiefäden verhedderten sich in einem zu rasch gesponnenen, umherwirbelnden Netz. Jessie spürte es. Die Magie kribbelte über ihre Haut, als stäche sie mit Myriaden Nadeln zu. Jessie konnte die Magie mit Sinnen wahrnehmen, denen sie nicht einmal einen Namen zu geben wusste. Sie schnappte nach Luft.

»Jessie?« Silas' Stimme. Aber sie klang gedämpft, als spräche er durch Watte.

Die Magie wob ihr Netz, unsichtbar, aber dennoch *da*. Fester, schneller, Funken sprühend. Eine Falle! Genau hier und jetzt. *Genau hier und jetzt!*

»Bieg nach rechts ab!«, verlangte sie heiser. »Silas, nach rechts!«

»Wie?«

»Jetzt!« Mit beiden Händen griff Jessie ins Lenkrad. Sie riss es nach rechts, heftig genug, um zurück auf die Beifahrerseite geschleudert zu werden. Silas fluchte und bemühte sich, den krängenden Truck um die anderen Autos herumzusteuern. Reifen quietschten. Rechts hob sich der Pick-up vom Asphalt, der ganze Wagen bekam Schlagseite, titschte endlich wieder auf und schoss auf vier Rädern weiter.

Die Luft um den Wagen herum roch heiß und versengt. Einen Sekundenbruchteil später drückte Silas das Gaspedal durch, während das Stockwerk mit der sicheren Wohnung der Mission in einem Feuerball explodierte. Jessie wurde in den Sitz gedrückt, hielt sich an der Lehne fest. Sie sah, wie eingerahmt vom Seitenfenster überall Flammen an dem alten Ziegelhaus leckten und fraßen. Glas und Holz regneten auf die Straße davor. Funken und Asche verglühten zu Rauch auf dem nassen Straßenpflaster. Trümmer und Schutt bombardierten die umliegenden Gebäude und ließen Scheiben bersten. Gleichzeitig kreischten Reifen, blökten Autohupen vergeblich ihre Warnungen, und Stoßstangen und Kotflügel krachten ineinander. Sicher und geschickt lenkte Silas den schaukelnden Pick-up durch das plötzlich herrschende Chaos.

Lichter gingen in heil gebliebenen Fenstern an, und Haustüren wurden aufgerissen. Mit schreckgeweiteten Augen stolperten die Menschen heraus und begafften das unerwartete Ereignis. Es dürfte Verletzte und Tote zu beklagen geben.

Eine magische Falle. Nur für … für wen? Für sie, Jessie Leigh?

Für Silas?

Woher hatte sie gewusst, wie und wo sie hinschauen musste?

Es dauerte eine ganze Weile, bis sie bemerkte, dass sie zitterte.

»Was zum Teufel war das?«

Jessie starrte aus dem Fenster auf den Brandherd. Die Flammen schlugen jetzt noch höher aus dem Haus heraus. Heißer. Hungriger. Nur Flammen und Hitze. Magie war nirgends mehr zu spüren. »Ich habe …« Tja, was denn? Es gesehen?

»Jessie.«

Sie leckte sich über die Lippen und warf Silas ein schiefes Lächeln zu. »Du würdest mir sowieso nicht glauben.« Das war die Wahrheit.

»Probier's aus!«

Und jetzt kam die Lüge. »Ich habe schon eine verdammt lange Zeit für mich selbst sorgen müssen. Da lernt man, auf alles zu achten, wenn man nicht draufgehen will.«

Konzentriert warf Silas einen Blick in den Rückspiegel und lenkte den Pick-up durch den Verkehr über Fahrbahnen, die jetzt in leuchtendes Orangerot getaucht waren. Autos bremsten ab, fuhren langsamer, blieben stehen, Motoren wurden gar abgewürgt, nur um etwas von dem Spektakel mitzubekommen. Aber Silas hupte nicht ein einziges Mal. »Was ist dir aufgefallen?«

Jessie drehte sich im Sitz herum, als sie in der Ferne weit hinter dem Pick-up Sirenen heulen hörte. In New Seattle nahm man Brände sehr ernst.

Es durfte schließlich auf keinen Fall dem Fundament etwas passieren, auf dem die glitzernde, funkelnde Stadt aus Glas ruhte und in schwindelnde Höhen wuchs!

Jessie seufzte. »Das weiß ich selbst nicht so recht. Ich habe das Haus gesehen, und irgendetwas kam mir seltsam vor. Etwas stimmte nicht.«

Silas grunzte.

Reichte ihm die Erklärung? Jessie legte die verletzte Hand in den Schoß. »Ich dachte mir, eure Sicherheitsvorkehrungen sind eigentlich ziemlich streng. Wenn trotzdem was nicht stimmt, muss es was richtig Schlimmes sein.«

Dass Silas nur finster durch die Windschutzscheibe blickte, war Jessie ein Fest. Zumindest ein kleines. »Das lässt wohl Ihren netten runden Plan ganz schön alt aussehen, was, Agent Smith?«

Der verräterische Muskel zuckte in seinem Gesicht.

Hab dich!, dachte sie. Sie zog sich den antiquierten Sicherheitsgurt über die Brust. »Und wohin geht's jetzt?« Und einen Lidschlag später: »Partner.«

»Ach Scheiße!« Silas' Blick huschte zu dem GPS auf dem Armaturenbrett. »Die Oberstadt ist jetzt der einzige Ort, an dem du noch sicher bist.«

Jessie verspannte sich. »Ich in der Oberstadt? Bei deinen Kollegen, oder was?«

Jetzt blickte er zu ihr herüber. »Wir haben jede Menge Büros auf den Exekutivebenen. Okay, ja, genau daraus besteht ein Gutteil der Oberstadt. Aber ich kann uns durch die Sicherheitskontrollen schleusen. Kein Problem.«

Zum Henker, bloß nicht! »Woher willst du denn wissen, dass es da oben sicherer für mich ist?«

Silas öffnete schon den Mund, um etwas Bissiges zu erwidern, was Jessie ordentlich geärgert hätte. Aber ihr Leben war sowieso schon kompliziert genug. Zu ihrer Überraschung machte Silas den Mund zu und verkniff sich jedwede schlaue Bemerkung.

Jessie ließ sich die Gelegenheit nicht entgehen. »Du bist auf denselben Gedanken gekommen wie ich«, behauptete sie. »Woher wussten sie, wo sich das sichere Versteck befindet? Wird das ganze Sicherheitsgedöns in der Oberstadt mich tatsächlich besser schützen?« In der Oberstadt, wo sie auffiele wie ein bunter Hund und ständig von Kameras, Hexenjägern und sämtlichen Reichen und Schönen misstrauisch beäugt würde.

Keine Chance!

»Hast du einen besseren Vorschlag?«, fragte er, sichtlich angepisst, und ließ die Schultern kreisen. »Wir können ja schließlich nicht für immer und ewig durch die Gegend fahren, Scheiße noch mal!«

»Nein, können wir nicht. Müssen wir aber auch gar nicht.« Jessie schickte ein Stoßgebet gen Himmel, dass ihre Erinnerung sie nicht trog und sich dort nichts verändert hatte. »Fahr vom Karussell ab und dann nach Osten!«

Skeptisch legte Silas die Stirn in Falten. Offenkundig passten ihm ihre Anweisungen nicht. »Und was ist dann da im Osten?«

Hexenjäger hatten ihre Verstecke. Hexen ebenso.

Zumindest hoffte Jessie, dass dem noch so war. »Vor ein paar Jahren habe ich im Pink Beaver gearbeitet.« Mit einem raschen Seitenblick kontrollierte sie Silas' Mienenspiel. Er blickte stur geradeaus auf die Straße.

Kluger Hexenjäger.

»Der Laden befindet sich eine Ebene tiefer als das Perch und viel weiter ebeneneinwärts. Eine echte Spelunke. Da habe ich ein Mädchen kennengelernt, das hat sich, obwohl es das nicht nötig hatte, gern in der Gosse herumgetrieben. Hat ihr 'nen Kick verschafft oder so.« Im Stillen entschuldigte sich Jessie bei der Hexe, die ihr beigebracht hatte, im Schlachthaus der unteren Ebenen unterzutauchen. »Sie hatte ein Apartment in der Nähe. Das hat sie den Mädchen zur Verfügung gestellt, die irgendwelchen Ärger hatten. Sie hat gesagt, jeder dürfe so lange bleiben, bis der Ärger vorbei wäre.«

»Nett von ihr.«

»Sie war eine nette Stripperin«, erwiderte Jessie leise. Die Straßenbeleuchtung wurde eingeschaltet. Jedes Licht mehr trieb Risse in die Dämmerung der Stadt um sie herum, rote und blaue Lichtschweife vor der orangeroten Glut hinter Silas' Seitenfenster.

Silas' Profil hob sich scharfkantig vor der Scheibe ab. »Wohin also?«

Jessie wog ihre Chancen gegeneinander ab. Wie sah es aus für sie, welcher Weg war der richtige? Der hinauf in die Oberstadt, reichlich Ebenen über allem, was sie kannte? Dort wäre sie von Hexenjägern umzingelt. Oder die Alternative: hin zu dem sicheren Versteck, das vielleicht gerade von einer Hexe oder einem Hexer belegt wäre.

Viel zu überlegen gab es da nicht. Jessie nannte Silas die Adresse.

KAPITEL 11

Sich auf den Nebenstrecken nicht zu verfransen war höllisch schwierig. Unbeeindruckt davon führte das Navi Silas durch das Straßenlabyrinth auf den Mittelebenen der Stadt. Das Karussell zu nehmen wäre die leichtere Route gewesen. Kürzer, schneller.

Stattdessen schimpfte Silas sich gerade einen Wolf. Dumm, so hinter dem Lenkrad zu sitzen, durch die Gegend zu fahren und nichts zu tun, als Jessie zu beobachten, wie sie neben ihm im Beifahrersitz schlief.

Die Erschöpfung hatte schließlich ihren Preis gefordert. In der einen Minute hatte Jessie noch beobachtet, wie die Dämmerung in Nacht überging, um in der nächsten gegen das Armaturenbrett zu kippen. Sie wäre vom Sitz auf den schmutzigen Boden hinuntergerutscht, hätte Silas sie nicht abgefangen.

Jetzt schlief sie zusammengerollt auf dem Beifahrersitz. Ihre Stiefel hatten Halt an Silas' Hüften gefunden; ihr rechter Ellenbogen ruhte auf dem Wulst gleich unterhalb des Beifahrerfensters. Die Wange hatte sie in die Armbeuge geschmiegt.

Diese Mischung aus Ausgelaugtsein und Übermüdung kannte Silas. Seit vierundzwanzig Stunden war Jessie ununterbrochen auf den Beinen gewesen, die paar Stunden saumäßig schlechten Schlaf, den sie an die Heizung gefesselt verbracht hatte, nicht mitgerechnet. Dass Jessie so lange durchgehalten hatte, beeindruckte ihn regelrecht.

Er war stolz auf sie.

Und wütend.

Silas richtete den Blick wieder auf die Straße. Er durfte und wollte nicht mehr auf die goldblonden Strähnen achten, die ihr im Mundwinkel hingen.

Mittlerweile musste das hiesige Ordenskapitel bemerkt haben, dass

Silas nicht wie befohlen routinemäßig Kontakt aufnahm. Wahrscheinlich war Peterson ein ganzer Satz Sicherungen durchgebrannt. Dann stünde der Kontrollfreak jetzt sicher schon vor Silas' Team und würde erste Wunder verlangen, um die nötigen Antworten auf seine Fragen zu bekommen.

Silas aber wollte in Ruhe gelassen werden, auch von seinem Team. Ganz besonders dann, wenn es tatsächlich eine undichte Stelle in der hiesigen Missionsdienststelle geben sollte.

Ein Jäger, der mit Magiebesessenen zusammenarbeitete? Ein Hackerangriff vielleicht? Nur Gott allein wusste das. Wenn Silas sein Wissen mit jemandem teilte, könnte er damit ungewollt den Maulwurf warnen.

Falls es überhaupt einen Maulwurf gab. Verfluchte Scheiße! Silas hasste Intrigen und sämtliche Spielchen der politischen Art. Aber Jessie hatte recht. Seit dem ersten magischen Angriff im Kirchensaal war die Saat des Zweifels in Silas' Herzen aufgegangen.

Souverän und sicher hielt Silas das Lenkrad mit einer Hand. Mit der anderen griff er unter seinen Sitz. Eine ganze Weile tastete er blindlings herum, bis er die dunkelgrüne Segeltuchtasche zu fassen bekam und so geräuschlos wie möglich unter dem Sitz hervorzog. Mit einem Auge behielt er die Straße im Blick, mit dem anderen fand er das Funkgerät in der Seitentasche, in der es immer steckte. Er ließ das Com aufschnappen.

Eine ganze Batterie von Anrufen. Er hätte darauf gewettet, dass jeder wütender war als der vorherige.

Er beachtete die Anrufliste nicht, sondern tippte aus dem Gedächtnis eine ganz bestimmte Nummer ein. Während die Verbindung aufgebaut wurde, steckte Silas sich den Ohrstecker in die Ohrmuschel. Das winzige Mikrofon auf Schläfenhöhe vibrierte, ein beinahe lautloses Signal dafür, dass die Verbindung jetzt hergestellt war.

»Wann war deine letzte Beichte?«

Silas schürzte die Lippen. »Smith, routinemäßige Meldung.«

»Verflucht, Smith, du Idiot! Wo zum Teufel bist du abgeblieben?«

Neben Silas murmelte Jessie im Schlaf heiser und leise vor sich hin und rührte sich in dem Sitz, der viel zu eng zum Schlafen war. »Überall und nirgends«, erwiderte Silas gelassen. »Wer spricht denn da?«

»Alan Eckhart«, antwortete der Mann am anderen Ende der Leitung. Silas konnte dem Namen seit seiner Einbestellung ein Gesicht zuordnen: der glatzköpfige Jäger mit dem Drei-Ton-Pfiff. »Heute Abend bin ich der Herr der Leitungen.«

Silas nickte. Gut. »Ich geb jetzt meinen Bericht durch. Bist du so weit?«

»Dann schieß mal los, Boss!«

Ganz ruhig, stets bemüht, seiner Stimme nichts anmerken zu lassen, berichtete Silas von der Leiche in der Unterstadt, von den Hexern in Nähe des grausigen Fundorts und dem sicheren Versteck, das in Flammen aufgegangen war.

Was an Details nicht jeder zu wissen brauchte, ließ Silas aus. Wie Jessies seltsames Tattoo. Wie den Laut, den sie ausgestoßen hatte, als sie kam, mit ihm in sich. Wie die Art, in der sie ihr Gesicht in seine Hand geschmiegt hatte, als ob sie ihm vertraute. Gott verdammt noch mal, sie durfte ihm nicht vertrauen!

»War's das?«, fragte Eckhart. Auf Silas' bestätigendes Grunzen hin stieß der Ältere seinen typischen Drei-Ton-Pfiff aus. »Du meine Fresse, Smith, du kommst ja echt rum!«

»Was du nicht sagst!«

»Du sagtest, einer der Hexer habe Blitze aus dem Nichts geholt, richtig? Rotes Haar? Ein Grinsen wie bei einem Halloween-Kürbis?«

»Du kennst die Ratte?«

»So gut wie Herpes«, meinte Eckhart trocken. »Wir wissen, dass er Nick Wallace heißt. Aber das ist auch schon alles. Er gehört zu der aggressiveren Sorte Hexer hier in der Stadt. Seine Beteiligung an mindestens vierzehn Ritualmorden allein in diesem Jahr ist durch sein Blut an den Tatorten nachgewiesen.«

»Verflucht!«, murmelte Silas. »Na dann: Jetzt ist der Arsch jedenfalls tot.«

»Und was ist mit dem Hexer Leigh?«

Silas zögerte. Er warf einen Blick neben sich auf Jessie und schnitt eine Grimasse. »Nichts bisher. Geht es klar, ein paar Blutproben durch euer Labor zu jagen?«

Es gab eine längere Pause. »Wessen Blut?«

»Von der Frauenleiche in der Unterstadt und ein paar wahllos genommene Proben vom Tatort.«

»Oh. Klar doch. Wo sollen wir die einsammeln?«

Silas bemerkte, dass sein Blick zu Jessie hinüberwanderte, zu ihrer im Schlaf gefurchten Stirn, zu den nach unten gezogenen Mundwinkeln. »Hab da 'ne Adresse für euch. Schreib mit, okay?«

Nachdem der andere Missionar das bestätigt hatte, ratterte Silas die Adresse herunter, die auf dem Navi-Display blinkte.

»Wir schlagen zuerst bei der brennenden Wohnung auf, die du so freundlich warst uns zu hinterlassen. Peterson lässt uns Doppeldienste schieben. Wir sind dann um null sechshundert bei dir«, sagte Eckhart und klang dabei so fröhlich, dass Silas nicht glauben konnte, der andere Missionar meine sechs Uhr morgens. »Bist du da heute Nacht denn in Sicherheit?«

»Ich glaube, wir haben alle abgehängt, die uns vielleicht noch am Arsch geklebt haben«, erwiderte Silas. Er bremste den Pick-up herunter, als auf dem Navi-Display die nächste Richtungsangabe aufflammte. »Die Schutzzeichen schlagen keinen Alarm, und die Kleine ist voll ausgeknockt.«

Eckhart brummte etwas. Es klang eher neugierig als mitfühlend. »Verletzt?«

»Wer? Sie oder ich?«

»Genau«, sagte sein Gesprächspartner augenblicklich.

Silas schaltete den Motor aus und zog den Zündschlüssel ab. Er ärgerte sich über sich selbst, als er begriff, dass er immer noch versuchte, so wenig Lärm wie möglich zu machen. Er seufzte. »Nur leicht«, beantwortete er die an ihn gestellte Frage kurz angebunden. »Was hat Peterson dir denn so erzählt?«

In der Leitung blieb es still. Eckharts Stimme war das hörbare Gegenstück zu einem Schulterzucken, als er sagte: »Worügenau?«

»Fick dich doch ins Knie, Eckhart!«

Der Mann stieß einen Pfiff aus. »Kein Bedarf. Aber Peterson hat mir nichts erzählen müssen. Dein Ruf eilt dir voraus, Mann. Kapier einfach, dass Alleingänge deinerseits nicht nötig sind, klar?«

Klar. Das war genauso wenig nötig, wie sein Ding in Jessica Leigh zu stecken und ihren mordlüsternen Bruder zu jagen und umzubringen. Da bemerkte er es: Schmerzhaft prickelten seine Hände, unerwartet und heftig. Silas blinzelte und sah, dass er das Lenkrad so fest mit den Fingern umklammert hielt, dass denen das Blut abgepresst worden war.

Einen Finger nach dem anderen löste Silas vom Lenkrad. »Klar doch. Ich seh euch dann morgen früh. Smith, Ende.« Er unterbrach die Verbindung, ehe Eckhart noch etwas erwidern konnte.

Silas wurde eng um die Brust. Das Ganze machte ihn wütend. Lebhaft farbige Bilder schossen ihm in wilder Folge durch den Kopf. Auch das machte ihn wütend. Ganz langsam atmete Silas ein und hielt eine Weile die Luft an.

Prüfend suchten seine Augen die Umgebung ab.

Waren Jessie und er hier wirklich sicher? Ausgerechnet hier? Ganz bestimmt jedenfalls verglichen mit einer düsteren Gasse mitten in einer hexenverseuchten Ruinenstadt. Aber legte man einen anderen Maßstab an, hatte Silas schon sicherere Gegenden gesehen.

Gegenden sogar, die verdammt viel sicherer waren.

In der Dunkelheit flackerten matt Lichter, ein schwaches elektrostatisches Knistern, das vom vorbeirauschenden Verkehr übertönt wurde. Man hatte den heruntergekommenen Wohnkomplexen nicht gerade viel Platz eingeräumt. Relativ nah, gemessen an der Lärmentwicklung, die der dichte Verkehr dort mit sich brachte, drängten sich die schäbigen Gebäude an den Ebenenrand und damit an die Zubringer zum Karussell.

Wenn die mittleren Ebenen der Gläsernen Stadt als Wohnbezirke der untersten Arbeiterschicht galten, dann lebte man in diesem Drecksbezirk erst recht auf der falschen Seite des Zauns.

Ein paar Fenster waren erleuchtet. Silhouetten huschten hin und wieder an den Fenstern vorbei, untermalt von gelegentlich laut werdenden Stimmen und dem beständig vorbeirauschenden Verkehr. Soweit Silas sah, trieb sich hier draußen niemand herum. Was nicht hieß, dass tatsächlich niemand auf der Straße war.

Immerhin wirkte die ganze Szenerie relativ harmlos. Mit ganz normalen Idioten konnte es Silas jederzeit aufnehmen, kein Problem, allemal besser als mit verrückten Magiebesessenen.

Silas blickte auf Jessies schlafende Gestalt und überlegte. Innerlich versetzte er sich einen Tritt in den Hintern. Herrje, er war ein erwachsener Kerl und sollte doch dazu fähig sein, seinen Sexualtrieb zu kontrollieren! Trotz der Signale, die sein Schwanz an sein Gehirn sandte.

Mit gespreizten Fingern legte er seine Hand auf Jessies Hüfte. Gott, war Jessie herrlich warm! Sanft rüttelte er sie aus dem Schlaf. »Wach auf, Jess!«

Sie rührte sich. Ein einziges Mal flatterten ihre Lider, ehe sie tief einatmete und ihre herrlich langen Beine in seinen Schoß ausstreckte. Sein Körper war schlagartig wach und da, jede Faser, jeder Muskel, alles, sein Herz hüpfte, in seinem Schritt wurde es warm, und der Teil seines Gehirns war eingeschaltet, der Jessies Körper unter seinem spüren wollte. Wie sie sich unter ihm bewegte, wand. Vorzugsweise nackt.

Er nähme auch so gut wie nackt. In der Fahrerkabine wäre immerhin genug Platz.

Verdammt! Er musste sich zusammenreißen. Er sah nicht mehr hin, wie sie sich rekelte und streckte, ignorierte ihre grazilen, fließenden Bewegungen. Stattdessen griff er auf das Armaturenbrett und schaltete das Navi ab. So waren seine Finger mit anderem beschäftigt, nicht damit, Jessies Wadenlinie entlangzufahren oder die warme Innenseite ihrer Oberschenkel.

»Hallo«, murmelte sie verschlafen.

»Bist du wach?«

Jessie strich sich das zerzauste Haar aus dem Gesicht, blinzelte. »Vielleicht.« Sie stemmte sich auf einen Ellenbogen hoch, nahm ihre Beine aus Silas' Schoß und stellte die Füße wieder auf den schmutzigen Boden vor dem Beifahrersitz. »Definiere ›wach‹!«

»Schalt dein Gehirn ein!« Silas stieß die in den Angeln knarrende Fahrertür auf. »Ich schau mich mal um. Also bleib du schön hier im Wagen!«

»Sind wir da?«

»Ja.«

»Der Schlüssel ist im Türklopfer.« Jessie rieb sich die Augen, eine Geste, die zu verflucht zerbrechlich wirkte für Silas' momentanen Gemütszustand. Seinen Seelenfrieden. Silas musste machen, dass er ausstieg, ehe er dem Impuls nachgäbe und Jessie auf seinen Schoß zöge.

Ehe er von ihren schlaftrunkenen Lippen gekostet hätte, von ihrer weichen Haut. Von ihrer gottverdammt köstlichen Haut.

Die kühle Luft tat wenig, um Silas abzukühlen. Mit langen Schritten trat er zu einem überwölbten Durchgang, der wenig einladend aussah. Es war schon weit nach Einbruch der Dunkelheit. Aber mit großen, neugierigen Augen beobachteten drei Kinder Silas, als er an ihnen vorbeiging. Lustlos kickten sie einen Ball zwischen sich hin und her.

Sporadisch hörte man einen Wortschwall Spanisch, den die Tür dämpfte, vor der die Kinder spielten. Das akustische Lebenszeichen wurde unterbrochen von Feuersalven aus automatischen Waffen, die aus einem viel zu laut eingestellten Fernseher plärrten. Zu Silas' Rechter war eine in die Wand eingelassene Briefkastenanlage mit halb oder ganz herausgerissenen Türen. Hin und wieder lugte ein weißer Umschlag aus einem Briefschlitz, wo eine verbogene Tür sich noch schließen ließ.

Sicherheit versprach dieser Ort nicht.

Silas' Blick wanderte weiter, musterte die Mauern, die den nun folgenden Hof umschlossen. Schließlich kletterte sein Blick die Silhouette der adretten, sauberen Stadt für die besseren Leute hinauf, die den Wohnblock überschattete.

Wie hatte Jessie die Stadt gleich genannt? Eine Schichttorte. Passte irgendwie. Unzählige künstliche Sterne, ihr Licht gespeist aus Elektrizität, funkelten in der Höhe. Der Entfernung wegen verschwanden diese Lichter. Sie gingen in der bloßen Masse aus Lichtern zwischen diesen vor Armut gebeutelten Straßen und der glasglitzernden Oberstadt schlicht unter.

Die Wolkenkratzer ließen sich kaum vom Rest unterscheiden, eingebettet in Lichternebel. Vielleicht wäre die Oberstadt sicherer als dieser Wohnblock, aber nicht die Bereiche, in denen der Orden herrschte. Silas war seit vierzehn Jahren nicht mehr im Geschäft, nicht hier in New Seattle. Wem also könnte er hier noch trauen?

Niemandem.

Der Schlüssel war im Türklopfer?

Silas fand die Wohnung mit der richtigen Nummer weit hinten in einer Ecke des zugemüllten Hofs. Vor langer Zeit hatte die Tür einen Anstrich besessen, irgendeinen Farbton zwischen Braun und Rot, der zu dem Backsteinpflaster davor gepasst hatte, das auch schon zur Hälfte fehlte. Jetzt war die Farbe längst abgeblättert, und unzählige Fußabdrücke zierten das Türblatt.

Immerhin: Die Tür war also stabil. Das war doch schon mal was.

Silas musterte den schlichten Türklopfer aus Messing. Alles an dem Ding sah aus, wie es aussehen sollte. Den Türklopfer hielten zwei dicke Schrauben an Ort und Stelle. Sie saßen so fest, dass an ihnen nicht zu rütteln war, wie Silas feststellte.

Hinter sich hörte er Schritte auf dem brüchigen Pflaster knirschen. Er musste sich nicht umdrehen, um zu wissen, dass Jessie nicht auf ihn gehört hatte. Schon wieder nicht.

»Es ist gar nicht so schwierig.« Jessie stieg auf den Zementsockel, den es an Stelle einer Treppenstufe hinauf zur Tür gab. »Man muss nur … oh, was ist denn?«

»Habe ich nicht gesagt, du sollst im Auto warten?« Silas nahm sie am Arm und zog sie zwischen sich und die Tür. Er war ihr Schutzschild gegen den Rest der Welt.

Jessie verdrehte die Augen. »'tschuldigung. Ich dachte, du brauchst vielleicht Hilfe.« Schlafzerzaustes Haar, frisch und lebendig wirkende Augen sie wirkte nicht bedrohlicher als ein neugeborenes Kätzchen.

Silas schnitt eine Grimasse. »Okay, dann: Wo ist der Schlüssel?«

»Na, wie bei diesen Zaubertricks: Man versteckt etwas vor aller Augen.« Jessie schob ihre Finger unter die flache Rückseite des Türklopfers. Sie drückte, drehte und etwas innerhalb der Messinghalterung klickte hörbar ein.

Silas bekam große Augen. »Hol mich der Teufel!«

»Genial, nicht wahr?« Ausgerastet ließ sich ein Teil des Messingtürklopfers herausziehen, ein länglicher Stab, offenkundig mit einer Art Schlüsselbart, der in das Metall gefräst war. Noch einmal drehte Jessie am Türklopfer, und der verdammte Schlüssel lag in ihrer Hand. Sie steckte ihn ins Schloss im Türknauf und grinste Silas über die Schulter hinweg an, als das Schloss klickte und sich die Tür öffnen ließ.

Immer noch kopfschüttelnd folgte Silas Jessie hinein.

Die Wohnung war noch sparsamer möbliert als das in die Luft geflogene Missionsversteck. Aber anders als die Missionswohnung schien sie bewohnt zu sein. Das fiel Silas sofort auf. Es roch hier sauberer, irgendwie mehr nach einem Zuhause. Außerdem roch es kaum wahrnehmbar irgendwie rauchig. Nach Zigaretten vielleicht? Nein, dafür stach einem der Geruch nicht genug in die Nase.

Jessie blieb stehen, als Silas nach ihrem Oberarm griff. »Bleib hier!«, flüsterte er. Sie gab der Tür einen Stoß, sodass diese ins Schloss fiel. Aber zu Silas' Erleichterung nickte Jessie Zustimmung.

Rasch warf Silas einen Blick in jeden Raum.

Das Badezimmer war klein, sehr schlicht und besaß eine gesprungene, umflieste Wanne. Ein Spiegel mit einem alten Metallrahmen hing an der Wand. Als er die Tür zum Schlafzimmer aufstieß, war Silas überrascht. Überall hingen gewebte Decken, an jedem Haken und in jeder Ecke, ein wilder Mix aus Farben und Mustern. Silas holte einige von ihren Haken herunter, um sicherzugehen, dass sich niemand dahinter versteckte. Er zuckte mit den Achseln. Nichts zu sehen, nur derselbe Geruch nach Kräutern und …

Und was? Zigarren? Weihrauch?

Unschlüssig rieb sich Silas das Gesicht. Spielte es eine Rolle, wie es hier roch? Nein, verflucht noch mal, das tat es nicht. Er brauchte dringend Schlaf. Zumindest ein paar Stunden. Er war schon mit weniger ausgekommen.

Silas warf die Decken auf das schmale Doppelbett im Zimmer und wandte sich ab.

Jessie wartete noch immer an der Tür auf ihn. Seine Überraschung hielt also an. Drei von vier Riegeln hatte Jessie schon vorgeschoben. Sie warf Silas einen fragenden Blick zu, nachdem sie auch den letzten hatte einrasten lassen. »Duschen?«, wollte sie wissen.

Schlagartig floh sämtliches Blut aus Silas' Hirn in eine ganz bestimmte andere Körperregion. Er schluckte. »Wir können ja 'ne Münze werfen.«

»Im Ernst?«

Silas öffnete den Mund; in seiner Fantasie schleifte er sie zu dem bunten Bett hinüber, riss ihr die Kleider vom Leib und drang tief in ihren feuchten, warmen Garten vor, bis ihre Augen blind vor Tränen waren und über ihre sexy Lippen statt ironischer Sprüche sein Name kam.

Zur Hölle damit!

Jessies Lächeln verschwand. »Silas?«

»Geh ruhig duschen!«, meinte er rau, selbst als sie sagte: »Geh du doch!« Eine ganze Weile starrten sie einander an. Unbehaglich. Unsicher.

Wie Idioten.

Schließlich lachte Jessie. Das Lachen schlüpfte ihr durch die Finger der Hand, die sie sich vor den Mund hielt; es kitzelte über seine Haut wie die wohlige Wärme von scharfem Essen im Magen. Ihre Augen funkelten. »Nein, du gehst zuerst«, entschied sie, ihre Stimme fröhlich, leicht. »Ich schau nach, ob sich hier etwas zu essen finden lässt.«

Silas bewegte den Kopf einmal hin und einmal her, bis seine Nackenwirbel knackten. Dann murmelte er: »Von mir aus.« Dann flüchtete er in das kleine Badezimmer, bevor er sich noch mehr zum Idioten machen konnte.

Beim Ausziehen verlor Silas keine Zeit. Nackt lehnte er sich über das Waschbecken und studierte im Spiegel die Kratzer auf seiner Wange. Verschorft und ausgefranst zogen sie sich an seinen Wangenknochen entlang und heilten bereits langsam.

Silas' Lächeln hatte nichts Humorvolles. Abgesehen von den frischen Kratzern, den über den Rippen dunkel verfärbten Prellungen aus dem letzten Kampf, seinem kaputten Knie und einem verflucht störrischen Schwanz, der seinem Gehirn alles Blut entzog, war Silas in großartiger Verfassung.

Für einen alten Hund wie ihn.

Er wandte dem fleckigen Spiegel den Rücken zu und zog den abgewetzten Duschvorhang beiseite. Den Wasserhahn aufzudrehen kostete Silas einige Mühe. Der Hahn stotterte wie ein unwilliger Motor, ehe er mit ziemlicher Geschwindigkeit rostrotes Wasser ausspuckte. Silas drehte ihn auf kalt ganz auf und wartete, bis die Leitung frei vom Rost war und klares Wasser herausschoss.

Erst dann stieg er in die Wanne. Der erste Schock, den ihm das eisige Wasser verpasste, ließ ihn durch zusammengebissene Zähne fluchen. Er hielt den Kopf unter den Strahl. Bitterkaltes Wasser rauschte seinen wunden Rücken und den widerspenstigen Ständer hinab, den Silas sich so gern kalt weggeduscht hätte.

Schlecht fürs Geschäft. Schlecht für seinen Seelenfrieden. Zum Henker, schlecht für Jessie das war er, ein Haufen Ärger, sonst nichts. Sein Verstand schrie ihm diese Erkenntnis förmlich entgegen. Seinem Körper aber war das egal. Sein Körper erinnerte sich immer noch daran, wie Jessie sich angefühlt hatte, als er sie gegen diese beschissene Mauer gedrückt und tief in ihren willigen Körper eingedrungen war.

Warm, feucht. Willig. Seine absoluten Lieblingsadjektive.

»Kacke!«, stieß er böse hervor. Die Kaltwasserdusche brachte es nicht, solange er die Gedanken über Jessies nackte Weiblichkeit wandern ließ. Weil er sich darüber enorm ärgerte, fluchte er ein weiteres Mal und stellte den Hahn auf Warmwasser.

Schon bald war alles voller Dampf. Silas stellte sich unter den Duschstrahl und schloss die Augen.

Es war eine ganze Weile her, seit er einen Endlos-Ständer gehabt hatte. Es war nichts, worum er sich ausgerechnet jetzt kümmern wollte. Jedenfalls nicht, solange Jessie im Nebenzimmer war. Gleichzeitig war er verflucht noch mal nicht willens, selbst Hand anzulegen, gerade weil sie im Nebenzimmer war. Er musste damit klarkommen, irgendeinen Weg finden. Drüber wegkommen.

Bisher war ihm das immer gelungen.

Nach diesem Einsatz könnte er …

Ja, was denn?

Silas seufzte schwer auf, veränderte seine Position unter dem Wasserstrahl. Jetzt floss das Wasser seinen Rücken hinunter, löste mit seiner wohligen Wärme den Schmerz in seinen verspannten Schultern. Wenn Silas ehrlich war, musste er sich eingestehen: Für ihn gäbe es kein *danach*. Für alle anderen bedeutete *danach* Zivilleben.

Arbeiten gehen. Ein Zuhause haben. Eine Familie. Normales Alltagsleben eben.

Diesen ganzen Mist hatte er aber nie hinbekommen.

Mit den Unterarmen lehnte er sich gegen die vielfach gesprungenen Fliesen. Sollte doch die Wand einen Teil des Gewichts tragen, unter dem sein Knie den pochenden Schmerz produzierte! Er ließ die Muskeln auf Brust und im Schulterbereich spielen. Anspannung, Stress und das, was der rothaarige Hexer mit ihm angestellt hatte, hatten die Muskeln in Beton verwandelt.

Silas fühlte sich, als hätte man ihn ein beschissenes Treppenhaus, Stufe um Stufe, hinuntergestoßen. Scheiße, so mies fühlte er sich schon nach einem einzigen Kampf! Himmel noch mal, es war kein Wunder, dass Jäger über dreißig Schreibtischtäter wurden oder Teamleiter! Er mit seinen vierunddreißig übertrieb es nicht nur, nein, er malte sich dabei selbst eine fette Zielscheibe auf den Rücken.

Mit zusammengebissenen Zähnen legte er die Stirn auf die Arme. Das Lederband um sein Handgelenk brauchte er nicht zu sehen, um zu wissen, dass es da war.

Ein Schreibtisch war nicht Teil seiner Zukunft. Teamleitung auch nicht. Und seit er so offensichtlich der Stachel in Petersons Fleisch war, gäbe es für ihn auch keine Einsätze mehr. Keine weitere Mission nach dieser.

Weil das Wasser auf seinen müden Körper prasselte und seine müden Gedanken umspülte, überhörte Silas, wie vorsichtig die Badezimmertür geöffnet wurde. Er sah die Gestalt nicht, die in das kleine Badezimmer hineinglitt. Viel zu spät bemerkte er den Eindringling, erst als der Duschvorhang zurückgezogen wurde. Ehe er etwas sagen konnte, stieg Jessie zu ihm in die Wanne.

Ihre Augen waren bis zum Rand voll Mitgefühl, mit dem er nicht umzugehen wusste. Als ob sie es spüren könnte, als ob sie wüsste, welchen inneren Kampf er gerade mit sich ausfocht, wartete sie. Sie war nackt, und ihre Haut schimmerte im matten Licht der Badezimmerbeleuchtung wie Alabaster. Was an Duschwasser von Silas' hartem Körper abprallte, sprühte in feinen Tröpfchen auf ihre weiße Haut. Es sammelte sich zu kleinen Bächen, die an Jessies schlanker Gestalt hinabrannen und ihre weiblichen Formen nachzeichneten, Hügel und Täler, die einem Mann wie Silas das Wasser im Mund zusammenlaufen ließen.

Er starrte sie an. Er schluckte schwer. Kein einziges Wort fand durch den Dunstschleier primitiver Lust und heißblütiger Erregung, durch den tief sitzenden Schreck.

Was zum Henker sagte ein Mann zu einer Göttin?

Sie wirkte geistesabwesend, ja unsicher, als sie die schlanken Arme hob und ihr schulterlanges Haar zusammennahm. Sie schlang es im Nacken zu einem Knoten, strich sich so alles Haar aus dem Gesicht. Die Bewegung lenkte Silas' Blick auf Jessies Brüste, die hellroten

Brustwarzen erregt aufgerichtet und zusammengezogen. Der kühleren Luft wegen?

Seinetwegen?

Silas' Magen verkrampfte sich. »Jessie ...«

»Ich glaube ...«

Sie hielt inne, biss sich auf die Unterlippe. Ihre weißen Zähne hinterließen Bissabdrücke darauf, von denen Silas liebend gern gekostet hätte, die er gern mit seiner Zunge fortgeschmeichelt hätte.

Sicher würde Jessie ihn gewähren lassen. Er wusste, dass sie es täte und dass es ihr gefiele.

Es kostete ihn unglaubliche Anstrengung, aber er fasste Jessie nicht an. Gegen jeden Instinkt, der sich in seinem Hinterkopf meldete, blieben seine Muskeln unbeweglich. Sorgfältig führte er seine Hände in seinen Rücken, ballte sie zu Fäusten. Ganz vorsichtig zog er sich von der über Männerkraft hinausgehenden Versuchung ihres glatten, feuchten, nackten Körpers zurück.

Herausfordernd blitzte Humor in Jessies Augen auf, brachte sie zum Leuchten. »Du gehörst wohl zu den Männern, die denken, Sex sei etwas anderes, was?«

Verfluchte Scheiße, Herr im Himmel! »Im Gegenteil«, erwiderte Silas kategorisch. »Sex ist Sex. Zwei Personen, zwei Orgasmen.«

»Nur zwei?«

Oh verflucht! Silas lachte rau, überrascht, amüsiert und – ja, okay, geschenkt! – auch ein klein wenig geschmeichelt. Und hungrig, oh Scheiße, und wie! »Mindestens zwei.«

Jessie glitt auf Silas zu, ihre nackten Füße fanden kaum Halt in der rutschigen Wanne. Silas holte tief Luft und sog Jessies Duft zusammen mit nebelfeuchter Duschluft ein. Jessie roch honigsüß, ein wenig nach sommerlicher Schwüle. Himmel noch mal, selbst ihre Haut roch nach Sex!

Nach gefährlichem, Kräfte raubendem, rauschhaftem Sex.

Als Jessie ihm die Handflächen auf die Brust legte, zuckten Silas' Brustmuskeln in genau dem wilden, schnellen Rhythmus, in dem sein

Herz Blut durch seinen Körper jagte. Das Blut rauschte ihm in den Ohren. »Nicht!«, warnte er Jessie durch zusammengepresste Zähne.

Sie zögerte, erstarrte. »Das hast du schon mal gesagt«, meinte sie leichthin. »Meinst du das wirklich?«

Zur Hölle, ja, verflucht!

Forschend suchte Silas Jessies Blick, kämpfte mit sich. Kämpfte gegen sein rasendes Herz und sein unstillbares Verlangen. Sie war die Schwester eines Hexers. Bald würde sie ihn dafür verabscheuen, dass er ihren Bruder getötet hatte.

Sie käme nicht unverletzt aus der Sache heraus. Vielleicht käme sie nicht einmal mit dem Leben davon.

Nein, er meinte es nicht so. Natürlich nicht, verflucht!

Silas schloss die Augen. Er wollte Jessies fragendem Blick entgehen, der Unsicherheit, die sich hinter ihrem Lächeln verbarg. Beinahe hätte er unter der Folter gestöhnt, die es für ihn bedeutete, ihre Finger auf seiner nackten, nassen Haut zu spüren. Diese Finger, die über seine vor Anspannung bebenden Brustmuskeln fuhren und die linke Brustwarze streiften. »Jessie, ich bin nicht …«

Sie krallte die Finger zusammen, fuhr Silas mit den Fingernägeln über die Haut. Er erschauerte. Dann war es, als spränge eine losgelassene, zuvor viel zu eng zusammengedrückte Sprungfeder.

»Hol's der Teufel!« Silas zog Jessie zu sich in den heißen Wasserstrahl. Sie stolperte über die eigenen Füße, japste auf und lachte, als er sie auffing, herumwirbelte und mit dem Rücken gegen die Fliesen drückte. Sie wickelte ihm ein langes, feuchtes Bein um die Taille; ihre Blicke trafen sich. Williges Einverständnis, wilde Zustimmung, anderes las er dort nicht. Sein Körper war ganz Erwiderung, bebte vor Erwartung, als Jessie ihr Becken durch den Wasserstrahl seinen Lenden entgegenschob, seinem Schoß entgegen, der eingebettet zwischen ihren Beinen lag.

Als ob Jessie extra für ihn gemacht wäre. Schlüssel und Schloss. Alles passte perfekt.

Und war so falsch. Silas' Gedanken zersplitterten tausendfach in der seidig glatten, feuchten Wärme von Jessies Schoß. Streicheleinheiten für seinen Schwanz. Verlockung pur. Silas bewegte die Hüften, stieß vor, rieb sich an Jessie und fluchte lästerlich, als die Hitze ihres Schoßes sein Fleisch in Brand steckte.

So viel gierige, feurig glühende Hitze!

Jessie schlang die Arme um Silas' Nacken. Hitze stieg ihr in die Wangen. Als er in sie hineinstieß, den Schutz ihres Schoßes suchte, unterdrückte sie mühsam einen Schrei und hielt die Luft an. Die Augen geschlossen, beschatteten die langen Wimpern ihre Wangen. Silas schoss ein Gedanke durch den Kopf: Jessie war das Schönste, was ihm in dieser gottverlassenen Welt je unter die Augen gekommen war.

Er durfte ihr das nicht antun. Er würde fortgehen, sie verlassen. Denn ihr bliebe ja nur eine Leiche, die sie noch an ihn erinnerte.

»Jess«, stöhnte er, unfähig etwas zu tun. Unfähig aufzuhören. Verflucht noch mal! »Das ist nicht …«

»Nicht!« Ihre Augen sprühten Funken, als sie sie aufriss, um seinen Blick zu erwidern. »Denk nicht nach! Schalt deinen Verstand ab!« Sie ließ die Hüften kreisen, wand sich. Silas presste ein Stöhnen aus tiefster Kehle hervor. Jeder Nerv von seinem Schoß bis hinauf ins Hirn, alle Neuronen feuerten.

Explodierten.

»Nicht hier!«, stieß er hervor, etwas wirr in seinem überbordenden Verlangen. Er bedeckte Jessies Brüste mit den Händen, knetete ihre Brustwarzen zwischen den Fingern, bis sie schrie. »Nicht hier. Gott verdammt noch mal …«

Halb lachend, halb unter seinem Sturmangriff stöhnend, löste sie das Bein, das sie ihm um die Hüften geschlungen hatte. Mit dem Fuß trat sie gegen den Wasserhahn. Einmal, zweimal. Der Wasserstrahl versiegte, tröpfelte aus. Mit einem Ruck zog Silas Jessie an sich, presste ihr hungrig die Lippen auf den Mund, hob sie hoch und sorgte dafür, dass sie ihm beide Beine um die Taille schlang.

Ihre Knöchel verhakte Jessie hinten in Silas' Kreuz, saß so sicher auf seinen Hüften. War ihm ganz nah. Mit derselben Verzweiflung und demselben wilden Verlangen, die auch Silas im Griff hatten, verschlang Jessie seinen Kuss. Sie biss Silas, leckte an seiner Lippe, als er in einer Mischung aus Schmerz und Lust aufstöhnte. Als er beschissene drei Versuche brauchte, um die Badezimmertür aufzustoßen, lachte sie in seine Halsbeuge hinein.

Nass und zitternd verschränkte er die Arme unter ihrem wunderschönen Hintern und fand mit etwas Glück das Schlafzimmer auf Anhieb. Jessie wühlte in seinen Haaren, biss ihm ins Ohrläppchen.

Fluchend warf Silas sich und Jessie auf das Doppelbett, hinein in das Nest aus bunten Decken. Er lag auf ihr, sein Körper ihr Schild. Jessie bestand nur aus Beinen, Armen und glatter, weicher Haut, feuchter Hitze und – süßer Jesus! – ihrem lebendigen Lachen. Wie Sex im schönsten Sonnenschein.

»Jetzt!«, verlangte sie, atemlos und übermütig in ihrer Lust. Sie griff ihm ins Haar, spreizte ihre Beine für ihn. »Jetzt!«

Silas gehorchte. Er stemmte sich hoch, suchte ihren Blick und stieß tief in sie hinein, bis zum Heft so tief. Für einen Moment wurde ihm schwarz vor Augen. Lustvolle Befriedigung durchlief in kleinen Wellen seinen ganzen Körper, riss tiefe, blutende Wunden in seine Selbstkontrolle. Ehe er bereit war, bewegte er sich. Ehe Jessie bereit war.

Sie keuchte, schloss die Beine fester um ihn, während sie blindlings um sich tastete, irgendwo Halt suchte. Er stieß wieder zu, zog sich zurück, veränderte die Beckenstellung und glitt erneut in Jessie hinein und an der Stelle entlang, die sie dazu brachte, die Finger in die Decken zu krallen und seinen Namen zu schreien.

Erregung schraubte sich hinauf zu unverhohlener Begierde, ungestümer Gier nach mehr. Aber Silas kämpfte um Selbstkontrolle, behielt sie. Es gelang ihm, dem in ihm wütenden Verlangen die Spitze zu nehmen. Er beobachtete Jessie, wie sie sich unter ihm wand. Sie hatte die Augen geschlossen, ihre Haut rosig vor Erregung. Er sah es und drang in einer langsamen, langen Bewegung in sie ein, heftig und tief.

Er sah, wie es um ihren Mund zuckte, sah, wie sie sich auf die Unterlippe biss, wie sie mit sich selbst rang.

»Komm, mach schon!«, flüsterte er ihr heiser zu. Zum Henker, er hatte das erste Mal ja kaum überlebt! »Komm, bitte! Nicht mehr warten …«

Jessie bäumte sich auf unter ihm. Ihre Brüste schoben sich ihm entgegen. Silas konnte nicht anders: Er musste sie küssen. Er senkte den Kopf und nahm eine Brustwarze zwischen die Lippen, sog an ihr, während er zustieß, immer und immer wieder. Er biss zu, gerade heftig genug, um Jessie unter sich erschauern zu spüren. Ihre Beine umklammerten ihn fester.

»Mehr!«, verlangte er, ließ die Worte gegen ihre hitzige, feuchte Haut prallen. Schweiß perlte über seinen Rücken, sammelte sich oberhalb der Schultern, als er es mit aller Macht zurückhielt. Er beobachtete, wie Jessie jegliche Kontrolle verlor, die Hände in den Decken vergraben.

Sie kam. Herr im Himmel, sie kam!

Sie riss die Augen auf, Himmelsgold neben den wirren Wellen aus glänzendem Haar. Unergründlich, halb blind vor Erregung und leidenschaftlichem Verlangen, las er dort zuerst, dass sie kam. Erst danach spürte er die Welle, als Jessie die Muskeln unter ihm, um ihn herum bis zum Zerreißen anspannte. Silas konnte nicht mehr.

Er konnte sich nicht mehr zurückhalten, verlor die Kontrolle über sich, kam ebenfalls.

Jessie bäumte sich auf, ihr Becken zuckte, als Silas hart und heftig zustieß. Sie schob es ihm entgegen, als ihn ein Schauder nach dem anderen schüttelte. Geschmeidig und überfließend in ihrer Feuchte hielt sie ihn fest, mit solcher Kraft, dass er unzusammenhängende Laute zwischen zusammengebissenen Zähnen herauspresste, kehlige Laute in dem Augenblick, da sein eigener Orgasmus ihm jegliches Denkvermögen und alle Vernunft raubte.

Er brach nicht über ihr zusammen. Es fehlte allerdings nicht viel, und er hätte es getan. Aber er konnte sich gerade noch abfangen, mit den Ellenbogen abstützen, ehe er auf sie gefallen wäre. Er war immer noch tief in Jessies pulsierendem Fleisch. Heftig rang er an ihrer Schulter nach Atem und versuchte sich verzweifelt daran zu erinnern, wie das ging: denken, atmen.

Ihr Herz hämmerte ein wildes Stakkato gegen sein Ohr. Es hallte in seinem Körper wider.

In seinem Kopf.

Scheiße!

Jessie regte sich unter ihm, rekelte sich träge. »Silas?«

Er hob den Kopf, begegnete ihrem verhaltenen, ruhigen Blick. Alles in ihm wappnete sich für den Schlag, der jetzt kommen würde. Kacke, schon ging es los: das Liebesgeflüster, die Eingeständnisse und Erklärungen, die gegenseitigen Beschuldigungen.

Aber Jessie legte ihm nur eine Hand ums linke Handgelenk. Auf das Tattoo. »Wer ist Nina?«, fragte sie.

KAPITEL 12

Sie hatte einen Fehler gemacht. Kaum dass ihr die Frage über die Lippen gekommen war, spürte Jessie, wie Silas zusammenzuckte und sich innerlich vor ihr zurückzog, auch körperlich. Er hatte seinen Schwanz aus ihrem Schoß gezogen und sich zur Seite gerollt.

Jetzt angelte Silas nach etwas, um sich zu bedecken. Jessie war sich nicht sicher, wie sie die Frage noch einmal stellen sollte, wenn überhaupt.

Denn sie wusste nicht, ob sie die Antwort darauf wirklich wissen wollte.

Während Silas sich ein Handtuch um die Hüften schlang, stemmte Jessie sich auf einen Ellenbogen hoch und legte ihr Kinn in die Handfläche. Aus dieser Position heraus begutachtete sie Silas' Profil, seine ganze Gestalt. Sie selbst kümmerte ihre Nacktheit nicht. Jetzt, wo der Schweiß auf ihrer nackten Haut zu trocknen begann, fröstelte es sie ein bisschen. Aber viel interessanter als das war, wie das Licht auf Silas' breiten Schultern spielte, auf den durchtrainierten Muskeln.

Silas hatte einen atemberaubend männlichen Körper.

Der vielleicht einer anderen gehörte.

Er würde sowieso nie Jessie gehören, selbst wenn es keine andere Frau in Silas' Leben gab. Jessie schlüpfte aus dem Bett, nahm eine der Decken mit. »Ich habe nicht vor, wie eine Klette an dir zu kleben oder dich irgendwie unter Druck zu setzen«, sagte sie. Sie musste sich sehr anstrengen, um einen leichten, unbeschwerten Ton anzuschlagen. »Wenn du irgendwo eine Frau hast, dann versteh ... «

Er fuhr zu ihr herum, so schnell, dass sie die Bewegung kaum wahrgenommen hatte. Plötzlich war er ganz einfach da, ein unerwartet wilder Energiestoß, der ihre Sinne überlud und sie zusammenzucken ließ, als Silas sein Gesicht ganz nah an ihres brachte. Zu nah. Seine Augen brannten. »Nein«, unterbrach er sie schroff und wütend, alles in dieser einen Silbe. »Bedräng mich nicht! Nicht bei diesem Thema!«

Jessie blinzelte, nahm kaum wahr, dass er ihre Oberarme in eisernem Griff hielt. So halb hochgehoben, stand sie nur noch auf den Zehenspitzen und konnte Silas in die graugrünen Augen sehen. Dort stand dieselbe Wut, derselbe Schmerz geschrieben, den sie *gesehen* hatte, als Silas vor seinem Einsatzteam in der hohen Halle eines Missionsgebäudes gestanden hatte.

Beides, Wut und Schmerz, konnte Jessie spüren, jetzt gerade, wie spröde, scharfkantige Glasscherben in ihrer Hand.

In ihrer Kehle steckte ein Kloß, riesengroß, so groß, dass es wehtat. Trauer. »Oh, Silas!« Die Tränen kamen aus dem Nirgendwo, Mitgefühl und tief empfundenes Mitleid.

Verstehen.

Silas' Zorn verlor seine scharfkantige Schroffheit. Agression mischte sich mit Reue, mit heftigem Unbehagen. »Nicht«, sagte er wieder. Silas ließ ihre Arme los und nahm ihr Gesicht in beide Hände. Er wischte ihr die Tränen von den Wangen. »Herr im Himmel, tu das nicht!«

Jessie konnte das Lachen, das unter Tränen in ihr aufstieg, nicht unterdrücken. »Was denn nicht? Mit dir mitfühlen?«

»Nein, weinen.« Er nahm sie in die Arme, zog sie eng an sich. Jessie spürte die nackte Haut seiner Arme auf ihrem Rücken und schmiegte den Kopf an seine nackte Brust. »Nicht um mich. Es gibt andere Dinge, um die es sich zu weinen lohnt.«

Ach was? Was denn so? Jessie holte tief Atem, sog den Duft von Silas' Haut ein. Er roch nach männlicher Kraft, nach Moschus. Jessies Schultern verspannten sich. »Es ist nur, weil ...«

Tja, warum?

Weil er ihr so einsam vorkam? So unglücklich? Weil sie wusste, wie sich Einsamkeit und Leid anfühlten? Weil sie Gefühle für ihn hatte? Für den Mann, der ihren Bruder jagte?

Jessie schloss die Augen, kniff sie fest zusammen. Sie kämpfte die

Tränen nieder, kämpfte dagegen an. Sie war so dumm. Mitgefühl zu haben würde ihr gar nichts bringen. Im Gegenteil. Es könnte tödlich für sie sein.

Mit einer Hand streichelte Silas ihr übers Haar, über den Rücken. Sein Kinn ruhte auf ihrem Kopf. »Willst du es wirklich wissen?«, fragte er leise.

Jessie löste sich aus der Umarmung, zog sich von ihm zurück. Sie musterte sein Gesicht. Wollte sie das? Es wissen?

Das Wort war über ihre Lippen, ehe ihr Verstand Argumente dafür oder dagegen hätte sammeln können. »Ja.«

Silas schloss die Augen. »Nina Arbor war vierzehn, als ein Hexenzirkel sie auf dem Schulweg entführt hat. Sie war das dritte Entführungsopfer in drei Wochen, und ich kam gerade frisch von der Ausbildung.«

Hexen. Klar. Jessies Hände wanderten zu seinen Hüften hinunter. Sie hakte die Daumen unter den Handtuchrand.

»Wir sollten rein und sofort wieder raus. Schneller Zugriff, das war der Plan«, fuhr Silas fort, während er mit den Fingerspitzen Jessies nackten Rücken liebkoste und über das Tattoo fuhr, das schräg über ihr Kreuz verlief. Sie erschauerte. »Kinderleichte Sache. Ein Teamleiter, zwei Agenten im Einsatz, ein Techie.«

»Und dann was?«, fragte Jessie, als er schwieg. »Was ist schiefgegangen? Es ist doch schiefgegangen, oder?« An ihrer Wange spürte sie sein Herz schlagen, kräftig, regelmäßig. Sie legte die flache Hand auf seine Brust, spürte, wie Silas tief Atem holte.

»Ja, und wie!«, antwortete er mit einem tiefen Seufzer. »Ich wollte sie unbedingt erledigen, am besten den ganzen Dreckszirkel. Also habe ich den Einsatzbefehl ausgelöst. Die beiden dienstälteren Agenten sind rein, haben die Wachen ausgeschaltet, und ich konnte an ihnen vorbei ins Haus.«

Jessie krampfte sich das Herz in der Brust zusammen. Silas' Stimme war tonlos, so unbeteiligt, als läse er einen Bericht vor. Mit den Lippen berührte sie mehr seine Schulter, als dass sie ihm einen Kuss aufhauchte.

»Der Techie hat mir so viel Einsatzunterstützung gegeben, wie er konnte. Aber eigentlich war ich auf mich allein gestellt. Ich bin den Schreien nach und habe Nina gefunden.« Silas' Stimme wurde rauer, als säße seine Stimme tief in seiner Brust fest. »Die Dreckskerle hatten sie aufgeschlitzt. Für das Ritual brauchten sie ... sie brauchten ihr Blut und haben sie aufgeschlitzt.«

O Gott! Schlagartig flutete Magensäure Jessies Magen, und ihr war übel. Blut war ein verdammt guter Fokus. Jessie klammerte sich an Silas' Taille.

»Mit einem schwarzen Messer«, sagte er heiser. »Sie hat mich angesehen mit diesem ... verfluchte Scheiße!« Er räusperte sich. »Sie hat mich mit großen blauen Augen angesehen und gelächelt. Sie hatte Todesangst, aber lächelte mich an, als ob sie sich sicher sei, dass ich alles wiedergutmachen würde.«

Silas' Finger verfingen sich in Jessies Haar. Und sie konnte nur die Augen vor seinem Schmerz verschließen, einem Schmerz, der durch Mark und Bein ging.

»Ich habe keinen Augenblick gezögert. Ich habe das miese Schwein mit dem Messer erledigt. Aber da waren noch drei weitere Hexer. Einer ging auf mich los. Aber einer ...« Silas war starr vor Anspannung, senkte nur den Kopf. Die Stirn an Jessies Schläfe, atmete er aus, wütend, angestrengt. »Einer zog einfach eine Waffe und erschoss Nina. Direkt ins Gesicht. Das Gehirn der Kleinen wurde über den ganzen Altar verspritzt. Dann hat das Schwein die beiden anderen Hexer erschossen. Ich habe ihn umgebracht, bevor er es selbst tun konnte.«

Mit geschlossenen Augen sagte Jessie nur: »Oh, Silas!«

»Das Schlimmste war ...«, berichtete er weiter, und sein Atem an ihrer Wange war heiß und bebte, »das Schlimmste war, dass unsere Kommunikation untereinander abbrach. Der Zirkel war vorbereitet gewesen. Die Höllenbrut hatte genau gewusst, was zu tun war, falls sie während des Rituals gestört würde. Die Hexer hatten einen Notfallplan. Mollys Leiche habe ich auf dem Weg nach draußen gefunden.

Dann hörte ich die Explosion, und ich kam gerade noch rechtzeitig, um Pauls Leiche in der Nähe des Trucks auf dem Boden aufschlagen zu sehen.«

Jessie erschauerte, zuckte zusammen, als Silas sie in eine noch engere Umarmung zog. Besser, er hätte das gelassen. Besser, sie hätte es nicht zugelassen. Aber sie konnte es nicht verhindern. Wollte es nicht. Sie ließ es nicht nur zu, sondern drängte sich näher an ihn heran. Sie spürte die schützende Wärme seines Körpers und versuchte, Silas den Schutz ihrer Nähe und Wärme zu geben.

Sie blickten einander an. Schmerz verdunkelte seinen Blick; Erinnerungen, die ihm unter die Haut gingen wie Myriaden winziger Glassplitter. Sein Lächeln besaß eine Härte und Schärfe, es hätte blutige Wunden reißen können. »Immerhin kein totales Desaster«, sagte er mit bitterem Sarkasmus. »Jonas konnte zwei erledigen, ehe der Explosionsdruck ihm jeden verdammten Knochen im Leib zertrümmert und ihn für den Rest seines Lebens zum Krüppel gemacht hat.«

O Gott! Tränen liefen Jessie über die Wangen. Sie nahm Silas' Gesicht in beide Hände. »Bitte nicht! Bitte tu das nicht!«, flehte sie unglücklich. »Sag es nicht so … sei nicht so kalt, so seelenlos dabei!«

Er umklammerte ihre Handgelenke, hielt sich ebenso an ihr fest, wie er sie von sich fernhielt. »Aber es ist kalt und seelenlos«, sagte er tonlos. »Wir gehen rein, wir töten, wir gehen. Am Ende lebt nichts mehr. Am Ende lebt niemand mehr. Alle sind tot. Verstehst du? Verstehst du das?«

Trauer und Wut ließen ihren nächsten Atemzug wie ein Schluchzen klingen. Sie verstand es. Sie verstand es nur zu gut. Aber trotzdem brachte sie nicht mehr als ein Kopfschütteln zustande.

»Du hast es immer noch nicht begriffen, nicht wahr? Magiebesessene töten, und sie sind … zur Hölle!« Er riss Jessies Hände von seinem Gesicht und stieß Jessie brutal von sich. Sie wankte, er aber hielt sie gepackt, umklammerte mit seinen langen Fingern ihre Handgelenke wie mit Schraubstöcken. So verhinderte er, dass Jessie stürzte, aber auch, dass sie vor ihm floh. Sein Blick krallte sich in den ihren.

»Hexen und Hexer töten, sie verstümmeln und zerstören ihre Opfer für alle Zeit! Dein Bruder tötet, er verstümmelt und zerstört andere! Du wolltest die Wahrheit, hier hast du sie. Glaub ja nicht, dass das, was zwischen uns passiert ist, irgendetwas ändert!«

Es änderte alles. Und es änderte nichts. Aber das hatte Jessie immer schon gewusst.

Sie hob das Kinn, begegnete Silas' Blick. Er hatte ihr einfach nur eine Lüge weniger aufgetischt; das war alles, was es bedeutete. Was zwischen ihnen gewesen war, änderte gar nichts.

Zur Hölle damit, es änderte nichts!

Silas ließ die Kiefermuskeln spielen. »Sag mir, dass du das verstanden hast!«

Sie verstand es. Besser, als er ahnen konnte. Sie wand sich in seinem Griff, gerade genug, damit die Decke, in die sie sich geschlungen hatte, herunterrutschte und in einem Haufen aus Farbe auf dem Boden liegen blieb. Nackt, gefangen in Silas' Schraubstock-Griff, machte sie einen Schritt auf Silas zu. Nackte Haut auf halb nackter Haut.

Weiche weibliche Formen an harten männlichen Muskeln.

Sein Blick verdunkelte sich. »Sag es!« Seine Muskeln spannten sich an, als wollte er Jessie von sich wegschieben, sie verzweifelt von sich stoßen. Oder sie mit derselben Verzweiflung an sich ziehen.

Ihr Herz schlug ihr bis zum Hals. Sie leckte sich über die Lippen. »Ich versteh …«

Er beugte sich zu ihr herunter, schluckte ihre Worte mit einem Kuss, der die Welt in Brand setzte. Wütend, aggressiv riss er sich das Handtuch von der Hüfte und drängte Jessie in Richtung Bett. Er fand ihre feuchte Mitte, ihren hitzeatmenden Tempel mit heißen, tastenden Fingern. Er widmete sich ihrem Körper, bis Jessie sich unter ihm wand und aufbäumte, so sehr brauchte sie es.

Sie schluchzte seinen Namen, als sie kam. Sie vergaß alles außer der verwirrenden Lust und der Lavaglut, kaum dass er mit einem einzigen Stoß in sie eingedrungen war und alles von vorne begann.

Als sie beide erschöpft waren, in die Decken gekuschelt und aneinander, lauschte Jessie dem gleichmäßigen Herzschlag unter ihrem Ohr und wusste, verstand, *begriff*, dass Silas Smith ihr Tod sein würde.

Wenn er selbst sie nicht umbrächte, gäben ihr Calebs Prophezeiungen den Rest.

KAPITEL 13

Irgendwann in den frühen Morgenstunden zogen Gewitterwolken über die Stadt. Den Blitzen gelang es nicht recht, ihr Licht so tief hinunter, bis hierher in die unteren Mittelebenen, zu werfen. Aber der Donner schreckte Silas aus den Gedanken, die in einer Endlosschleife in seinem schmerzenden Kopf kreisten.

Automatisch kontrollierte Silas die Uhrzeit. Noch eine Stunde, bis die anderen hier aufschlugen.

Aber er rührte sich nicht, kein Stück.

Er starrte über seine gefalteten Hände hinweg aus dem Fenster und versuchte sich einzureden, er sei nur wachsam. Auf alles vorbereitet. Ein Schutzschild. Er redete sich ein, dass sein Knie höllisch wehtäte und er es deshalb langsamer anginge. Dass er nur sicher sein wolle, das Knie nicht noch mehr zu belasten, als er es ohnehin schon getan hatte.

Dass er sich nicht in die Hosen scheiße vor Angst, in dieses Zimmer zurückzugehen und diese heftige Sehnsucht zu spüren, so heftig, dass es ihm den Magen zusammenkrampfte. Die Sehnsucht, sich wieder in das schlafwarme Bett zu kuscheln. Sich schützend an Jessies warmen, geschmeidigen Körper zu schmiegen und seine Hände, seine Arme und seine Seele mit ihrer Wärme zu füllen.

Silas grunzte und fuhr sich mit der Hand übers Gesicht. Wut schlummerte tief unten in seinen Eingeweiden, gleich unterhalb eines anderen Gefühls: Er hatte nicht übel Lust, sich selbst von hier bis zum Sanktnimmerleinstag in den Arsch zu treten.

Operation Echoortung hätte besser Operation Megakacke heißen sollen.

Klar, die Mission wäre damit sicher nicht einverstanden.

Andererseits machte ja auch keiner von den anderen Missionaren mit der Schwester eines Hexers herum. Aber immerhin wussten sie nicht, dass Silas es tat. Und wüssten sie es, würden sie es sicher nicht gutheißen. Sie würden es selbst dann nicht gutheißen, wenn …

Zum Geier, wen versuchte er denn da gerade zu verarschen? Jessica Leigh war mit von der Partie, um ihm zu helfen. Wenn nicht mehr als ein bisschen Schwanzarbeit nötig war, um diese Hilfe zu bekommen und Caleb Leigh und seinen Zirkel ein für alle Mal zu erledigen, würden sich seine Kollegen schön brav hinten anstellen und ihren Teil dazu beitragen. Mit einem Grinsen auf dem Gesicht.

Unter dem nächsten Donnerschlag bebten die Glasscheiben in den Fenstern. Dicke Wassertropfen platschten dagegen und sammelten sich zu Sturzbächen. Silas starrte auf das Regenwasser, das die Scheiben hinunterlief, und dachte an eine regennasse Mauer unterhalb der Gläsernen Stadt.

In seinem Kopf wurden aus schreckensweiten blauen Augen bernsteinfarbene. Augen, die an seinem Gesicht hingen, sich in seinen Verstand einbrannten. In sein Herz. Hol's der Teufel!

Hol's der Teufel!

Silas musste etwas tun. Irgendetwas.

Seine Runde drehen.

In einem plötzlichen Energieschub kämpfte er sich auf die Füße, ohne auf das verstimmt reagierende Knie zu achten. Geistesabwesend rieb er sich das Handgelenk, und spürte die Holzperlen unter seinem Daumen. Der Buchstabe N, der sich bei der Berührung warm anfühlte, schimmerte im gewittrig blassen Tageslicht.

Verflucht will ich sein, wenn ich einen weiteren Namen diesem hier hinzufüge!, dachte Silas bitter.

Unruhig tigerte er in dem kleinen Wohnzimmer auf und ab. Mehr als vier Schritte in jede Richtung brauchte er nicht. Vom Fenster zur Wand zur Tür zum Linoleumboden der Küche und wieder zurück. Silas wusste nicht, wie lange er sich hin und her bewegte, die Muskeln spielen ließ, um die Verspannungen zu lösen, und dabei leise vor sich hin fluchte.

Erst als er die Leitungen hinter sich in der Wand pfeifen und gluckern hörte, hörte er auf damit. Er blickte den kurzen Flur hinunter und sah einen blassen Lichtstreifen unter der Badezimmertür. Aus der Dusche tönte das Rauschen von Wasser.

Jessie war aufgewacht.

Und er hatte jetzt zu tun.

Er ging auf die halb offene Tür zu. Unbarmherzig gegen sich selbst drängte er den Impuls zurück, zu Jessie in die Dusche zu schlüpfen. Ihre Haut zu streicheln. Sie auf Touren zu bringen und zu spüren, wie es bei ihr abginge. Die bescheuerte Flasche Lavendelseife zu nehmen, die er vorhin gefunden hatte, und ihren ganzen Körper damit einzuseifen, ihr das Haar zu waschen.

Alles Dummheit. Schlichte Gier nach Sex.

Silas klopfte an die furnierte Tür und schob sie dabei ein Stück weiter auf. »Hallo!«

Dampfwolken hüllten Jessie ein, als die den Kopf hinter dem abgewetzten Duschvorhang hervorsteckte. Von den nassen Haarspitzen tropfte Wasser in ihre verschlafenen und dennoch sexy wirkenden Augen. »Selber hallo! Müssen wir hier weg?«

»Bald, ja.« Silas lehnte sich an den Türrahmen. Das war sicherer, als einen Schritt über die Schwelle zu tun. »In der Küche stehen Frühstücksflocken, sonst nichts. Das einzig Essbare hier. Du kannst sie dir nehmen.«

»Mhm-hmm!« Jessie verschwand wieder hinter dem Vorhang. Silas erwischte sich bei dem Wunsch, das blöde Ding wäre nicht undurchsichtig. »Ich bin gleich fertig. Das ist echt der Himmel auf Erden.«

Gegen seinen Willen huschte ein amüsiertes Lächeln über Silas' Gesicht. Nach allem, was sie gestern hatte durchmachen müssen, wollte er ihr den kleinen Luxus einer heißen Dusche nicht verwehren. »Lass dir ruhig Zeit, Sonnenschein! Sobald du ...«

Silas stellten sich die Nackenhaare auf.

Er wich zur Seite aus, rammte den Ellenbogen rückwärts in den Mann, der sich hinter ihm angeschlichen hatte. Beide, Silas und der

Mann, taumelten nach hinten. Silas aber fand Halt an der Flurwand, fing sich, ehe sein Angreifer sein Gleichgewicht wiederfand.

Der dunkelhaarige Mann streckte die Hand aus und krächzte etwas, das Silas nicht verstand.

Qualvoller Schmerz brauchte keine Worte.

Silas fiel auf die Knie, ächzte Unzusammenhängendes unter einer Welle schier unerträglicher Schmerzen. Lichterloh brannte der Schmerz in seinem Körper, fraß Silas von innen auf. Vielleicht brüllte er sogar vor Schmerz. Vielleicht versuchte er es auch nur. Agonie. Nervenzerfetzende Qual, die ihm die Haut vom Körper zu schälen schien, die sein Hirn sprengte, bis alles, was Silas sehen, alles, was Silas schmecken konnte, seine eigene Qual war.

Blau blitzte Licht auf, Eis und Feuer. Die Warnung kam spät, erst jetzt kroch der Schutzschild gegen Magie Silas' Arm hoch. Viel zu langsam legte sich der Schild wie eine zweite künstliche Haut um Silas. Seine Muskeln spannten sich an, hart vor Überanstrengung. Aber Silas zwang sich zu atmen. Nachzudenken.

Den Schmerz auszuhalten.

»Das ist der Kerl«, hörte er jemanden sagen, als der Schutzschild des heiligen Zeichens den Schmerz genug dämpfte. »Und der ist zu Boden gegangen wie … he, Scheiße, da sieh mal einer an!«

Silas hatte sich wieder hoch auf die Beine gezwungen. Die Wände rechts und links von ihm führten ein unstetes Eigenleben, während er sich zusammenriss und zwischen ihnen seinen Gegnern entgegentrat. Mit kaltem Schweiß auf der Haut fixierte er die beiden Gestalten, die ihn anstarrten.

Der Blick des dunkelhaarigen Hexers verriet Überraschung, vielleicht sogar Respekt. Der Blick der Hexe neben ihm war forschend, interessiert.

»Na schön!« Die Hexe hob die Hand und hielt Silas die tätowierte Handfläche entgegen. »Jetzt bin ich an der Reihe.« Magie stürmte auf ihn ein. Gebündelt. Zornig. Höllisch zielgerichtet und sehr viel fokussierter.

Die Haut unter Silas' rechtem Auge brannte. Aber dieser magische Angriff war nichts gegen den vorangegangenen des Hexers. Keine große Sache für den heiligen Schild, der gleißend blau glühte. Silas kämpfte sich vorwärts. Schritt für Schritt. »Na, kommt schon!«, quetschte er zwischen zusammengebissenen Zähnen hervor.

»Silas!«

Jessies Schrei brachte die Magie ins Wanken, schwächte den Fokus so sehr, dass Silas sich auf seine Gegner werfen konnte. Er prallte gegen sie. Der Hexer konnte nach hinten springen und Silas so entkommen. Aber die Hexe nagelte er mit seinem Gewicht auf dem Boden fest. Zweimal schlug er ihr die Faust ins Gesicht; jeder Schlag riss ihr brutal den Kopf zur Seite. Aus dem Augenwinkel nahm Silas eine Bewegung wahr. Gerade rechtzeitig hob er den Kopf, um den Stiefel des Hexers mitten ins Gesicht zu bekommen.

Der Tritt schleuderte ihn zurück, katapultierte ihn von der Frau herunter. Silas grunzte und fluchte, als der Hexer seinen Vorteil nutzte und ihm einen Tritt in die Rippen verpasste. Silas' Welt, alles, was er noch vor sich sah, verwandelte sich in einen Hagelsturm aus roten und weißen Sternen.

»Weg von ihm!« Jessie stürzte aus dem Badezimmer. Silas, der eben noch Sterne gesehen hatte, erkannte ein langes nacktes Bein. In ein Handtuch gehüllt, die Haare hingen ihr tropfnass um den Kopf, sprang Jessie dem Hexer auf den Rücken. Wie ein Äffchen klammerte sie sich an ihm fest und fuhr ihm mit den Fingernägeln durchs Gesicht.

Silas hievte sich hoch und revanchierte sich für den ihm erwiesenen verfluchten Scheißgefallen. Dem Kerl traten die Augen aus dem Kopf, als Silas ihn voll erwischte ein gut platzierter Tritt in die Eier. Der Hexer krümmte sich zusammen, brauchte einen ganzen Augenblick, um Luft zu bekommen, ehe er einen wilden, krächzenden Schrei ausstieß.

Silas riss Jessie von dem Rücken des Kerls herunter, beide Hände auf Taillenhöhe in das Handtuch gekrallt. »Lauf!«, befahl er und versetzte ihr einen Stoß in Richtung Wohnzimmer. Jessie machte drei Schritte, ehe sie erstarrte und Silas auflaufen ließ. »Bleib …«

Sie klammerte sich an ihn. »Runter!«

Die erste Kugel zerfetzte die Wand gleich neben seinem Kopf. Die zweite pfiff unmittelbar an seinem Ohr vorbei, genau in dem Sekundenbruchteil, als er Jessie am Handtuch packte und beiseitestieß. Mit zuviel Wucht landete sie auf dem Sofa und rutschte mit wild rudernden Armen und Beinen und einem Schrei auf den Lippen zu Boden. Den Schmerz würde sie erst sehr viel später spüren.

Aber die Kugel, die Silas gestreift hatte, hatte Jessie nicht erwischt, und das war alles, was für ihn zählte. Heiß brannte weißer Schmerz in seiner Schulter. Silas senkte den Kopf und ging auf den dunkelhäutigen Hexer im Wohnzimmer los, den dritten Angreifer.

Hinter ihm spuckte der Flur den anderen Hexer aus. In einer fließenden, energiegeladenen Bewegung streckte der Hexer Arm und Hand nach Silas aus. Höllischer Schmerz traf ihn genau in den Rücken, während er die Schulter in den Bauch des dunkelhäutigen Hexers rammte. Vor Schmerz krümmte sich Silas zusammen.

»Greif dir die Schlampe!«, hörte er den Schmerzhexer hinter sich befehlen. »Bethany …!«

»Kümmer mich schon drum!«

Worum? Um Jessie? Zum Teufel, nein! Nur über seine gottverdammte Leiche!

Die Wut verlieh Silas ungeahnte Kräfte. Sie dämpfte den Schmerz in seinem Körper, und er warf sich erneut auf den dunkelhäutigen Hexer unmittelbar vor ihm. Sie kämpften um die Waffe, Silas entwand sie ihm und richtete den Lauf auf sein Gegenüber.

Dunkle, fast schwarze Augen begegneten seinem Blick. »Fahr zur Hölle!«, spie ihm der Hexer entgegen.

Silas krümmte den Finger um den Abzug. Blut spritzte, eine Explosion aus Blutrot, Grau und Hellrot, die den kurzen, scharfen Schrei des Hexers vorzeitig kappte.

Der Mann wurde schlaff in Silas' Griff. Silas schwang die Waffe herum und drückte zweimal rasch hintereinander ab. Der dritte Angreifer, der Schmerzhexer, schrie auf und verschwand in einem Hagel aus Putz hinter der Ecke zum Flur.

»Die Waffe runter, Cowboy!«

Silas' Kopf zuckte herum. Silas blickte direkt in die Mündung einer Waffe. Automatisch krümmte sich sein Finger fester um den Abzug.

Wild stierten ihn honigbraune Augen an.

Silas' Herz setzte aus. Augenblicklich verriss er die Waffe, hielt sie am ausgestreckten Arm seitlich von sich. »Jessie.«

»Tut mir leid«, sagte sie leichthin. Aber ihre Stimme verriet Anspannung und Angst, war höher als normal. Ihre Augen waren zu groß, ihre Haut zu bleich. Ihr Kehlkopf zuckte und hüpfte, und da war diese lange, rote Linie an ihrem Hals. Von Ohr zu Ohr. Oberflächlich nur, aber Blut quoll daraus hervor.

Die Hexe namens Bethany stand hinter Jessie, eine Hand in ihr tropfnasses Haar gekrallt. Die andere Hand, geziert von einem eckigen Tattoo, schwebte über Jessies Kehle.

In Bethanys Augen glitzerte kaum verhohlene Wut. Ungezügelte, bösartige Magie.

Silas senkte die Waffe, hielt sie am locker herabhängenden Arm. Er hatte nur Augen für das Blut, das als dünne Linie an Jessies Hals hervorquoll. Es sickerte dem Handtuch entgegen, das Jessie über ihrer Brust zusammenhielt.

Und Silas' eigenes Blut kochte vor Zorn.

»Bist du dabei?«, fragte er ruhig.

Jessies Mundwinkel hoben sich in einem traurigen Lächeln. Ein dünnes, starres, beruhigendes Lächeln. »Viel zu früh, um zu sterben. Greif dir die Schlampe … Aaargh!«

Jeder Muskel in Silas' Körper versteifte sich, als die Hexe die Hand spreizte. Als Jessies Haut am Hals einen Fingerbreit aufriss, an dem dünnen roten Saum um ihren Hals entlang. Blut quoll aus der Wunde, mehr und mehr. Silas' Blickfeld verengte sich zum Tunnelblick; er sah nur noch Jessie vor sich.

Hilflosigkeit. Wut.

Angst.

»Was verlangst du?«, hörte er sich selbst die Hexe fragen und ließ die Waffe fallen.

»So gefällst du mir«, meinte Bethany gedehnt und offenbar erfreut, »ein kooperationsbereites Gegenüber. Die Welt braucht mehr Kooperationsbereitschaft, findest du nicht auch?«

Jessies Finger umkrampften das Handtuch noch fester. In Windeseile ging ihr Verstand Bilder durch, sortierte Gedanken, entwarf Pläne. Nichts von alledem schien erfolgversprechend.

Alles würde Opfer verlangen, Wunden einbringen, Schmerzen.

Jessie schluckte, zuckte zusammen, weil ihre Kehle, ihr Hals so brannte.

»Kooperation erfordert Vertrauen«, erklärte Silas. Sein Blick war leer und allein auf Jessie gerichtet. Er musterte sie. War in diesem Blick eine Botschaft für sie versteckt?

Aber wenn ja, welche?

Die Hexe lachte; Jessie spürte ihren Atem an ihrer Wange. »Du bist ein netter Kirchenjunge. Hältst du denn nichts von der Macht des Glaubens?«

»Nein.«

»Schade aber auch!« Jessie geriet ins Stolpern, als die Hexe ihr den Kopf an den Haaren nach hinten riss. »Denn die Kleine hier und ich, wir zwei fahren jetzt ein bisschen spazieren. Und da wirst du schon glauben müssen, dass ich sie nicht umbringe. Ist es nicht so, Jessica?«

Silas' Augen wurden schmal wie Schlitze.

Jessie versteifte sich. »Woher …?«

Die Finger der Hexe packten Jessies Schopf noch fester. Es war ein heißer, scharfer Schmerz, ein plötzlicher Stich. »Woher ich deinen Namen kenne?«, fragte die Hexe heiter, geradezu fröhlich. Als ob nicht gerade zwei ihrer Freunde draufgegangen wären.

Als ob sie nicht gerade eben nur die Finger bewegt und mit nichts als dieser harmlosen Bewegung Jessie eine blutende Wunde ins Fleisch gerissen hätte.

»Ich kenne dich nicht, oder?«, fragte Jessie unsicher. Sie konnte im Augenwinkel nicht mehr sehen als einen angewinkelten Arm. Blickte sie in die andere Richtung, sah sie am Rand ihres Sichtfelds hohe Wangenknochen und ein spitzes Kinn.

»Nein, du kennst mich nicht«, erklärte Bethany. »Aber wir alle wissen von dir, Jessica Leigh. Wir suchen schon sehr lange nach dir. Also, los jetzt!«

»Nein.« Silas stand zwischen der Hexe mit ihrer Geisel und der Tür. Er rührte sich nicht. Starr und unbeweglich stand er da, nur der Muskel an seiner Schläfe zuckte. Jessies Augen suchten Silas' Blick, beobachteten ihn.

Sie prägte sich sein Gesicht ein. Seine stahlharten graugrünen Augen. Seine schmale, durchtrainierte Gestalt. Würde er erlauben, dass die Hexe sie nach draußen brächte? Sie zu Caleb brächte?

Warum, zum Teufel, eigentlich nicht? Es war eine Chance. Eine Möglichkeit, an Caleb heranzukommen. Jessie furchte die Stirn und gab Silas mit den Augen Zeichen in Richtung Tür, versuchte ihm mit den Augen klarzumachen, auf welche Idee sie gekommen war.

Nun, mach schon, du Idiot!

Sie machte ein entschlossenes Gesicht. »Von mir aus«, sagte sie, »ich gehe mit dir.«

»Nein!«, knurrte Silas. Plötzlich war er nicht mehr so gnadenlos, so eisern. So unerbittlich. Wut verzerrte seine markanten Gesichtszüge, während er seine Haltung veränderte. Einen Sekundenbruchteil lang hatte Jessie das Bild vor Augen, dass er auf die Frau und sie losstürmte wie ein Stier. Sie sah das Blut, das aus ihrer mit Magie durchschnittenen Kehle spritzte.

»Silas, nicht!«, sagte sie rasch. Es tat weh, den Kopf zu schütteln. Dennoch tat sie es. Kurz, ganz schnell. »Es ist okay, mir passiert schon nichts.«

»Braves Mädchen!«, lobte Bethany. Sie packte noch fester zu, wickelte sich Jessies Haar um die Faust wie ein Seil und zog Jessie mit sich. Seitwärts. In einem Bogen um Silas herum.

Um die Leiche ihres Partners.

Verzweifelt versuchte Jessie, nicht zu stolpern, immer schön auf den Beinen zu bleiben.

»Falls es ein Trost für dich ist«, wisperte Bethany Jessie ins Ohr und bewegte sich mit ihr gleichzeitig weiter in Richtung Tür, »ich habe nicht vor, dich umzubringen, außer der Jäger macht Dummheiten.« Die Wattzahl von Bethanys Lächeln hätte Plastik zum Schmelzen bringen können. »Also sag ihm, dass er bleiben soll, wo er ist!«

»Silas?«

Er verlagerte das Gewicht auf das andere Bein, ließ Bethany und sie dabei keine Sekunde aus den Augen. »Warum sie?«, wollte er wissen.

Bethany zögerte. Sie schob eine Hüfte vor, sodass Jessie sie zu Silas hin deckte, Jessies Körper ihr Schutzschild war. »Das weißt du nicht?«, fragte sie nachdenklich. »Echt?«

Jessies Rückgrat füllte sich mit Eis. »Ich habe ihm nicht …«

»Echt«, erwiderte Silas tonlos.

Bethany nickte. »Also gut! Weil sie ihrem Bruder so ähnlich sieht, war sie leicht zu identifizieren.« Mit der freien Hand tätschelte sie Jessies Wange. »Wie aus dem Gesicht geschnitten, wirklich. Und die Belohnung für ihre Auslieferung ist recht ansehnlich. Also …«

Silas bewegte sich. »Warum?«

»Eh-eh!« Die Hexe bohrte ihren Daumen in Jessies Halswunde, und Jessie keuchte auf. Mit Mühe schluckte sie den Schrei hinunter, der ihr aus der Kehle wollte, als Schmerz in ihrem Kopf detonierte.

Silas erstarrte, mitten in der Bewegung. Mitten in der Wut. Tränenverschwommen, wie Jessies Blick war, sah sie seine Kiefermuskeln arbeiten, während er sie ansah und die Hexe hinter ihr.

»Wenn du das wissen willst, musst du Caleb finden und ihn selber fragen.« Bethany zog ihren Daumen aus der Wunde. Jessie sog aufschluchzend Luft in ihre Lungen. »Genau genommen hoffe ich sogar darauf, dass du das tust.«

»Ist das der Grund, warum du mich am Leben lässt?« Silas ließ die Arme hängen. Aber er hatte die Fäuste geballt und bebte vor unterdrückter Wut.

»Jep, genau deshalb. Ich mag einfach die Vorstellung, dass du nach einer Weile ihre Leiche findest.«

»Miststück!«

Bethany lachte. »Oje, jetzt bin ich aber echt gekränkt! Vergiss das hübsche Wort nur nicht, wenn ich über die Leiche der Kleinen hier zur Führung im Zirkel aufsteige, okay?« Sie zerrte Jessie rücklings mit sich, weiter in Richtung Tür. Mit einer Hand fasste Jessie nach dem Arm der Hexe, mit der anderen hielt sie das jetzt schmutzige, blutbesudelte Handtuch. Unter dem Griff der zierlichen Frau, die sie am Haarschopf gepackt lenkte, stolperte Jessie rückwärts.

Wieder ballte Silas die Fäuste. »Alles nur wegen ein paar Machtspielchen? Du willst Jessie deswegen, wegen eurer Häretikerscheiße?«

»Halt *verdammt* noch mal die Schnauze!«, knurrte Bethany. Es kam so unerwartet und mit solch aggressivem Druck gleich neben Jessies Ohr, dass Jessie die wütend herausgespuckten Worte durch Mark und Bein gingen. Bethany zeigte mit dem Finger auf Silas, und der Finger hinterließ eine blutige, anklagende Spur auf Jessies Gesicht. »Du hast keine Ahnung, wie es da unten ist! Was es heißt, um jeden Bissen Essen kämpfen zu müssen, gejagt zu werden, in ständiger Angst zu leben! Du hast keine Scheißahnung!« Bei jedem Wort sprühte sie Geifer auf Jessies Wange.

Jedes Wort schmeckte nach Trauer und Bitterkeit.

Gott, Jessie wusste es! Sie wusste ganz genau, wie Bethany sich fühlte. Wie ihr Leben sich anfühlte.

»Jetzt aber ist Schluss damit«, schnaubte Bethany. »Ich habe das Mädchen, das wir alle gesucht haben. Jetzt haben sie keine andere Wahl, als mich zu sich zu rufen. Keine andere Wahl, als mich neben Caleb am Altar stehen zu lassen und ihr herauszureißen, was an Mag…«

Reiner Instinkt war es, der Jessie handeln ließ. Mit aller Kraft warf sie sich nach hinten gegen die Hexe. Bethany taumelte rückwärts, ruderte hilflos mit Armen und Beinen, um das verlorene Gleichgewicht wiederzugewinnen und ihren Schutzschild, ihre Geisel, zu behalten. Jessie aber sorgte dafür, dass ihrer beider Arme und Beine sich ineinander verhedderten, als sie beide wild rudernd um sich schlugen.

Jessie brüllte auf, denn Bethany packte ihr noch fester in den Schopf und schrie: »Keine Bewegung!« Gleichzeitig aber flog hinter ihnen die Tür auf.

Jessie wusste nicht, wie ihr geschah. In dem einen Augenblick hatte die Hexe sie noch aufrecht vor sich gehalten, im nächsten taumelte sie unter deren ganzem Gewicht vorwärts und landete, Arme und Beine ausgestreckt, auf dem Teppich, schmeckte dessen Fasern und Dreck, dann Schmerz.

Kalte Luft wehte von draußen herein. Schüsse knallten. Etwas Warmes ergoss sich über Jessies Schultern, über ihren Rücken.

Instinktiv, mit heftiger Gänsehaut am ganzen Körper, rollte Jessie sich zur Seite, stemmte sich hoch auf die Füße, wankte.

»Nein.« Bethanys Augen glänzten leuchtend grün in ihrem vom Schock bleich gewordenen Gesicht und waren genau auf Jessie gerichtet. Die Hexe hob eine bebende Hand hinauf zu einer klaffenden, bedrohlich roten Wunde mitten in ihrer Brust.

Nach einem heftigen Krampf als Vorwarnung drehte es Jessie den Magen um. Die Galle kam ihr hoch, brannte ihr in der Kehle. Im selben Moment schlug Bethany lang auf dem Boden auf und lag dann ausgestreckt in der Lache aus Blut und Gehirnmasse, die der Teppich nur unzureichend aufgesogen hatte. Jessies Lippen formten sich zu einem lautlosen Schrei. Der Schrei kam irgendwoher tief aus ihrer Brust, stieg ihr die Kehle hinauf, blieb dort aber stecken. Das Wohnzimmer schwamm in Blut, eine Lache und noch eine auf dem Teppich, Blutspritzer und -tropfen und -flecken überall. Rot, überall rot.

Blut tropfte von Jessies Kopf. Ihre Knie gaben unter ihr nach.

»Nein, das tust du nicht!« Silas war neben ihr, bei ihr, packte sie bei den Schultern. Sein männlich-markantes Gesicht war erstarrt zu einer Maske aus Wut und grimmiger Sturheit. Er schüttelte Jessie, tat es so heftig, dass ihre Zähne aufeinanderschlugen. »Jessie, fall jetzt ja nicht um! Wag es ja nicht!«

Jessies mentales Fangseil, ihre Sicherheitsleine, zog an, spannte sich und katapultierte sie zurück in ihr Selbst, zurück dorthin, wo es nach Blut, Tod und Angst stank.

Jessie lächelte. Es war ein dünnes, zittriges Lächeln. »Ich fall schon nicht um.«

Er riss sie in seine Arme, zog sie an seine Brust und hielt sie fest. Geborgen und sicher. »Herr im Himmel!«, sagte er mit rauer Stimme in ihr Haar. »Scheiße, verfluchte Scheiße!«

Für eine ganze Weile erlaubte sich Jessie seine Nähe, genoss die Wärme seines Körpers. Mit jedem Atemzug sog sie Silas' Moschusgeruch ein.

Sie vergaß, dass sie in das Blut eines anderen Menschen gebadet war. Dass ihr Hals schmerzte, ihre Kehle, und dass irgendwo tief in ihrem Hinterkopf, in einem Kämmerchen, das nur ihr gehörte, ihr Ich saß und schrie.

»Geh und hol mir den Erste-Hilfe-Kasten!«, sagte er über ihren Kopf hinweg. Seine Stimme dröhnte in seiner Brust, beruhigend und greifbar real.

Er sprach mit jemand anderem.

Jessie versteifte sich. Sie löste sich aus seiner warmen, Geborgenheit versprechenden Umarmung und zwang sich, auch ohne seine Hilfe aufrecht stehen zu bleiben. »Mir geht's gut. Alles in Ordnung.«

»Setz dich!« Er nötigte sie auf die Couch. Obwohl sie dagegen ankämpfte, gaben ihre Gummiknie wieder unter ihr nach. Silas kniete vor ihr, nahm behutsam ihren Kopf und neigte ihn zur Seite. »Himmel, Jessie!«

Sie lachte. Es tat weh. »Wahrscheinlich sieht es schlimmer aus, als es ist.«

»Na prima!« Jessie hörte die Stimme und wusste sie einem Gesicht zuzuordnen, Augenblicke bevor die einprägsamen, halb asiatischen Züge dieses wunderschönen Gesichts mit den tiefblauen Augen in ihr Gesichtsfeld kamen. »Denn du siehst aus wie durch den Wolf gedreht.«

Jessies Lächeln verblasste.

»Ganz ruhig!«, sagte Silas und warf der Frau einen bösen Blick zu. »Naomi ist keine Gefahr.«

Keine Gefahr. Klar doch. Zwei Jäger statt einem in ihrer unmittelbaren Nähe.

Naomis üppig-volle Lippen umspielte ein höflich-sarkastisches Lächeln. »Oh-kay. Du hast sie also gefunden.« Sie tätschelte Silas den Kopf. Es zuckte ihm in den Händen, ein Riss in seiner Rüstung aus Selbstkontrolle. Erbittert drückte er ein Stück Verbandsmull auf Jessies Halswunde, tupfte das Blut ab. »Glückwunsch! Und das andere Zeugs?«

»Die Blutproben sind im Pick-up«, erwiderte Silas und klang gelassen. »Lass mich zuerst Jessie hier versorgen, dann hol ich sie dir!«

»Lass dir ruhig Zeit!«, meinte Naomi leichthin. Sie lehnte sich gegen das Sofa und beäugte aus dieser Position Jessie. Maß sie mit Blicken, die überhaupt nichts freundlich Nettes hatten. »Ich häng lieber hier ein bisschen rum und spiel den Babysitter für euch, als oben in irgendwelche Ärsche zu kriechen. Also: Wer von euch beiden hat es dieses Mal verbockt?«

Jessie schnappte nach Luft und zischte beim Ausatmen einen wortreichen, ziemlich üblen Fluch hervor, als der erste Sprühstoß des Desinfektionsmittels in ihrer Wunde brannte.

»Ganz ruhig.«, wiederholte Silas. Seine Stimme war so ruhig, als hätte er Naomis bissigen Ton nicht gehört. »Bin fast fertig. Ich bin nicht hierher zurückgekommen, Naomi, um mit dir zu streiten.«

»Ach nein? Zu schade!« Naomi hakte ihre Daumen in die Taschen ihrer perfekt sitzenden Jeans. »Du hättest dich schon längst melden müssen. Und *ich* bin es, die Peterson jetzt am Arsch hat, weil *du* derjenige mit dem Heldenkomplex bist! Und jetzt bist du dran!«

Jessie schloss die Augen. Sie fühlte sich, als würde von allen Seiten auf sie eingeprügelt. Hin und her gestoßen, als wäre sie eine lebende Flipperkugel.

Sie schlug die Augen wieder auf, als Silas aufstand. »Mach nur so weiter, setz mich unter Druck, und die Pläne können sich ganz schnell ändern!«

Sarkasmus verdunkelte Naomis Blick, mit dem sie immer noch Jessie musterte. »Oh ja, ich weiß, ich weiß! Pläne änderst du gern und schnell, darin bist du richtig gut. Wir verlassen uns sogar darauf. Bist du fertig mit der armen Kleinen?«

»Ich habe einen Namen«, sagte Jessie müde.

Naomi tätschelte auch ihr den Kopf. Einen überanhänglichen Hundewelpen hätte sie wahrscheinlich auf dieselbe Art und Weise getätschelt. »Aber sicher doch.«

Jessie zuckte zusammen.

»Das reicht jetzt!«, knurrte Silas.

»Oh, das ist ja süß!«

Jessies Geduldsfaden riss. »Ach, verdammt, halt doch die Klappe!«

Naomi blinzelte sie an, war ganz Wimperngeklimper und nachsichtiges Lächeln. »Ach was?«

Jessie stemmte sich hoch auf die Füße und begegnete Naomis rasierklingenscharfem Lächeln mit offenem Abscheu. »Ich werde nicht hier sitzen und mir deine Gehässigkeiten gefallen lassen, nur weil du heute Morgen mit dem falschen Fuß aufgestanden bist!«, sagte sie rundheraus. »Behandele mich gefälligst nicht wie ein Schoßhündchen, klar?!«

Naomi in ihrem kurzen, leuchtend roten Jäckchen hob die zweifach gepiercte Augenbraue und verschränkte die Arme vor der Brust. »Ah. Sonst passiert was, Prinzesschen?«

»Ihr braucht mich.« Das war mehr als nur eine Vermutung. Es war eine harte Tatsache was sich allein schon darin zeigte, dass Jäger und Jägerin nicht protestierten. Dass Naomi ihre Haltung änderte, ganz ähnlich wie Silas' Körper seine Anspannung verriet, wenn er Ärger auf sich zukommen sah.

Vielleicht war das tatsächlich so ein Killer-Ding, etwas, was Jäger zu Jägern machte.

»Ihr beide braucht mich, und ihr braucht einander«, fuhr Jessie fort. »Also haltet die Klappe, setzt euch hin und hört auf, einander das Leben zu vermiesen! Denn sonst wird's mir ein ausgesprochenes Vergnügen sein, den Zirkel die ganze Stadt in Schutt und Asche legen zu lassen!«

Das war ein Bluff. Ein riesiger Bluff sogar. Na und? Im Moment, wo gerade so viel Zorn in ihr bebte, bezweifelte sie im Stillen, dass einer der beiden sie durchschauen würde.

Naomis mandelförmige Augen wurden noch schmaler. »Sieh mal einer an! Da hat jemand Mumm!«

»Genau.« Jessie kannte kaum noch ein Halten und ballte die Fäuste. »Und ich kann echt nur hoffen, dass wir jetzt loslegen, bevor dir die Puste ausgeht!«

Naomi verzog die aufgeplusterten Lippen. »Herrje, Smith, gleich kratzt die Kleine dir die Augen aus!«

»Fick dich doch ins Knie, Naomi!«

Jessie trat einen Schritt vor. Sie hatte keine Ahnung, was sie jetzt machen wollte. Aber es reichte ihr. Sie konnte die Spannungen zwischen den beiden Jägern nicht ertragen, die die Luft regelrecht zum Knistern brachten. Sie wusste aber auch nicht, was mit ihr los war. Sie wusste nur, dass sie vor Wut zitterte und aus diesem Zustand irgendwie nicht wieder herausfand.

Auf einen der beiden Jäger loszugehen schien ihr ein guter Anfang. Vielleicht wäre es sogar das Beste, gleich auf beide loszugehen.

»Jessie.« Silas trat vor sie, nahm ihr Kinn in die Hand und zwang sie, ihm direkt ins Gesicht zu schauen. Sie sah Wärme in seinem Blick, und zur Hölle damit, ihr Herz setzte aus. Danach schlug es gleich viel ruhiger. »Ist schon okay«, sagte er.

»Aber sie …«

»Vergiss es einfach!« Silas berührte Jessies Wange. »Geh duschen! Du warst ja noch nicht fertig. Das mit Naomi kläre ich derweil, okay?«

Jessie runzelte die Stirn und blickte ihn finster an. »Ich bin kein kleines Mädchen!«

»Sonnenschein.« Dieses Wort, dieser gottverdammte Kosename, fiel, und Jessies Zunge versagte ihr den Dienst. Silas nahm sie bei den Schultern, drehte sie um und gab ihr einen sanften Stoß in Richtung Flur. »Du bist voller Blut. Geh dich waschen!«

Weil Jessie nicht wusste, was sie sonst tun sollte, gehorchte sie. Vorsichtig zirkelte sie bei jedem Schritt um die Leichen auf dem Boden herum. Um die Blutlachen. Sie kehrte ins Badezimmer zurück und drehte den Hahn auf.

Das blutige Handtuch warf sie beiseite und kletterte in die Wanne. Sehr sorgfältig zog sie den Vorhang zu, bis alles, was sie sah, dessen buntes Muster war. Das Duschwasser schraubte sich rötlich braun in den Abfluss zu ihren Füßen, und Jessie bemühte sich, nicht hinzusehen.

Den allzu vertrauten Geruch nicht wahrzunehmen, diesen aufdringlichen, Übelkeit erregenden Geruch.

Immerhin eine ganze Minute stand Jessie unter dem heißen, harten Duschstrahl, ehe sie die Fassung verlor. Das Rauschen des Wassers verschluckte, wie bitterlich sie schluchzte.

KAPITEL 14

Silas kehrte Naomi den Rücken zu und ignorierte ihren taxierenden Blick. Er zog seine Waffe aus dem Holster. Er hielt sie in der Schusshand, stützte sie mit der Handfläche der anderen Hand und folgte der Blutspur, die ihn vom Wohnzimmer ins Schlafzimmer führte.

Eigentlich erwartete er, dort nicht mehr zu Gesicht zu bekommen als ein offenes Fenster. Dennoch kochte Ärger in ihm hoch, als er seine Vermutung bestätigt fand.

Eine Bewegung im Flur verriet ihm, dass Naomi ihm gefolgt war. »Ist einer entkommen?«

»Jep.« Silas steckte die Waffe ins Holster zurück und drängte sich an ihr vorbei zurück in den Flur.

Naomi packte ihn am Arm. »Und die Kleine?«

Silas starrte auf ihre Hand hinunter. Genauso hatte Jessie seine Hand angesehen, als er sie am Arm gepackt hatte. Herr im Himmel, sie färbte ja schon auf ihn ab!

Ob Jessie sich ausgemalt hatte, ihm die Handgelenke zu brechen ganz so wie er jetzt Naomis brechen wollte? Seine Schulter brannte wie die Hölle, sein Knie stöhnte und ächzte im selben Rhythmus wie das Pochen in seinen Schläfen, und Jessie und *die Kleine* ließen sich definitiv nicht unter einen Hut bringen.

Also grunzte er nur, statt etwas zu sagen, und schüttelte Naomis Hand ab.

Naomi war noch nie gut darin gewesen, einen Wink zu verstehen, einen mit dem Zaunpfahl schon gar nicht. »Also?« Sie folgte Silas in das Schlachthaus, das einmal das Wohnzimmer gewesen war. Ohne dass er ihr eine entsprechende Anweisung geben musste, beugte sie sich hinunter zur Leiche der Hexe und lud sie sich auf die Schulter.

Blut besudelte Naomis figurbetonte Jacke, aber die Jägerin verzog keine Miene.

Sie war eine verteufelt gute Missionarin. Allerdings beschissen in praktisch allem anderen.

Was Silas an sich selbst erinnerte. »Worum geht's dir eigentlich, Naomi?«

»Die Kleine hat was.« Mit dem Daumen zeigte Naomi über die Schulter hinweg zur Badezimmertür. »Irgendwie hat sie dich im Griff.« Naomi ging unter der geschulterten Leiche kaum in die Knie. »Mir scheint ...« Naomi unterbrach sich und warf Silas einen schneidend scharfen Blick zu. »Scheiße, Silas! Du hast doch nicht völlig den Verstand verloren und bumst die Kleine?«

Ein Muskel in seiner Wange zuckte. Er fasste die zweite Leiche unter, zog sie hoch und tauchte unter der Achsel des Toten durch. Dann warf er sich den Mann über die Schulter. »Ich bin hier, um einen Hexer zu erledigen und dafür zu sorgen, dass Jessica Leigh am Leben bleibt«, sagte er, als er sich sicher war, alles unter Kontrolle zu haben. Seine Stimme wie das tote Gewicht auf seinen Schultern.

Und auch den wütenden Stich von Schuld, den er in seiner Brust spürte.

Naomi schnaubte und ging zur Tür voraus. »Du bist immer noch ein beschissener Lügner.«

Silas blickte finster drein. Statt Naomi zu antworten, ließ er den Blick über den regennassen Hof wandern. Niemand hatte sich herausgewagt, um nachzuschauen, was die Schüsse zu bedeuten hätten.

Silas hatte auch nicht erwartet, dass die Nachbarn hier Derartiges riskierten. Gut für ihn.

Und niemand war im Kreuzfeuer zu Schaden gekommen. Gut für sie.

»Ich habe es nicht nötig zu lügen«, sagte Silas schließlich und watete durch das knöcheltiefe Wasser, in das Regentropfen kreisrunde Muster malten. »Man nennt es Ehrlichkeit, Naomi. Du solltest es auch mal damit probieren.«

»He, ich bin ein Riesenfan von Ehrlichkeit, verflucht noch eins!« Ungeduldig wischte sich Naomi mit dem Unterarm den Regen aus den Augen. »Du bist schließlich der, dem der Geifer aus dem Maul tropft, sobald die Kleine in Sichtweite kommt.«

»Lass es gut sein!«

»Nein.« Umstandslos entledigte sich Naomi der Leiche, ließ sie auf den Boden krachen. Dann schloss die Missionarin die Rücksitztür des Missionsjeeps auf. Mit derselben Grobheit packte Naomi die tote Bethany am Kragen und beförderte sie auf den Sitz. Mit einem unschönen dumpfen Geräusch schlug das tote Gewicht von Armen und Beinen gegen straffe Polster.

Silas legte die deutlich schwerere Leiche von Bethanys Partner neben Naomi auf dem Boden ab, lehnte sie gegen den Jeep. Während die Jägerin mit dem Gewicht des Toten kämpfte, ging Silas um den Wagen herum zu seinem eigenen Pick-up. Die Fahrertür knarrte in den Angeln, als er sie öffnete.

»Silas?«

»Was denn noch, Naomi? Spuck's endlich aus!«

Naomi wischte sich über die Stirn und warf Silas aus Mandelaugen über die Motorhaube des Jeeps hinweg einen forschenden Blick zu. »Echt jetzt? Okay: Finde heraus, warum der Zirkel die Kleine unbedingt haben will!«

Silas zog die schwere alte Segeltuchtasche unter dem Sitz hervor und öffnete den Reißverschluss einer Seitentasche. Er ließ sich Zeit, auf Naomis Vorschlag zu reagieren. »Du meinst: Benutze sie als Köder.«

»Gebt dem Kerl einen Orden!«

Er schüttelte den Kopf. »Das läuft nicht, nicht mit mir.«

Schweigen. Die Stille füllten nur das Prasseln des Regens auf Stein und Autoblech und die betriebsame Lärmkulisse einer lebendigen Stadt. Nachdem Naomi die zweite Leiche ebenfalls in den Jeep gewuchtet hatte, kam sie um den Wagen herum und lehnte sich gegen Silas' Pick-up. Dessen altersschwache Stoßstange ächzte protestierend.

»Schau mal: Sie wollen die Kleine, und deshalb wär's gut, du wüsstest, warum. Welche Bedeutung hat sie denn für den Zirkel?«

»Ihr Bruder …«

»Dünn, ganz beschissen dünn, deine Theorie! Und das weißt du!«, schnitt Naomi ihm das Wort ab. »Benutz deinen Verstand, den ihr Männer angeblich in so rauen Mengen habt, und grab ein bisschen tiefer!«

»Himmel, Naomi!« Silas fischte die versiegelte Plastiktasche mit den blutigen Wattestäbchen aus der Tasche und warf sie der Missionarin hinüber.

Naomi hatte keine Schwierigkeiten, das Wurfgeschoss aufzufangen. »Sieht fast so aus, als ob du der Kleinen traust.«

»Das Einzige, was sie an Familie noch hat, wird umgebracht, sobald sie uns auf die richtige Spur bringt.« Silas warf die Tür des Pick-ups zu und schloss sie mit eckigen, steif wirkenden Bewegungen ab. »Und das weiß sie ganz genau.«

»Sie weiß das?« Dass Naomi die Vorstellung erschreckte, war ihr anzusehen. »Bist du sicher?«

»Ja.«

»Kacke!« Licht fing sich in ihren Piercings am Ohr, als Naomi sich nasse, mit Purpurrot durchsetzte Strähnen aus dem Gesicht strich. »Ich stecke da oben fest, bereite irgend so eine überlebenswichtige Mission vor, mit Peterson an meiner Seite, was man verflucht noch mal nicht vergessen darf! Und du hier unten erzählst der Kleinen, dass du ihren Bruder auf Eis legen wirst? Und glaubst ernsthaft, sie findet das okay, oder was?«

Silas starrte Naomi an. Sie hatte immer schon etwas ungeheuer Exotisches an sich gehabt, selbst als Kind. Er hatte eine vage Erinnerung an sie, gestrandet, allein und zu beschissen ernst mit gerade einmal sechs Jahren. Und verflucht zu stolz. Aber dass Piercings sie fasziniert hätten, vielleicht wegen der Schmerzen, daran erinnerte sich Silas nicht.

Plötzlich fühlte er sich schuldig, verdrängte das unangenehme Gefühl aber rasch wieder. Er versenkte die Autoschlüssel in seiner Hosentasche. »Egal, was du meinst: Jessie ist nicht dumm. Und mich überrascht immer wieder, was für eine unausstehliche Zicke du manchmal sein kannst.«

Darauf erwiderte Naomi nichts, sondern spielte mit der Zunge an ihrem Lippenpiercing, während sie Silas zurück in die Wohnung folgte. Sie platschte mitten durch den tiefen braunen See aus Regenwasser, der auf dem Hof stand. Dann sagte sie in dem harten, klirrend scharfen Tonfall, der Silas verriet, dass sie nicht aufgeben würde: »Silas, vielleicht …«

Er fuhr zu ihr herum und hielt ihr seinen Zeigefinger direkt unter den Nasenring. »Schau, egal, was wir tun und wohin wir uns verziehen, der Zirkel findet die kleine Leigh. Das bedeutet, wir können sie gegen sie benutzen, richtig?« In Naomis tiefblauen Augen flackerte es. »Es bedeutet, der Zirkel hat ein mächtig großes Interesse an ihr. Ich hab's verstanden, okay? Es bedeutet aber auch, dass sie es immer wieder versuchen werden. So viel steht fest.«

Naomi schürzte die Lippen. Ihre Augen huschten hinüber zur Tür und wieder zu Silas zurück. »Du gehst also auf die Jagd.«

»Genau.« Silas griff hinter sich nach dem Türknauf. »Aber nicht ohne ausreichend genaue Informationen. Und eines ist sicher: Jessie Leigh schleif ich nicht hinter mir her mitten hinein ins Schlangennest! Also kannst du mir jetzt entweder weiterhin tierisch auf die Nerven gehen mit deinem Herumgezeter, oder du rufst Jonas an und lässt ihn sich an die Arbeit machen.«

Wieder huschte Naomis Blick unstet hin und her. Machte sie sich Sorgen? Wahrscheinlich war sie eher verärgert. Mit beiden Händen wischte sie sich den Regen aus dem Gesicht. »Scheiße, Silas, das solltest besser du tun.«

Das konnte er nicht. Das wollte er nicht. Jonas hatte mit genug klarzukommen, ohne dass Silas sich einmischte. »Ich bin hier im selben Augenblick weg, in dem der Junge tot ist«, sagte er und unterdrückte die hochsteigenden Schuldgefühle. »Du tust, was immer du zu tun für nötig hältst, hältst Peterson bei Laune und auf Abstand zu mir, klar?

Ich lasse euch wissen, wann ihr wo sein müsst. Das bringt euch doch sicher eine nette Beförderung ein, oder nicht?«

Naomi kniff die Augen zusammen. Ihr Blick hatte etwas Reptilienhaftes. »Typisch. Immer alles im Alleingang, rein in den Job und wieder raus.« Sie schnippte mit den Fingern und würgte die böse Erwiderung ab, die Silas schon auf der Zunge gelegen hatte. »Was brauchst du?«

Silas' Kiefermuskeln arbeiteten. Was brauchte er eigentlich nicht? »Schmerzmittel«, sagte er und lächelte nicht, als Naomi schnaubte. »Lasst die Blutproben durchlaufen, identifiziert die Leichen, und lasst mich wissen, mit was zum Teufel wir es hier zu tun haben und mit wem! Findet heraus, was die Tattoos auf der Hand der Hexe zu bedeuten haben und ob wir sie nachmachen können oder nicht!«

Naomis Augenbrauen schnellten in die Höhe. »Nachmachen? Die Tattoos?«

»Genau.« Silas drückte die Wohnungstür auf. Er grunzte, als das viele Blut mit seinem intensiven Rot die Augen und mit seinem Geruch die Nase beleidigte.

Rot war eine Farbe, die zu nichts anderem so recht passen wollte.

Das Plätschern der Dusche hatte aufgehört. Jessie würde also jeden Moment aus dem Bad kommen. Daher beeilte sich Silas zu sagen: »Wenn sie Tattoos als Fokus benutzen können, dann könntet ihr den vielleicht brechen. Zum Henker, was weiß ich denn, als eine Art Signatur oder so was. Ist ja nicht mein Spezialgebiet. Woran Vaughn auch immer gerade arbeitet, zieht ihn davon ab und setzt ihn auf die Tattoos an!«

»Vaughn ist tot.«

Silas zuckte zusammen. »Verfluchte Scheiße! Wie das?«

»Herzinfarkt, ist jetzt vier Jahre her. Silo ist unser neuer Bibliothekar.«

»Auch gut. Setzt dran, wen immer ihr dransetzen könnt!«, sagte Silas grimmig. »Wir sitzen schließlich bis zum Hals in der Scheiße.«

»Oh-kay«, erwiderte Naomi. Dass sie die beiden Silben so lang zog, bedeutete, dass sie nicht einverstanden war. Oder ihr nicht gefiel, was Silas von seinem Team verlangte.

Was Silas wiederum einen Scheiß kümmerte.

Er warf Naomi einen schnellen Blick zu. Sie hob gerade das blutbefleckte Verbandszeug auf, mit dem er Jessie den Hals sauber gewischt hatte. Tief in ihm sammelte sich Zorn, bereit zu zünden. Detonierte. »Ich werde nicht riskieren, dass sie getötet wird!«, grollte er.

Naomi schüttelte den Kopf, nur einmal. Eine schroffe Geste. »Ich will auch nicht, dass sie draufgeht.«

»*Sie* weiß das zu schätzen.«

Naomis Blick zuckte hoch, ging über Silas' Schulter hinweg hinter ihn. Erwischt. Sie faltete das Verbandszeug ordentlich zu einem kleinen Quadrat zusammen. »Hallo, Jessica«, sagte sie, und ihre Stimme klang seidenweich und glatt. »Fühlst du dich jetzt besser?«

Silas drehte sich um. Er konnte sich davon abhalten, den Arm nach Jessie auszustrecken, die vom Flur ins Wohnzimmer trat. Sie war blass, die verschwenderische Fülle ihres goldblonden Haars zurückgebürstet. Die Augen waren rot gerändert, aber ihr Blick war klar und fest.

Sie hatte geweint.

»Jessie«, korrigierte Silas Naomi. Es brachte ihm ein flüchtiges Lächeln ein. Am liebsten hätte Silas sich selbst deswegen einen Tritt in den Arsch versetzt. Es durfte nicht sein, aber er war empfänglich für Jessies Reize, ihr Lächeln. Dieses Lächeln.

Ein Lächeln, dass es ihm warm ums Herz wurde.

»Wir haben keine Zeit, lange zu diskutieren. Also, die Sache läuft so«, sagte er forsch. »Der angeschossene Hexer ist abgehauen. Wenn er überlebt, wird er – darauf können wir unsere Ärsche verwetten! – über Jessies Anwesenheit hier Bericht erstatten. Naomi, nimm die Blutproben mit und lass sie durchchecken! Schaffst du es, dort zu sein, wo ich dich brauche, sobald ich das Signal gebe?«

Naomi zuckte mit den Schultern und steckte das Stück Verbandsmull in die Tasche, während sie den Blick über die restlichen Spuren des Blutbads schweifen ließ. »Wird schon werden.«

Jessie, die zwischen ihr und Silas stand, runzelte die Stirn. »Wie?«

»Kopf hoch, Prin …« Naomi unterbrach sich. »Jessie. Er wird dir was Hübsches anziehen und dich wie eine Karotte hin und her schwenken. Wenn er gut drauf ist, was auch nach all den Jahren durchaus noch sein könnte, wirst du am Leben bleiben. Hast du irgendein Problem damit?«

»Herrgott noch mal, Naomi!«, raunzte Silas sie an. Aber Jessie schluckte den Köder nicht. Sie ließ sich auf keine Diskussion ein. Jetzt war es an ihr, mit den Schultern zu zucken. Sie steckten jetzt wieder in der abgetragenen Neoprenjacke, jener Jacke, die all ihre weiblichen Kurven so schön zur Geltung brachte.

Hätte Silas es nicht besser gewusst, in ihrer Abgebrühtheit hätte er sie für eine altgediente Jägerin gehalten.

Und das war einfach *falsch*.

»Nö, kein Problem«, sagte Jessie, als sie sich an den beiden erfahrenen Jägern vorbeischob. »Wir sollten los.«

Der Knoten aus Unruhe und Sorge in Silas' Brust wurde von Verärgerung ersetzt, als Naomi Jessie an der Schulter packte. Sie überragte Jessie um ein gutes Stück. Aber Jessie zuckte nicht einmal zusammen, sondern erwiderte lediglich Naomis Blick.

»Warum will der Zirkel dich haben?«, fragte die Missionarin. »Was verschweigst du uns?«

Jessies Lächeln fiel sehr dünn aus. »Erstens: Deine subtile Art geht einem echt auf den Senkel. Zweitens: Mein Bruder weiß wahrscheinlich längst, dass ihr mich geschnappt habt, und das dürfte ihm kaum in den Kram passen. Drittens: Die Hexe hat von einem Ritual gesprochen. Aber weil ich kein böses, schwarzes Zauberbuch besitze und außerdem keine Todessehnsucht verspüre, kann ich euch hierbei leider nicht weiterhelfen. Sag du mir also, was die wollen!«

Silas drängte sich zwischen die beiden Frauen, legte jeder eine Hand auf die Schulter und zwang sie ein paar Schritte auseinander. »Naomi, hör auf, zum Henker, und lass sie endlich in Ruhe!«

»Nicht nötig«, warf Jessie ein. »Ist schon in Ordnung so. Sie macht ja nur ihren Job.« Als ob sie beweisen wollte, dass sie nichts zu verbergen hatte, beugte sie sich vor, stellte sich auf die Zehenspitzen und blickte ihrer Widersacherin direkt in die Augen.

Honigfarben gegen Veilchenblau.

»Ich habe keine Ahnung, warum der Zirkel mich unbedingt haben will, Miss West«, versicherte Jessie ihr. »Ich habe keine Ahnung, was der Zirkel für Pläne hat. Soweit ich weiß, besitze ich nichts, was für diese Leute von Interesse sein könnte. Klar?«

Eine ganze Weile durchbohrte Naomi Jessie mit ihrem Blick. Dann kam ein kurz angedeutetes Lächeln. »Dann geh ich jetzt und erledige meine Aufträge, okay?«

Naomi verließ die Wohnung ohne ein weiteres Wort, schlenderte durch die Tür hinaus in den Regen. Silas schloss die Augen, um nicht etwas Unüberlegtes zu tun.

Wie zum Beispiel auf irgendetwas einzuprügeln.

Oder sich diese Wahnsinnsblondine zu greifen, ihr Gesicht, hinter dessen Stirn so viel Eigensinn hauste, in beide Hände zu nehmen und sie dumm und dämlich zu küssen. »Jessie.«

Jessies Schultern verspannten sich. In einem plötzlichen Temperamentsausbruch fuhr sie zu ihm herum. »Versuch's erst gar nicht! Es ist mir völlig schnurz!« Ihre Augen blitzten, ihre ganze Haltung abweisend.

Aber Silas wollte sie.

Er ignorierte jedes Signal, das sein Verstand an seinen Körper sandte, jede Warnung, und machte die paar Schritte auf Jessie zu, die noch zwischen ihnen lagen. Er packte sie vorne an der vermaledeiten Neoprenjacke und riss sie an sich, drückte seine Lippen auf ihren Mund.

Zuerst wehrte sie sich, versuchte sich Silas zu entziehen. Seine Hände abzuwehren, von seinen Lippen loszukommen. Dann stöhnte sie auf, ein Laut voller Wildheit und Leidenschaft. Mit den Fingern fuhr sie Silas ins Haar, ihre Lippen kamen seinen entgegen; sie erwiderte den Kuss.

Zu spüren, wie sie unter seinen Händen dahinschmolz, schickte eine Woge voller Wärme durch Silas' Körper, bis hinunter zu den Zehen in den nasskalten, vom Regenwasser durchtränkten Socken.

So plötzlich Silas Jessie gepackt hatte, ließ er wieder von ihr ab.

»Okay«, meinte er atemlos und war nicht in der Lage, auch noch ihre Jacke loszulassen. Seine Stirn lag an ihrer. »Das war einer für unterwegs.« Einer für den Rest dieser ganzen beschissenen Mission. Dieser eine Kuss musste auch dann noch reichen, wenn er Jessie irgendwo zurückgelassen hätte, wo sie in Sicherheit wäre.

Ein einziger Kuss würde niemals reichen.

Jessie leckte sich über die Lippen, ihre Wangen hatten plötzlich wieder Farbe. Mit blitzenden Augen stand sie vor ihm. Aber ihr Blick versprühte keine Wut wie noch kurz zuvor. »Hat dir deine Mutter nicht beigebracht, dass man eine wütende Frau nicht küsst?«

Silas verzog den Mund. »Ich habe meine Mutter nicht gekannt. Und: Nein, meiner Erfahrung nach küssen wütende Frauen, als stünde die Welt in Flammen.«

»Du bist ein ziemlicher Mistkerl«, meinte sie anklagend. Aber ihr Ton neckend, nicht scharf.

Silas nickte und strich ihr ein paar ihrer immer noch nicht ganz trockenen Haarsträhnen hinters Ohr. »Ganz genau. Und dieser Mistkerl wird dich beschützen, komme, was da wolle.«

Ihre Augen weiteten sich, und ein Schatten verdunkelte ihren Blick. »Sag so etwas nicht!«

»Ach, halt die Klappe, Sonnenschein!« Mit der Fingerspitze des Zeigefingers berührte Silas Jessies Unterlippe. »So ist das eben! Da kannst du gar nichts gegen machen.«

Welche Sorgen oder Ängste ihre Augen auch immer verdunkelt hatten, sie schwanden jetzt unter einem Lächeln, das halb schon Herausforderung war. »Wir werden ja sehen, wer hier wen beschützt. Also lass uns voranmachen, ehe der Kerl, der entwischt ist, zurückkommt und alle seine Freunde mitbringt!«

Mit beiden Händen fuhr Silas sich durchs Haar, als Jessie ihm voraus durch die Tür nach draußen ging. Müde rieb Silas sich das Gesicht und versuchte nicht daran zu denken, wie kaputt er eigentlich war.

Jessie würde es gar nicht gefallen, zurückgelassen zu werden. Er würde ihr keine Wahl lassen.

Zur Hölle damit! Wenigstens hatte Naomi den Erste-Hilfe-Koffer dagelassen. Er schnappte sich den zerbeulten Metallkoffer und seine Jacke und verbiss sich einen Fluch, als der raue Jeansstoff über die Wunde kratzte, die der Streifschuss quer über seiner Schulter hinterlassen hatte. Es war ja nicht die erste Schramme, die Silas Smith sich geholt hatte.

Er wusste, dass er noch andere abbekommen würde, bis er irgendwann ein Ding verpasst bekäme, das ihn umbrächte. Diesen Kratzer jedenfalls würde er später verbinden. Bis dahin würde ein Aspirin reichen müssen. Auf dem Weg hinaus zum Pick-up warf er gleich zwei bitter schmeckende Pillen ein.

Jessie saß bereits angegurtet auf dem Beifahrersitz. Im Rückspiegel beäugte sie die dünne Wunde an ihrem Hals. Die ausgefranste rote Linie über Jessies glatte Haut verlaufen zu sehen war ein Schlag ins Gesicht für Silas. »Lass das, verdammt!«, knurrte er. Er schlug die Tür zu. Eine Art Ausrufezeichen hinter all den netteren, angstbesetzten Dingen, die er sanfter hätte sagen können, aber nicht herausbrachte.

Etwa, welche abgrundtiefe Leere sich in ihm aufgetan hätte, wenn sie in dieser Wohnung getötet worden wäre.

Jessie verdrehte die Augen. »Fahr mich nicht immer so an!«

Silas stieß den Autoschlüssel ins Zündschloss und drehte grob den Schlüssel um. Der Motor spuckte und stotterte, bevor er glatt und rund lief. Silas fletschte die Zähne. »Lass das, *bitte!* Fummel nicht an der Wunde herum!«, wiederholte er gepresst. »Und fummel ja nicht an meinen Spiegeln herum!« Er schnitt eine Grimasse und stellte den Rückspiegel wieder richtig ein. Er wusste ganz genau, dass es nicht der verstellte Spiegel war, der ihn derart aufbrachte.

Ihm gefiel das alles nicht. Ihm gefiel nicht, dass Jessie hier neben ihm saß und damit in Gefahr war. Schon wieder.

Gehorsam legte Jessie die Hände in den Schoß. »'tschuldige.« Sie klang aber nicht, als ob es ihr leidtäte. »Wie wär's, du lenkst mich ein bisschen ab? Wohin beispielsweise fahren wir jetzt?«

Silas lenkte den Pick-up von dem mit Schlaglöchern übersäten, heruntergekommenen Parkplatz. Er ließ das Navi ausgeschaltet, während er die alten Wohnblocks entlangfuhr, an Gruppen von herumlungernden Jugendlichen, Säufern und Kleingangstern vorbei. Es gab hier mehr von dieser Sorte, als Silas erwartet hatte.

Oder vielleicht auch nur mehr, als er in Erinnerung hatte.

Als einige Zeit verstrichen war und er immer noch nicht mit der Sprache herausrückte, drehte sich Jessie im Beifahrersitz zu ihm um und blickte ihn mit gerunzelter Stirn an. Ihre schmalen Augenbrauen schoben Falten über ihrer Nasenwurzel zusammen. »Gibt es, tja«, fragte sie gedehnt, »ich weiß nicht, vielleicht irgendeine Art von Plan?«

»Ich arbeite dran«, brummte Silas und war erleichtert, als Jessie nicht weiterfragte. Die Sache würde alles andere als einfach werden. Naomi hatte recht. Verfluchte Scheiße noch mal! Der Zirkel der Erlöser wollte Jessie, wahrscheinlich für ein Ritual. Silas fielen auf Anhieb ein Dutzend Rituale ein, aber ohne genauere Informationen hatte Silas nichts, womit er arbeiten konnte.

Das Blut eines Verwandten machte jede Menge Rituale machtvoller. Dieses aber musste ein ganz besonderes Ritual sein. Die Schlampe von einer Hexe, die es in der Wohnung zerlegt hatte, hatte gesagt, die Magiebesessenen seien alle auf der Jagd nach Jessie. Ausdrücklich nach Jessie.

Silas blickte zu ihr hinüber und war erleichtert, dass sie langsam wieder Farbe bekam. Ihr Haar, das immer noch nicht ganz trocken war, umgab in sanften Wellen ihr Gesicht. Goldene Strähnen, die Silas daran erinnerten, wie es gewesen war, als dieses Gold wie ein Fächer über seiner Brust ausgebreitet gelegen hatte. Wie es sich anfühlte, in dieses Gold hineinzugreifen.

Ach verdammt!

»Okay«, sagte er. Erwartungsvoll blickte Jessie ihn an. Er würde sich vorsichtig herantasten müssen. »Also, lass uns mal durchgehen, was es so an Fragen gibt. Schauen wir doch mal, was uns da als Erstes ins Auge springt: Hinter was ist der Zirkel der Erlöser her?«

Jessie schüttelte den Kopf. Sie verzog das Gesicht. »Hinter mir anscheinend. Aber warum?«

Silas widmete seine ganze Aufmerksamkeit wieder der Straße. Es nieselte; der feine Regen hinterließ einen dünnen Wasserfilm auf der Windschutzscheibe. Silas schaltete die Scheibenwischer ein. »Für ein Ritual«, erwiderte er. Zu grimmig. Zu beschissen ängstlich. Verflucht noch mal! »Jedenfalls wenn wir der Hexe von vorhin glauben dürfen. Aber was für ein Ritual?«

Jessie hob die Hände. »Keine Ahnung. Rituale sind dein Spezialgebiet.« Jessie rutschte auf dem Sitz hin und her. »Wer ist der Anführer des Zirkels?«

»Caleb?«

Einen Herzschlag lang herrschte Schweigen. Dann sagte Jessie sehr langsam und nachdenklich: »Ich bin mir nicht sicher. Diese Frau, die Hexe, hat nicht gesagt, er sei der Anführer. Ich ...« Hörbar atmete sie aus. »Ich glaube es immer noch nicht. Aber er wird uns sagen, wer es ist.«

Silas sprach seine Zweifel an Jessies Worten nicht aus. Stattdessen fischte er die Segeltuchtasche unter dem Sitz hervor und warf sie in den Zwischenraum zwischen Fahrer- und Beifahrersitz. »In der vorderen Seitentasche«, sagte er. »Da drin ist ein extra Com-Gerät. Meine Nummer ist fest einprogrammiert. Trag das Ding von jetzt an immer bei dir, hörst du! Wir können die Frequenz nachverfolgen. So eine Art Notsignal für den Fall, dass die Mitglieder eines Teams voneinander getrennt werden.«

»Hast du denn vor, dich von mir zu trennen?«

Silas warf ihr einen finsteren Blick zu. Ja doch, auf jeden Fall! »Wenn mir nichts anderes übrig bleibt.«

»Aha, nichts anderes, ja?« Jessie zog das Gerät aus der angegebenen Tasche und checkte es mit schnellen, sicheren Bewegungen ihrer Finger durch. Erst danach ließ sie es in der Innentasche ihrer Jacke verschwinden. Mit einer raschen, entschlossenen Bewegung zog Jessie den Reißverschluss zu und warf Silas einen Blick zu, der klar sagte, er könne sie mal am Arsch lecken.

»Na dann, viel Glück dabei!«

»Nun, komm schon, Jessie!«, knurrte Silas. Er war zu müde und zu erschöpft, um noch auf nett zu machen. »Denk doch einmal richtig nach! Du bist Zivilistin, die anderen sind echte Killer. Und wir haben nicht die blasseste Ahnung, was sie wollen oder wo wir sie finden können. Ich kann dich nicht durch die ganze Stadt schleifen und darauf hoffen, dass Gott uns ein fettes Neonschild als Hinweis dafür schickt, wohin's eigentlich geht. Und ich kann dich nicht schützen, nicht ganz allein und auf mich gestellt.«

Jessie drehte sich wieder von Silas weg. Sie knallte einen Stiefel absichtlich so gegen das Armaturenbrett, dass Silas zusammenzuckte. »Ich bin nicht dämlich«, sagte sie spitz. »Hast du eigentlich richtig zugehört bei dem, was diese Bethany gesagt hat? Ich gehe jede Wette ein, dass der Zirkel sich in der Unterstadt versteckt.«

»Na großartig!«, erwiderte Silas tonlos. Er schaltete in den nächsthöheren Gang und lenkte den Pick-up auf die Auffahrt zum Karussell. Im Sprühnebeldunst, den der Verkehr von der regennassen Fahrbahn aufwirbelte, glitzerte die Schnellstraße in den Lichtsalven der Straßenbeleuchtung. »Das sind ja nur ein paar Dutzend Kilometer Ruinen in jede Himmelsrichtung, zusammen mit fünfzig Jahre alten Todesfallen und Schluchten, die bis in den beschissenen Mittelpunkt der Erde hinuntergehen. Wo also fangen wir an?«

»Ich habe doch nur gesagt …«

»Klappe!«, schnauzte Silas. »Ich kann dich doch nicht am Angelhaken da runterschleifen und darauf warten, dass diese Höllenbrut anbeißt!« Er blickte Jessie an und gab sich redlich Mühe zu übersehen, wie Ärger und Wut ihre Augen in geschmolzenes Gold verwandelten.

Jedenfalls tat er so, als übersähe er es.

Verfluchte Scheiße, Jessie Leigh gab seiner Konzentrationsfähigkeit echt den Rest! »Bei dieser Sache sind viel zu viele Unbekannte im Spiel. Niemand hat je damit gerechnet, dass der Zirkel dich haben will. Also müssen wir unbedingt herausfinden, warum das so ist.«

»Ich habe doch schon gesagt, dass mein Bruder …«

Er unterbrach sie; seine Hand durchschnitt die Luft zwischen ihnen. »Jessie, die Hexe in der Wohnung hätte dich fast umgebracht! Das macht mich Calebs brüderlichen Absichten dir gegenüber ein bisschen misstrauisch.«

Jessie hob das Kinn. »Du hast die Frau mit der Waffe bedroht. Was, bitte schön, hast du erwartet, dass sie dann tut? Dich nett bitten?«

»Leck mich!« Silas biss die Zähne zusammen. Sein Blick ging starr hinaus auf das System aus sich hinauf- und hinunterwindenden Straßen vor ihnen. »Schau, ich werde dich dem Zirkel nicht auf dem Silbertablett servieren. Wir sind Partner. Das heißt, meine Priorität ist deine Sicherheit. So ist das eben.«

Jessie holte tief Luft. Es klang irgendwie abgehackt, böse. Also ein Treffer, das, was er eben gesagt hatte. Doch was hatte er erwischt? Vielleicht einen wunden Punkt?

Konnte er das vielleicht irgendwie nutzen?

»Okay.« Sie straffte die Schultern, richtete sich im Sitz auf, langsam, mit Bedacht. Nur ihre Hand befand sich reflexartig auf dem Weg zum Hals. Jessie bemerkte es und ließ die Hand wieder in den Schoß sinken. »Und was hast du dann vor mit mir? Willst du mich irgendwo absetzen? Mich auf der Schwelle irgendeines armen nichts ahnenden Irren deponieren? Ich begreife ja, warum du das willst, Silas, aber das Ganze ist Schwachsinn, sonst nichts!«

»Ich deponiere dich nicht auf irgendeiner Schwelle. Ich bringe dich nach oben. Da oben bist du von mehr Sicherheitsvorkehrungen umgeben als sonstwo in der Stadt. Da oben bist du in Sicherheit, vertrau mir!«

»Dir vertraue ich ja.« Der Satz triggerte etwas in Silas, an dem er lieber nicht gerührt hätte. »Aber was ist mit deinen Leuten?« Mit einem

Mal klang Jessie verzweifelt. »Was ist beispielsweise mit dem Feuer in eurer angeblich so sicheren Wohnung?«

»Das lag an dir.«

Jessies Augen weiteten sich. »Wie bitte?«

»Irgendwie haben sie einen Zugang zu dir gefunden. Sich auf dich eingeschossen, sozusagen«, erklärte Silas. Stur behielt er die Straße im Auge. Der Verkehrsfluss verlangsamte sich, vor ihnen plötzlich ein Meer aus roten Bremslichtern, während sich hektisch Polizeisirenen einen Weg durch die Geräuschkulisse aus Regen und Autohupen bahnten. »Scheiße!«, fluchte Silas leise vor sich hin. »Schau, vielleicht benutzt der Zirkel das Blut deines Bruders. Vielleicht ist das Ganze eine Art Spiel, das ich nicht kapiere. Magiebesessene vermögen scheiße viel, und du bist nicht durch das Zeichen des heiligen Andreas geschützt wie wir.«

»Aber mich bei irgendwelchen wildfremden Menschen zu lassen …«

»Wenn das nötig ist, damit du in Sicherheit bist«, begann er, doch Jessie lachte bitter. Silas umklammerte das Lenkrad fester.

»Ach Scheiße, hör sich das einer! Du klingst wie der große Held, der das kleine Mädchen rettet und dann einsam und allein stirbt.«

»Ich werde aber nicht sterben.«

»Das weißt du doch gar nicht!«, gab sie zurück. »Du bist doch derjenige, der mir die ganze Zeit erzählt, wie böse Hexen sind und …«

»Erzählt?« Seine Faust schoss vor und packte Jessies Haar, dass sie aufkeuchte. Erschreckt sah sie ihn an. »Warst du nicht dabei, als die Hexe dir die Kehle angeritzt hat?«

Jessie wand sich unter seinem Griff, zuckte zusammen, als Silas nicht nur an ihrem Haar zerrte, sondern damit auch an der Haut unter dem Kinn mit der gerade frisch verschorften Wunde. »Du tust mir weh!«

»Nein, ich nicht!«, schoss er zurück und betonte wütend jede einzelne Silbe. Jessie musste es jetzt endlich begreifen. Es musste in ihren eigensinnigen Schädel, verdammt! »Aber sie werden dir wehtun, Jess! Schlimmer noch: Sie werden dich umbringen. Wenn Magiebesessene etwas haben wollen, kennen sie keine Grenzen. Kapierst du das nicht?«

Weil Jessie nun einmal Jessie war, rammte sie Silas einen spitzen Ellenbogen in den Arm. Fluchend ließ er sie los.

Gegen seinen Willen war er stolz auf sie.

Und scheiße angepisst.

»Ich hab's kapiert, okay? Habe ich wirklich. Ich weiß, was du mir sagen willst.« Sie rieb sich den Ellenbogen. »Manche Magiebegabte sind böse. Okay, bitte schön! Du willst mich zu meinem eigenen Schutz bei irgendwelchen mir unbekannten Leuten lassen, großartig! Wirklich edel von dir, hilfreich und gut! Aber der Zirkel will *mich*, Silas. Ich bin also der direkte Weg zum Zirkel. Die ganze Sache wäre viel schneller erledigt und vorbei!«

»Diese Bethany-Schlampe hat was von Macht und Einfluss gefaselt.« Silas' Finger umklammerten das Lenkrad, verkrampften sich darum. »Ich werde dich nicht irgendwelchen Machtspielchen opfern, die im Zirkel laufen. Vergiss es!«

»Aber ich könnte doch …«

»Nein, und das ist mein letztes Wort!«, fiel Silas Jessie in den kaum halb herausgebrachten Satz, hob abwehrend die Hand. »Es ist mir scheißegal, ob ich dich zu einem Bündel verschnüren und deinen tätowierten Arsch das ganze Karussell nach oben schleifen muss: Du gehst dorthin, nach oben, und damit Schluss!«

Der abweisende Zug um Jessies Mundwinkel verhärtete sich. Ohne ein weiteres Wort rutschte sie in ihrem Sitz so weit weg von Silas wie möglich. Jede Faser in ihrem Körper signalisierte »Verpiss dich bloß!«, und Silas wusste, dass er es verdient hatte.

Er schnitt eine Grimasse und blickte wütend hinaus auf die Straße. Geschickt lenkte er den Pick-up in eine kleine Lücke zwischen zwei anderen Autos und gab Gas, um auf die rechte Spur hinüberzuziehen.

Rasch warf er einen Blick auf Jessie. Ihr Gesicht war eine undurchdringliche Maske. Sie hatte die Finger in die Oberschenkel verkrampft; überdeutlich hob sich die weiße Haut der Hände von der vor Blut und

Schmutz starrenden abgetragenen Jeans ab. Jessies Blick ging starr hinaus auf die Straße und das Stück Hochhaus-Silhouette, das die Windschutzscheibe einrahmte. Sie zwang sich, gleichgültig zu wirken.

Es gelang ihr nicht. In ihren Augen schimmerten Tränen. Whiskey und Wasser. Verfluchtes Arschloch!, schimpfte Silas im Stillen.

Wenn Silas Caleb Leigh in die Finger bekäme, würde er ihn für jede Träne, die Jessie seinetwegen vergossen hatte, bezahlen lassen.

Silas knirschte mit den Zähnen. »Schau«, begann er, nur um sich gleich darauf auf die Zunge zu beißen. Denn Jessie hob in einer eckigen, wütenden Bewegung die Schultern und ließ sie wieder fallen.

»Interessiert mich nicht.« Sie sah ihn nicht einmal an.

Verdammt. Was sollte, was konnte er jetzt noch sagen? Was hätte er tun können? Sie doch mit sich durch die Straßen in den unteren Ebenen schleifen? Ihr eine Zielscheibe in Neonfarben auf den Rücken pinnen und mit ihr als lebendem Köder vor der Nase der Zirkelleute herumwedeln? Sie zusehen lassen, wie er, der Jäger, ihren Bruder umbrachte, an dem sie so sehr hing?

Verfluchte Scheiße, nein, ganz sicher nicht!

Sie würde schon damit zurechtkommen. Silas wusste, dass Jessie unglaublich wütend sein und vorerst auch bleiben würde. Wütend zu sein aber und zu schmollen, solange sie wollte, war ein Luxus, den sie sich nur leisten konnte, weil sie oben in der Stadt und ohne Silas immerhin am Leben bliebe.

KAPITEL 15

Silas trat das Gaspedal durch, und der Motor röhrte auf. Um sie herum waren die Motorengeräusche anderer Autos, das Hupen, das Sirren von Reifen auf abgefahrenem Asphalt, das Klappern und Scheppern alter Blechkarosserien, die Bewegungsgeräusche von fünfzig Jahre alten Metall- und Betonkonstruktionen, die sich um die Stadt schraubten. Von ganz unten, von der Unterstadt, hinauf bis ganz nach oben.

Am Beifahrerfenster zog die rostige Leitplanke vorbei, die einen Sturz in die Tiefe verhindern sollte, in eine Tiefe, die Silas stets aufs Neue beeindruckte.

Neben ihm saß immer noch schweigend Jessie und legte gerade die Fingerspitzen ans Beifahrerfenster. Sie starrte hinaus in das Zwielicht, das mit jeder Minute, die verging, heller wurde. Voller Stolz strebte die Stadt dem Himmel entgegen, eine engmaschig miteinander verwebte Abfolge von Schichten aus Stein und Metall, Glas und Stahl, verunziert nur von der dumpfen, wimmelnden Masse Mensch, die sich überall breitmachte.

Viel zu viele Menschen. Mit viel zu vielen grandiosen Ideen. Aus genau diesem Grund hatte sich Silas die letzten vierzehn Jahre von größeren Städten möglichst ferngehalten. Menschenmassen machten ihn nervös.

Naomi hatte ihn am sonnigen Ende einer Kommune in Florida aufgespürt. Er recherchierte gerade einige Gerüchte über einen kleineren Zirkel. Die Sonne, das Meer, die Brandung, die qualitativ hochwertigen Lebensmittel, die die Kommune selbst produzierte, hatten ihm gefallen.

Vielleicht fände er, wenn das hier alles vorbei wäre, eine Möglichkeit, Jessie dorthin zu schicken. Ohne ihn.

Unter ihren Fingern auf der Scheibe, jenseits der rostigen Leitplanke, war jetzt der Alte-See-Graben zu sehen. »Man hat so klare Sicht hier oben, und es ist so hell. In den unteren Ebenen vergisst man leicht, dass im Norden und Süden der Stadt der Graben liegt. Man ... gewöhnt sich an die Dunkelheit.«

Silas warf einen Blick hinüber, blickte wie Jessie durchs Beifahrerfenster hinaus. Er verzog das Gesicht. Gab es darauf noch etwas zu sagen? Die halbe Stadt lag jeden beschissenen Tag im Schatten der jeweiligen Ebene über ihr, im Schatten der hoch hinaufragenden Wolkenkratzer. Momentan hatten Jessie und er drei Viertel des Karussells hinter sich; noch zwei Ebenen bis zu den ersten Sicherheitskontrollen. Hier oben schien das Sonnenlicht bereits heller und wärmer. Die obersten Ebenen glitzerten im Licht wie ein Leuchtfeuer aus Kristall.

»Caleb war fünfzehn, als er zum ersten Mal diesen verrückten Plan fasste zu fliegen.« Jessie schaute immer noch aus dem Fenster. Aber ihre Stimme verriet ihre innere Anspannung.

Silas öffnete schon den Mund für eine Erwiderung, schmeckte aber deren Gift schon auf der Zunge. Er hielt die Klappe.

»Caleb hat eine Zeichnung von seinem Fluggerät gemacht.« Über Jessies Lippen perlte ein kleines Lachen, dünn und zerbrechlich wie Glas. »Es hatte Flügel. Mit Federn und allem. Er sagte, er wolle vom Karussell springen und hinuntergleiten bis hinein ins Herz des Alten-See-Grabens.«

Silas schüttelte den Kopf und umfasste das Lenkrad fester, als ein schwerer Lastwagen mit Auflieger und Hänger an ihnen vorbeidonnerte. »Klingt nach einer ziemlich abgefahrenen Idee.«

Jessie nickte. Aber sie blickte nicht zu ihm herüber. Es gefiel ihm nicht, dass er sich wünschte, sie täte es. »Er sagte, dort unten gäbe es Wunderbares zu entdecken, Abenteuer und Schätze. Er wollte so einen Schatz finden.«

»Wird man sicher. Sofern man auf Lava steht«, bemerkte Silas trocken.

Jetzt endlich blickte Jessie zu ihm herüber. Ein Lächeln huschte über ihr Gesicht. »So ziemlich alles kann ein Schatz sein, wenn man fünfzehn ist.«

»Hast du je einen Schatz gefunden, Jessie?«

Am liebsten hätte sich Silas die Zunge abgebissen, als das Leuchten, das Jessies Gesichtszüge eben noch aufgehellt hatte, zusammen mit dem Lächeln erlosch. »Ich musste nie nach einem Schatz suchen. Ich hatte ja Caleb.«

Den Bruder, der, wie sich herausgestellt hatte, ein Hexer war. Einen kurzen, ungestümen Moment lang wünschte sich Silas, er wäre diesem kleinen Mädchen begegnet, das Jessie so fein säuberlich in ihrer Erinnerung weggeschlossen hatte, in einem Raum mit der Aufschrift *Vergangenheit*. Dass er sie gekannt hätte, ehe die Schatten sich über ihre bernsteinfarbenen Augen gelegt hatten und in ihr Herz gekrochen waren, ehe es Schuld und Trauer in ihrem Leben gegeben hatte. Silas schüttelte den Kopf. »Weißt du, Sonnenschein, ich …«

Ihre Augen weiteten sich. Panik stand in ihren goldbraunen Augen, etwa eine Nanosekunde, bevor der Schild des heiligen Andreas erste Funken schlug und dann mit Macht aufloderte.

Schmerz durchschlug Silas' Handgelenk und raste seinen Arm hinauf. Jessie streckte die Hand nach Silas aus, sagte etwas, das er nicht hörte, weil ihm das Blut in den Ohren rauschte. Jeder Muskel in seinem Körper straffte und versteifte sich. Sein Sichtfeld schmolz zusammen, alles wurde undeutlich, verschwommen. Er sah wie durch Nebelschwaden hindurch; alles war grau in grau. Aber Silas musste auch nichts sehen, um zu wissen, dass seine Arme starr waren und seine Hände wie eingerastet auf dem Lenkrad lagen.

Silas kämpfte dagegen an. Nein! Er schrie es in sich hinein und nochmals: Nein! Muskeln zuckten unter seiner Haut, als Silas mit aller Kraft versuchte, die Kontrolle über seinen Körper zurückzuerlangen. Aber seine Muskeln bewegten sich ohne sein Zutun. Er konnte nur zusehen, wie der Pick-up mit aufröhrendem Motor erbebte und zur Seite ausscherte.

Er beobachtete fassungslos wie seine Hände das Lenkrad herumrissen und den schweren Wagen auf die Leitplanke zusteuerten.

Jessie warf sich in Richtung Fahrersitz, wollte ins Lenkrad greifen. Sie gab einen erstickten Laut von sich, als der Sicherheitsgurt anzog und sie in ihrem Sitz festhielt.

Funken stoben hinaus ins Nichts, als der Pick-up in die Leitplanke knallte. Schrilles Kreischen, als Metall an Metall entlangschrammte, eingedrückt wurde, sich verbog. Auf dem nassen Asphalt rutschte der schwere Wagen weiter. Jenseits der Windschutzscheibe gähnte bereits der bodenlose Abgrund des Alten-See-Grabens. In seinen Tiefen, überall dort, wo keine Lichter der Stadt den Graben mehr erreichten, lag er in gespenstischer, pechschwarzer Nacht. Die Finsternis des Grabens verschluckte die Grundfesten der Stadt, eine endlos wirkende bodenlose Leere unterhalb der Karussell-Südseite.

Silas drehte sich der Magen um.

»Scheiße!« Ganz plötzlich gehorchten Silas' Muskeln ihm wieder. Augenblicklich handelte er, packte das Lenkrad, riss es herum. Doch es war zu spät.

Der Wagen war zu schwer, zu schnell, zu heftig in die Leitplanke gekracht. Die Leitplanke gab nach. Das scharfkantige Metall riss die Karosserie tief auf und bohrte sich in die Fahrertür, in Silas' Bein. Heißer, hässlicher Schmerz zerriss den Schock. Der plötzlich gestoppte Schwung des schweren Wagens aber schleuderte Silas gegen das Lenkrad, das Gesicht voran auf die Lederummantelung. Um den Pick-up herum plärrten Hupen, quietschten Reifen, aber alles, was Silas hörte, war das Rauschen seines eigenen Blutes in den Ohren.

Das wilde Hämmern seines Herzschlags.

Und Jessie.

Jessie hätte jetzt alles für Calebs Flügel gegeben.

Ihre Hände umklammerten den Gurt über ihrer Brust. Klamme Finger verkrampften sich darin, als ob ihr Leben davon abhinge. Sie schrie auf, als der schwere Wagen mit der Schnauze halb über der Tiefe hing und schaukelte wie eine Kinderwippe.

»Nicht bewegen!« Silas legte Jessie die flache Hand auf die Brust und drückte sie gegen die Lehne ihres Sitzes. Jessie erstarrte, jeder Muskel starr vor Angst.

O Gott! O Gott! Was zum Teufel war los? Was war passiert? In der einen Sekunde hatten Silas und sie sich noch unterhalten, und in der nächsten ... Ja, was?

In der nächsten Sekunde hatte Jessie gesehen, wie magische Kräfte, einer tintenschwarzen, öligen Wolke gleich, Silas' Körper einhüllten. Magie war über seine Haut gekrochen, hatte das schützende, schimmernde Schild seines Tattoos ertränkt und die Kontrolle über ihn an sich gerissen.

Magie hatte den Pick-up gegen die Leitplanke rasen lassen.

Magie, die sich angefühlt und geschmeckt hatte wie Calebs Magie.

Panik hing Jessie wie ein dicker Kloß im Hals. Sie biss die Zähne zusammen.

Autos rasten an ihnen vorbei, Hupen plärrten. Aber als sich der Pick-up nach vorn neigte, war alles, was Jessie zu tun vermochte, hilflos in Silas' graugrüne Augen zu blicken.

Ihr schlug das Herz bis zum Hals. »Silas«, wisperte sie, »was machen wir denn jetzt?«

Silas nahm die Hand von ihrer Brust. Seine Bewegung war so langsam, als müsste er die Hand durch zähflüssigen Sirup ziehen. Er griff wieder nach dem Lenkrad. »Langsam«, sagte Silas, »ganz langsam entriegelst du jetzt die Tür!«

Jessie nickte, eine kaum merkliche, abgehackte Bewegung. Alles in ihr drängte sie zur Hektik. Aber ganz langsam und so vorsichtig, dass ihre Hand vor Anspannung zitterte, streckte sie die Finger nach dem Sicherungsknopf der Tür aus.

Silas war blass geworden, aber in seinem Gesicht stand Wut und Entschlossenheit. Er ließ das Lenkrad nicht los. »Gut«, sagte er tonlos. »Die Bremsen greifen. Mach wei… Verdammt, nur die Ruhe,

Sonnenschein!« Eine Regenböe fegte über die Windschutzscheibe hinweg; der Pick-up erbebte.

Hinter ihnen auf der Straße sah Jessie, eingerahmt vom Außenspiegel auf ihrer Seite, Autos die Unfallstelle passieren. Andere gingen mit der Geschwindigkeit herunter. Ein ganzer Haufen geschockt wirkender Leute hatte sich auf dem Standstreifen gesammelt; manche sprachen in ihre Com-Geräte, einige fotografierten. Es wurde viel lautstark diskutiert, herumgebrüllt. In der Ferne heulten die ersten Sirenen.

Von alledem nahm Jessie kaum etwas wahr. Mit zitternden Fingern zog sie den Knopf der Türverriegelung hoch. Gleich darauf wanderte ihre Hand in Richtung Türhebel. Genau da kippte die spektakuläre Aussicht auf New Seattle, die Jessie eben noch im Außenspiegel gehabt hatte, nach oben weg. Das Metall von Karosserie und Leitplanke kreischte schrill, der Wagen riss sich los. Jessie schrie.

Die Türme aus Glas und Stahl im Außenspiegel rauschten aus Jessies Blickfeld, und vor ihr, vor der Schnauze des Pick-ups: bodenlose Schwärze.

Mit einem Fluch auf den Lippen riss Silas am Lenkrad. Aber was hätte das jetzt noch nützen sollen? Wie Klauen aus Stahl zerfetzten ausgefranste Metallkanten die Karosserie des Pick-ups, als der vom Seitenstreifen hinunterrutschte und mit der Schnauze voran ins Nichts stürzte. Die Schwerkraft selbst presste Silas und Jessie in ihre Sitze, eine mächtige, eiserne Faust.

Ohne einen Rest Atemluft in den Lungen ruderte Jessie mit den Armen, um Halt zu finden. Während das Tageslicht vom Nichts verschluckt wurde und der Pick-up zu schnell fiel, als dass die Lichter der Stadt ihm noch folgen konnten, fanden Jessies Hände warme Haut und starke Muskeln.

Silas hatte ihr den Unterarm quer über die Brust gelegt und drückte Jessie in ihren Sitz. An diesem trügerische Sicherheit und Geborgenheit spendenden Arm klammerte Jessie sich fest, mit beiden Händen. Sie dachte noch, dass, sollte sie hier und jetzt sterben müssen, sie sich an einen Menschen klammerte, den sie hätte lieben können.

Hätte lieben können?

Jetzt ging ihr das auf, jetzt, wo sie gleich würde sterben müssen?

Oh nein!

Wut rang mit Panik, pulsierte durch Jessies Adern. Entschlossenheit und wilder Zorn zerrissen, was ihre Magie unter Kontrolle hielt. Jessie schloss die Augen. Auf diese Weise würde sie nicht abtreten, nein, so nicht! Nicht jetzt. Nicht, wenn so viel allein von ihr abhing.

Nicht, wo es noch so vieles gab, das sie tun wollte.

Wo es noch so viel *zu sagen* gab.

»Halt dich fest!«, brüllte Silas, und Jessie umklammerte seine angespannten Muskeln. Da sprengte die Magie die Fesseln, die sie in Jessie hielten. Jessie ließ es zu, ließ los, klinkte sich selbst aus und in das Netz der Magie ein, dort, wo deren fein gesponnene Fäden zusammenliefen.

Jessie *sah* die Gegenwart, sah den Pick-up mit der Schnauze voran in die Finsternis stürzen. Sie sah das Ende dieses tiefen Falls.

Ein Aufschlag auf Wasser. Tiefes Wasser.

Eine Chance.

Zum zweiten Mal erwachte Silas' Schutzzeichen knisternd zum Leben, dieses Mal, weil Jessies Magie ihn und sie umhüllte. Mit allem, was Jessie zu geben hatte, pumpte sie die Hülle aus Magie auf, mit jedem bisschen Angst und Entschlossenheit, das sie in sich trug. Sie steckte auch dieses zarte Gefühl hinein, noch so klein und noch voller Unsicherheit, sodass sie für dieses Gefühl keinen Namen hätte nennen können. Auch damit, mit diesem zerbrechlichen, gerade erst aufkeimenden Wunsch, speiste sie ihre magischen Kräfte.

Es war nur ein dünnes Polster. Doch vielleicht würde es reichen, um den Aufprall abzumildern.

Jessie biss die Zähne zusammen. »Achtung …!«

Der Truck schlug auf, tauchte ins eisige Wasser. Es zerschmetterte die Windschutzscheibe. Gleißend weiß wurde vor Jessies Augen, was zuvor schattenhafte Dunkelheit gewesen war. Dann wurde ihr schmerzrot vor Augen. Schließlich verwandelte sich das Rot in endlose schwarze Leere.

KAPITEL 16

Die Zeit stand still.

Alles erstarrte zu lautloser Leere, als plötzliche Stille die Welt verschluckte.

In seinem eisigen Grab zitterte Silas vor Kälte. Es war bitterkalt; die Kälte fraß sich ihm durch Mark und Bein. War er am Leben?

War er tot?

Was er spürte, hatte nichts zu tun mit Leichtigkeit, nichts mit friedvoller Heiterkeit. Aber immerhin war der Tod verdammt viel weniger blutig, als er ihn sich immer vorgestellt hatte.

Silas war kalt. Nass. Aber er war nicht allein. *Jessie!*

Mit einem Ruck kam Silas zu sich, würgte bereits an einem Atemzug voll Eiswasser. Seine Lungen brannten, seine Kehle war schmerzhaft rau, als er das Wasser ausspuckte. Stoßweise hustete er es aus, kämpfte gegen die eisigen Wellen, die über das Armaturenbrett schwappten.

Allmählich füllte sich die Fahrerkabine mit Wasser, neigte sich zur Seite. Das Eiswasser ging Silas schon bis zu den schmerzenden Rippen, stieg höher und höher. Keine Zeit. In der Dunkelheit ruderte Silas mit den Armen, suchte nach Jessie.

»Jessie?!«

Er konnte nichts sehen. Er konnte nichts hören außer dem bedrohlichen Gurgeln des rasch und rascher eindringenden Wassers und dem Rauschen seines eigenen Blutes in den Ohren. Er musste unbedingt etwas sehen. Er musste unbedingt wissen, ob Jessie in Ordnung war. »Halte durch!«, röchelte er und hoffte, dass, verdammt noch mal nicht nur mit der Luft sprach.

Während Silas vor Kälte mit den Zähnen klapperte, tastete er sich das verbogene Lenkrad entlang. Drei verzweifelte Versuche dauerte es, ehe er zu seiner Erleichterung den Schalter für die Innenbeleuchtung fand.

Ein vom Wasser gebrochenes Glimmen tauchte die Fahrerkabine in gespenstisches Licht.

Klar und deutlich war jetzt Jessies Körper zu erkennen. Sie lag zusammengesunken über dem Armaturenbrett, ihr Gesicht ein blutroter Fleck im vom Wasser gefilterten Licht. Sie bewegte sich nicht. Ihre Augen waren geschlossen. Silas' Herz krampfte sich zusammen; Panik überfiel ihn.

»Jessie!« Unempfindlich gegen jeden Schmerz riss Silas an den Resten vom Lenkrad und am Gurt, befreite sich. Das immer höher steigende Wasser leckte an Jessie und an ihm, als er sie erreichte und ihr zitternde Finger an die Halsschlagader legte. »Mach schon, Sonnenschein«, stieß er heiser hervor, »nun mach schon … ja, da! Guter Gott, bitte!« Er spürte ein schwaches Flattern unter seinen Fingern. Herzschlag. Oder hatte er sich das, so taub wie seine Finger waren, nur eingebildet?

Scheiße, verfluchte Scheiße!

Mit blauen Lippen gab er jeden Fluch von sich, den er kannte, bis er den Türgriff auf der Fahrerseite fand. Gebrochene Rippen. Die Knie pochten, als hätte er mit ihnen den Sturz aufgefangen. Unterkühlung mit ihren Folgen lauerte als Nächstes.

Das alles hatte keinerlei Bedeutung. Nichts davon war von Bedeutung; also würde er sich durch den Schmerz hindurchbeißen. Jessie musste hier raus. Silas musste sie aus der Kabine befreien, aus dem Wasser ans Land ziehen, sie aufwärmen. Sie verbinden.

Mit durchgedrückten Armen stemmte Silas sich gegen den Beifahrersitz und trat mit beiden Beinen gegen die Fahrertür. Sie sprang auf, klemmte, wurde vom Druck des hereinströmenden Wassers wieder zugeschlagen. Silas biss die Zähne zusammen, trat noch einmal zu und noch einmal. Dreimal trat er zu, jedes Mal mit mehr Kraft, bis wilder Schmerz durch seine Knie schoss. Noch mehr Wasser floss durch die geborstene Scheibe.

Der Truck erbebte, sank tiefer. »Verflucht, nein, Scheißdreck Herrgott noch mal, mach hinne!« Chancenlos gegen die Tür wandte sich Silas dem einzigen anderen Fluchtweg zu. So fest es seine tauben Finger zuließen, packte er den Rahmen der Windschutzscheibe und stemmte sich hinaus. Er kniete sich auf die Motorhaube, schob Kopf und Schultern wieder in die Fahrerkabine hinein, um Jessies schlaffen Körper unterzufassen.

Im schwindenden Licht wirkte Jessie leichenblass. Ihre Lippen waren blau. Mit zärtlicher Sorge umfasste Silas sie, zog ihren reglosen Körper durch das schmale Schlupfloch in die Freiheit. Kopf, Schultern, Taille. Beine.

Als Jessie aus der Kabine heraus war, drückte er sie an sich und stieß sich von dem Fahrzeug ab, das ihn brav durch vierzehn Jahre voller Missionen begleitet hatte.

Das alte Gefährt hätte etwas Besseres verdient gehabt als dieses nasse Grab.

Aber das galt auch für Jessie.

Einen Arm eng um Jessies Brust geschlungen, hielt Silas ihr Gesicht übers Wasser, so gut er konnte. Mit Paddelbewegungen drehte er sich einmal um die eigene Achse, um sich zu orientieren. Um seine Chancen abzuschätzen.

Irgendwo zwischen gering und beschissen.

Eiskaltes Wasser. Es war viel zu dunkel. Auch das immer schwächer werdende Scheinwerferlicht des treuen Pick-ups, der langsam in die Tiefe sank, reichte nicht aus, um etwas zu erkennen. Keine Sterne zur Orientierung hier unten. Kein Wind.

Silas schloss die Augen und sprach im Stillen ein inbrünstiges Gebet.

Lass Jessie bitte wieder in Ordnung kommen!

Lass sie am Leben!

Wenn sie nicht in Ordnung wäre, nicht wieder in Ordnung käme, verdammt, dann würde Silas dafür sorgen, irgendwie, dass sie sich in Ordnung fühlte. Nur bitte, bitte, lass sie am Leben sein!

Am ganzen Leib zitternd versenkte er die Lippen in Jessies Haarschopf.

Sie beide waren doch schon mächtig weit gekommen, viel zu weit, um jetzt so zu enden, oder?

Tief holte Silas Luft und stieß durchs Wasser auf das zu, was er für festes Land hielt, eine verzweifelte Hoffnung. Irgendein fester Untergrund täte es auch schon.

Aber es dauerte nicht lange, und seine Muskeln brannten. Mit kräftigen Schwimmzügen trieb er sich und Jessie voran durchs Wasser, diagonal zu der Strömung, die ihn tiefer in den Graben hineinzöge, und dachte, das Brennen sei ein gutes Zeichen. Es zeigte, dass er sich bewegte, vorankam. Er musste nur immer in Bewegung bleiben.

Der Alte-See-Graben hatte zwei Ufer. Eines von beiden würde Silas erreichen.

Er hoffte nur, er fände auch einen Weg aus dem Wasser heraus, wäre er erst am Ufer, an den steilen Klippen der Grabenwand.

Wie lange Silas so schon geschwommen war, wusste er nicht, oder seit wann er in seinen Beinen und Armen kein Gefühl mehr hatte. Mit jedem Schwimmzug trieb er sich und seine Last weiter auf das vermeintliche Ziel zu, war sich verzweifelt Jessies erschreckend reglosen Körpers bewusst, den er im Arm hielt. Sie war bewusstlos. Starb sie vielleicht gerade in seinen Armen?

War sie gar schon tot?

Herr im Himmel, nur das nicht! Daran durfte er nicht denken. Nicht jetzt, wo ihm mehr und mehr die Muskelkraft fehlte, weiter durchs Wasser zu stoßen. Das eisige Wasser ging ihm durch Mark und Bein, durchlöcherte seinen Panzer aus Willenskraft, nahm Silas die Energie. Aber er sollte zur Hölle fahren, wenn er jetzt aufgäbe! Sich der Kälte ergäbe. Der Tiefe.

Der Angst.

Etwas Massiges schob sich aus der Dunkelheit heraus auf Silas zu. Wellen liefen auf ihn zu, brachen sich über ihm, und neben ihm traf etwas auf dem Wasser auf.

Silas wich zurück, verlor seinen Rhythmus und ging unter wie ein Stein. Das eiskalte Wasser schlug über seinem Kopf zusammen, über Jessies Kopf.

Ertrinken. Sie beide, Jessie und er, würden ertrinken.

Silas begann zu kämpfen, hielt der Strömung entgegen. Seine Ohren waren voller Wasser; der Wasserdruck schob ihn nach unten. Mit seiner wertvollen Last drehte sich Silas um die eigene Achse. Luftblasen wirbelten um ihn herum, ein ganzer Strom von Luftblasen, kleine Strudel in einer dunklen Strömung. Silas wusste: Er war zu langsam.

Aus dem dunklen, kalten Strudel heraus fischten Hände nach ihm, packten ihn am Jackenkragen. Er versuchte sich loszureißen, kämpfte gegen die Hände an. Die Verbindung Hirn zu Muskeln wollte nicht gelingen, als er ein blasses Gesicht vor sich sah. Dunkle Augen.

Rotes Haar?

Oder Blut.

Jessie blutete! Silas musste zu ihr. Sie beschützen.

Mit einem Mal teilte sich über ihm das Wasser. Dicke Tropfen regnete es hernieder, und Silas fand sich den Hintern nach oben über der Bordwand eines flachen Metallbootes hängen.

Herrlich erfrischende, kalte Luft brannte in seinen Lungen. Er keuchte, würgte, hustete, spuckte und versuchte sich über die Bordwand zurück ins Wasser fallen zu lassen. »Nng!«, krächzte er, versuchte es noch einmal. »Jessie«, gelang ihm herauszupressen. Wo zum Teufel war sie?

Jemand packte ihn am Hosenbund und zerrte ihn ganz ins Boot. Das Boot schaukelte heftig, krängte mal gefährlich nach steuerbord, mal nach backbord. Silas schlug auf seiner verwundeten Schulter auf. Der Schmerz verwandelte sein Hirn in Wackelpudding.

»Du meine Güte!« Die Stimme einer Frau. Kräftige Hände packten ihn an der Hüfte und brachten ihn dazu, sich auszustrecken. »Nicht bewegen! Deiner Kleinen geht's gut, sie liegt gleich hier neben dir.«

Silas wischte sich Wasser aus den brennenden Augen. »Jess«, stieß er heiser hervor. »Jessie, o Gott!« Ausgestreckt lag sie neben ihm, ein

Gespenst mit bläulich weißer Haut. Ihre Lider waren geschlossen, die Wimpern verklebt zu nassen Stacheln. Blut rann aus einer Wunde über ihrer Schläfe.

Unkontrolliert zitternd, bis in die letzte Zelle hinein durchgefroren, nahm Silas Jessie in die Arme, zog sie an sich. Das Boot schwankte bedenklich. »Ihr geht's nicht gut, gar nicht gut«, knurrte er über ihren Kopf hinweg die rothaarige Frau an. »Gar nicht ... Sonnenschein, halt durch!«

Falls Silas' Ausbruch die Frau am Heck des Bootes eingeschüchtert hatte, so zeigte sie es mit keiner Geste. Die Dunkelheit hier unten im Graben hüllte die Frau ein. Silas konnte nicht mehr als eine Silhouette erkennen. Aber die Frau benutzte gekonnt ein langes Paddel, um das flache, schmale Boot am Rand der Strömung entlangzumanövrieren.

Ihre Stimme hatte, so hörte Silas jetzt, etwas Wettergegerbtes, Kräftiges. »Sie hat einen ziemlich üblen Schlag auf den Kopf abbekommen. Aber sie wird's überleben, wenn wir sie aufgewärmt kriegen«, sagte die Frau. »Kuschel dich mal schön fest an sie ran, und halt sie warm!«

Warm? Herr im Himmel, Silas konnte sich nicht einmal daran erinnern, wie man dieses Wort buchstabierte! Trotzdem versuchte er es, zog Jessie in seinen Schoß, legte sich ihre Beine um die Hüften und umarmte sie mit beiden Armen, drückte sie eng an sich. Er rieb ihr den Rücken, die Arme, versuchte, sie so zu wärmen. Irgendwie.

»Mach dir ein paar warme Gedanken«, wisperte er in Jessies Haar. »Denk an Hitze, Wüstensand, tropische Strände! Sonne. Scheiße, Sonnenschein, du bist die Wärme in Person. Du brauchst dich nur zu bewegen, zu lächeln, und die Sonne geht auf.«

Wellen schlugen gegen die Bordwand. Zitternd vor Kälte schälte sich Silas aus seiner Jacke und legte sie um sich und Jessie. »Als ich dich das erste Mal gesehen habe, weißt du«, flüsterte er gegen ihre Schläfe und rieb Jessie mit beiden Händen den Rücken. Er rieb schnell und so kräftig er konnte. »Da hast du mich gleich an Sex und Whiskey denken lassen. Hundert Prozent, immer schon.«

Sex pur auf zehn Zentimeter hohen Absätzen. Silas seufzte. Er hatte recht behalten.

»Verflixt, Sonnenschein, echt, du bist heiß, mir fällt nichts ein, was heißer wäre.« Er legte ihr das Kinn auf den Kopf und schloss die Augen. Lauschte dem Platschen des Paddels im Wasser, dem Geräusch, das seine Handflächen auf Jessies nasser Kleidung machten, während er ihr den Rücken rieb.

Ganz allmählich, so langsam, dass Silas schon glaubte, er bilde es sich nur ein, wurde es heller. Das Licht fand seinen Weg durch Silas' geschlossene Lider hindurch, wunderbares Licht. Es erblühte und nahm im selben Maß an Intensität zu wie die Strömung an Geschwindigkeit. Das Boot schaukelte auf den Wellen. Als Silas den Kopf hob und sich umschaute, sah er, wie die Frau sich offenkundig für weniger ruhiges Fahrwasser bereit machte. »Festhalten!«, warnte sie.

Silas hielt vor allem Jessie fest, die immer noch reglos in seinen Armen lag. Er klemmte die Knie steuer- und backbord unter den Bordwandrand und spähte über den Bug hinweg voraus. Weiße Gischt krönte die Wellen der plötzlich wilden Strömung. Massiver Fels säumte das Fahrwasser des Kanus zu beiden Seiten, zerklüftete Klippenwände.

Das alles bemerkte Silas, und dass die Frau, ihre Retterin, ihn angrinste und dabei das Paddel aus dem Wasser zog. »Es wird gleich etwas holprig!«

Silas starrte sie an. »Wer *sind* Sie?«, verlangte er zu wissen.

»Später.« Groß und schmal, wie sie war, lenkte sie ihr Boot geschickt durch die Strömung. Dabei tauchte sie das Paddel geübt und rhythmisch ins Wasser, als das Kanu Fahrt aufnahm. Das dichte rote Haar floss der Frau in teils gischtfeuchten Strähnen über die Schultern; einige der Strähnen in ihrem Schopf waren schon mit Grau durchsetzt.

Sie könnte genauso gut siebzig wie fünfzig sein. Bei einer Altersschätzung waren zwanzig Jahre ein bisschen viel Spannbreite. Aber es gelang Silas nicht, das Alter der Frau genauer zu bestimmen. Die Zeit hatte die Gesichtszüge der Rothaarigen geformt, doch war ihr Gesicht fein geschnitten. Die Krähenfüße um ihre Augen, Lachfalten, waren tief hineingegraben in dieses Gesicht. Das bemerkte er erst jetzt, da die Frau die Augen vor dem heller werdenden Sonnenlicht zusammenkniff. Wenn sie wie jetzt breit grinste, sah man auch tiefe Lachfalten um ihren Mund.

Vielleicht wollte sie ihn mit dem breiten Grinsen beruhigen. Aber als Silas die Frau anstierte, ihre Öljacke und die viel zu große Jeans, fühlte er sich alles andere als beruhigt.

Wer war diese Person? Wohin brachte sie Jessie und ihn?

Und wo zum Henker waren sie überhaupt?

Noch enger schlang Silas die Arme um Jessie. »Sagen Sie mir, wer Sie sind!«, verlangte er noch einmal. Ein »Bitte!« kam ihm über die Lippen, ehe er es verhindern konnte.

Die Falten um den Mund der Frau wurden tiefer, als sie erneut grinste. Dieses Mal schien sie amüsiert. »Gut, ganz wie du willst! Ich heiße Matilda.« Die Frau hob die Stimme, um das Rauschen des Wassers zu übertönen. »Bei mir bist du sicher. Ich habe einen warmen Platz am Feuer und etwas zu essen anzubieten. Und praktisch alles, was es braucht, um euch zwei zusammenzuflicken.«

Worte wollten Silas nicht so recht über die sich schwer anfühlende Zunge. Als wäre sie nicht gemacht zum Reden. Er versuchte es trotzdem. »Ich …« Tja, was? Was hatte er zu bieten? Nichts. Mit einer Hand packte er die Bordwand, als das Kanu heftig schaukelte. »Silas«, sagte er dann. »Und das hier ist Jessie. Danke für die Hilfe!«

Matilda grinste. Ihr Gesicht bekam tausend Falten und Fältchen wie zerknittertes Papier. »Bedank dich lieber noch nicht! So dolle wie im Hotel ist es nicht bei mir.«

Silas schnitt eine Grimasse. »Wir haben kein Geld«, setzte er an. Im nächsten Augenblick stöhnte er in einer Mischung aus Schmerz und Überraschung auf. Denn das Boot sprang über einen Wellenkamm und kam hart wieder auf dem kabbeligen Wasser auf. Beim Aufschlagen knallte Silas' Knie gegen die Stahlkante der Bordwand.

Matilda federte das Hüpfen des Bootes auf den Wellen ab, hob das

Paddel und tauchte es sauber und gekonnt wieder ins Wasser. »Mach dir mal deswegen keine Sorgen!«, meinte sie und legte ihre ganze Kraft ins Paddel, um das Boot zu steuern. »Ich nehme, was ich kriegen kann, und ihr zwei habt mehr zu geben, als ihr glaubt. Und los geht's!« Heftig warf es das Kanu hin und her, es ächzte und knarzte, als Matilda es aus der Strömung steuerte.

Silas umklammerte Jessies Körper und runzelte die Stirn, als er die Klippenwand näher kommen sah. Der zerklüftete, scharfkantige Fels kam ihnen verflucht noch mal viel zu nah! »Das Boot ...!«

»Still jetzt!« Matilda beobachtete die Felswand mit Argusaugen. Sie hob das Paddel, tauchte es auf der anderen Seite des Kanus ins Wasser und ruderte, unterstützt durch den langen Schaft, kräftig zurück.

Sie waren beschissen noch mal zu nah am Fels! Innerlich bereitete sich Silas darauf vor, wieder im Wasser zu landen, als das Boot mit der Steuerbordseite an der Klippe entlangschrappte. Metall kreischte an Fels entlang. Das Kreischen wurde schriller und lauter, ein Protestgeschrei, und Silas biss die Zähne zusammen und spannte alle Muskeln an.

Da, ganz plötzlich, ließ der Druck nach, und es warf Silas erneut gegen die Bordwand. Eine Spalte im Fels tat sich in der Klippenwand auf, genau vor Silas' ungläubigen Augen. Er hätte den Spalt nie bemerkt, wäre das Kanu auch weiterhin in der Strömung geblieben und hätte sie weitergetragen.

Das Boot glitt über eine Felsnase, tauchte mit dem Bug kurz ins Wasser und fiel dann in das ruhigste grüne Wasser, das Silas je gesehen hatte.

Kleine Wellen liefen vom Kanu weg übers Wasser, als Matilda mit raschen Paddelbewegungen Distanz zwischen Boot und Felsen brachte. »Na bitte!«, meinte sie selbstgefällig.

Silas bekam einen flüchtigen Eindruck von Farben, hellerem Licht und merkwürdig warmer Luft.

Jessie regte sich. Silas' Magen verkrampfte sich. »Sie wacht auf!«

»Nein, tut sie nicht.« Matilda zog das Paddel jetzt schneller durchs Wasser; mit überraschender Geschwindigkeit schoss das Kanu dahin. »Sie wird erst noch eine ganze Weile unruhig sein und vor sich hin stöhnen. Wir sind fast da.«

Mit beiden Händen umklammerte Silas Jessies Gesicht, suchte nach Zeichen von Bewusstsein. Davon, dass sie ihre Umgebung wahrnähme. Ihr leicht geöffneter Mund wirkte, als schliefe sie. Wütend über sich selbst bemerkte Silas, dass der Finger zitterte, mit dem er ängstlich ihre Wange entlangfuhr.

»Komm mit!« Das Boot stieß gegen ein Hindernis und stoppte abrupt. Matilda kletterte auf einen schmalen Steg, band das Boot fest, indem sie ein Seil um einen Pfosten schlang, und winkte Silas, ihr zu folgen. »Beeil dich! Jetzt ist es eh zu spät, es dir anders zu überlegen.«

Sie hatte recht. Silas wusste es. Längst war alles außer Kontrolle geraten. Total außer Kontrolle geraten.

Jessies schmächtigen Körper auf den Armen folgte Silas Matilda. Halbmondförmig war die merkwürdige Bucht, in der sie sich befanden, aus den Klippen geschnitten und umkränzte das grüne Wasser. Silas trat von dem Steg hinunter, und eine seltsame Mischung aus schwarzem Sand und glatt geschmirgeltem Kies knirschte unter den Sohlen seiner Stiefel.

Am anderen Ende der sichelförmigen Bucht schmiegte sich ein schiefes Haus an die Klippenwand, heimeliges Licht drang aus den uneinheitlichen Fenstern keine fünfzig Schritt vom spiegelglatten, flaschengrünen Wasser entfernt. Ein Meer aus dunkelviolett blühenden Blüten floss über das Dach des Hauses. Silas roch den durchdringend schweren Duft tropischer Blumen, obwohl er im üppigen Grün, das wie eine Sichtschutzwand rechts neben dem Haus wuchs, keine Blüten entdecken konnte.

Die Luft war tropisch schwül, erschreckend warm und überhaupt nicht das, was Silas erwartet hatte. Wo befand sich dieser seltsame Ort nur? Warum hatte niemand gemeldet, dass es ihn hier unten gab? Wenn er den Kopf in den Nacken legte, sah er hoch droben ein Stück grauen Himmel. Die tiefe Felsschlucht musste also breit genug sein, um aus der Luft ausgemacht werden zu können. Aber er hätte sich daran erinnert, wenn in den Berichten von einem Ort wie diesem die Rede gewesen wäre.

»Herumzutrödeln wird deiner Kleinen nicht helfen!«, sagte Matilda und gab ihm von der Veranda vor dem Häuschen gebieterisch Zeichen, endlich ins Haus zu kommen.

Silas runzelte die Stirn, schritt aber schneller aus, um zu Matilda aufzuschließen. Beschützend drückte er Jessie an seine Brust. Jessie zitterte nicht mehr. Aber ihre Augen waren immer noch geschlossen. »Können Sie ihr wirklich helfen?«, wollte er wissen und bückte sich unter der Tür durch, die Matilda für ihn offen hielt. »Können Sie dafür sorgen, dass sie wieder zu sich kommt?«

»Ich glaube schon.« Matilda beäugte ihn. Im Tageslicht, das durch die Fenster hereinfiel, erkannte Silas, dass sie dunkle Augen hatte, dunkelbraune Augen, einen festen, ruhigen Blick. Sie war älter, als er vermutet hatte.

Alt in einem seltsam wissenden Sinne.

Silas wandte den Blick ab und schaute sich um. Das hölzerne Bett und den Krimskrams überall, auf jeder freien Fläche, auf jedem bisschen Platz, quittierte er mit einem neuerlichen Stirnrunzeln. Bilder, altes, abgegrabbeltes Spielzeug. Holzschnitzereien und Vasen, in manchen standen Blumen. Über eine Wand waren Unmengen Tücher und Schals drapiert, ein wilder Mix aus Farben und Mustern. Die Fenster hatten alle unterschiedlich farbige Scheiben.

Nur auf dem glatten Holzboden war Platz. Aber auch hier standen uralte Schaukelpferde, Sessel und Stühle, alles Antiquitäten, die es seit dem Großen Beben nicht mehr gab.

Eine Sammlerin? Eine Überlebende?

»Wer sind Sie?«

»Aufs Bett mit ihr, bitte!« Matilda beugte sich über die Matratze und schlug die Decken zurück, klopfte sie auf und strich sie glatt. »Lass mich mal nach deiner Kleinen schauen!«

»Sie ist nicht …« Nicht meine Kleine? Silas legte die Stirn in Falten und schüttelte den Kopf. Vorsichtig legte er Jessie aufs Bett. »Was kann ich tun?«

»Zieh sie aus, und wickel sie in die Decken! Ich bin gleich mit Wasser und Verbandszeug zurück.«

Silas nickte. Aber Matilda war schon fast zur Tür hinaus. Rasch, aber so vorsichtig und sanft, wie es ihm möglich war, öffnete er den Reißverschluss von Jessies Jacke und versuchte professionell und unbeteiligt zu sein, als er sie aus der Jacke schälte. Der gerissene Träger ihres grauen Tanktops rutschte ihr die Schulter herunter und baumelte anklagend über ihrer Brust. Silas unterdrückte einen Fluch und zog Jessie das zerrissene Kleidungsstück über den Kopf.

Er würde ihr ein neues Top kaufen. Zum Teufel, er würde ihr hundert neue Tops kaufen, in allen Farben des Regenbogens. Jessie regte sich kaum, als er ihr die Jeans öffnete, die Stiefel auszog.

Silas nahm nur am Rande wahr, dass etwas Silbernes aus dem einen schwarzen Stiefel fiel und über die Holzdielen klackerte. Sein Mund war ganz trocken, als er die Decken fest um Jessies ausgekühlten Leib stopfte. Mit der Fingerspitze streichelte er ihr über die Wange, berührte mit dem Daumen die Unterlippe neben der verschorften Wunde.

Jessie war am Leben. Gott sei Dank, Matilda sei Dank, wem auch immer sei Dank, sie war am Leben!

Silas trat vom Bett weg und in etwas hinein, etwas Hartes, das sich in die nasse Sohle seines Stiefels bohrte. Silas grunzte und hob den Fuß.

Ein silbernes Blatt stak in der Sohle. Den Anhänger hatte er nie zuvor gesehen. Oder sollte Jessie ihn doch getragen haben? Er glaubte nein. Aber schließlich hatte er nicht sonderlich viel Zeit darauf verwendet, ihre Stilsicherheit bei der Auswahl an Schmuckstücken zu bewundern.

Er war noch mit dem absonderlichen Fund beschäftigt, als hinter ihm die Tür knarrte. »Aus dem Weg!«, befahl Matilda und stellte eine Schüssel mit dampfendem Wasser neben das Bett. Silas gehorchte augenblicklich. Schlagartig fühlte er sich zu groß, zu unbeholfen, absolut und überall im Weg.

Die alte Frau betastete die Wunde an Jessies Hals, ihre Brust. Ihren Bauch. Sie nahm Jessies Handgelenk, neigte den Kopf und warf dann Silas einen wissenden Blick zu. »Wie fühlst du dich denn so?«

Als ob ich tausend Meter oder so in die Tiefe gestürzt und beim Aufschlag auf einem Lenkrad gelandet wäre, dachte er. Aber mit einem schiefen Lächeln sagte er: »Mir geht's gut.« Dabei betastete er nachdenklich den silbernen Anhänger in seiner Hand.

Matildas Augen blitzten. »Ach, tatsächlich!«

»Schauen Sie, ist Jessie …«

»Ja, schon klar.« Matilda zeigte mit dem Finger auf ihn. »Hör mir mal gut zu, mein Junge: Eine Sache dulde ich in diesem Haus nicht, und das sind Lügen.« Sie drehte ihm den Rücken zu, faltete ein Handtuch auseinander und tunkte es in das dampfende Wasser. »Wenn ich dich also frage, wie es dir geht, dann lautet deine Antwort …?«

Silas hörte auf, mit dem Anhänger zu spielen. Er spürte, wie er rot anlief, ein rotes Gesicht bekam, mitsamt roter Ohren. Er fühlte sich wie ein Kind, das man dabei erwischt hatte, Süßigkeiten in die Klasse zu schmuggeln. Ganz sacht legte Silas den Anhänger auf den Tisch neben ihm und gab widerwillig zu: »Die Rippen haben einiges abgekriegt, das linke Knie will nicht mehr so recht. Ich habe Kopfschmerzen; mein Gesicht fühlt sich an, als hätte es Bekanntschaft mit einem Ziegelstein gemacht. Aber bei allem Respekt, Ma'am« – mit einer Kopfbewegung deutete er auf Jessie in dem Bett – »alles, was ich will, ist, dass sie in Ordnung kommt.«

»Hmm!« Ein unverbindlicher Laut, wie Silas ihn unverbindlicher noch nie gehört hatte. Dann lächelte Matilda. »Sie kommt schon wieder in Ordnung. Und du machst, dass du mir aus den Füßen kommst! Hinter dem Haus ist eine heiße Quelle, leg dich da mal schön rein! Wirkt Wunder gegen schmerzende Glieder!«

Das war also der seltsame Geruch. Die seltsame Mischung aus Schwefel, etwas Süßlichem und Zimt, der Geruch von feuchter

Wärme. Silas sah zu, wie Matilda die Decken zurückschlug und das heiße, feuchte Handtuch auf Jessies Brust legte.

Sollte er beruhigt sein, weil Matilda nicht besorgt klang? Sollte er wirklich gehen und Jessie allein lassen?

Hatte er überhaupt eine Wahl?

Vielleicht. Eine Idee begann in ihm zu keimen, ein Plan allmählich Gestalt anzunehmen. Vielleicht war Jessie hier so sicher wie nirgends sonst. Vielleicht könnte er sie dazu bewegen, hierzubleiben, bis er zurückkäme.

»Matilda?«

»Hmm?«

Silas zögerte. Was zum Teufel könnte er jetzt sagen, das zählte? Er fand nicht die richtigen Worte. »Danke!«, brachte er schließlich hervor. Niemals in seinem Leben hatte er ein Danke so ernst gemeint wie jetzt.

Ein Blick aus dunklen Augen traf ihn. Augen, die funkelten. »Raus!«, befahl Matilda gebieterisch und legte ihre ganze Ungeduld in diese eine Silbe. »Komm in einer Stunde oder so zurück, dann kümmern wir uns um deine Wunden!«

Wunden? Richtig. Die Schnittverletzungen, der Streifschuss. Alles, womit Silas sich momentan nicht befassen wollte und konnte. Er rieb sich mit dem Daumen über den Nasenrücken.

Und ging. Was zum Teufel hätte er auch sonst tun sollen?

KAPITEL 17

Der Regen trommelte einen melodischen Rhythmus auf das dünne Blechdach, das das neu eingerichtete Büro vor den Elementen schützte. Jeder Tropfen klang wie ein kleiner Gong in einer fröhlichen Melodie. Aber auch das vermochte die angespannte Atmosphäre im Raum nicht zu lockern.

Das Stichelnde, Giftige in Alicias katzenhaftem Lächeln blieb.

In lässiger Haltung stand Caleb vor dem irgendwo auf den Straßen aufgelesenen Schreibtisch. Das blonde Haar fiel ihm halb ins Gesicht, bedeckte ein Auge. Das Haar war zu lang. Jedenfalls nach Calebs Geschmack. Mit einer raschen Kopfbewegung warf er es aus dem Gesicht und ignorierte dabei die Hexe mit dem rabenschwarzen Haar neben sich. Stattdessen konzentrierte er sich ganz auf den Mann hinter dem polierten Schreibtisch. In fast schon militärischem Stil hatte der Mann die Hände auf dem Rücken verschränkt und musterte eine große, altmodische Karte, die an einer frisch verputzten Wand hing.

Caleb und die anderen kannten diesen Mann unter dem Namen Curio. Der Name machte nicht sonderlich viel her. Brauchte er auch nicht, fand Caleb grimmig. Kein Hexer brauchte einen vollmundig klingenden Namen, wenn er über enorme magische Kräfte und umfassende Kenntnisse verfügte, über Macht.

Und seine Finger in absolut jedem Spiel hatte.

In das improvisierte, noch nicht ganz wiederhergestellte Büro, von dem nur zwei Wände standen und das behelfsmäßige Dach, wollte dieser Mann, dieser mächtige Hexer, nicht recht passen. In früheren Zeiten dürfte Curios Haar einmal braun gewesen sein. Jetzt war es vornehmlich silbergrau. Die wie aus Stein gemeißelten Gesichtszüge spiegelten seine Veranlagung zu eiserner Disziplin. Obwohl die kleinen Fältchen sein Gesicht jetzt weicher wirken ließen, hatte Caleb nie den Fehler gemacht, diesen Mann für weich zu halten.

Der Zirkelmeister war alles Erdenkliche: genial, intelligent, manipulativ und ebenso gründlich wie abgefeimt. Aber *weich* stand definitiv nicht auf dieser Liste.

Caleb räusperte sich. Zweifellos wusste Curio, dass Caleb und Alicia vor dem Schreibtisch standen und warteten. Dass sie dort bereits seit fünf Minuten standen und warteten, und zwar weil man sie beide in das improvisierte Hauptquartier des Zirkelmeisters gerufen hatte.

Spielchen. Immer und überall nichts als Machtspielchen.

Macht, nach der Menschen gierten und der sie speichelleckend hinterherrannten, solche Macht erwuchs niemandem allein aus Magie. Der Mann war verflucht gerissen.

Curio drehte sich nicht zu Caleb und Alicia um. Keine Sekunde nahm er die Augen von der längst überholten Karte, stattdessen seufzte er tief. »Leider«, sagte er ohne Begrüßung, »gibt es gute und schlechte Nachrichten, die wir berücksichtigen müssen.«

Alicia rührte sich. »Was hast du für uns, Meister?«

Caleb schürzte die Lippen. Dieses machtgierige, arschkriecherische Weibsstück!

»Zuerst die guten Nachrichten.« Endlich drehte Curio sich Alicia und Caleb zu. Sein gepflegtes, soldatisch strenges Gesicht wirkte zufrieden. Aber das musste nichts heißen, wie Caleb wusste.

Also blieb er auf der Hut. Nach außen aber gab er vor, sorglos und entspannt zu sein. Als fühle er sich in Curios und Alicias Gegenwart wohl. Aber nur die Toten konnten sich in Old Seattle wohlfühlen.

Mehr als nur ein paar dieser Toten gingen immerhin auf sein Konto.

Curio sah ihn an. Blassblaue Augen, deren Blick sich wie eine scharfe Speerspitze in Calebs Augen bohrte. »Caleb«, sagte Curio und lächelte. Nicht das ostentative Gleich-fress-ich-dich-Lächeln, zu dem Alicia neigte. Es war ein warmes Lächeln, fast freundlich. »Caleb, ich freue mich, dir sagen zu können, dass wir deine Schwester gefunden haben.«

Es brauchte Calebs ganze Willenskraft, um Curios Blick ruhig zu erwidern, die Augenbrauen zu heben und Interesse zu heucheln. Neugier statt der plötzlich aufkeimenden Angst. »Ach ja?« Es war ein schlechter Ersatz dafür, über die Schreibtischplatte zu hechten und dem Kerl hinter dem Schreibtisch das Messer aus Calebs Ärmel tief in die Kehle zu rammen.

So war das nicht geplant gewesen.

»Das sind großartige Neuigkeiten«, schnurrte Alicia. Sie stieß Caleb mit dem Ellenbogen an. »Wann wird sie uns übergeben?«

Curios Blick ruhte immer noch auf Caleb, selbst als er seine Worte an Alicia richtete: »Deine Begeisterung freut mich, meine Liebe, aber die Antwort auf deine Frage führt uns direkt zu den schlechten Nachrichten.«

Mit pochendem Herzen erlaubte sich Caleb einen Silberstreif am Horizont zu sehen und drückte innerlich seiner Schwester die Daumen. In der Hexerei zählte einfach alles. »Was könnte denn daran schlecht sein, Meister?«, fragte Caleb und ließ seine Stimme besorgt klingen. Seinen Blick besorgt wirken.

Zu lügen war für Caleb noch nie schwierig gewesen. Jessie hatte ihm alles beigebracht, was er wissen musste, um ein guter Lügner zu sein.

Und er wusste sein Wissen zu nutzen.

»Na, aber was denn!«, kicherte Alicia und warf ihm einen drohenden Blick zu. »Kannst du nicht in die Zukunft sehen?«

Caleb ignorierte sie.

Auch der Zirkelmeister ließ sie links liegen. Caleb konnte die Wellen aus Wut spüren, die in Alicia aufstiegen. Alicia fuhr förmlich die Krallen aus, als ihre kleine Gehässigkeit ihr Ziel verfehlte. Selbstkontrolle gehörte nicht gerade zu Alicias Stärken.

Eines Tages würde sie ihm im Dunkeln ein Messer zwischen die Rippen stoßen. Aber noch nicht heute.

Curio beugte sich vor und stützte sich mit beiden Händen auf die Schreibtischplatte. Es war eine für ihn typische Pose. Ausdruck von Frustration vielleicht. Oder von Verärgerung.

Misstrauen.

Jeder Muskel im Körper dieses Mannes war angespannt wie eine Bogensehne vor dem Schuss. Warum?

Caleb erwischte sich dabei, wie er sich nervös auf die Unterlippe biss. »Meister?«, forderte er Curio zum Weitersprechen auf.

»Caleb.« Curio holte tief Luft, stieß dann den Atem hörbar und langsam wieder aus. »Ich weiß zu schätzen, was du alles schon für uns getan hast. Das habe ich dir schon einmal gesagt.«

Caleb furchte die Stirn. »Ja, Meister.« Verfluchte Scheiße, was war schiefgelaufen? Was hatte er falsch gemacht?

»Ich sehe daher einer Zukunft mit dir an meiner Seite erwartungsvoll entgegen. Auch das habe ich dir bereits gesagt.«

Caleb nickte. Einmal. Neben ihm knirschte Alicia hörbar mit den Zähnen.

»Daher«, fuhr der Meister fort und stemmte sich von der Schreibtischplatte hoch in eine aufrechte Haltung, »befinde ich mich hier und jetzt in einer Lage, etwas sagen zu müssen, was mir nicht leicht fällt.«

Mach endlich und komm auf den Punkt!, dachte Caleb grimmig. Der Mann redete um den heißen Brei herum. Was zum Teufel hatte Caleb getan, das den Zirkelmeister so verärgert hatte? Caleb war bei allem – absolut allem! – doch so unglaublich vorsichtig gewesen. Es konnte unmöglich ...

»Caleb, hast du heute einen Hexenjäger angegriffen?«

Caleb erstarrte und schwieg. Jeder Muskel in seinem Körper verspannte sich. Jetzt lügen? Nein. Er blickte in Curios wissende, geduldig abwartende Augen und begriff, dass der Meister die Antwort bereits kannte.

Nun gut! Dann eben die Wahrheit. Caleb nickte. »Das habe ich.«

»Was?« Alicia fuhr zu ihm herum. »Wen? Wann?«

Gebieterisch hob Curio die Hand und brachte die schwarzhaarige Hexe so effizient wie ein Knebel zum Verstummen. Aber immer noch blickte er sie nicht an. Er sah die Wut nicht, die ihre fein geschnittenen Gesichtszüge verzerrte. »Ich schätze deine Eigeninitiative. Dieser Jäger hat vier aus unseren Reihen getötet. Und ich weiß auch, dass John dein Freund war.«

Caleb presste die Lippen zusammen.

»Ich habe Verständnis für deinen Zorn«, fuhr Curio in ruhigem Tonfall fort. Fast schon freundlich, verflucht sollte er sein! »Aber du hättest vorsichtiger sein müssen.«

»Bei allem Respekt, Meister«, entgegnete Caleb und unterdrückte Zorn und Ungeduld, die in ihm hochkochten, »ich verstehe das Problem nicht. Er ist doch tot, oder?«

Curio umrundete den Schreibtisch. Seine breitschultrige Gestalt steckte in lässigen Freizeithosen und einem schicken Pullover. Er wirkte wie ein distinguierter Vater oder ein begeisterter Freizeitsegler, nicht wie der Meister eines Hexenzirkels und sicher nicht wie ein Mann, den man in der Stadt eines Tages fürchten würde.

Caleb wusste es besser. Mit Mühe gelang es ihm, nicht die Fäuste zu ballen.

»Dieser Jäger«, führte Curio aus, jetzt, wo er Caleb und Alicia direkt gegenüberstand, »war nicht allein. Eine unserer Suchmannschaften hatte Jessica lokalisiert und sie bis zu einer Wohnung in den mittleren Ebenen verfolgt.«

Caleb versteifte sich. »Der Jäger war nicht allein?« Verfluchte Scheiße, war Caleb doch zu spät gekommen? Hatte der Dreckskerl seine Schwester bereits aufgespürt und … Jetzt ballte Caleb die Fäuste. »Hat er sie umgebracht? Haben wir unsere Chance vertan?«

Das konnte nicht sein. Caleb *wüsste* es, wenn Jessie tot wäre.

Er würde es doch spüren, oder etwa nicht?

Lange starrte der Zirkelmeister Caleb schweigend an. Er musterte sein Gesicht genauestens. Sein Tonfall war düster, als er sagte: »Dieser Jäger hat zwei weitere aus unseren Reihen getötet. Brian ist nur mit Müh und Not entkommen. Aber seines Wissens war deine Schwester bei seiner Flucht noch am Leben. Und mit dem Missionar zusammen, als du ihn angegriffen hast!«

Es dauerte eine Weile, viel länger, als es Caleb lieb war, bis das Gesagte bei ihm ankam und wirkte. Dann aber war ihm, als schlügen sich Klauen in seine Brust. Er wankte, versuchte zu verhindern, dass ihm ins Gesicht geschrieben stünde, was er fühlte, versagte aber.

Er war Scheiße noch mal zu spät gekommen! Jessie war in dem Pick-up gewesen, als Caleb das verfluchte Ding durch die Leitplanke brechen lassen hatte. Der Jäger hatte sie schon gehabt. Vielleicht war sie gefesselt gewesen und völlig hilflos, als Smiths Körper den Wagen gegen seinen Willen vom Karussell in den Abgrund gelenkt hatte.

Dutzende Meter tief. Hunderte.

Hatte Caleb seine Schwester gleich mit umgebracht? Hatte er all die gehorteten magischen Kräfte eingesetzt, das beschissene Schutzzeichen der dreimal verfluchten Mission überwunden, und das alles für nichts und wieder nichts?

»Nein«, sagte er heiser. Mit beiden Händen fuhr er sich übers Gesicht. »Ich dachte, er wäre allein im Wagen. Ich wusste nicht … zur Hölle damit! Scheiße, ich hab's versaut! Es tut mir leid, Meister, ich …«

Warme, schwielige Hände legten sich ihm auf die Schultern und rüttelten ihn leicht. »Caleb, mein Freund!« Curios Ton war beruhigend, sprach ihm Mut zu, besaß sogar menschliche Wärme. »Du hast überstürzt gehandelt, aber in bester Absicht. Und dank eines gnädigen Schicksals ist Jessica Leigh nicht tot.«

Die Erleichterung schnitt tief in Calebs Herz, ein zweischneidiges Schwert. »Wo?«, wollte er sofort wissen. Eine Hand krallte sich in Curios Pullover; Calebs Gefühle übermannten ihn. »Wo ist sie?«

Alicia legte ihm einen Arm um die Schultern und sagte: »Wir holen sie uns zusammen, ja?«

Sehr sanft löste Curio Calebs in den Pullover verkrampfte Finger. »Leider nicht«, stellte er Alicias Bemerkung richtig. Sehr sanft, zu sanft. Viel zu entschuldigend. »Caleb, ich weiß, dass du nur das Beste wolltest. Aber du hast mich Zeit gekostet und Erhebliches an Energie. Ich habe bereits Teams ausgeschickt. Wir wissen noch nicht genau, wo sie tatsächlich ist. Aber wir wissen, dass ihre Seele ihren Körper nicht verlassen hat.« Was Curio damit meinte, war klar.

Die anderen sollten und durften sie aufspüren. Nicht er, Caleb, der Bruder. Curio hatte ihn von seiner Aufgabe abgezogen, ließ ihn nicht mehr der Spur seiner Schwester folgen. Damit wäre Caleb blind und abhängig von den Berichten der anderen. Zum Henker damit!

Caleb straffte die Schultern und schüttelte Alicias Hand ab. Rasch rekapitulierte er, was er wusste, checkte die Eckdaten: Zeit, bereits Geleistetes, bereits Gesagtes, Pläne.

Ihm bliebe genau ein Versuch, der Hauch eines Versuchs, um genau zu sein, um alles so zu machen, wie es gemacht werden sollte. Kalter Schweiß sammelte sich zwischen seinen Schulterblättern, als ihm das klar wurde.

»In Ordnung«, sagte er und nickte. Mit gefurchter Stirn begegnete er Curios Blick aus blassblauen Augen. »Ich suche zusammen, was für das Ritual nötig ist, und beginne mit den Vorbereitungen. Wir täten gut daran, auch gleich die Reinigung der Stätte vorzunehmen, falls die Teams schnell erfolgreich sein sollten. Das dürfte einen Tag in Anspruch nehmen, weniger, wenn die Stätte so jungfräulich ist, wie behauptet wird.«

Curio trat einen Schritt zurück, und dabei wurde sein Lächeln wärmer. »Gut. Ich bin froh, dass du für meine Maßnahmen Verständnis hast. Fang sofort an, und fordere alles ab, was du brauchst! Und, Caleb?«

Caleb, der sich schon zum Gehen abgewandt hatte, erstarrte mitten in der Bewegung und warf einen Blick über die Schulter zurück auf den Zirkelmeister. Da er bereits in Gedanken mit den Vorbereitungen beschäftigt war, brauchte er einen Moment, um zu begreifen, dass Curio auf ein Zeichen von ihm wartete. Darauf, dass er, Caleb, das Zirkelmitglied, ihm, dem Zirkelmeister, seine volle, ungeteilte Aufmerksamkeit schenkte.

Also wandte er sich wieder dem Schreibtisch und damit dem Zirkelmeister zu. »Ja, Meister?«

Curio, jetzt wieder hinter dem Schreibtisch, legte seine Fingerspitzen aneinander und deutete mit den so gefalteten Händen auf Caleb. »Wenn du jemals wieder ohne meine Erlaubnis und ohne Absprache mit mir etwas unternimmst«, sagte er mit ruhiger, tiefer Stimme, »ziehe ich dir persönlich die Haut von den Knochen. Ist das klar?«

Caleb taten die Hände weh, so sehr bemühte er sich, sie nicht zu Fäusten zu ballen. Seine Kiefermuskeln arbeiteten, die Zähne biss er fest aufeinander, aber er senkte scheinbar ergeben den Kopf. »Ja, Meister«, antwortete er mit fester Stimme. »Es tut mir leid.«

»Entschuldigungen, auch wenn sie angenommen werden, bringen Jessica Leigh nicht zu uns. Wenn sie gestorben wäre, hätten wir von vorn beginnen müssen. So verlorene Zeit lässt sich nicht leicht wieder aufholen.«

»Ja, Meister«, wiederholte Caleb. Zur Hölle damit! Das wusste er selbst besser als jeder andere.

Curio neigte den Kopf zur Seite. »Ich gehe davon aus, dass du begriffen hast, wie schwierig die Lage ist. Enttäusche mich nicht noch einmal! Wir brauchen deine Schwester.«

»Ich weiß, Meister.«

»Du kannst gehen.«

Caleb wandte sich ab. Er achtete nicht auf Alicia, die missmutig hinter ihm herstiefelte. Angst, Sorge, Beklemmung tobten in seinem Kopf. Er beeilte sich, aus dem Büro herauszukommen. Denn er wusste ganz genau, dass ihm die Zeit davonlief.

KAPITEL 18

Ein Gefühl wachsender Unsicherheit ersetzte das süße Vergessen des Schlafs. Langsam erwachte Jessie und tauchte sanft aus der Dunkelheit hinauf. Sie fand sich in einem warmen, weichen Bett wieder, in einem Kokon aus kuscheligen Decken, und es duftete herrlich nach Zimt und Salbei. Das alles hüllte Jessie wie ein Nebelschleier ein, gewebt aus schwindenden, flüchtigen Erinnerungen an längst vergangene Jahre.

An eine Kindheit, die fast vergessen war.

An eine Mutter, deren Gesicht Jessie schon lange nur noch verschwommen im Gedächtnis hatte.

Eine warme Hand berührte ihre Wange, ihre Stirn, strich ihr übers Haar. Die Hand zuckte zurück, hörte auf, die Wange zu streicheln, als Jessie danach griff.

Jessie öffnete die Augen.

Die Decken verschwanden nicht. Auch der Duft nach Kräutern und einer warmen Mahlzeit blieb. Aber die Frau, die auf sie hinunterblickte, schien geradezu erfreut, dass Jessie ihr schmales Handgelenk, unter dem sich blau Adern abzeichneten, mit aller Kraft umklammerte.

»Nun, das wurde ja auch Zeit, junge Dame!«

Jessie blinzelte heftig. »Wie bitte? Sie schimpfen mich aus dafür, dass ich bewusstlos war?« Ihre Stimme krächzte; so ausgedörrt war ihre Kehle. Aber wenigstens tat das Sprechen nicht weh. Überrascht ließ Jessie das Handgelenk der alten Frau los und tastete nach der Wunde am Hals. Sie stieß auf weiches Verbandsmaterial.

Die Frau kicherte und schlug Jessie die Hand weg. »Mach ja nicht all meine schöne Arbeit wieder zunichte! Du bist hier in Sicherheit oder besser so sehr in Sicherheit, wie du für lange Zeit nicht mehr sein wirst. Vorsichtig!«, warnte sie rasch, als Jessie sich auf die Ellenbogen hochstemmen wollte.

Jessie stöhnte. »Ich fühle mich, als hätte mich ein Laster überfahren.«

»In gewisser Weise hatte ein Laster tatsächlich was damit zu tun.« Ein starker Arm glitt unter Jessies Schulter und stützte sie, als sie sich aufsetzte. Routiniert stopfte die Frau ihr Kissen in den Rücken und zog die Decken glatt.

Zu ihrem eigenen Schrecken spürte Jessie ganz plötzlich Tränen aufsteigen. Sie brannten in ihren Augen und hingen an ihren Wimpern. »Himmel, ich meine ...« Sie zuckte zusammen. »Danke, aber ... Sagen Sie bitte, wo bin ich? Und wo ist Silas?«

Die Frau blickte Jessie fröhlich an. »Der junge Mann in deiner Begleitung?« Jetzt grinste sie und erhob sich von der Bettkante. »Keine Sorge, meine Kleine! Die letzten Stunden über ist er immer wieder hereingekommen und hat nachgeschaut, ob ich dir nicht das Herz herausgeschnitten habe und es gerade über dem Feuer röste.«

Jessie schnaubte. »Ach, und war die Sorge berechtigt?«

»Aus seinem Blickwinkel? Scheint so.«

Jessie konnte nicht anders: Ein reuiges Lächeln huschte über ihr Gesicht. »Ja, klingt ganz nach ihm«, gab sie zu. Entspannter jetzt ließ sie sich in den Kissenberg in ihrem Rücken zurücksinken und seufzte erleichtert. »Tut mir leid.«

»Muss es nicht«, erwiderte die Frau, ohne zu zögern. »Er ist ein guter Aufpasser und ein hübsch anzusehender Mann. Ich bin übrigens Matilda.« Als sie sich mit fliegendem Zopf umwandte, weg vom Bett, betrachtete Jessie sich ihre Samariterin erstmals genauer.

Matilda war schmal und dünn wie eine Gerte und ihre Bewegungen grazil. Sie trug weite Leinenhosen und eine zeitlos wirkende Tunika. Zeitlos und elegant, so wirkte Matildas Stil auf Jessie. Das traf es genau und stimmte auch für alles andere, womit sie sich in dem kleinen Haus umgab.

Jessies Blick wanderte über Schnickschnack und Nippes, manches davon Gerümpel, das meiste aber echte Antiquitäten, über Regale und verschnörkelte Haken. So wie Matildas Schätze hier standen, an der Wand lehnten, sich stapelten, bildete sich ein unordentlich wirkendes Ensemble, eine seltsam stimmige Mischung aus Kunst und Ungekünsteltem. Neben einer Keramikschüssel voll dunkelroter riesiger Blüten lag etwa ein alter, abgegriffener Baseball mit dem verblassenden Autogramm einer längst vergessenen Spielergröße.

Neben der Bronzestatue einer halbnackten Schönen, deren Haar und Kleidung in einer kräftigen Brise um den Körper zu flattern schien, fand sich eine mit Schnitzwerk reich verzierte Truhe, die im hereinfallenden Tageslicht kirschrot leuchtete. Auf dem Deckel der Truhe lag ein altes Holztablett mit herrlich glänzenden farbigen Intarsien. Darauf lagen getrocknete Kräuter, die mit farbigem Garn zu Bündeln geschnürt waren, fein säuberlich aufgereiht.

Nachdenklich ließ Jessie ihren Blick über all diese Hinweise schweifen. Es waren Hinweise, die aus der Vergangenheit stammten, die fast schon vergessen waren, aber tief in ihrem Unterbewusstsein schlummerten. Federn, die die Fenster schmückten, Tintenfässchen und Kristalle, zum Trocknen aufgehängte Kräuter. Jessies Blick wanderte zurück zu Matilda.

Aufmerksam beobachtete die Frau sie, ein halbes Lächeln, das geduldiges Warten signalisierte, auf den Lippen. »Hier, in meinem Zuhause, wird dir kein Leid widerfahren«, erklärte sie sanft und dennoch fest, überzeugt. In Jessies Hinterkopf meldete sich eine leise Stimme, eine schwer zu fassende Erinnerung, zupfte an ihrer Konzentration.

Dann machte es in ihrem Kopf *Klick!*, viel zu spät, und Jessie schnappte nach Luft. »Du bist eine Hexe!«

»Hmm, mhm-hmm.« Matildas Finger spielten mit dem Saum ihrer Tunika. »Sagt die junge Frau, die selbst eine Hexe ist.« Sie kniff die schokoladenbraunen Augen zusammen, als Jessie die Decken zurückschlug. Da bemerkte Jessie, dass sie nackt war, und zog die Decken rasch hoch bis zum Hals, was Matilda laut auflachen ließ. »Und dazu noch eine nackte Hexe!«

Verlegen errötete Jessie. Was zum Henker war nur los mit ihr? Bei der Arbeit trug sie schließlich Kleidungsstücke, die kaum besser als Fähnchen waren und in denen sie so gut wie nackt war.

Doch Matildas Blick schien bis in ihre Seele schauen zu können, und was sie dort an Geheimnissen entdecken könnte, beunruhigte Jessie. »Verzeihung«, brachte sie schließlich heraus, die Würde in Person, »wo bitte sind meine Anziehsachen?«

Matildas Lächeln wurde breiter. Sie ging auf eine alte Kommode mit vielen Schubladen zu. Die Kommode war eine wunderschöne Handwerksarbeit; herrlich restauriert, und ihr dunkles Mahagoniholz glänzte. Beim Aufziehen machten die Schubladen kaum ein Geräusch. Matilda nahm einen Stapel aus buntem Stoff heraus. »Entspann dich, Liebes!«, sagte sie und fügte hinzu: »Das hier sollte dir passen.« Sie brachte das, was sie aus der Schublade genommen hatte, zu Jessie herüber und breitete Rock und Oberteil auf dem Bett aus, einen hübschen Patchworkrock in Blau- und Grüntönen und ein dünnes cremefarbenes, ärmelloses Top.

Es juckte Jessie in den Fingern, den feinen Stoff anzufassen. »Unmöglich, nein, ich kann doch nicht ...«

»Das hat meiner Tochter gehört, früher einmal.« Matilda strich zärtlich über den Stoff. »Darin wirst du dich bei den warmen Temperaturen hier wohlfühlen. Zieh die Sachen an, ich bestehe darauf!«

Wie könnte Jessie das jetzt noch ablehnen? Sie biss sich auf die Unterlippe. Ein Blick in Matildas braune Augen verriet ihr, dass eine Ablehnung gar nicht in Frage kam. »Danke!«, sagte sie, aber runzelte die Stirn dabei. »Matilda, bitte glaub mir, wissentlich will ich dir sicher kein Leid zufügen. Aber es gibt Leute, die wahrscheinlich immer noch hinter mir her sind.«

»Augen vermögen es nicht, jenseits der Klippen zu schauen«, versicherte ihr die alte Hexe. Ob sie besorgt war, vermochte Jessie in ihrem Gesicht nicht zu lesen. Alles, was sie sah, war ein ernstes Lächeln. »Kein Zeichen kann dich hier verraten. Zieh dich jetzt an! Dein hübscher Junge wartet auf dich.« Matilda drehte sich um und verschwand durch einen schmalen Durchgang. Hinter ihr fiel ein weicher Webvorhang in Regenbogenfarben zurück an seinen Platz.

Vorsichtig stieg Jessie aus dem Bett und stöhnte, als ihr Körper dabei sämtliche Prellungen und Wunden meldete. Viel zu viele. Eilig schlüpfte sie in die schlichte Baumwollunterwäsche, die Matilda ihr bereitgelegt hatte. Dann streifte sie Rock und Top über. Der Rock schwang um ihre Fußknöchel, weiche, schwingende Lagen aus Seide, Leinen und Samt. Das Top fühlte sich herrlich weich auf der Haut an, als sie es glatt strich.

Sie fühlte sich aufgehübscht. Sehr weiblich.

Noch während sie die vielen Schattierungen von Meerblau bewunderte, die in dem Rock vereint waren, kehrte Matilda mit einer Bürste in der Hand zurück. »Du siehst sehr hübsch aus, Liebes. Hier, bürste dir noch das Haar!«

Jessie tat wie geheißen, zuckte aber jedes Mal zusammen, wenn sich die Borsten in einer verfilzten Strähne verfingen und sie das Haar mit den Fingern vorsichtig entwirren musste.

Matilda lächelte. Das Lächeln war voller Wärme. »Na bitte! Bist du nicht bildhübsch?« Jessie errötete, senkte den Blick und fuhr zusammen, als Matilda ihr mit fester Hand unter das Kinn griff. »Hoch das Kinn, mein Kind! So etwas dulde ich hier nicht«, tadelte sie. »Man sagt danke und nimmt, was einem zusteht. Wie ich auch schon deinem Mann gesagt habe: Hier in diesem Haus gibt es keine Unaufrichtigkeit, hier zählt die Wahrheit, nicht falsche Bescheidenheit oder dergleichen!«

»Danke«, entgegnete Jessie, ohne nachzudenken.

»Na bitte! Abendessen gibt es in etwa einer Stunde.« Matilda zeigte auf die dem Durchgang gegenüberliegende Seite des Raums, die in helles Licht getaucht war. Dort trennte eine Theke als Essplatz, aber mit normaler Esstischhöhe, den Wohnbereich von einer sehr einfachen Küche mit gerade dem Nötigsten an Platz und Geräten. Fenster mit verschieden farbigen Scheiben ließen das helle Licht von draußen herein.

Jessie nickte. Aber ihr Verstand war noch mit der Warnung beschäftigt, die Matilda gerade ausgesprochen hatte, spielte mit ihr wie mit einer Murmel, rollte sie hierhin, schnippte sie dorthin. »Keine Unaufrichtigkeit?«, fragte sie. »Du meinst: keinerlei Lügen, oder?«

Die Hexe durchquerte das Zimmer. Sie geht nicht, sie schreitet, dachte Jessie, ganz wie eine Königin durch ihren Palast. »Keinerlei Lügen«, bestätigte Matilda über die Schulter hinweg. »Also pass auf, was du deinem Hexenjäger erzählst!«

Hexenjäger? Scheiße!

Erschrocken hielt Jessie den Atem an und geriet, ohne es nach außen zu zeigen, mächtig in Panik, als Matilda sich wieder zu ihr umdrehte, die Hände auf den Essplatz gestützt. »Tu das ja nicht!«, warnte die alte Hexe, und ihr Blick war unnachgiebig. »Stell mich ja nicht auf die Probe, indem du lügst! Ich weiß, was er ist, wahrscheinlich besser als du. Also pass auf, was du ihm erzählst und was er dir erzählt! Lügen haben hier sehr kurze Beine.«

Keine Lügen. Keine Unaufrichtigkeit. Aber eigentlich hatte Jessie Silas von Anfang an nur belogen … Sie folgte dem Gedanken und fand tief in ihrem Herzen einen Ort, der eiskalt war vor Angst. Ihr Magen krampfte sich zusammen.

»Sucht euch etwas«, verlangte Matilda streng, »das ihr offen zueinander sagen könnt, alle beide!«

Was denn zum Beispiel? Worüber sollten sie reden? Übers Wetter etwa? Jessie war sich nicht sicher, ob sie ein Thema finden könnte. »Ich werde es versuchen«, sagte sie schließlich und spürte überdeutlich den wachsamen Blick der Hexe auf sich.

»Braves Mädchen.« Matilda wedelte auffordernd mit der Hand, als sie hinzusetzte: »Geh jetzt! Zeig dich deinem hübschen Kerl, ehe ihm die Sorge um dich ein weiteres Loch in den Bauch frisst!« Die Hexe zog ein großes Küchenmesser aus einem Messerblock und machte sich damit über einen Bund Grünzeug her. Ein würziger Geruch stieg auf, als Matilda den ersten Schnitt machte, und mischte sich mit den anderen Gerüchen im Haus.

Jessie zögerte. Wurde Matildas abwehrende Haltung gegenüber Lügen von einem Ritual gestützt? Waren magische Kräfte im Spiel, um die Regel durchzusetzen? Gab es einen Bannkreis gegen Unaufrichtigkeit?

Was, wenn Silas die Zeichen, die auf Hexerei an diesem Ort verwiesen, richtig deutete?

Galt der Bann auch für Halbwahrheiten? Für das Umgehen der Wahrheit durch Auslassung?

Spielte das nach allem, was Jessie über Matilda wusste, überhaupt eine Rolle?

Matilda hob eine ihrer schmalen, durch das Alter blass gewordenen Augenbrauen, schaute aber nicht von ihrer Arbeit auf. »Liegt dir etwas auf der Seele, Liebes?«

»Ja.« Jessie schwieg einen Moment, dann: »Nein. Oder doch – schon irgendwie«, seufzte Jessie. Der gebohnerte Holzboden unter ihren nackten Füßen war warm, als sie den Raum durchquerte.

»Na, dann mal raus damit.« Matilda schnippelte und schnitt mit geschickt geführtem Messer Gemüse und Kräuter.

»Ich bin mir ziemlich sicher, dass ich sterben werde.«

Kurz hielt Matilda in ihrer Arbeit inne. »Das passiert uns allen früher oder später«, meinte die alte Hexe freundlich. »Mit Sicherheit aber trägst du an einem Schicksal, das hell genug ist, um einen zu blenden.«

Jessie wagte ein müdes, recht schiefes Lächeln. »Nicht sonderlich beruhigend.«

»'tschuldige, meine Kleine, aber das ist die beste Antwort, die ich dir geben kann.« Matilda strich Kräuterreste von der Messerklinge. »Wie kommst du darauf, dass dein Tod schon so nah ist?«

»Eine Prophezeiung.« Jessie hielt sich mit den Armen den Bauch. Es half kein Stück gegen die Angst, die sich dort festgefressen hatte. »Na ja, eigentlich waren es gleich mehrere.«

»Prophezeiungen sind eine gefährliche Sache. Oft finden sie nur durch sich selbst Erfüllung und sind kein echter Blick in die Zukunft.«

Matilda hob die dunkelbraunen Augen; in ihnen funkelte es. »Was hat dir denn dein Prophet vorhergesagt?«

»Nun, zuerst einmal gibt es da ein Tattoo, einen höhnisch grinsenden Narren.« Jessie hielt einen Finger hoch, dann einen zweiten, als sie weitersprach. »Dann gibt es eine stehen gebliebene Uhr in den Ruinen von Old Seattle, das Grab, das die Zeit vergessen hat. Diese beiden sind schon eingetreten.«

»Eingetreten, aha! Du hast beides selbst schon gesehen, ja?«

Jessie nickte. »Sozusagen buchstäblich. Das Letzte ist ein grünes Haus unter einem veilchenblauen Himmel.«

Das Messer rutschte Matilda auf das narbige Arbeitsbrett aus Holz ab. Es war ein scharfer Laut, der das rhythmische Geräusch unterbrach, das die Klinge auf dem Brett beim Schneiden der Kräuter gemacht hatte. Matilda griff das Messer wieder richtig, legte sich die wohlriechenden Kräuterbündel noch einmal zurecht und sprach erst dann. »Wohin führen all diese Zeichen?«

»Zu meinem Tod«, antwortete Jessie ruhig. »Ich verbrenne bei lebendigem Leib, glaube ich.«

»Ah!« Ein Lächeln huschte geisterhaft schnell über Matildas Gesicht. Die alte Hexe schob den kleinen Berg Kräuter beiseite und meinte traurig: »Die meisten von uns fühlen diese besondere Hölle auf ihrer Seele lasten. Das kollektive Gedächtnis, das speichert, was wir selbst gar nicht erfahren haben, sondern Generation um Generation vor uns, kann eine schreckliche Sache sein.«

Der Flammentod, etwas, was alle fürchteten? Sollte Jessie wagen, daran ihre ganze Hoffnung zu hängen? »Also, das soll dann heißen …«

»… dass es nicht passiert?« Matilda schüttelte den grauen Kopf. »Die Zukunft ist nicht meine, aber ich habe schon viel gesehen, weißt du. Zwei Kinder habe ich überlebt und die Zerstörung meines Zuhauses, und man kommt bei so etwas nicht davon, ohne das ein oder andere gelernt zu haben.«

Jessie zuckte zusammen. »Oh, wie schrecklich! Das tut mir wirklich leid, Matilda.«

Ein Blick aus dunklen Augen traf sie. »Bemitleide mich nicht! Wir alle kennen Trauer und tragen die Toten in unseren Herzen, Jessie, schleppen also alle Särge mit uns herum. Du, ich, dein Missionar. Es prägt uns, verändert uns.« Matilda schnippte mit grün verfärbten Fingern. »Was ich damit sagen will, ist, dass ich noch immer einige Tricks auf Lager habe. Du wirst mir also genau zuhören, wenn ich dir jetzt sage, was ich zu sagen habe. Klar? Bist du bereit?«

»Ja, ich bin bereit.« Jedenfalls hoffte Jessie das. Sie war sich nicht sicher, ob sie noch mehr Prophezeiungen ertragen könnte.

Sehr bedächtig legte Matilda ihr Messer beiseite. »Dann hör mir zu, Tochter«, sagte sie, und plötzlich lag die Luft heiß und schwül um sie beide wie ein viel zu schwerer Mantel. Jessie keuchte auf und packte nach der Kante der gefliesten Arbeitsplatte.

Matilda zuckte nicht einmal mit der Wimper.

»Nichts auf dieser Welt ist nur schwarz oder weiß.« Ihre Worte hingen wie Edelsteine im Sonnenlicht; es war, als ob Matilda kristallklare Laute von sich gäbe. »Das eine bedeutet die Abwesenheit von Farbe, was langweilig ist, gleichförmig und leblos. Es bedeutet Stagnation, Stillstand. Das andere ist alle Farbe in einem, was Chaos bedeutet. Es ist unbeständig, unvorhersehbar und unsicher. Keines von beiden ist geeignet, Leben zu tragen.«

Scharf holte Jessie Luft. Das Atmen fiel ihr schwer, da die Luft von Magie geschwängert war und sie in Wellenbewegungen versetzte, wie ein Stein, ins Wasser geworfen, Wellen auf einer Teichoberfläche schlägt. »Ich dachte, du kannst die Zukunft nicht voraussagen«, brachte sie schließlich doch heraus.

»Ich sage ja auch die Zukunft nicht voraus.« Matildas Stimme veränderte sich nicht, weder im Ton noch in der Lautstärke. Aber die Ungeduld darin traf Jessie wie ein Peitschenschlag. Sie zuckte zusammen. »Hör mir genau zu, Jessica Leigh! Du vertraust auf zweierlei und klammerst dich daran fest. Das eine, worin du dein Vertrauen setzt, führt zu deinem Tod. Das andere bringt dir tiefen Schmerz und Leid. Eine schwierige Wahl. Aber du musst zwischen dem einen und dem anderen wählen, und du musst es bald tun. Sonst wird die Wahl für dich getroffen, über deinen Kopf hinweg!«

»Aber ich …«

»Ganz sicher willst du nicht dein Schicksal nur passiv erleiden, sondern selbst in der Hand behalten«, erklärte die Hexe scharf. Und dann, so plötzlich wie sich die Luft in einen zähen Brei verwandelt hatte, war es wieder vorbei, und Jessie konnte frei durchatmen. Es roch wieder nach frisch geschnittenen Kräutern, und der Duft von getrockneten Blumen hing in der Luft.

Tief seufzte Jessie auf und wischte sich einen Schweißtropfen von der Stirn, der ihr schon die Schläfe hinunterlief. »Wow!«, stieß sie zittrig hervor. »Das eben, das war schon … was.«

Matilda, aschfahl im Gesicht, wankte. Aber als Jessie auf sie zu gehen wollte, um sie zu stützen, hob sie abwehrend die Hand. »Ich kann nicht in die Zukunft sehen«, wiederholte sie, und dieses Mal war ihre Stimme nur ihre eigene. Matilda klang resigniert, aber wieder ganz wie sie selbst. »Ich kann in den Seelen lesen; und deine Seele, meine Kind, befindet sich mit Sicherheit in einem argen Konflikt.«

Tod oder Schmerz und Leid? Diese Wahl als »argen Konflikt« zu beschreiben, war eine ziemliche Untertreibung. Es schien, als wäre der Tod Jessie unmittelbar auf den Fersen, saugte ihr langsam, aber sicher das Blut aus. Aber war es ihr eigener Tod, der sie verfolgte? Und auf wen warteten Leid und Schmerz?

Die Fragen gingen Jessie im Kopf herum, ein hoffnungsloses Wirrwarr aus Wenns und Abers und jeder Menge Unsicherheit. Jessie massierte sich die Schläfen. Als sie dort auf schmerzhafte Prellungen stieß, sog sie heftig die Luft ein. »Ohne Witz«, sagte sie schließlich, »aber so viel, glaube ich, habe ich mir selbst schon zusammengereimt.«

»Nun, dann passt es ja.« Gleich darauf war wieder das rhythmische *Klanck, klanck!* der Messerklinge auf dem Schneidebrett zu hören. Matilda machte sich wieder an die Vorbereitungen fürs Essen. »Jetzt geh! Essen in einer Stunde.«

Jessie wusste, dass sie damit entlassen war, und wandte sich zur Tür.

Sie war schon halb über die Schwelle, als Matilda ihr hinterherrief: »Zur heißen Quelle geht es nach links. Schau zuerst dort nach!«

Jessie zog die Tür hinter sich zu.

Die Wahl zwischen zwei Alternativen, dachte sie. Eine bedeutete Tod, die andere Schmerz und Leid. Sie schüttelte den Kopf. Dann wischte sie sich die feuchten Handflächen am Rock ab und ging mit nachdenklich gesenktem Kopf die Stufen zur Veranda hinunter.

Ihre nackten Füße sanken in seltsam weichen Sand. Sie hob den Kopf und seufzte vor Überraschung und Begeisterung, so sehr genoss sie den Anblick, der sich ihr bot.

War sie, während sie schlief, in den Himmel gelangt?

Wie ein Tal in Miniaturausgabe war die Bucht ein Juwel, das in die Tiefe des Alten-See-Grabens eingebettet lag. Ein alter Holzsteg ragte in das unglaublich grüne Wasser, und über der spiegelglatten Wasseroberfläche lag Dunst.

Es war warm, viel wärmer, als Jessie erwartet hatte. Sonnenlicht fiel durch den Dunstschleier hinunter in die Bucht. Jessie schob ihr Gesicht diesem fernen Himmel und seiner Sonne entgegen, schloss die Augen und atmete tief durch. Die Luft roch nach etwas Warmem, versetzt mit einem Hauch von Schwefel als Unterton, ja etwas geradezu Hitzeabstrahlendem. Rauchig wie Holz, das zu schwarzer Kohle verbrannt war. Trotzdem, trotz des Rauchigen und Schwefeligen in der Luft, schien die Luft besonders frisch, sogar erfrischend.

Ruhig. Und …

Still. Es war unglaublich still hier. Das geschäftige, chaotische Brummen und Summen einer großen Stadt drang nicht bis in diese Einsamkeit vor. Keine Polizeisirenen, kein Geschrei, keine wilde, laute Musik. Kein ständiges Summen elektrischer Beleuchtungen.

Wie eine Welle durchflutete sie ein Gefühl von Ehrfurcht. Sie biss sich auf die Lippe, als sie den glatten Trittsteinen folgte und die Zeichen erkannte, die jeweils in deren Oberfläche gemeißelt waren. Schutz, Frieden. Himmel, sogar das rituelle Symbol für Heimat und Zuhause!

Dieses Zeichen hatte auch die erste Steinfliese im Wohnzimmer von Jessies Mutter geziert. Sie hatten nur etwa einen Monat dort gelebt, bis ihre Mutter umgebracht worden war.

Heiße Tränen überschwemmten Jessies Augen. Sie blieb auf halbem Weg zu einer von üppigem Grün bewachsenen Steinmauer stehen und rang um Fassung. Alles war irgendwie auf den Kopf gestellt. Sie musste ihr Gleichgewicht wiederfinden, und zwar ehe sie zu Silas ging.

Jessie drehte sich um und beschattete mit einer Hand die Augen.

Und sah es, spürte, wie es an seinen Platz fiel.

Da ist ein grünes Haus unter einem veilchenblauen Himmel.

O Gott! Da war es, das Haus, der Himmel die letzte Prophezeiung. Jessie schlang die Arme um sich und hielt sich umfangen, als ein Schauder wie Eiswasser ihren Rücken hinablief.

Drinnen in diesem Haus lächelt sie, Jessie, aber ihre Augen sind hart und kalt wie Diamanten, und ihre Knochen sind aus gebranntem Ton. Wenn du sie lässt, wird sie dir den Weg zu deinem Tod weisen.

Calebs Stimme hallte deutlich vernehmbar in Jessies Verstand wider, nervös und voller Ungeduld. In ihrer Erinnerung gestikulierte ihr Bruder wild, stritt mit ihr.

Dieses Mal können wir es aufhalten, hatte er immer wieder gesagt, hatte darauf bestanden. Er war in ihrem Rattenloch von Motelzimmer auf und ab getigert, teils aus Wut, teils aus Angst. Mit seinen schmalen Händen hatte er in der Luft herumgefuchtelt, hatte sich unglaublich angestrengt, um seine Schwester von der Richtigkeit seiner Worte zu überzeugen. *Nimm die Beine in die Hand, wenn du den Narren siehst! Geh ja nicht hinein in dieses Grab, und, um Himmels willen, Jessie, geh nicht in die Nähe dieses grünen Hauses, und nimm nicht die Hilfe seiner Bewohnerin an!*

Jessie versank in einem Meer aus Nebel. Aus Erinnerungen.

Du folgst dem Pfad, den sie dir gewiesen hat, und stehst vor einem geborstenen Becken, vor einem Meer aus Rot. Der Himmel entzündet sich, und du brennst im Feuer und verbrennst, Jessie. Verbrennst bei lebendigem Leib. Du schreist meinen Namen.

Jessie hatte abgewunken. Sie hatte die Prophezeihung lächerlich gemacht und ihrem Bruder nicht geglaubt, hatte ihm ihren ganzen Ärger entgegengeschleudert. Die Jahre, in denen sie nichts anderes getan hatten, als wegzulaufen, sich zu verstecken und sich zu streiten. Jessie war des Ganzen so überdrüssig gewesen. Caleb hatte geschwiegen. So still.

Jessie hatte in der folgenden Nacht wach gelegen und darüber nachgedacht, sich am Morgen bei Caleb zu entschuldigen. Die ganze Sache mit ihm noch einmal durchzugehen und das Rätsel zu entwirren, alles, nur damit die Schatten verschwänden, die seine Augen mit einem Mal verdunkelten.

Aber am Morgen war Caleb nicht mehr da gewesen.

Jessie starrte auf das hübsche Häuschen vor ihr. Die dicken Balken, aus denen es zusammengezimmert war, alle ein bisschen schief und krumm, waren unbehauen. Das Häuschen war zusammengewürfelt aus diesem und jenem, und das alles war ein Zeichen dafür, wie stark die Frau namens Matilda, die es gebaut hatte und bewohnte, tatsächlich war. Der Anstrich aus dunkelgrüner Farbe verlieh ihm eine gewisse Eleganz.

Das Grün war ein ins Auge springender Kontrast zu der üppigen Kletterpflanze mit den veilchenblauen Blüten, die gleich hinter dem Haus die Klippen hinaufwuchs, eine Laube aus Blüten, duftig wie ein violetter Seidenvorhang.

Das grüne Haus unter dem veilchenblauen Himmel. Das waren dann drei von dreien.

Das überraschte Jessie nicht. Nicht, seit der Nebel sich verzogen hatte und die Welt um sie herum klar zu erkennen war. Jessie hatte es kommen sehen, hatte gewusst, dass die Prophezeiungen sich eine nach der anderen erfüllen würden. Sie hatte es gewusst seit der Nacht, in der sie Silas das erste Mal begegnet war.

War das wirklich erst zwei Tage her?

Es schien ihr unendlich viel länger her. Eine Ewigkeit, in der sie wieder einmal auf der Flucht gewesen war, gelogen oder nur Halbwahrheiten von sich gegeben hatte und … Verfluchte Scheiße: kleine Ewigkeiten, in denen sie in Silas' Armen Ruhe gefunden hatte. Frieden. Dasselbe Gefühl, das sie hier, in diesem seltsamen kleinen Tal, spürte.

Mit vor Anspannung steifen Fingern fuhr sich Jessie durchs Haar und zuckte wieder zusammen, als sie die verschorfte Wunde hoch oben auf der Stirn, gleich unter dem Haaransatz, berührte.

Calebs Prophezeiungen waren alle eingetroffen. Jessie atmete tief durch. Ihre angespannten Kiefermuskeln verrieten Entschlossenheit. Jessies Tod kündigte sich bereits an.

Er näherte sich ihr mit großen Schritten, so schien es ihr jedenfalls. Silas war bei jedem der Zeichen, die ihren nahenden Tod ankündigten, in ihrer Nähe gewesen. Er hatte mit dem Mann gekämpft, der den lachenden Narren auf dem Arm tätowiert hatte. Er war ihr in die verlassene Kirche unter der stehen gebliebenen Uhr gefolgt. Er hatte ihren Körper und ihr Herz erfüllt, als sie besonders verwundbar war.

Und er hatte sie hierher gebracht.

Jedes der Zeichen lebte von seiner Anwesenheit.

Würde Jessie von der Hand des Mannes sterben, den sie gerade zu lieben lernte? War es das, was geschehen sollte? Bei lebendigem Leibe von dem Hexenjäger verbrannt werden, der ihr das noch schlagende Herz aus der Brust riss?

Jessie wandte sich ab, kehrte Matildas hübschem Häuschen und dem Himmel aus Blüten den Rücken zu. Das wäre wirklich traurig und bitter. Und sehr passend in seiner Ironie. Tod war nur ein anderes Wort für Frieden.

Und Jessie wünschte sich Frieden. Himmel, wie sehr sie endlich ihren Frieden wollte!

Angst und Erschöpfung machten sie zittern, jede Zelle ihres Körpers. Blank liegende Nerven. Zögerlich straffte Jessie die Schultern und folgte dem Weg zu ihrer Linken.

KAPITEL 19

Jessie entdeckte Silas, bevor er sie bemerkte. Vor dem üppig grün überwucherten Fels ging der gepflasterte Weg in einen sandigen Pfad über. Der feine Sand reichte bis an den Rand eines großen, mit Wasser gefüllten Felsbeckens. Das Wasser glitzerte in vielen verschiedenen Grüntönen. Sehr lebendig wirkte die Szenerie und zugleich sehr unwirklich.

Kleine Wellen kräuselten die Wasseroberfläche und schlugen an den sandigen Strand. Mitten in dem Felsbecken schwamm Silas, schlank und muskulös.

Der Mann war eine Augenweide, berauschend für Augen, Körper und Seele.

Jessie verließ den Weg. Silas' dunkelhaariger Schopf drehte sich nach dem Geräusch, das sie dabei machte. Sein Blick heftete sich auf ihr Gesicht, als hätte er schon lange auf sie gewartet. Als ob er lange schon Ausschau nach ihr halten würde. Selbst aus dieser Entfernung sah Jessie die Sorge in seinem Blick, die Erleichterung, die bei ihrem Anblick über seine Züge huschte. Er tauchte einen starken, gebräunten Arm ins Wasser und schwamm mit kräftigen Kraulbewegungen auf den Strand und Jessie zu.

Im glitzernden, klaren Wasser konnte Jessie das Spiel seiner durchtrainierten Muskeln beobachten. Es brauchte einige Augenblicke, ehe Silas seichtes Wasser erreicht hatte. Als der Grund zum Strand hinauf endlich anstieg, erhob Silas sich aus dem Wasser. Jessie war sich bis in die Haarspitzen hinein bewusst, dass Silas nackt war. Vollkommen und wunderbar ungeniert nackt.

Tief in Jessies Unterleib flackerte ein sündhaft hitziges Feuer auf. Sie konnte und wollte kein Auge von Silas' muskulösem Körper lassen, nicht von einem Fingerbreit.

Dieser Augenblick existierte nur, damit sie Silas Smith bewundern konnte.

Breite Schultern über schmalen Hüften, herrlich modellierte Muskeln an Armen und Brust, Waschbrettbauch, muskulöse, schön geformte Beine, animalische Geschmeidigkeit, die sich auf Jessie zubewegte. Narben und heilende frische Wunden fanden sich überall, schmälerten den Eindruck von Perfektion, den die Linien des gut gebauten Körpers weckten. Jessie sah die Verletzungen und schluckte schwer. Sie bemühte sich, den Kummer zu unterdrücken, der bei dem Gedanken an die Schmerzen, die Silas durchlitten haben musste, in ihr aufstieg.

Aber Verletzungen, Wunden und Schmerzen gehörten zu seinem Job. Die Narben, die sich blass von Silas' gebräunter Haut abhoben, und die Prellungen und Wunden, die sich blauviolett, grün und gelb auf seiner Brust abzeichneten, längliche Quetschungen oder ausgefranst verschorfte Furchen von Streifschüssen, all das gehörte zu seinem Job. Einem Job, für den Jessie nur Verachtung hatte.

Aber dieses Wissen, sich selbst daran zu erinnern, dass Silas ein Hexenjäger war, schmälerte nicht die aufflammende Leidenschaft, die einmal entfachte Lust, die wie zähe Lava langsam unter der Haut über Jessies Fleisch kroch.

In kleinen Bächen rann Wasser an Silas' Körper hinab, tropfte ihm aus dem nassen dunklen Schopf. Als er fast bei ihr war, ließ Jessie ihren Blick langsam über seinen ganzen Körper wandern und dann wieder hinauf zu seinem Gesicht. Sie blickte ihm in die Augen, offen und ohne eine Spur Verlegenheit.

Jessie wollte ihn.

Seine graugrünen Augen verdunkelten sich. Wortlos, nur ein rauer, kehliger Laut kam über seine Lippen, griff Silas nach dem Saum von Jessies geborgtem Top und zog es ihr über den Kopf. Noch ehe sie die Arme wieder unten hatte, presste er die Lippen auf ihren Mund. Er forderte ihren Kuss ein, ihr lustvolles Aufstöhnen, das ihn ermutigte.

Er schmeckte sauber, animalisch wild, sehr männlich. Er war aggressive Stärke und ungezügelte sexuelle Gier in Person.

Jessie half ihm, ihr den Rock herunterzuziehen. Die weiche Baumwollunterwäsche folgte. Silas legte den Arm um Jessie, den Unterarm in ihrem Kreuz zog er sie an sich. Der Ruck ließ sie stolpern; Silas fing sie auf.

Er hielt sie an sich gedrückt.

Magie rekelte sich unter Jessies Haut. Hungrig. Unbeirrbar und fordernd.

Keinerlei Unaufrichtigkeiten.

Silas riss sich von Jessies Lippen los und biss heiße, feuchte Küsse in ihre Wange, unter ihr Ohr, da wo die Haut am Hals besonders empfänglich war. Dann, während er Jessie hochhob, hauchte er ihr Küsse auf das Schlüsselbein.

Wo immer seine Lippen sie berührten, stand ihre Haut in Flammen. So, wie seine Arme sie hielten, fühlte sie sich federleicht und schwerelos. Geborgen. *Sicher*. Sie umschlang seine Taille mit den Beinen, wühlte mit sehnsüchtigen Fingern in seinem nassen Haar, suchte und fand mit den Lippen seinen Mund. Aber Silas war kein Mann, der anderen die Kontrolle überließ. Jessie genoss es, als er sie in die Unterlippe biss, so heftig, dass Jessie aufkeuchte.

Ein leises Lachen fand tief aus Silas' Brust hinauf zu seinen Lippen. Jessie spürte es gegen ihre eigenen Brüste beben, spürte es, als es seine Kehle verließ.

Undeutlich hörte Jessie Wasser spritzen. Sie öffnete die Augen und entdeckte, dass Silas mit ihr in den Armen zurück ins Wasser gestiegen war. Sie holte überrascht Luft, als er mit ihr in das grüne Nass eintauchte. Das Wasser der heißen Quelle wärmte ihren Körper, als es über Beine und Hüften, dann bis zur Taille hinaufstieg, wohlig ihren Brustkorb umspielte. Dann, unerwartet, fand das warme Wasser den Weg zwischen ihre Beine, und Jessie seufzte in köstlichem Vergnügen, als Silas ihre heiße, feuchte Weiblichkeit fand und einen Finger hineinschob.

Jessie legte ihm die Arme um den Nacken, während Silas sie liebkoste. Ein zweiter Finger fand den Weg in sie hinein, und Silas bog die Finger Jessies willigem Fleisch entgegen. Am liebsten hätte Jessie jetzt sofort ihre Haut abgestreift, einem plötzlich viel zu engen Gefängnis. Hitze, Lust, Begierde durchlief sie in Schauern, und ihre Finger krallten sich in Silas' Locken. Sie sehnte den Höhepunkt herbei, erwartete das süße Gefühl, bis ins Unerträgliche gesteigert, den Wellenkamm der hohen Woge, die sich in ihr befreiend bräche. Schamlos genoss sie nur, bäumte sich auf, während Silas sie dabei beobachtete, wie sie auf seinen Fingern ritt. Sie spürte, wie ihr Körper sich an seinem rieb, Haut an heißer Haut.

Silas wollte Jessie wie sie ihn. Die Lust ließ seine Augen dunkler wirken, wie vom Nebeldunst verschleiert, derselbe Dunst, der über dem grünen Wasser hing. Silas sagte Dinge, mit tiefer, leiser, erregter Stimme, Zustimmung, Ermunterung, Verführung zu mehr.

Jessies Lustwoge brach sich, ging in Wellen durch ihren Körper, vom Kopf bis zu den Füßen, und ihr Schrei zerriss die Stille und Ruhe, die um Silas und sie herum herrschte. Silas' freie Hand fand Jessies Schopf, hielt ihren Kopf, führte ihn, bis seine Lippen ihre berührten und er ihr lustvolles Stöhnen, ihr Keuchen mit seinem Kuss einsog. Hungrig, fordernd zog er seine Finger aus Jessies feuchtem Garten und stieß nun selbst in sie vor, hart und groß.

Noch ehe Jessies Lustschauer verebbten, noch ehe ihr Verstand sich sammeln konnte, war Silas in ihr, nahm sie sich, ihren Schoß, ihren Mund, ihre Seele.

Nahm sich die Frau, von der er nicht wusste, dass sie eine Hexe war.

Das Wasser der heißen Quelle trug Jessie, und sie trieb in einem Strudel aus Erregung hinein in einen zweiten Orgasmus. Als sie kam, umklammerte sie Silas' Schultern mit den Armen, seine Taille mit den Beinen, ritt ihn in dem Rhythmus, in dem er zustieß und sich zurückzog, um wieder zuzustoßen. In kleinen Wellen bewegte sich das Wasser; es leckte an Jessies Haut. Flüssige Hitze staute sich in ihrer Brust, staute sich und stieg an, stieg in ihre Wangen, schoss wie eine Feuerwalze durch ihre Adern.

Ohne ein Wort zu sagen, die Augen von schweren Lidern beschattet, halb in Jessies Blick verloren, umspannte Silas ihre Taille mit beiden Händen, veränderte den Winkel ihres Beckens, nur ein wenig, und Jessies Welt zerbarst, und sie ertrank in einem Becken mit flaschengrünem Wasser.

Erst als sie wieder Luft holte, bemerkte sie, dass Silas sie die ganze Zeit in den Armen gehalten hatte, beschützt und sicher, über dem Wasserspiegel.

Jessie drehte den Kopf zur Seite und küsste Silas ihren Dank auf die Schulter. Sie schloss die Augen, verbarg die Tränen, die ihr den Blick verschleierten, ihre Selbstkontrolle nichts als dünne Tünche.

Es genügte nicht. Es würde nie genügen.

Träge ließen Silas und Jessie sich im Wasser treiben. Silas betrachtete sie, sobald sie den Blick abwandte, und jedes Stück ihres im Wasser glitzernden Körpers ließ das hämmernde Herz in seiner Brust stolpern.

Jessie war so wunderschön. So unbändig und so geschmeidig wie ein Fisch glitt sie an ihm vorbei, spritzte Wasser nach ihm.

Er wischte sich das Wasser aus den Augen, lächelte, trotz der schrecklichen Angst, die ihn niederdrückte.

Es würde nicht halten. Der Friede, diese Insel der Ruhe im Ozean der Zeit, würde in Stücke gehen, zerbrechen.

Jessie würde zerbrechen.

Wie sollte sie auch nicht daran zerbrechen?

»Na, sag, was ist denn nun das Besondere an diesem Wasser?«

Silas blickte über seine Schulter. »Vulkanischen Ursprungs«, erläuterte er. Als Jessie fragend eine Augenbraue hob, grinste er. Mit einem kräftigen Schwimmzug schwamm er in die Mitte des Wasserbeckens. »Wir sind irgendwo im Alten-See-Graben. Hier reicht der Graben tief hinunter in die Erdkruste, weit genug für eine heiße Quelle mit aufgeheiztem Vulkanwasser.«

Unbeholfen versuchte Jessie es mit Wassertreten, verbrauchte dabei aber mehr Kraft als nötig. Vielleicht könnte Silas ihr beibringen, wie man es richtig machte, irgendwann einmal. Er würde sie an diesen wundervollen Strand in Florida mitnehmen und ihr zeigen, wie man mit so wenig Kraftaufwand wie möglich schwamm ...

Was zum Henker dachte er denn da? Irgendwann einmal? Nachdem sie aufgehört hätte, die Leiche in ihren Armen zu wiegen, die er ihr bescheren würde, dann vielleicht? Scheiße! Silas barg das Gesicht in den Händen. Mit voller Absicht scheuchte er die Gedanken weg, ehe sein Verstand noch mehr hübsche Bildchen malen konnte, die niemals wahr werden würden.

»Dann wird das Wasser also sozusagen von Lava aufgeheizt, ja?« Jessie tauchte ganz ins Wasser ein, tauchte unter und kam mit einem typisch weiblichen Juchzen wieder hoch. »Das hier ist wie ein Stück vom Himmel!«

»Durch irgendeine vulkanische Aktivität, ja.« Silas zwang seinen Verstand, sich auf das Thema zu konzentrieren. Es war ein unverfängliches Thema, Lava und Thermalquellen. Ganz harmlos.

Wo Jessie doch in dieser heißen Quelle schwamm, ganz und gar nackt und nass und feucht und warm und ...

»Ach, verflucht!« Er tauchte ebenfalls ganz unter, ließ das Wasser über seinem Kopf zusammenschlagen und zählte langsam bis zehn. Die Welt verschwamm in einem trüben Grün; weiter als bis zu seinen Armen konnte Silas kaum sehen. Aber hier unter Wasser war es noch stiller. Irgendwie beruhigend.

Erst als Silas' Lungen nach Luft schrien, tauchte er wieder auf. Jessie spritzte Wasser gegen seinen Hinterkopf.

»Angeber!«

Silas drehte sich um und tat, als machte ihn das fuchsteufelswild. »Okay, das reicht jetzt!«, knurrte er und warf sich ihr entgegen. Jessie kreischte auf, wollte sich vor ihm in Sicherheit bringen. Er aber bekam eine ihrer schlanken Fesseln zu fassen und riss sie zurück. Das Wasser schlug über ihrem Kopf zusammen, als sie unterging, und Silas fing Jessie mit den Armen ein.

Sie kam hoch, prustete und spuckte. Ihr nasses und daher dunkler wirkendes Haar hing ihr wie ein Vorhang vor dem Gesicht. »He, das gilt nicht!«, brachte sie lachend hervor. Ohne zu zögern und ohne jegliche Angst schlang sie ihm die Arme um den Hals. Ihre Finger spielten mit Silas' nassen Locken.

Silas' und Jessies Beine gerieten sich ins Gehege. Silas nahm Jessie an den Oberschenkeln und sorgte dafür, dass sie die Beine um seine Taille schlang. Er konnte gar nicht genug von ihren ellenlangen Beinen bekommen, ganz besonders dann nicht, wenn sie ihn damit umschlang. »Also«, sagte er leise und fuhr mit den Fingerspitzen einer Hand ihr Rückgrat nach, von oben bis nach ganz unten. »Ich hätte dich nicht für einen Fan von Tattoos gehalten.«

Ihre Augen funkelten. »Das bin ich auch nicht.« Als Silas mit der Hand über das Barcode-Tattoo auf ihrem Rücken strich, zog sie in einer gleichgültig wirkenden, sehr weiblichen Bewegung eine der milchweißen Schultern hoch. »Ich habe das Tattoo schon, solange ich denken kann.«

Wie seltsam war das denn? »Deine Eltern haben dir nicht erzählt, was es zu bedeuten hat?«

»Nein.« Jessie seufzte und verschränkte die Finger in Silas' Nacken. »Wir haben unseren Vater nicht gekannt, waren immer schon allein mit unserer Mutter«, fügte sie hinzu. Der Blick aus ihren Honigaugen, Augen wie das Gold des Sommers, war offen und ehrlich. Silas konnte nicht widerstehen. Er beugte sich vor und fuhr mit seiner Zunge den perfekten Schwung von Jessies Unterlippe nach. Er küsste den Tonfall in ihrer Stimme fort, der nach Tatsachen klang. Diesen Tonfall, den sie angeschlagen hatte, als sie von ihrer Vergangenheit erzählte. Diesen Tonfall, der in seinem Herzen sofort ein Echo voller Mitgefühl für diese junge Frau fand.

Jessie summte eine hübsche kleine Melodie, sehr kehlig, und Silas wusste, dass sie ihn um den Finger wickeln konnte, jederzeit. Dass er sich von Honig und Whiskey hatte verführen lassen. Was zum Henker machte er hier?!

Warum setzte er dem Ganzen nicht endlich ein Ende?

Weil er Jessie fast verloren hatte. Der Gedanke hatte sich in seinem Kopf festgesetzt, war immer da, kreiste unablässig in seinem Hirn. Beinahe hätte er Jessie verloren. Der Magie wegen. Himmel, wenn doch nur der Andreasschild mehr Abwehrkraft besessen hätte! Wenn Silas selbst doch nur stark genug gewesen wäre, den Bann zu brechen, unter den er geraten war!

Den Zauber hätte abblocken können, irgendwie.

Jessie lächelte ihn an, strich mit dem Finger über die Bartstoppeln auf seiner Wange. »Matilda hat gesagt, in einer Stunde gibt es Essen.«

»Galt das ...« – möglichst kontrolliert stieß Silas den Atem aus, als Jessie ihm bei ihrem gemeinsamen Wassertreten das Becken entgegenschob – »von dem Moment an, wo du hier ans Wasser gekommen bist?« Silas hatte Mühe, die Worte normal auf die Reihe zu bekommen.

»Jep.« Bei den herrschenden Lichtverhältnissen funkelten Jessies Augen, reflektierten das Grün des Wassers.

»Dann bist du wohl gar nicht hungrig, oder?« Silas neigte den Kopf und suchte mit den Lippen die empfindsame Stelle gleich unterhalb von Jessies Ohr. Die Stelle, deren Berührung Jessie erschauern ließ. Sie reagierte sofort, legte den Kopf in den Nacken und sog hörbar die Luft ein.

Silas selbst war kurz davor zu verhungern. Jessie ging es bestimmt genauso. Aber ihren Körper an seinem zu spüren, das war ein so verdammt gutes Gefühl, es war so echt, viel, viel zu gut, um sie jetzt loszulassen.

»Wir sollten unbedingt was essen, wir beide«, sagte sie und erschauerte, als Silas' Zungenspitze über die samtene Haut dort unter dem Ohr strich. »Silas, bitte hör auf! Ich kann ja keinen klaren Gedanken fassen!«

»Gut.« Aber eigentlich hatte sie ja recht. Widerwillig ließ Silas von seinem Tun ab. Stattdessen hob er Jessies Kinn und küsste sie. Jede Unze Hunger, jedes Gramm Sehnsucht, das er verspürte, legte er in diesen Kuss.

Dass das wirkte, wusste er, als Jessie ihn mit Beinen und Armen fester an sich zog.

Sie lachte leise, als er sich trotzdem zielstrebig auf den Strand zubewegte, statt anderes zu tun. Sie löste die Beine, mit denen sie seine Taille umschlungen hatte, nahm aber seine Hand. Wieder sah er dieses Funkeln in ihren Augen. »Das wirst du noch bereuen«, sagte sie, als sie schließlich gemeinsam aus dem Wasser hinauf an den Strand stiegen.

Silas, drehte sich zu ihr, fing ihre Hand auf ihrem Rücken und küsste sie noch einmal. Es war ein fordernder, ein rascher Kuss. Heilige Dreifaltigkeit, Jessie schmeckte wirklich wie Sonnenschein und Sommerwärme! Wie zum Henker konnte eine Frau bloß nach Sonne und Sommer schmecken?

Halb trunken von diesem Kuss, Jessie schon so gut wie ganz verfallen, löste Silas seine Lippen von ihrem Mund und trat einen Schritt zurück. Um wieder einen klaren Gedanken fassen zu können, schüttelte er heftig den Kopf. In Jessies Blick bemerkte er dieselbe Benommenheit, dasselbe Gefühl, sich zu verlieren, das er selbst verspürte. Mit anderen Worten: Er war in Schwierigkeiten, großen, großen Schwierigkeiten.

»Lass uns was essen!«, meinte er.

Beide zogen sie sich an. Heimlich beobachtete Silas Jessie, wie sie sich nach Unterwäsche, Rock und Shirt bückte. Sein Blick wanderte über ihren schlanken, schmalen Rücken ihre endlos langen Beine hinunter. Silas mochte diese Aussicht verdammt viel lieber so, als mit den knappen goldenen Shorts, die Jessie bei ihrer ersten Begegnung getragen hatte.

Zwischen dieser ihrer ersten Begegnung im Perch und ihrem Bad hier in dem grünen Wasser der heißen Quelle war einiges passiert. Silas hatte Jessie beinahe verloren, beinahe hätte ein magischer Angriff sie und ihn getötet. Silas wusste, dass das jederzeit wieder passieren konnte. Also blieb ihm nur, sich so schnell wie möglich abzusetzen, sich von ihr zu trennen.

Verflucht noch mal, das würde sie nicht verstehen und ihm nie verzeihen!

Nein, korrigierte er sich selbst. Sie hatte genug auf dem Kasten, das musste er ihr schon zugestehen. Sie würde es verstehen. Aber sie wäre niemals einverstanden. Ihr kleiner Streit in der Fahrerkabine des Pickups hatte das ziemlich deutlich gemacht.

Wie konnte Silas Jessie nur begreiflich machen, dass jede Prellung, jede Schnittwunde, jeder Schmerz, der ihr zugefügt wurde, nicht nur sie traf, sondern auch ihn?

Und wann, Scheiße noch mal, war ihm die ganze Sache eigentlich derart über den Kopf gewachsen?!

Eigentlich kannte er die Antwort auf diese Frage ganz genau. In exakt der Sekunde, in der er die Augen nicht mehr von der Brünetten mit den nackten Endlos-Beinen, den roten Lippen und dem Honig im Blick hatte nehmen können, exakt da, war er im Arsch gewesen. In der Sekunde, in der er Jessica Leigh in einer dunklen, regennassen Gasse geküsst hatte, als sich ihr Körper seinem entgegengesehnt hatte.

»Soll ich für dich tanzen?«

Silas riss sich von der Vergangenheit los und konzentrierte sich auf die Gegenwart und Jessie. Jessie, so bemerkte er jetzt, blickte ihn an; ein kleines Lächeln auf dem hübschen Mund mit den vollen Lippen. Silas könnte Jessie jetzt gleich haben, wenn er wollte, noch einmal. Das wusste er.

Und sie wusste ess auch.

Wow, war ihm das alles über den Kopf gewachsen! Himmelhoch, verdammte Scheiße! »Essen«, sagte er mit belegter, aber fester Stimme und ging in Richtung Haus.

Jessie kicherte. Als sie ihn bei der Hand nahm, ihre Finger sich mit seinen verflochten, gab es eine Explosion in seiner Brust, mindestens eine Supernova. Silas blickte starr geradeaus, fluchte lästerlich und ganz im Stillen für sich. Seine Hand aber scherte sich einen Dreck darum und hielt Jessies ganz fest.

KAPITEL 20

Wie in einer stillen gegenseitigen Übereinkunft sprachen Silas und Jessie nicht über die Umstände, die sie hierher in den Graben gebracht hatten. Auf dem Weg zurück zu Matildas Häuschen sagte Silas kein Wort, und Jessie bohrte nicht nach.

Wenn sie ihm jetzt neugierige Fragen stellte, könnte auch er sich genötigt fühlen, Fragen zu stellen. Und wenn er Fragen stellte, müsste Jessie höchstwahrscheinlich lügen.

Und hier, an diesem Ort, würde er wissen, dass sie log.

Das wiederum würde zu noch mehr Fragen führen und zu noch mehr Antworten, die Silas nicht lieb wären. Schlimmer noch: die zu akzeptieren er nicht bereit wäre.

Also beließ es Jessie dabei, dass Silas schweigsam blieb. Das Schweigen zwischen ihnen brachen erst die kleinen Laute der Bewunderung, die beiden entschlüpften, als Matilda sie auf die Rückseite ihres Häuschens führte. Glatte, glänzende kleine Pflastersteine einer Terrasse umgab eine überbordende Blütenpracht in allen Farben des Regenbogens. Alle Ecken und Winkel waren von dem herrlich anzuschauenden Meer aus Blumen erobert worden.

»Ich habe keine Ahnung, was das für Blumen sind«, erklärte Matilda, »aber sie wachsen hier wie Unkraut, und sie brauchen kaum Pflege.« Trotz der zur Schau gestellten lässigen Unbekümmertheit glänzten Matildas Augen vor Stolz, als Jessie sich von Trog zu Kübel und hölzernem Kasten bewegte und hier und da farbenfrohe Blüten berührte, dort an ihnen roch.

Mit einem Finger fuhr Silas am Rand einer der Blüten entlang. »Sieht ein bisschen aus«, meinte er dann nachdenklich, »wie ein Hibiskus. Oder so.« Er suchte Matildas Blick. »Ich frage mich, ob die Umweltbedingungen hier vielleicht zu einer Beschleunigung der Evolution geführt haben.«

Jessie warf ihm einen schelmischen Blick zu und stemmte die Hand in die Hüften. »Oho, Agent Smith«, meinte sie gedehnt und gluckste amüsiert, »wenn ich es nicht besser wüsste, würde ich glatt glauben, Sie wären einer von diesen eingebildeten gut erzogenen Oberschicht-schnöseln!«

Silas errötete; seine harten Züge wirkten gleich viel weicher. Jessie musste sich rasch abwenden, damit ihr nicht über die Lippen kam, was an Gefühlen ihr die Kehle zuschnürte. »Dein Garten ist wunderschön«, sagte sie stattdessen, an Matilda gewandt. Jessie war stolz auf sich, weil ihr Tonfall ganz natürlich und unangestrengt klang. Dass sie das Gefühl, das nicht mehr verschwinden wollte, unter Kontrolle zu halten vermochte, dieses schreckliche Gefühl, in ein tiefes, dunkles Loch zu stürzen. »Das muss viel Arbeit machen.«

»Danke schön, Liebes!« Mit einer einladenden Handbewegung deutete Matilda auf den Tisch mitten auf der Veranda. »Alles, was an Gemüse und Obst auf meinen Tisch kommt, ernte ich in meinem Garten. Der Fisch ist fangfrisch.«

Silas setzte sich als Letzter an den Tisch und begutachtete ihr Mahl. Jessie fand, sein Gesicht verriet Anerkennung. »Du fängst Fisch direkt aus dem Graben?«, fragte er.

Matilda grinste. »Was hast du denn geglaubt, warum ich mich da draußen herumtreibe? Weil's mir Spaß macht, herumzusitzen und darauf zu warten, dass ein paar Leute in meinen Fluss fallen, die ich herausfischen kann?«

»Wir sind jedenfalls froh, dass du da warst«, bedankte sich Jessie. Es war ihr ganz ernst damit. »Genau im richtigen Augenblick bist du aufgetaucht. Ich kann gar nicht … Oh!« Ihr Magen knurrte und grummelte alarmierend heftig, als sie gerade nach der ersten Platte griff. »Das riecht ganz köstlich!«

Und das Essen war so köstlich, wie es roch. Trotzdem beäugten Silas und sie das ein oder andere Gemüse ein bisschen misstrauisch, das

Matilda ihnen da servierte. Silas aber schien alles für durchaus essbar zu halten. Also probierte auch Jessie das Angebot. Beim ersten Bissen von etwas, das wie Radieschen aussah, aber völlig anders schmeckte, schnellten vor Überraschung ihre Augenbrauen in die Höhe.

Matilda lachte, dass ihre Schultern bebten, als Silas in eine vermeintlich weiche Frucht biss und dabei genau den Kern traf, dass es nur so spritzte. Der Saft schoss über den Tisch und über sein T-Shirt. Unter reichlich Gekicher half Jessie, die Bescherung wieder zu beseitigen.

Doch wie alles im Leben dauerte auch diese aufgeräumte Stimmung nicht ewig an.

Schon bald war das Essen vorbei, und Jessie ging Matilda beim Abräumen des Tisches zur Hand. Silas blieb derweil auf der Veranda. Was an Schalen und Stielen, Kernen und Körnern übrig geblieben war, warf Matilda in einen Eimer für kompostierbare Abfälle. Doch ihr Blick ruhte allein auf Jessie. »Langsam wird es Zeit, dass du dir einen Plan zurechtrückst, meine Kleine!«

Jessies gute Laune war wie weggewischt. Mit einem Mal war sie müde. Widerwillen regte sich. »Ich weiß«, murmelte sie. »Ich wünschte, wir könnten für immer hier bei dir bleiben.«

»Das wünschte ich mir auch«, erwiderte Matilda, »aber die Welt dreht sich sonst ohne euch weiter. Das ist nicht gut«, fügte sie hinzu, als sie den Funken unsinniger Hoffnung in Jessies Augen aufblitzen sah. Jessie wusste genau, dass ihre Augen sie verraten hatten.

Sie seufzte. »Wahrscheinlich.«

»Nein, nicht wahrscheinlich, ganz sicher. Ich weiß es nämlich«, korrigierte Matilda sie. Mit einer Kopfbewegung nach hinten zum Garten hin, der gleich hinter der Außenwand sein Blütenmeer entfaltete, fuhr die erfahrene Hexe fort: »Und dem Mann da draußen bekäme es nicht sonderlich gut hierzubleiben. Nicht in der momentanen Situation. Wenn du ihn darum bittest, bliebe er wahrscheinlich. Aber die Unruhe fräße ihn von innen auf. Wie Weltengrün, das eine alte Eiche erwürgt, würde es ihm die Luft abdrücken, wenn er hierbliebe.«

»Ich weiß«, sagte Jessie. Sie berührte die schmale, verschorfte Wunde um ihren Hals, verfolgte mit den Fingerspitzen ganz sacht die Linie heilender Haut darauf. Mit geschlossenen Augen sprach sie weiter: »Ach, verdammt, das weiß ich doch! Bei allem, was Silas macht, essen, schlafen, träumen, geht es immer nur um seinen Job. Darum, was er für seine Verantwortung hält. Aber eines Tages wird ihn dieser Job umbringen.«

Matilda stellte die Teller auf die Arbeitsplatte der Küche. Leise klirrten sie aneinander.

»Und ich glaube«, setzte Jessie in gedämpfter Lautstärke hinzu, »dass er genau darauf hofft.«

»Das ist seine freie Entscheidung.« Matilda drehte sich zu Jessie um und nahm ihre beiden Hände. Sie legte sie Handfläche an Handfläche, faltete sie wie zum Gebet und umfasste sie mit den eigenen Händen. Dann sah sie Jessie tief in die Augen. »Zwischen euch beiden gibt es eine ganze Mauer aus Lügen. Jeder Narr begreift das sofort. Aber auf Lügen kann man nichts als Versagen und Verlust bauen.«

Jessie schrak zurück. »Aber wenn ich ihm alles erzähle ...«

»Wird er tun, was seine Pflicht ist, ja«, gab Matilda ihr recht. »Er ist ein Mann, der die Pflichterfüllung vor alles andere stellt, immer. Das ist ein Segen ebenso wie ein Fluch. Also bleibt dir nur, rasch zu handeln.« Sie drückte Jessies Hände und ließ sie dann los. »Also lass uns einen Plan schmieden!«

Silas war immer noch im Garten. Er stand am Rand des gepflasterten Innenhofs und beobachtete, wie ganz allmählich die Nacht aufzog und der Himmel sich verdunkelte. Mit gerunzelter Stirn blickte Silas hinauf. »Ich weiß ganz genau, dass es dort oben richtig kalt ist«, meinte er nachdenklich. »Aber hier ist es so warm wie an einem Strand in Florida. Das ist schon verdammt seltsam, unwirklich.«

Jessie nickte. Sie ließ sich auf einem der Lehnstühle nieder, zog die Beine hoch und wickelte Unterschenkel und Füße in den weichen Stoff des langen Rocks. »Es ist wie im Paradies hier.«

»Dank euch schön!«, sagte Matilda und klang erfreut und amüsiert zugleich. »Ich möchte wetten, im Paradies ist es auch mächtig seltsam und ausgesprochen unwirklich.«

Ein Lächeln umspielte Silas' Lippen, und Jessie sah es in seinen nebelgrauen Augen ankommen, während er zu ihr und Matilda herüber an den Tisch kam. Aber Silas setze sich nicht. »Matilda, wir schulden dir eine Menge.«

Die Hexe lächelte. »Das ist richtig«, entgegnete sie. »Und ich sage euch jetzt, was ihr tun könnt, um eure Schuld mir gegenüber abzutragen.«

Jessie legte den Kopf schief. Sie sagte nichts, beobachtete einfach nur Hexe und Hexenjäger.

»Niemals«, sagte Matilda fest und hob beschwörend beide Hände, »dürft ihr jemandem von diesem Ort erzählen. Niemals!« Ihr Blick bohrte sich in Silas' Blick, ein offener, ehrlicher Blick, so fest wie ihre Stimme. Eine ebenbürtige Gegnerin für den Krieger in Silas' Brust.

Zum Teufel, Jessie war sich sicher, die Hexe wäre eine ebenbürtige Gegnerin selbst für eine Gottheit, überschritte diese nur die Grenzen dessen, was Matilda hier in den Felsen des Grabens für ihr Territorium hielt.

Silas nickte. »Versprochen«, sagte er. »Du hast dem Fels hier ein wunderschönes Zuhause abgetrotzt. Ganz allein. Das ist schon was.«

Matilda lächelte. Das Lächeln ließ ihre hoheitsvollen Züge weicher wirken und auch ihren Blick. »Gut. Also dann: Wann habt ihr zwei vor aufzubrechen?«

Jessie öffnete schon den Mund, um zu antworten. Aber Silas kam ihr zuvor: »Sofort«, erwiderte er und warf Jessie einen entschuldigenden Blick zu. Sie klappte den Mund zu und schwieg.

Das war's also, oder etwa nicht? Ach Scheiße, sie hatte diese Antwort doch schon halb erwartet! Da geht er hin, mein Kerl, dachte sie sarkastisch, und folgt dem Ruf der Pflicht!

Matilda nickte, als hätte sie mit dieser Entwicklung schon gerechnet. »Gut. Jessie, es tut mir furchtbar leid, aber du wirst deine eigenen Sachen anziehen müssen, wenn du von hier fortgehst.«

Mit beiden Händen strich Jessie über die herrlichen Farben des weich fallenden Stoffs. Sie konnte es nicht verhindern: Ganz plötzlich verspürte sie einen Stich Sehnsucht. »Ich verstehe«, sagte sie leise.

Silas ging um den Tisch herum und stellte sich hinter ihren Stuhl, legte ihr zärtlich die Hände auf die Schultern. Jessie schloss die Augen.

»Silas, wird man nach euch suchen?«

Hinter ihr hörte Jessie Silas zustimmend grunzen.

»Gut«, sagte Matilda. »Dann bringe ich euch den Fluss hinunter, bis zu einer bestimmten Stelle etwa anderthalb Kilometer von hier. Das sollte weit genug sein, und die Strecke ist nicht zu weit und zu heftig, damit glaubhaft bleibt, ihr hättet es bei der Strömung allein bis dorthin geschafft.«

»Wir wissen das zu schätzen.« Mit kleinen, kreisenden Bewegungen massierte Silas Jessies Schultern, ein beruhigendes Gefühl. Dennoch schlug ihr das Herz bis zum Hals. Sie öffnete die Augen und bemerkte, dass Matilda sie beobachtete.

Jessie lächelte. Sie wusste, dass es ein dünnes, grimmiges Lächeln war. Aber, zum Geier, sie versuchte es immerhin!

Ganz so, als hätte sie die Antwort, auf die sie gewartet habe, Jessie vom Gesicht abgelesen, nickte die erfahrene alte Hexe. »Na, dann steig ich wohl mal am besten in meine Docksides«, meinte sie und erhob sich. »Silas, wir kommen dann zu dir raus auf den Steg!«

Jessie schob ihre Beine aus dem Rock und setzte die Füße auf den Boden. Sie drehte sich zu Silas um, dessen Hände immer noch auf ihren Schultern lagen. Dann legte sie die rechte Hand auf seine Brust, spürte, wie sein Herz kräftig und gleichmäßig schlug. Ihr Herz hüpfte. »Bevor wir gehen«, begann sie leise.

Etwas regte sich ganz tief in Silas' Augen, etwas wie Vorsicht, etwas, was noch im Fluss war, noch unfertig. Aber er legte Jessie einen Finger auf die Lippen, ließ ihn über die Ober-, dann über die Unterlippe gleiten. Rasch, noch ehe Jessie über die plötzlich in ihr aufwallende Hitze nachdenken konnte, zerstoben ihre Gedanken wie Glassplitter, lagen seine Lippen auf ihrem Mund.

Wärme, Entschlossenheit, Zärtlichkeit, das alles lag in Silas' Kuss, mit dem er ihr von den Lippen zu saugen schien, was sie hatte sagen wollen. Als ob er es nicht hatte hören wollen.

Weil er nicht wusste, wie er es ertragen sollte.

Jessies Finger krallten sich in Silas' T-Shirt, während sie sich im Geiste heftig selbst in den Hintern trat. Natürlich war es kein Abschiedskuss. Natürlich wusste er nicht mehr als das, was sie bereit war, mit ihm zu teilen.

Natürlich!, dachte sie, während sie alles, ihr ganzes Wesen, ihr ganzes Herz, in diesen einen Kuss legte. Sie löste sich aus dem Kuss und zwang sich zu einem Lächeln, das leichthin die Lippen, die sich hatten verführen lassen, umspielen sollte. »Blödmann«, sagte sie in unbekümmertem Tonfall. Nur sie wusste, dass sie das andere nun niemals sagen würde.

Silas strich ihr eine Haarsträhne hinters Ohr. »Schade, dass du den Rock nicht behalten darfst.«

Sie versuchte eine Antwort zu geben, irgendeine, irgendetwas zu sagen. Es sollte unbekümmert und leicht dahingesagt klingen, ein bisschen anzüglich vielleicht. Aber die Antwort blieb ihr im Hals stecken. Ehe Silas die Tränen in ihren Augen sehen konnte, sie fragen konnte, warum sie weine, wandte sie sich von ihm ab, stand auf und ging aufs Haus zu.

Noch ehe sie die Schwelle überschritten hatte, kullerten ihr heiße Tränen die Wangen hinunter.

Schweigend half Matilda ihr, sich umzuziehen, wieder in ihre eigenen, abgetragenen Sachen zu steigen. Die alte Frau flocht Jessies blondes Haar zu einem Zopf, umwickelte es mit einem langen Stück Band. Jessie ließ sie gewähren.

Sie ließ die alte Hexe machen, während Tränen sich ihren Weg aus ihrem Herzen, ihrer Seele suchten.

Zum Schluss knotete Matilda Jessie ein Lederband um den Hals und küsste ihr die Stirn. »Du bist stark, Liebes. Wenn du so weit bist, deine Wahl zu treffen, wirst du den Weg bis zum Ende gehen.«

Jessie betastete den rauchigen Obsidian in der Hand, der an dem Lederband um ihren Hals hing. Unter seiner rauen Oberfläche gab es mit Gold durchzogene Strudel aus Schwarz, Schicht auf Schicht aus Wirbeln und Strudeln. Schatten gefangen in Glas.

Der Stein erwärmte sich rasch in Jessies Hand.

»Pass gut auf ihn auf!« Matilda nahm ihr den Stein aus der Hand, steckte Anhänger und Lederband unter Jessies Top. Dann zog sie den Reißverschluss der Neoprenjacke zu. Jessie fühlte den Obsidian schwer auf ihrer Brust liegen, warm war er und hatte etwas Beruhigendes in seiner Solidität. »So dann«, sagte die alte Hexe. »Muss nicht jeder wissen.«

Impulsiv umarmte Jessie Matilda. »Danke!«, sagte sie. »Allein schon, dass ich hier sein durfte, wenn auch nur für diese kurze Zeit ...«

Matilda erwiderte die Umarmung, eine Hand auf Jessies Rücken, eine in ihrem Nacken. »Du allein«, flüsterte sie Jessie ins Ohr, »darfst von dieser Zuflucht sprechen. Gebrauche dieses Vorrecht mit Bedacht!«

Jessie riss die Augen auf. Aber Matilda löste die Umarmung, trat zurück, wandte sich zum Gehen. Schweigend führte sie Jessie hinunter an den Steg. Silas wartete am Kanu auf die beiden Frauen. Jessie nahm die Hand, die er ihr entgegenstreckte und ließ sich in das Kanu aus Metall helfen.

Kaum dass sie saß, ließ er sich hinter ihr nieder. Er streckte seine Beine rechts und links von ihr aus, seine Oberschenkel ein Rahmen für Jessies Hüften, seine Brust die Lehne für ihren Rücken. Als Silas das tat, erwärmte sich der Stein zwischen ihren Brüsten, strahlte seine Hitze ab, wärmte Jessie das Herz.

Ja, dachte sie und legte ihren Kopf an Silas' Schulter. Das schwindende Licht des Tages verwandelte sich in die Schwärze der Nacht. Ja, dachte Jessie, ich weiß.

Lautlos glitt das Kanu durch das Wasser des Stroms.

Silas schwieg. Er hielt Jessie nur in den Armen, an seine Brust gelehnt, sein Kinn ruhte auf ihrem Kopf. Er betrachtete die Klippenwände, die in der Nachtschwärze des Grabens verschwammen.

Als es an der Zeit für Jessie und Silas war auszusteigen, nahm Matilda, ganz kurz nur, Silas' Gesicht in beide Hände und drückte ihm je einen Kuss auf beide Wangen. Ihre Lippen waren trocken und fest. Das spürte er trotz seines Dreitagebarts.

Silas glitt über die Bordwand hinein ins eisige Wasser. Jeden Gedanken, jedes bisschen Atemluft in seinen Lungen presste die Eiseskälte aus ihm heraus. Er wartete, bis Jessie neben ihm war. Dann nahm er ihre Hand und hielt sie fest, während er gegen die Strömung anschwamm, die Jessie und ihn erbarmungslos stromabwärts riss.

Es dauerte eine kleine Ewigkeit, bis Silas' Füße Grund fanden. Jetzt, da sie den Saum des Riffs, von dem aus die Klippen in die Höhe wuchsen, gefunden hatten, erlaubte er sich einen kurzen Moment der Erleichterung. Silas fasste nach, packte Jessies eiskalt gewordene Hand fester und zog sie näher an die Felskante des Riffs heran. »Rauf da!«, rief er.

Ob sie ihn verstanden hatte, konnte er nicht erkennen. Aber dann, langsam und am ganzen Leib vor Kälte und Anstrengung zitternd, setzte sie den einen Fuß auf seine Hüfte, den anderen auf seine Schulter. Ihr schwerer Stiefel stieß gegen seine verletzten Rippen, und Silas musste die Zähne fest zusammenbeißen, damit er nicht vor Schmerz fluchte und Jessie es hörte.

Sie brauchte nicht zu wissen, wie schwer er verletzt war.

Endlich drückte ihn ihr Gewicht nicht mehr tiefer ins Wasser. Sekundenbruchteile danach spürte er ihre kalten Finger um sein Handgelenk. Sie zog. Trotzdem musste er sich mehr anstrengen, als ihm lieb war. Aber mit Jessies Hilfe und weil Eigensinn und Stolz all seine Kräfte mobilisierten, gelang es Silas, aus dem Wasser zu kommen.

Bibbernd vor Kälte klapperte er mit den Zähnen und kam auf die Füße. Die Lichtverhältnisse hier waren jämmerlich. Man konnte kaum die Hand vor Augen sehen; gerade einmal Jessies Gestalt war zu erahnen. Jessie hatte die Arme eng um den eigenen Leib geschlungen.

»He … her … rrr i … im Hi … mm … el!«, sagte sie, während ihre Zähne vor Kälte hörbar aufeinanderschlugen.

Silas fasste Jessie bei den Schultern. »Komm, hier lang!«, forderte er sie auf, und seine Stimme war rau vor Anstrengung und Kälte. Es schien ein ganzes Leben her zu sein, dass er es mit Jessie im Wasser einer heißen Quelle getrieben hatte. In der Eiseskälte des Hier und Jetzt führte er Jessie vom Rand der Felsnase fort.

Jessie fuhrwerkte in einer ihrer Jackentaschen herum, während sie neben ihm herstolperte. »Hier!« Es hatte sie einige Mühe gekostet, den Reißverschluss der Jackentasche aufzuziehen. Jetzt angelte sie das Com-Gerät heraus, das er ihr gegeben hatte, lange bevor sie beide hinunter in die Tiefe gestürzt waren, und drückte es ihm in die Hand.

In diesem Moment hätte Silas am liebsten vor Glück ihren Mund geküsst, ihre Füße und den kalten Felsboden, auf dem sie ging. »Du bist echt der Hammer«, sagte er und hauchte ihr einen Kuss aufs Handgelenk. »Echt der Hammer.«

»Ha!« Vor Kälte klang Jessie kurzatmig, trotzdem hörte er die Wärme darin. »Das sagst du jetzt!« Jessie kauerte sich an die Steilwand des Grabens. Ihr Blick erschien im schwachen Licht des kleinen Geräte-Displays unergründlich.

Rasch überprüfte Silas das Com. »Ich hatte schon gehofft, dass das Material der Jacke nicht nur Show ist. Das Ding ist in Ordnung, arbeitet einwandfrei.« Wie er bemerkte, zeigte es jede Menge Anrufe, aber keine Nachrichten an. Er ignorierte alle Anzeigen, zog den kleinen Ohrhörer heraus und steckte sich diesen unter Aufbietung seiner ganzen Konzentration ins Ohr.

»Weck mich«, meinte Jessie müde und legte das Kinn auf die eng an die Brust gezogenen Knie, »wenn das Rettungsteam hier ist! Ich möchte einem von denen einen Kuss geben.«

Silas drückte halb taube Finger auf das Tastfeld. »Irgendwen küssen ist nicht mehr«, erwiderte er, aber seine Aufmerksamkeit galt nur noch dem Anruf, den er zu machen hatte. »Nun mach schon«, murmelte er, »geh endlich ran, verdammt noch … !«

»Wann war deine letzte Beichte?«

Die Stimme vollendete das Werk, das der verfluchte Eisfluss begonnen hatte. Silas erstarrte. Er schloss die Augen. »Jonas«, sagte er leise. Plötzlich wollten viel zu viele Worte auf einmal über seine Lippen und blieben ihm daher in der Kehle stecken, die ihm vor Anspannung beschissen eng geworden war. Er knirschte mit den Zähnen und verbiss sich jedes einzelne Wort, das er hatte sagen wollen.

Was hätte er auch zu einem Menschen sagen können, dessen ganzes Leben er ruiniert hatte?

Jessie neben ihm hob den Kopf. Silas musste sich nicht vergewissern. Er wusste, dass ihr Blick allein auf ihm ruhte. Dass sie zuhörte, auf jedes Wort, jeden Laut lauschte. Silas stemmte sich hoch, kam auf die Füße und ging ein paar Schritte zur Seite.

»Silas!« Jonas hatte immer schon eine herrliche Tenorstimme gehabt, auf elektronisch Übermitteltem immer schon leicht zu unterscheiden von anderen Stimmen. Jetzt sagte er und betonte dabei, ein Zeichen von Besorgnis, jede Silbe einzeln: »Wo zum Teufel bist du? Seit Stunden durchkämmen ganze Teams den Graben.«

Jede einzelne Silbe war ein Faustschlag, der Silas mitten in die Magengrube traf. Mitten ins Herz. Er schloss die Augen. »Dann hat Naomi dich also erreicht.«

»Was soll das, Silas?« Jonas' Tonfall wurde schneidend. »Zieh jetzt ja nicht mit mir dieselbe Show ab … «

Schlechter Zeitpunkt, um sich darum zu kümmern. Silas nahm sich fest vor, das später zu tun, und unterbrach Jonas mitten im Satz: »Hat Naomi dich auf den neuesten Stand gebracht?«

Es entstand eine Pause. »Jep«, antwortete Jonas schließlich und lachte. »Himmel, ist das schön, deine Stimme zu hören! Also wo bist du denn jetzt?«

Schön, seine Stimme zu hören? Mitglied in Silas' sogenanntem Team zu sein? Der Kerl war ja wohl nicht mehr ganz dicht! »Ich benutze das Back-up-Gerät«, erwiderte Silas. »Orte das Signal! Papa sieben Delta Delta eins.«

»Bin schon dran. Wie viel Saft hat das Ding noch?«

Silas warf einen prüfenden Blick auf das Display. »Ist noch ein halber Balken übrig. Schick uns was, damit wir dran hochklettern können! Wir sind immer noch im Graben.«

»Okay. Wir dürften in etwa einer Stunde bei dir sein.«

Silas blickte hinauf in den Himmel. Finsterste Nachtschwärze und sonst nichts. Mit eisigen Fingern rieb er sich die Unterlippe und sagte grimmig: »Besser, das dauert nicht so lang. Unser Tank läuft hier unten schon eine ganze Weile auf Reserve.«

»Verstanden.« Silas hörte Jonas, die Hand über dem Mikro, Befehle zu irgendwelchen Leuten um ihn herum brüllen. Silas verstand nicht ein Wort, ehe Jonas die Hand wieder wegnahm. »Wir sind dann also in etwa ... Jesusmaria, Naomi! Okay, bleib dran ...«

Silas zuckte zusammen, als es in seinem Ohrhörer dumpf knackte und rauschte. Offenkundig wurde das Com-Gerät von einer Hand zur nächsten weitergereicht. »Ist die kleine Leigh immer noch bei dir?« Naomis Stimme war jetzt in der Leitung, und ziemlich kurz angebunden.

Silas runzelte die Stirn. »Jep, sie ...«

»Greif sie dir!«, befahl Naomi. »Wir haben die Blutproben vom Labor zurück. Dein süßes Täubchen ist eine Hexe.«

Silas gefror das Blut in den Adern, schmerzhaft spitze Eiskristalle überall. Als wollten sie es zerquetschen, so fest umschlossen seine Finger das Com-Gerät. Sehr leise sagte er: »Raus mit der Sprache!«

»Eine Probe vom Tatort, den wir gesäubert haben, wurde positiv getestet«, erklärte Naomi. Sie klang, als ratterte sie die ins Auge springenden Punkte aus einem Bericht herunter, der vor ihr lag. »Wir haben einen Treffer bei dem Verbandsmull, mit dem du Jessica Leighs Schwanenhals verbunden hast.«

Mit jeder Faser seines Körpers wollte Silas das abstreiten, er wollte es nicht wahrhaben. Am liebsten hätte er das beschissene Com-Gerät in das Eiswasser des Stroms geworfen und damit gleich auch noch Noamis selbstgefällige Pseudosachlichkeit ertränkt. Aber Silas tat es nicht.

Weil das, was Naomi da sagte, sofort einen Sinn ergab. Es war das letzte Steinchen eines Puzzles, das an seinen Platz fiel, und, *Klick!*, ergab alles ein Bild. Dass Bruder und Schwester beide magiebesessen waren, war nicht ungewöhnlich. Jessica Leigh hatte ständig ihre Arbeitsstellen und ihre Wohnorte gewechselt, auch das passte ins Bild. Die Leichtigkeit, mit der sie log. Die Hexen und Hexer, die sie unbedingt aufspüren wollten. Die ständig versucht hatten, ihn loszuwerden, ihn umzubringen.

Um an Jessica Leigh zu kommen. Den Köder.

Er drehte sich nicht um, blickte nicht zu der Frau hinüber, die ihn belogen hatte, die von Anfang an ihr Spiel mit ihm getrieben hatte.

Silas straffte die Schultern. Bitterkeit und Kälte griffen nach seinem Herzen, dass es ihm die Brust zusammenzog. Seine Stimme klang flach. »Welche Machtkategorie?«

»Unmöglich, das allein aus dem bisschen DNA zu bestimmen. Aber ich vermute, dass sie in derselben Liga spielt wie ihr Bruder.«

Scheiße, Scheiße, verfluchter, verdammter *Scheißdreck!*

Ob sie ihn die ganze Zeit über beobachtet hatte? Ihn im Stillen ausgelacht hatte, während sie ihn auf diese wilde Schnitzeljagd gelenkt, ihn an der Nase herumgeführt hatte? Während sie die Beine für ihn breitgemacht hatte? Damit er nur noch mit dem Schwanz denken sollte? Verflucht! Genau das hatte er getan, nur mit dem Schwanz gedacht!

»Silas ...«

Er schnitt Naomi das Wort ab. »Ich bin bereit.« Dann beendete er das Gespräch und schob das Com-Gerät zu. Seine Bewegungen waren bedächtig, sehr präzise. Zum Teufel, ihm war nicht mehr kalt! Denn Kälte gab es in ihm nicht mehr, seit ihn heiße Wut von innen heraus auffraß. Ganz langsam wandte Silas sich um und ging zurück zu der Felsnase.

Immer noch saß Jessie zusammengekauert da, genau so wie er sie verlassen hatte. Ihre Wange lag auf einem Knie, und trotz der schlechten Sicht hier unten konnte er den Bluterguss an ihrer Schläfe sehen. Jessie lächelte.

Dann hörte er die Sorge in ihrer Stimme, diese beschissene Besorgnis, die verflucht noch mal nur gespielt war, als Jessie fragte: »Alles in Ordnung? Du warst ziemlich kurz angebunden.«

»Alles okay.«

Sie hob den Kopf, als sie seinen eisigen Ton bemerkte. Vor Konzentration kniff sie die Augen zusammen. »He«, setzte sie an und streckte sich, als er näher auf sie zukam, wollte aufstehen.

Ekel, Wut, Pflichtgefühl all das brodelte in ihm, kochte über, um zu verbergen, wie verletzt er war. Wie sehr er sich wünschte, die Wahrheit leugnen zu können.

Wie groß seine Angst war.

»Steh auf!«, befahl er und packte Jessie am Kragen ihrer Jacke, als sie nicht schnell genug gehorchte.

»Silas?« Furcht ließ ihre Stimme beben. Aber er tat, als bemerkte er es nicht. Sie sollte Angst haben, so sollte es sein.

Gottverdammte mordlüsterne Hexen sollten sich vor Angst vor der Mission in die Hose scheißen.

Jessie wehrte sich. Aber ihr Körper war taub vor Kälte, und Silas besaß in seiner Wut Bärenkräfte. Jessie kreischte auf, als er sie mit dem Gesicht zuerst gegen die Felswand schleuderte. »Alles«, presste er zwischen den Zähnen heraus, knurrte es und bohrte ihr seinen Ellenbogen zwischen die Schulterblätter, damit sie sich nicht bewegen konnte. »Alles, was du mir erzählt hast, war eine Lüge.«

Erschrocken holte sie Luft, ein entsetzter Seufzer. Aber sie hörte auf, sich zu wehren. Sie presste die Handflächen flach auf den rauen Fels, die Finger gespreizt. »Silas, ich …«

»Nein!« Es interessierte ihn nicht. Er wollte nichts mehr hören. Rücksichtslos riss er das Band herunter, das Jessies Zopf zusammenhielt, zog dann mit einer Hand und den Zähnen die Schleife auf, entwirrte es. Jessie keuchte auf, als er ihr die Hände auf den Rücken verdrehte.

Sie ließ den Kopf hängen, während er das Haarband um ihre Handgelenke schlang und die Fessel fest zuzog und verknotete. »Du tust mir weh«, sagte sie, so leise, dass er es über dem unaufhörlichen Rauschen des breiten Grabenstroms fast nicht gehört hätte.

Silas fletschte die Zähne. Unbarmherzig ging er gegen die Gefühle an, die in ihm aufzusteigen drohten: Mitleid, Schuld, Wut. »Hexe«, grollte er und wirbelte Jessie herum. Mit den Schultern prallte sie gegen die Felswand, und er nagelte sie dort fest, beide Hände ganz nah neben ihrem Kopf, er ganz nah vor ihrem Gesicht. »Ich hätte es wissen müssen, als du Naomi bei ihrem Nachnamen genannt hast. Von mir hast du den nicht gewusst.«

Ihre Blicke trafen sich. In ihren Augen blitzte Trotz auf.

Nein, Tränen glitzerten da. Herr im Himmel, klar, Tränen!

Silas' Finger krampften sich in den Stein. Seine Muskeln waren bis zum Zerreißen gespannt. »Versuch das erst gar nicht, wag es nicht!«, fauchte er, nur eine Handbreit von dem Gesicht entfernt, das er zu kennen geglaubt hatte. Dass er sich so von ihr hatte hereinlegen lassen! Und das hatte sie getan. Sie hatte ihn die ganze Zeit über für ihre Ziele benutzt, ihn von vorne bis hinten angelogen. »Wie sollte das Ganze denn laufen?«, verlangte er zu erfahren. »Wolltest du mich direkt zum Zirkel führen und mich dann von ihnen umbringen lassen? War das der Plan?«

Jessies Augen weiteten sich. »Nein!« Eine Träne verfing sich in ihren Wimpern, ein Hauch von Silber in dem wenigen Licht, das so tief hinunter in den Graben fiel. »Silas, bitte …«

»Deinetwegen haben uns diese verfluchten Hexen immer wieder aufspüren können, richtig, ja? War es nicht so?«

»Nein, ich würde doch nie …«

»Spar dir das, Jessica!« Er verzog seine Lippen zu einem höhnischen Lächeln. »Du hast mich benutzt.«

Jessie zuckte zusammen.

Das war alles, was er als Antwort brauchte.

Er stieß sich von der Wand ab, riss Jessie herum, so heftig, dass sie ins Taumeln geriet.

Dieses Mal half er ihr nicht.

Sie straffte den Rücken, drückte die Schultern durch. »Was bist du doch für ein verdammter Heuchler! Tu doch bloß nicht so, als ob du mich nicht auch nur benutzt hättest!«, schleuderte sie Silas hinterher. Er antwortete nicht. Er wusste ja, dass es die Wahrheit war. Deshalb sagte er nichts. Stattdessen ballte er die Fäuste und zählte bis zehn. Bis zwanzig.

Er zählte bis fünfzig, ehe die blinde Wut nachließ. Ehe er sich umdrehen und Jessie ansehen konnte, ohne dass er mit der Faust ausgeholt hätte und sie …

»Ich habe es dir ja erzählen wollen.« Jessies Stimme, die ganz leise aus der Dunkelheit drang, bebte. Silas schloss die Augen. »Aber du hast ja nur allzu deutlich gemacht, dass du jede Hexe, jeden Hexer töten würdest, auf den du triffst. Jeden, dessen Blut die entsprechenden Merkmale aufweist. Mich, dich, selbst ein Baby.«

Silas zuckte bei diesen Worten zusammen. Ihm war, als würden sie ihm wie ein Messer in den Rücken gestoßen, genau zwischen die Schulterblätter, und dann die Klinge wieder zurückgerissen. Er wandte sich ab, hatte wütende Flüche auf der Zunge, brachte aber keinen Ton heraus. Er war nicht in der Lage, Jessie zu beschimpfen. Nicht einmal in der Lage, Jessie verdammt noch mal zuzuhören.

Zusammengekauert saß sie an der Felswand. Den Kopf im Nacken, die Augen weit offen, starrte sie hinauf in das schwarze Nichts über ihnen. »Wenn du nur …«

»Das reicht!«, schnauzte er. Er kniete sich vor sie, riss sie nach vorn. Jetzt konnte er überprüfen, ob die behelfsmäßigen Handfesseln noch fest genug um Jessies Handgelenke saßen. Sich versichern, dass Jessie nicht einen scharfkantigen Fels gefunden und die Fesseln durchgescheuert hatte. Er kannte Jessie gut genug: Wahrscheinlich würde sie versuchen, ins Wasser zu springen.

»Die nächstgelegene Stadt ist mindestens eine Woche Fußmarsch entfernt«, sagte er mit fester Stimme. »Und es noch mal mit dem Fluss zu probieren, würde ich dir nicht raten.« Mit einem Ruck wandte sie das Gesicht ab. Ihr jetzt offenes Haar fiel wie ein goldener Vorhang über ihr Gesicht. »Du wirst schon ziemlich bald wieder in New Seattle sein. Und da kannst du alles allen, die es interessiert, erzählen. Mich aber interessiert's einen Scheiß! Ich habe genug von deinen Lügen.«

»Das waren nicht alles Lügen«, meinte Jessie müde. Sie legte den Kopf in den Nacken, hob ihm ihr Gesicht entgegen. Silas musste gar nicht hinsehen: Er wusste, wie nah ihr Mund seinem Gesicht war.

Wie ihre Lippen, ihr Mund schmecken würden.

»Silas, ich habe dich nicht angelogen, als ich gesagt habe, dass ich dich lieb ...«

»*Nein!*« Es war ein Laut, ein Grollen, das Silas aus tiefster Kehle kam, scharf und schneidend wie eine Messerklinge, purer Schmerz. Es war das Echo des Schmerzes, den er in seiner Faust spürte, als er sie unmittelbar neben Jessies Gesicht gegen den Felsen trieb.

Jessie erstarrte. Ihre Augen waren groß wie Seen in dem viel zu blassen Gesicht. Sie wagte kaum zu atmen. Misstrauen, so tief, dass es alles durchdrang, zog harte Linien in ihr Gesicht, und – zur Hölle damit! – es fraß sich auch in seine Eingeweide. Ließ reißen, was Silas an Kontrolle noch über sich besaß.

Mit einem Stöhnen, das ihm aus tiefstem Herzen kam, packte Silas Jessies Gesicht mit der blutigen, schmerzenden Hand und presste seinen Mund brutal auf ihre Lippen.

Sie wehrte sich nicht. Sie hätte sich aber wehren müssen, hätte sich winden und krümmen müssen und versuchen müssen, nein zu sagen.

Stattdessen, ihr Atem ging stoßweise in einem unterdrückten Schluchzer, öffnete Jessie den Mund unter Silas' Ansturm. Ihre Lippen waren kühl, weich, willig, konnten überzeugen, wie Worte es nie vermocht hätten. Ihre Zunge fand seine, die tief in ihren Mund vorstieß, ihre Wut maß sich mit seiner. Sie stieß ihrerseits vor, aber nicht, um sich von ihm zu befreien, sondern um mehr zu bekommen.

Silas machte sich von ihr los, stolperte einige Schritte rückwärts von ihr weg. Sollte sie doch selbst sehen, wie sie ihr Gleichgewicht behielt! Jessie plumpste zurück gegen den Fels und starrte ihn an. Bleich wie ihr Gesicht war, war es trotz der Dunkelheit gut zu erkennen. Jeder Zug in diesem Gesicht verriet Jessies Anspannung. »Dann sag mir«, verlangte sie zu wissen, und ihr Atem ging keuchend, »ob sich das wie eine Lüge angefühlt hat!«

Stolz, Wut, Unsicherheit. Mit dem Handrücken fuhr sich Silas über den Mund. »Hat sich verdammt so angefühlt wie bei jeder Stripperin, der ich bisher begegnet bin.«

Jessie öffnete den Mund, schloss ihn wieder.

Ihre Lippen waren nicht mehr als ein dünner Strich.

Dass sie sich von ihm verraten vorkam, konnte er in ihren Augen lesen. Der Schlag hatte also gesessen. Silas wirbelte herum, stierte hinaus auf das schwarze Wasser und schluckte die Wut hinunter, die ihn zu überwältigen drohte. Jessie hatte ihn die ganze Zeit über belogen. Von Anfang an. Denn gleich zu Anfang hatte sie ihm in die Augen geblickt und versprochen, ihm dabei zu helfen, ihren Bruder zu finden.

Bruder und Schwester beide magiebesessen, Hexer und Hexe. Die ganze Brut war verdorben.

Wie hatte er das übersehen können?

Weil, so dachte er böse, ich es nicht abwarten konnte. Wieder und wieder nicht. Weil er dem vertraut hatte, was er gesehen hatte. Es schnell erledigen, ganz einfach nur, hatte er gedacht, schnell rein und wieder raus.

Scheiße! Silas wartete auf die Rettungsmannschaft der Mission. Seine Ungeduld vermochte er kaum zu bezähmen. Er beobachtete, wie die Dunkelheit sich in die Länge zog, noch tiefer wurde. Er tat, als hörte er Jessies unterdrücktes Schluchzen nicht.

KAPITEL 21

Zum Teufel mit ihm!

Zum Teufel mit ihnen allen!

Caleb hockte da, umgeben von Büchern und Papier, die er in einem Kreis um sich ausgebreitet hatte. Die meisten Bücher waren aufgeschlagen, und die aufgeschlagenen Seiten mit Steinen beschwert, die er in Reichweite gefunden hatte. Er hatte die Ellenbogen auf die Knie gestützt, die Hände wie zum Gebet gefaltet, und starrte auf die Flut aus Buchstaben um ihn herum. Aus Bildern.

Auf die letzten Fünkchen einer mehr und mehr schwindenden Hoffnung.

Er war anmaßend gewesen. Scheißarrogant.

Caleb war sich so sicher gewesen, so *verflucht* sicher, dass er das Ritual rechtzeitig würde beenden können. Dass er einen Weg finden würde, Curios Einfluss auf den Zirkel einzudämmen, ehe es so weit kommen konnte.

Caleb war so nah dran gewesen. Selbst jetzt vermochte er noch den letzten, süßen Zufluss an magischen Kräften zu schmecken, die er gehortet hatte. Die Magie des Herzblutes, das er von den Leichen seiner Auserwählten genommen hatte, hatte ihn stärker gemacht, und es war Caleb sogar gelungen, diese Macht zu ernten, ohne dass der Zirkel Verdacht geschöpft hatte. Bis jetzt.

Aber er hatte zu viel dieser gehorteten Kräfte dafür verbraucht, den Andreasschild des Missionars zu durchbrechen. Und jetzt lief Caleb die Zeit davon. Er konnte nicht riskieren, noch einmal auf die Jagd zu gehen.

Er war so verdammt nah dran gewesen!

Leider war ihm Jessie in die Quere gekommen. Während Calebs Augen von einer der Seiten zur nächsten huschten, die vom Alter brüchig waren und abgegriffen, wusste er, dass er seine Chance verpasst hatte. Er würde nicht den ersten Zug machen. Er hätte gar nicht die Möglichkeiten dazu. Also würde er warten müssen, bis Curio zu viel investiert hätte, um noch zu zögern.

Das würde Caleb alles abverlangen.

Er hob den Kopf und strich sich das zu lange Haar aus der Stirn. Er saß inmitten einer Szenerie unbeschreiblichen Chaos. Inmitten von Zerstörung. Von längst vergessenen Gespenstern und entzauberten Träumen. Das unstete Licht der Fackeln tanzte als Vielzahl orangeroter Flammenzungen um Caleb herum. Wie unversöhnliche Finger aus Licht zerrten sie am Grabtuch über der verzerrten Form eines Parks, der unter Lagen aus Vernachlässigung begraben lag.

Jessies Auftauchen hatte die ganze Geschichte viel zu sehr beschleunigt. Seine Schwester hatte ihn gezwungen, ihr zuvorzukommen, sich mit den Folgen ihres Eingreifens herumzuschlagen.

Dabei hatte er ihr immer und immer wieder *gesagt*, sie solle sich von ihm fernhalten.

»Weissager?«

Caleb hatte sie nicht kommen sehen. Während er die verblassenden Worte auf dem Papier zu seinen Füßen angestarrt hatte, hatten sie langsam das Terrain des verfallenen Parks durchquert. Jetzt standen sie schon am Rand des künstlichen Teichs mit seinem schlierigen, abgestandenen Wasser. Wahrscheinlich waren sie nicht sonderlich scharf darauf, herausfinden zu müssen, wie tief das schmutzigtrübe Nass tatsächlich war. Caleb wandte den Kopf zur Seite, gerade weit genug, damit sie sein Profil sahen.

Den harten Zug um seinen Mund.

»Meister«, sagte das Mädchen. Sie war ungefähr fünfzehn. Sie hatte die Hände unter die Achseln geklemmt, um ihre schmutzigen Finger mit der rissigen Haut so warm wie möglich zu halten. »Wir bringen eine Botschaft vom Zirkelmeister. Eine Botschaft für dich«, fügte sie rasch hinzu. »Wenn es jetzt in Ordnung wäre?«

Eine Botschaft. Verfluchte Scheiße! Von Curio. Verflucht, verflucht und nochmals verflucht!

»Ich werde die Vorbereitungen nicht beschleunigen«, erklärte Caleb kategorisch. »Wenn die Botschaft lautet, mich zu beeilen, wird selbst der Zirkelmeister lernen müssen, Geduld zu üben.« Obwohl Caleb sicher war, dass die junge Hexe und der junge Hexer in ihrer Begleitung zu jung waren, zu unfertig und ohne das nötige Können, um mehr als ein paar Zaubertricks für den Hausgebrauch auf dem Kasten zu haben, schlug er mit der Stiefelspitze das Buch zu. Möglichst unauffällig schob er es unter einen Stapel schmutziger Papiere.

Nur für alle Fälle.

»Oh!« Die Augen des Mädchens wurden groß, groß wie Untertassen in ihrem schmalen Gesichtchen. »Oh nein, darum geht es nicht.«

Der Junge neben ihr, schlaksig und ungelenk, dämpfte mit beiden Händen ein Schnauben, ein Kichern. Seine Hände waren genauso dreckig wie die des Mädchens. Das Leben hier in der Unterstadt war hart. Es bedeutete, die Katakomben auf der Suche nach etwas zu durchstöbern, das sich gegen Nahrungsmittel oder einen Platz zum Schlafen eintauschen ließe.

Aber hart war das Leben für Magiebegabte immer schon gewesen.

Calebs Kiefermuskeln arbeiteten. »Dann spuck's endlich aus!«

»E…e…es ist nur so …« Das Mädchen gestikulierte. »Sie haben einen Ring gelegt … um, ähm … um deine … ähm …«

Caleb würde ihr nicht helfen. Kein Mitleid. Keine verfluchte Schwäche zeigen. Aus dem Augenwinkel sah er, dass sie ihrem jüngeren Begleiter einen wilden, flehenden Blick zuwarf.

Der aber war viel zu beschäftigt damit, hinter vorgehaltenen Händen zu kichern und zu glucksen, um den Blick zu bemerken.

Caleb streckte sich und stand auf. Langsam, denn er wusste ganz genau, dass sie jede seiner Bewegungen beobachteten. Ganz langsam wandte er sich den beiden Boten zu und bedachte sie mit einem starren Blick, ebenso entschlossen wie geduldig.

Sofort blieb dem Jungen das Kichern im Halse stecken. Seine ganze bisherige Belustigung wurde ihm förmlich aus den Sohlen der abgetragenen Turnschuhe gesaugt und versickerte im Boden. Jung, unerfahren, aber mit Instinkten, die wach genug waren, um eine Bedrohung aus Richtung des toten Teichs wahrzunehmen. Calebs Finger zuckten.

»Verzeih, bitte, Meister!«, entschuldigte sich die junge Hexe hastig.

»Sag deinen Spruch auf und geh!«

Das Mädchen erbleichte. »Der Zirkelmeister schickt dir Nachricht, dass deine Schwester gefunden wurde. Er möchte wissen, wie weit du mit deinen Vorbereitungen gekommen bist«, rasselte sie so schnell herunter, dass die Worte ineinanderflossen. Ihre Sommersprossen hoben sich deutlich von ihrer bleichen Haut ab.

Aber sie hielt Calebs Blick stand.

Das verdiente seine Anerkennung. Sie rannte nicht einfach davon.

Vielleicht würde sie etwas aus sich machen können. Eines schönen Tages.

Falls sie nicht auf einem der Scheiterhaufen der Einzigen Heiligen Kirche brannte oder sich neben ein Kind kniete, um ihm machtlüstern die Kehle durchzuschneiden. Caleb ballte die Hände zu kleinen, festen Fäusten. »Wie viel Zeit bleibt noch?«

»Der Zirkelmeister sagt, das hänge von dir ab, Meister.« Die Botin schluckte; Caleb konnte sehen, wie sich ihr Kehlkopf bewegte. »Er … er sagt, ich soll dir sagen, dass er, wenn es zu lange dauert, selbst kommt … um herauszufinden, warum.«

Wenn Curio selbst käme und herausfände, dass Caleb in den letzten paar Stunden, die er über den Büchern geschwitzt und gebetet hatte, keinerlei Fortschritte gemacht hatte, wäre das das Ende.

Also wer hatte nun mehr erreicht?

Die Schwester, die ihn hinter sich her von einem Rattenloch ins nächste gezerrt hatte, die ihm beigebracht hatte, zu lügen und sich von Abfall zu ernähren? In einer Stadt zu überleben, die ihn fürchtete?

Oder der Zirkel? Der Zirkel, dessen Macht kontinuierlich wuchs, der seine Finger in allem hatte, was in der Unterstadt passierte? Dessen Macht zu kontrollieren ihn eines Tages, auf den Weg hinauf in die in den Himmel emporragenden, glitzernden Türme der Gläsernen Stadt führen würde.

»Meister?«

Die Stadt der Magiebegabten und Narren.

Angelegentlich studierte Caleb seine Hände, betrachtete den Schmutz unter seinen eingerissenen Nägeln und die Narben und Schwielen, die diese Stadt in sein Fleisch getrieben hatte. Die Stoffbänder um seine Handgelenke, grau, gelb und schwarz, musterte er lange. Auch sie waren schmutzüberzogen und schnell gealtert.

Die Bänder passten zu denen, die Caleb um den Hals trug. Daran hingen roh belassene Splitter aus bernsteinfarbenem und grauem Labradorit, um ihn zu schützen. Jade, um *sie* blind zu halten.

Und der schlimmste. Feuerstein, weißer Feuerstein, um das Band zwischen ihnen zu durchtrennen.

»Caleb?«

Er hob den Blick, seine Augen schmale Schlitze. »Gut. Bringt mir Jessica Leigh!«

Die Boten drehten sich um und rannten davon, noch bevor die letzte Silbe in der Grabesstille des alten Parks verklungen war. Caleb hörte die ängstliche, gedämpfte Stimme des Jungen, als die beiden jungen Magiebegabten in der Dunkelheit verschwanden.

Caleb nahm sein altes Taschenmesser hervor und klappte es auf. Er nahm sich vor, dafür zu sorgen, dass keiner der beiden beim Ritual anwesend wäre. Ihre Gesichter hatte er nicht wiedererkannt, was bedeutete, dass es für sie noch Hoffnung gab.

Sofern sie diese Nacht überlebten.

Mit der gezackten Klinge fuhr Caleb unter die Bänder um sein Handgelenk. Eine einzige rasche Drehung der Klinge, des Gelenks, und die Wahl war getroffen. Ohne ein sichtbares, äußeres Zeichen verwandelten sich die magischen Schutzzeichen in zerschlissene, gerissene Bänder.

Schmutzig, wie sie waren, fielen sie auf das aufgeworfene Pflaster. Noch ein Einsatz der Klinge, und unregelmäßig geformte Perlen klackerten zu Boden und gesellten sich zu den Bändern, die bereits vor Calebs Füßen lagen. Unmerklich wie ein Seufzer wurden magische Kräfte und Schutzzauber befreit. Caleb griff nach dem weißen Feuerstein um seinen Hals, spürte dessen raue Kanten unter seinen Fingern. Er schloss die Augen.

Keinen Bannspruch, keine Magie, keinen heilenden Gesang gab es, der diesen Schmerz lindern könnte. Caleb hatte seiner Schwester immer nahegestanden. Weinen und Lachen hatten sie miteinander geteilt, die Trauer über den Tod der Mutter und die Angst vor den Hexenjägern. Immer schon hatte Jessie die verblüffende Gabe besessen, ihn, ihren Bruder, aufzuspüren, überall und jederzeit. Sie wusste, wenn er sich verletzte, ebenso wie er wusste, wenn sie weinte. Die ersten Tage nach seinem Verschwinden hatte sie ständig geheult.

Aber der Feuerstein hatte dafür gesorgt, dass sie in Sicherheit war. Hatte Caleb davor bewahrt, im Strudel der Gefühle seiner Schwester unterzugehen und den Verstand zu verlieren.

Ein Mann wie er sollte nicht vor eine solche Wahl gestellt werden. Wenn er die ganze Sache bis zum Ende durchziehen wollte, dann musste er auch die letzten Augenblicke ertragen. Er würde wissen, was Jessie fühlte, würde spüren, was sie spürte.

Würde es niemals vergessen.

Caleb packte zu, zerrte mit aller Kraft an dem Band um seinen Hals, bis es mit einem scharfen Laut riss. Sorgsam ließ er es auf den kleinen Haufen zu seinen Füßen fallen. Dort war alles versammelt, was bis zu diesem Augenblick Schutz gegen das gewesen war, was seine Schwester wahrzunehmen vermochte.

Eine ganze Weile starrte Caleb mit finsterem Gesicht auf die zerrissenen, zerschnittenen Bänder und die abgegriffenen Perlen. Er hatte gewählt. Das Leben seiner Schwester war ein flüchtiges Ding, vergänglich, war es nicht so?

Aber ein Zirkel konnte für alle Zeit bestehen. Das durfte nicht geschehen.

Mit einem heftigen, bösen Fluch auf den Lippen holte Caleb im

Dämmerlicht der Unterstadt mit dem Fuß aus und trat mit aller Kraft gegen das Häufchen dort zu seinen Füßen, tat es mit allem, was an Gefühlen in ihm wohnte. Mit allem, was er anderen niemals zeigen würde.

Mit allen Gefühlen, die er sich sehnlichst nicht zu haben wünschte.

Perlen sprangen und hüpften wie flache Steine über den stillen Teich, sandten kleine, sich kreisförmig ausbreitende Wellen über seine Oberfläche. Die dünnen Bänder berührten das Wasser, schwammen einen Augenblick obenauf, ehe sie sich mit Wasser vollsogen und ihre Farbe verloren.

Caleb bückte sich, um die Papiere aufzusammeln, noch ehe der letzte Faden im Wasser versunken war. Es galt, ein Ritual vorzubereiten.

Eine Hexe zu opfern.

Um zu zögern, war jetzt verflucht keine Zeit mehr.

KAPITEL 22

Es schien eine Ewigkeit zu dauern, bis ferne Rotorengeräusche einen sich nähernden Hubschrauber ankündigten. Endlich fand die nervtötende Monotonie aus Stille und Wasserrauschen ein Ende. Silas blickte auf, sah aber nur die dunkle Steilwand der Klippen, mehr nicht.

Schwarze, verzerrte, leere Schatten. Genau wie in seinem Kopf. Nichts als qualvolle Leere.

Silas drehte sich um und suchte sich einen Weg über den Felsvorsprung zurück zu Jessie, die immer noch zusammengekauert saß, wo er sie verlassen hatte. Die ganze Zeit über hatte sie nicht ein Wort gesagt. Sie hatte nicht gebettelt, nichts gefragt.

Nicht gelogen.

Aber sie schlief auch nicht. Als sie Silas über sich spürte, öffnete sie die Augen. Die zarte Haut um ihre Augen war gezeichnet von Erschöpfung und Jessies armseligem Versuch, durch Tränen Silas' Mitleid zu wecken. »Steh auf!«, befahl er.

Er würde sie nicht anfassen.

Sie würde es ihm nicht einfach machen.

Jessie stemmte ihre hinter dem Rücken gefesselten Hände gegen den Fels. Der Lärm der Rotoren kam näher, wurde lauter. Jessie versuchte sich an der Wand hochzustemmen, zuckte plötzlich zusammen und fiel rücklings gegen die Wand und rutschte wieder zu Boden, als ihre Knie unter ihr nachgaben.

Wütend ballte Silas die Fäuste, unterdrückte den Drang, Jessie zu packen und ihr zu helfen.

Ihr, dieser verlogenen Hexe.

»Steh schon auf!«, fauchte er, dieses Mal noch schärfer.

»Ich versuch's ja!«, fauchte sie zurück. Sie biss die Zähne zusammen, als die ersten Lichter über die Klippenwände huschten. Starke Scheinwerferkegel durchschnitten die Dunkelheit wie Säulen aus Licht, blendeten enorm nach der langen Zeit in der Dunkelheit.

Jessie schrak zusammen, als Silas und sie von einem Scheinwerferkegel erfasst wurden. Der Kegel schwang im Gleichklang mit den Flugbewegungen des Hubschraubers weiter, kehrte dann aber zu ihrer beider Position zurück, um diese als hellen Lichtpunkt aus dem Dunkel zu schneiden.

Im Lichtkegel leuchtete Jessies Haut leichenblass. Ängstlich kniff seine Gefangene die Augen zusammen. Gut. Silas langte hinunter zu ihr und riss sie am Kragen ihrer Jacke hoch auf die Füße.

Blieb verdammt zu lang mit einem groben, blutigen Finger unter ihrem Kinn. Sah ihr beschissen zu lang in die weit aufgerissenen Augen, die ihn dunkel anstarrten.

Ihre Kehle presste ein »Lass mich los!« heraus.

»Nicht in diesem beschissenen Leben, träum weiter!«, knurrte er und packte sie jetzt am Oberarm. Unsanft zog er sie über den Felsvorsprung, sodass sie stolperte. Nur weil er sie am Oberarm gepackt hielt, stürzte sie nicht.

Anstatt nach oben zu schauen, schirmte Silas die Augen mit der freien Hand ab und wartete darauf, dass die Rettungsmannschaft landete.

Sie schwirrten an Nylonkabeln herunter, jeder eingeklinkt in ein umgeschnalltes Geschirr. Kleine Sicherheitslämpchen spendeten das nötige Licht. Als der Erste des Trupps mit den Füßen in Silas' Blickfeld landete, wirbelte Silas seine Gefangene herum, den Finger in das Band gehakt, mit dem er sie gefesselt hatte. »Handschellen!«, bellte er.

Wortlos warf ihm die Gestalt in schwarzer Maske metallene Handschellen zu und hakte sich aus dem Führungsseil aus. Silas fing die Handschellen, nichts als silbriges Glitzern, noch in der Luft. Mit der Gewandtheit, die einem häufige Übung verleiht, ließ er die Handschellen aufschnappen.

Diese Scheiße nämlich kannte er in- und auswendig. Daran änderte sich nie etwas. Greif dir die Hexe, fessle sie!

Töte sie später!

Die zweite Gestalt zog sich Maske und Schutzbrille vom Kopf. Blauschwarz schimmerndes Haar glänzte im gleißenden Scheinwerferlicht, silberne Gesichtspiercings blitzten auf, als Naomi den Blick hinauf zu dem in der Luft stehenden Hubschrauber warf. »Fertig?«

»Gleich.«

Jessie wandte Silas das Gesicht zu. »Ich werde nicht weglaufen«, erklärte sie ruhig, und ihre Stimme war unter dem Lärm der Rotorblätter kaum zu hören. »Das sind nicht …«

Silas ließ die schweren Handschellen um Jessies Handgelenke zuschnappen und einrasten. »Schnauze!« Jessie stolperte, als er sie in die Arme des ersten gelandeten Missionars stieß.

Der drehte sie mit einem brutalen Ruck herum und legte ihr ein Geschirr an, führte es um ihre Taille und zwischen ihren Beinen hindurch.

Silas sah, wie sie steif dastand und ihn anstarrte, während der Missionar das Führungsseil unter ihren gefesselten Armen hindurch- und um ihre Brust führte. Jessies Augen brannten wie geschmolzenes Eisen im unbarmherzigen Scheinwerferlicht.

Silas wandte als Erster den Blick ab. »Wo sind denn alle?«

Naomi packte ein zweites Geschirr aus und warf es ihm zu. »Wir lassen uns auf halbem Weg absetzen, und der Vogel fliegt zurück zur Oberstadt«, sagte sie kurz angebunden. Zum ersten Mal war nichts als distanzierte Professionalität in ihrer Stimme. Eine verflucht gute Jägerin, fiel Silas wieder ein, während er das Geschirr anlegte.

Und im Vollstrecken verdammt genauso gut.

Jede ihrer Bewegungen war knapp und genau bemessen, als Naomi stabile Metallringe ineinanderklinkte und Gurte straffte. Dann gab sie dem Missionar, der Jessie in seinen Gurt miteingeklinkt hatte, ein Zeichen.

Wahrscheinlich auf einer Frequenz, die Silas nicht bekannt war, setzte der Missionar einen Befehl ab.

Ein Ruck, und Mann und Hexe wurden gemeinsam hochgezogen und schwangen dann weit über das Wasser hinaus. Derweil versicherte sich Silas, dass das Geschirr korrekt saß, und ging all die Handgriffe für den zweiten Sicherheitscheck durch. Dennoch konnte er den Blick nicht von Jessie lassen.

Jessie hatte die Augen geschlossen. Aber sie konnte die Angst in ihrem Gesicht nicht verbergen, während sie und ihr Begleiter dem Licht entgegengezogen wurden. Der Mission entgegen.

Ihrem unvermeidlichen Tod entgegen.

Silas schlug das Herz bis zum Hals.

»Fertig?«, fragte Naomi über den Ohrhörer in seinem Ohr.

»Warum muss immer ich das Arschloch sein?«, fragte Silas und bemühte sich, seine Stimme so normal wie möglich klingen zu lassen, zu wirken, als kostete es ihn keine Mühe, seinen Job zu erledigen, was nun einmal nicht stimmte. Ein letztes Mal ruckte er an dem Tandemgeschirr und signalisierte dann mit erhobenem Daumen ein Okay. »Fertig!«

Naomi zog die Maske übers Gesicht, sorgte dafür, dass das darin eingebettete Mikro richtig saß, und befahl: »Holt uns rauf!« Dann sagte sie mit einem Grinsen in der Stimme an Silas gewandt: »Weil du das Arschloch bist, das in den Graben geplumpst ist.«

Über ihren Köpfen war das scharfe Geräusch zu hören, das die Leine von sich gab, als sie sich bis zum Äußersten spannte. Keinen Lidschlag später spürte Silas, wie seine Füße den Grund verloren, auf dem er eben noch gestanden hatte. Naomi und er schwangen weit hinaus aufs Wasser, ein lebendes Pendel, und Naomi fluchte heftig, als sie beim Gegenschwung in die Felswand krachten. »Herrgott noch mal, du bist verflucht schwer!«, grunzte sie.

Silas sagte nichts. Sein Blick galt dem Hubschrauber, in den sie hineingezogen wurden.

Es dauerte nicht lange, und alle vier, Silas, seine Gefangene und die beiden vom Rettungstrupp, waren an Bord. Silas bemühte sich sehr, zu ignorieren, was sie mit Jessie machten. Ignorierte, dass sie sie quer über die Ladefläche zerrten, ihr die Fußknöchel ebenfalls fesselten.

Er tat, als ignorierte er, dass Naomi ihr die Beine unter dem Körper wegtrat und sie zwang, sich in eine Ecke des Hubschraubers zu kauern. Jessies Gesicht wurde noch blasser, verfärbte sich um die Nase sogar grünlich.

In dem Moment, in dem Naomi Jessie knebelte und an eine Strebe hängte, die quer über die Ladefläche des Helikopters verlief, wusste er, dass er sich etwas vormachte.

Es brachte ihn um.

Aber Jessie war eine Hexe. Von Anfang an hatte sie ihn über den Tisch gezogen. Er war auf sie hereingefallen. Du Trottel!, beschimpfte er sich.

Er lehnte sich gegen den Pilotensessel, schnappte sich das Headset, das im Cockpit hing. »Dann mal los!«, sagte er in scharfem Ton ins Mikro. Der Pilot nickte und gab mit erhobenem Daumen zu verstehen, dass er verstanden hatte. Der Hubschrauber stieg höher.

Der Flug verlief in angespanntem Schweigen.

Silas sog die schneidend kalte Zugluft ein, die durch die offenen Türen in die Kabine gedrückt wurde. Die Kälte machte ihm den Kopf klar, unterdrückte die Erinnerung an Tropenblumen und Schwefel. Kälte, Regen, Wind, Dunkelheit das waren Dinge, die er kannte.

Unter ihnen zogen Regenschauer wie Nebelbänke über die Ruinen dessen hinweg, was einmal Vororte von Seattle gewesen waren. Auf der anderen Seite der Kabine hatte sich Naomi einen Platz an der offenen Ladeluke gesucht und ließ ein Bein hinaus über die Ladekante hängen; es baumelte über der Kufe. Silas beobachtete, wie der unwirkliche Schlund des Alten-See-Grabens unter ihnen dahinglitt. Er wusste, dass Naomi ihn beobachtete.

Auch sie ignorierte er.

Mit den Augen suchte er die Landschaft ab, versuchte, tiefer in die Verwerfung hineinzublicken. Aber die Dunkelheit verschluckte die

Steilwände des Grabens. Während der Hubschrauber Meilen machte und die ungeheueren Entfernungen zurücklegte, an die sich Silas gar nicht erinnern konnte, konnte er keinerlei Hinweise auf Matildas Felsspalte entdecken. Auf ihre Zuflucht.

Auf die heißen Quellen, wo er Liebe mit einer Hexe gemacht hatte. Er biss die Zähne zusammen.

Als sie die Stadt dann tatsächlich erreichten, kreiste der Hubschrauber um die unteren Mittelebenen, bis sie die Stadt von Osten her anflogen. Keinerlei Positionsleuchten oder Scheinwerfer kündigten sie an. Die Mission hatte eine Dauervereinbarung mit der Flugkontrolle von New Seattle.

»Koordinaten Absetzpunkt unmittelbar voraus«, meldete der Pilot. Seine Stimme klang in den Kopfhörern blechern. »Zwei Minuten.«

Silas zog das Headset herunter. »Aneinanderkoppeln!«, befahl er.

Naomi erhob sich. »Was hast du vor?«

Silas schenkte ihr keinerlei Beachtung. Er drückte sich an den anderen Missionaren vorbei und griff nach der Stange über Jessies Kopf, um dort Halt zu finden, das Gleichgewicht nicht zu verlieren. »Steh auf!«, brüllte er, um die Rotorengeräusche zu übertönen. Er hakte einen Finger in den Knebel und zog ihn ihr aus dem Mund und herunter, bis das Ding ihr lose um den Hals hing.

Jessie blickte zu ihm auf, sah ihn direkt an, ein klarer Blick, voller Angst. »Ich kann nicht«, wisperte sie mit ausgedörrten Lippen. Silas las die Worte mehr von ihren Lippen ab, als dass er sie hörte.

Er knirschte mit den Zähnen, hakte ihre Ketten aus und zog sie mit einem brutalen Ruck am Oberarm auf die Füße. Sie taumelte gegen ihn, und ein gleißend weißer Blitz, der in seinem Hirn einschlug, blendete sein Denken und Fühlen für einen Sekundenbruchteil. Ihr Körper, der an seinem herabglitt.

Diesen Körper kannte er. Er hatte auch geglaubt, diese Frau zu kennen.

Auf Armeslänge stieß Silas Jessie von sich fort. »Im Namen des Ordens des Heiligen Dominikus«, krächzte er, »wirst du hiermit als

Hexe angeklagt und überführt.« Die alten Worte fühlten sich schwer auf seiner Zunge an, klangen mit einem Mal verdammt hohl und steif in Silas' Ohren. Viel zu formelhaft. Aus Jessies Gesicht wich jegliche Farbe, aschgrau wirkte es, während Silas ihr in die Augen starrte.

Diese Augen, die vor ungeweinten Tränen schwammen.

»Für dieses Verbrechen«, fuhr er fort und zwang sich, die wilde Wut hinunterzuschlucken, die ihm die Kehle zuschnürte, »erwartet dich die Hinrichtung. Aber wenn du der Mission die Namen und den Aufenthaltsort deiner ketzerischen Schwestern und Brüder nennst, wirst du einen schnellen Tod sterben.«

Aber nie und nimmer einen schmerzlosen.

Die ersten Tränen rannen als silbernes Rinnsal Jessies Wangen hinunter. Sie schüttelte den Kopf.

Silas' Finger schlossen sich fester um ihre Arme. »Jessie, weißt du, was mit Hexen passiert?« Das *Whup, whup, whup!* der Rotoren zerhackte den Klang seiner Stimme, die Worte. »Hast du gehört, was ich gefragt habe?«

Jessie biss sich auf die Lippe, schüttelte den Kopf heftiger. Ihr Haar war eine sanfte See aus Gold. In Wellen strich es über Silas' Handrücken. Heftig sog er den nächsten Atemzug in seine Lungen und bemerkte, dass er kurz davorstand, sie anzuflehen. Sie anzubetteln, es sich doch anders zu überlegen.

Sie anzuflehen, nicht die schreckliche Folter und den qualvollen Tod zu sterben, der Hexen durch die Einzige Heilige Kirche erwartete.

Sein Verstand formte die Worte, die ihm aber nicht über die Lippen kommen wollten.

Als Jessies Blick über seine Schulter schoss, wusste er, dass Naomi hinter ihm stand. Mit einem Ruck zog er Jessie an sich, drehte sie um und begann ihr Geschirr in seines einzuhaken. »Ich bringe sie runter«, erklärte er kurz angebunden.

»Silas ...«

»Ich habe gesagt, ich mach's, verflucht noch mal!«

Naomi runzelte die Stirn, ließ die Unterlippe herunterhängen. Als

Silas keine Anstalten machte, nicht einmal den Hauch eines Interesses dafür zeigte, was sie über das Ganze dachte, zuckte sie mit den Schultern und gab den anderen Missionaren ein Zeichen, sich ebenfalls einzuklinken. »In Ordnung, wir gehen jetzt tiefer. Alle überprüfen ihre Ausrüstung und machen sich zum Abseilen bereit. Unmittelbar nach Bodenkontakt fliegt der Vogel in die Oberstadt weiter. Also verabschiedet euch brav von unserem Piloten, und dankt ihm dafür, dass ihr mit Mission Air habt fliegen dürfen!«

Wie aufs Stichwort hob der Pilot eine Hand, den Zeigefinger in die Höhe gestreckt. Eine Minute noch.

Jessie zitterte in Silas' Armen, während er sie zur Seitentür führte. »Nur um das klarzustellen«, sagte sie fest, während er nach der Stange über ihrer beider Köpfe griff. »Ich weiß sehr genau, was ihr mit Hexen macht.« Sie wandte ihm das Gesicht zu und bedachte ihn mit einem Blick, der ihn wünschen ließ, sie durchzuschütteln dafür, dass sie so eigensinnig war, und sie zu küssen dafür, dass sie so verflucht mutig war.

Alles gleichzeitig.

Jessies Mund zuckte. Silas sah, wie eine Träne über ihre Wange bis in einen Mundwinkel rann. Daraufhin biss er die Zähne so fest zusammen, dass seine Schläfen pochten. »Wenn ich dann endlich tot bin«, fuhr Jessie fort, als der Helikopter mit der Nase voran runterging, »und du kannst deinen Hintern darauf verwetten, dass ich schnell verrecke, nur um dich zu ärgern, *Agent* Smith, kannst du dich immer noch amüsieren über die dumme kleine Hexe, die dich geliebt hat.«

»Los! Raus jetzt!«

Naomis Stimme durchschnitt alle anderen Geräusche und trug den Befehl einmal quer durch die ganze Kabine. Augenblicklich schwenkten Naomi und die anderen Missionare an ihren Führungsseilen aus der Kabine und seilten sich ab. Der Hubschrauber stand in der Luft, schwebte über den angeflogenen Koordinaten. Der Pilot hielt ihn dort und wartete darauf, dass seine Passagiere ausstiegen.

Silas schloss die Augen. »Kein Wort mehr!«, knurrte er. Falls sie noch mehr sagen wollte, rissen ihr Fahrtwind und die dünne Luft die

Worte von den Lippen, als Silas sie im Tandemgurt nach draußen schwenkte.

Der Gurt zog an. Jessies und Silas' Körper wurden aneinandergepresst. Rasch ließ Silas das Seil durch die Auffangöse ablaufen. Es kostete Kraft, und Silas Muskeln spannten sich an.

Jessies Körper hingegen war steif vor Angst. Silas seilte sie auf den ungepflegten Parkplatz eines halb verfallenen Wohnblocks ab. Jessie drückte sich an ihn.

Aber dieses Mal würde er sie nicht in Sicherheit bringen.

Hart kamen sie auf dem Boden auf, in einem sehr ungünstigen Winkel. Silas knickte seitlich weg und landete hart mit dem Rücken zuerst auf scharfkantigem Kies. Er fluchte. Jessies ganzes Gewicht knallte ihm auf die Brust.

Es presste Silas die gesamte Atemluft aus den Lungenflügeln, und er sah Sterne vor Schmerz. Reglos blieb er liegen, während Jessie versuchte, sich von ihm zu befreien. Ihr Haar fiel über sein Gesicht, verworrene Seidenfäden, die überall waren, an seiner Nase, in seinem Mund. Alles, was er roch, war Jessie.

Ein Hauch Schwefel, eine Spur Kräuter und dieser gottverfluchte Geruch, der Jessie pur war und nichts als Jessie.

»He da, Silas!« Naomis Gestalt bewegte sich in sein Gesichtsfeld hinein. Er sah ihr übliches schmutziges Grinsen. »Brauchst du Hilfe bei der Dame?«

»Leck mich doch!« Silas löste die Karabinerhaken des Tandemgurts, ohne aufzustehen. »Hol sie runter von mir, scheiße noch mal!«

Naomi beugte sich herunter, packte Jessie an der Jacke und beförderte sie mit einem genau abgezirkelten Ruck zurück auf ihre eigenen Füße. Hörbar holte Silas Luft, zuckte zusammen. »Habt ihr Verbandszeug da drinnen, Tape?«

»Die Rippen, was?« Naomi nickte und schloss Jessies Fußfesseln auf. »Jep, haben alles da: Mullbinden, Bandagen, Tape, alles. Na, komm schon hoch, alter Mann, wir verarzten dich rasch, ehe ich fürs Briefing nach oben muss! Himmel, ich hab nicht mal Zeit für 'nen anständigen Drink zwischen den Einsätzen!«, brummte sie. »Was für eine Vergeudung nach gewonnener Schlacht!«

Silas bleckte die Zähne, so breit war sein Grinsen. Aber das Grinsen hielt nicht lange an.

Als sich Jessie zu ihm umwandte, waren ihre Augen leer, ihr Miene ausdruckslos, ihr Gesicht aschfahl. Der Blick aus diesem Gesicht und diesen Augen war dumpf und – o Gott! – besaß nichts mehr von dem, nicht einen Funken Lebendigkeit, was sie so einzigartig gemacht hatte. Mit diesem toten Blick ging sie vor der Frau her, die sie über den Parkplatz trieb.

Silas kam auf die Füße und folgte den beiden. Es gelangen ihm gerade einmal vier Schritte, als der Schutzschild des heiligen Andreas aufflammte und blaues Feuer spie.

Einen Atemzug später folgte schon Schmerz.

Alles geschah viel zu schnell.

Naomi bewegte sich rasch, reagierte augenblicklich. Sie riss Jessie die Beine unter dem Körper weg und war schon wieder in Bewegung, ehe Jessie überhaupt den Boden berührte. Jessie brüllte auf; scharfkantiger Kies bohrte sich in ihre Bauchdecke, in die feine, weiche Haut über der Wange. Das Haar, das ihr ins Gesicht fiel, nahm ihr die Sicht.

»Miles, greif dir deine sechs!« Naomis Stimme kam von irgendwo hinter ihr. Von zu weit weg, als dass die Jägerin sich jetzt noch hätte um Jessie kümmern können.

Hoffte Jessie wenigstens.

»Gottverdammte Scheiße!« Silas' Stimme. Seine Wut. »Mann am Boden! Wo ist Jes… *Scheiße!*« Dieses seltsame, intensive blaue Licht durchdrang selbst Jessies dichten Vorhang aus Haar, der sie blind machte.

Keinen Sekundenbruchteil danach gab Jessie bereits alles, strapazierte Muskeln, Knochen und Sehnen, um die Knie unter den Körper zu bekommen. Fast zeitgleich krachte die erste Salve Kugeln genau in die Wand über ihr und ließ das Mauerwerk in scharfen Splittern überallhin durch die Dunkelheit fliegen. Jessie zuckte zusammen, rollte sich zur Seite, während noch mehr Stimmen Befehle brüllten, Warnungen, überall um sie herum.

Es fiel ihr so verdammt leicht, Silas' Stimme aus all dem Chaos und Lärm herauszuhören. Den tiefen Klang, Professionalität gemischt mit Adrenalin und Aggression. Ungerührt gab Silas seine Befehle. Daneben Naomis Stimme. Naomi fluchte, Jessie hörte den Schmerz.

Andere Stimmen, die Jessie niemandem zuzuordnen wusste. Grimmige Stimmen.

Jessie drückte sich gegen das verfallende Gemäuer des Wohnblocks. Es gelang ihr, die Knie gegen die Brust zu pressen und die mit Handschellen auf den Rücken gefesselten Hände unter dem Po und ihren Beinen durchzuziehen.

Maschinengewehrsalven zerrissen die Nacht, noch mehr blaues Licht flammte auf. Jetzt, wo Jessie wieder Hände und Arme zu Hilfe nehmen konnte, stemmte sie sich hoch auf die Füße und strich sich das Haar aus dem Gesicht, das ihr die Sicht genommen hatte. An der Wand entlang kroch Jessie weiter, ein Auge immer auf dem Gefecht, das vor ihr im Gange war.

Hexen und Hexer. Hexenjäger und -jägerinnen. Magie schwängerte die Luft wie Ozon während eines heftigen Gewitters; Feuerwaffen spuckten Kugeln, die durch die Luft fetzten. Jessie sah, wie Silas langsam, die Deckung hochgenommen, einen Mann umkreiste, der doppelt so groß und breit war wie er. Seine Waffe war ein schwarzer Fleck auf dem Boden, außerhalb seiner Reichweite.

Jessie sah Naomi, einen hochgewachsenen, schlanken Schatten, der sich in die Deckung duckte, die ein niedriger Haufen Ziegel einer umgefallenen Mauer bot, eine Waffe mit langem Lauf im Anschlag. Rasch hob die Jägerin die Hand, die Finger gespreizt. Jessie lugte um die Ecke und sah drei weitere bewaffnete Gestalten geduckt über die Straße rennen.

Noch mehr Hexenjäger. Zum Teufel, wie viele davon gab es denn in New Seattle?

Die Fäuste geballt, ging Jessie rasch ihre Alternativen durch. Sie könnte hierbleiben und sich von den Hexenjägern umbringen lassen. Sie könnte hierbleiben, und sich, wenn die Hexenjäger das Gefecht verlören, vom Zirkel gefangen nehmen lassen. Wahrscheinlich um ebenfalls umgebracht zu werden.

Sie könnte loslaufen, Caleb finden, ihn aus der Scheiße ziehen, in die er sich reingeritten hatte, wenn nötig ihm einen Stein auf den Kopf schlagen, um das zu schaffen, und machen, dass sie beide aus dieser Todesfalle von einer Stadt wieder herauskämen.

Möglichkeit Nummer drei hörte sich recht vielversprechend an.

Mit dem Herzschmerz würde sie schon zu leben lernen.

Jessie hob die gefesselten Hände und wischte sich über den Mund. Befahl ihren Füßen, sich endlich in Bewegung zu setzen.

Lass ihn hier, verdammt!

Aber Jessies Blick folgte Silas. Dem großen Kerl, den sich Silas mit Fäusten und roher Gewalt vom Leib hielt. Dem blauen Saum aus Licht, das unter seinem Ärmelsaum hervorquoll, und den harten Linien, die Schmerz in sein Gesicht grub. Er brüllte etwas, aber Jessie verstand nicht, was.

Aussichtslose Sache, sagte sie sich selbst. Schwerer Ausnahmefehler. Eigentlich hätte sie es wissen müssen, gleich zu Anfang. Aber es hieß eben: leben und lernen.

Mit Betonung auf *leben*.

Auf dem Absatz wirbelte Jessie herum und landete mit dem Gesicht voran auf dem Boden. Sie war über ein Hindernis gestolpert; ihre Füße hatten sich in etwas Schwerem verfangen. Der Schmerz trieb ihr Tränen in die Augen, als ihre Knie über spitze Kieselsteine schrammten und ihre Ellenbogen den Sturz abfingen.

Jessie fluchte und rollte sich zur Seite ab.

Und blickte in das maskierte Gesicht eines Jägers, der gegen die Wand gelehnt dasaß.

Jessie unterdrückte einen Schrei.

Tot. Der Mann war tot. »Himmel!«, keuchte sie, als ihr Gehirn das ganze Bild zusammensetzte. Blut verschmierte die Mauer hinter dem Mann, schimmerte nass und schwarz auf seiner Brust. Mit gespreizten Beinen saß der Mann da, die Arme hingen schlaff herab. Fallen gelassen lag eine dieser glänzenden schwarzen Waffen gleich neben der Leiche. Eine Hand umklammerte immer noch das Com-Gerät, als ob er noch versucht hätte, Hilfe herbeizuholen.

Vielleicht hatte der Jäger es sogar geschafft. Vielleicht waren deshalb gerade eben drei weitere Jäger aufgetaucht.

Das scharfe, laute Staccato von Schusssalven setzte einen Augenblick lang aus. Ein Mädchen schrie, ein schriller Schrei. Ein Entsetzensschrei.

Jessie wand dem Toten das Com aus den Fingern, schnappte sich die Waffe und nahm die Beine in die Hand. Geduckt hastete sie weiter. Die Nackenhaare stellten sich ihr auf, und sie hoffte, niemand zielte gerade mit dem Lauf einer dieser schlanken Waffen auf ihren Rücken.

Den Finger am Abzug.

Das Blut schoss Jessie in den Kopf, machte sie ganz benommen vor Adrenalin und Angst. Sie rannte um ihr Leben. Während ihrer Flucht durch die Dunkelheit fluchte sie jedes lästerliche Wort, das sie kannte, und dazu die, die sie gerade erst von Silas gelernt hatte.

Sie rannte um die nächste Straßenecke, war außer Sichtweite aller, die sich auf dem heruntergekommenen Parkplatz ein Gefecht lieferten. Für eine Sekunde etwa durchflutete Erleichterung Jessie.

Nur um in schiere Panik umzuschlagen, als sich zwei Männer genau vor ihr erhoben, die bisher geduldig dagehockt und gewartet hatten. Jessie kam schlitternd zum Stehen. Einen Moment lang waren die beiden ebenso überrascht wie Jessie.

Hexer? Jäger?

»Sie ist es tatsächlich!«, sagte der Jüngere von beiden.

Jessie wirbelte herum, war drei ausgreifende Schritte weit gerannt, als etwas Unbarmherziges und Ungezähmtes, etwas Magisches gegen ihre Kniekehlen peitschte. Sie stolperte, fiel, umfangen von Magie. Als Jessie das zweite Mal an diesem Abend mit den Knien auf dem Pflaster aufschlug, schrie sie auf, aus Schmerz, wegen des Schocks und voll blindem Zorn.

»Scheiße aber auch!« Die Stimme hinter ihr klang geradezu vergnügt. Der Jüngere der beiden Hexer. »Keine Bewegung, Miss Leigh! Wir möchten Sie nicht verletzen müssen!«

Jessie holte tief Luft und stieß zittrig den Atem wieder aus. »Ich habe eine Waffe«, warnte sie laut. »Ich ziele damit genau auf mein Herz.«

Immer noch hörte sie Schritte hinter sich. Rasch, ihre Finger bebten, schob sie das Com auf und gab auf dem Tastfeld die Nummer ein, an die sie sich erinnerte.

»Oh, bitte, tun Sie jetzt nichts Unüberlegtes!« Die zweite Stimme gehörte der anderen Gestalt, dem anderen Hexer. Sie klang älter. Beruhigend, gelassen. Jessie blickte zur Seite, gerade genug, um aus dem Augenwinkel die Silhouetten der beiden Hexer erkennen zu können.

Mach schon, stell die Verbindung her, verflucht! »Wo ist mein Bruder?«, verlangte sie zu wissen.

Die beiden wechselten einen Blick. »Ich bin nicht …«

»Habe ich nicht gerade erwähnt, dass ich eine Waffe habe?«, unterbrach Jessie den Hexer. Sie kämpfte das Verlangen nieder, sich zu bewegen, nur ein bisschen, nur um die Knie zu entlasten. »Lassen wir doch den ganzen Scheiß, Jungs! Ich weiß, dass ihr mich braucht. Also möchte ich jetzt gleich wissen, wo mein Bruder ist. Wenn ihr zwei nicht sofort mit der Sprache herausrückt, erschieße ich mich gleich hier auf der Stelle, klar? Und ihr habt dafür geradezustehen. Mir kann's ja dann egal sein.«

Das Com in ihrer Hand blieb stumm. Jessie schob es unter ihre Jacke, in ihren Hosenbund, und betete darum, das eingebaute Mikro wäre tatsächlich so gut, wie es jetzt sein musste.

Es musste unbedingt klappen. So oder so, sie musste es Silas wissen lassen. Dass er seinen verdammten Zirkel haben konnte, solange sie nur im Tausch dafür ihren Bruder bekäme. Das war doch ein faires Geschäft, oder etwa nicht?

Und falls sie sterben sollte bei dem Versuch, ihren Bruder zu retten, umgebracht würde wegen irgend so eines beschissenen Rituals, gut, dann sollte Silas wenigstens wissen, warum.

Der junge Hexer umkreiste Jessie. »Ich sag dir was«, begann er. »Warum bringen wir zwei dich nicht einfach zu Caleb?« Er versuchte, unbekümmert zu klingen. Gleichgültig. Es ging daneben, aber nicht, weil der junge Kerl nicht gut genug gewesen wäre.

Jessie *erkannte* Lügen. Wut hüllte sie ein wie ein Mantel. Wie ein fester, dicker Mantel. Jessie sammelte all diese Wut um sich.

Wut war etwas sehr Reales. Die Wut war ihr Schutzwall. Eigentlich hätte diese Wut sie auch vor Silas schützen müssen. Aber Jessie hatte vergessen, wütend auf seinen Beruf, seine Berufung zu sein. Sie hatte vergessen, dass er ein Killer war, als er sie gestreichelt und liebkost hatte.

»Also, was sagst du dazu?«, fragte der Junge. Die Hände hielt er seitlich vom Körper weg.

Der andere Mann umkreiste Jessie auf der anderen Seite.

Scheiße, Kacke, Mist, verfluchter!

Jessie saß in der Falle. Ihr Blick zuckte die Straße hinunter und hinüber zu der Straßenecke, hinter der das Schießen jetzt aufgehört hatte. Jessies Gedanken überschlugen sich, und sie fragte: »Und ihr bringt mich wirklich zu Caleb?«

»Sicher«, erklärte der ältere Mann ruhig.

Gedankenschnell warf Jessie die Waffe fort. Beide Hexer fuhren zusammen, sprangen zurück, so überrascht waren sie. Aber sie behielten die Waffe im Auge. *Ja!*, dachte Jessie. Sie hob die gefesselten Hände über den Kopf. »Ich bin gerade erst den Jägern entkommen. Sie sind sicher hinter mir her. Also lasst uns gehen!«

Ein Herzschlag verstrich. Wortlos wurden Blicke getauscht. Jessie wartete. In ihrem Kopf brüllte sie die beiden an, sich gefälligst zu beeilen, verflucht! Sie zu packen und loszumarschieren. Sie zu Caleb zu bringen.

Sie alle zu Caleb zu bringen.

Der Ältere der beiden war als Erster bei ihr. Er war groß, aber nicht sonderlich breit gebaut, ein Glatzkopf mit einer gezackten Narbe quer über der Wange. Er half Jessie auf die Füße und fingerte, ohne etwas damit erreichen zu können, an den Handschellen herum. »Wir können leider nicht …«

»Ich komme schon zurecht«, unterbrach ihn Jessie scharf. »Wir sollten los!«

Er nickte, tauschte erneut einen Blick mit dem jüngeren, blonden Hexer. In seinem Gesicht wimmelte es vor Sommersprossen. Der Junge machte eine auffordernde Handbewegung.

»Ladies first. Nach Dawson natürlich.«

Jessie gelang ein Grinsen. Zum Scherzen aufgelegt sein. Erleichtert tun. *Alles Lüge.* »Ah, der ist also eine echte Lady, ja?«, fragte sie mit einem irgendwo hervorgekramten Grinsen.

Der ältere Mann runzelte die Stirn. »Also, dann: Los jetzt!«

Sie marschierten los, Jessie zwischen den beiden Hexern. So ging es im Laufschritt die Straße hinunter, weg von dem Chaos des Kampfschauplatzes, weg von den Jägern.

Weg von Silas.

Jessies Herz hämmerte dumpf und schmerzhaft in ihrer Brust, im Gleichklang mit ihren Schritten, als der Laufschritt nach und nach in gemächlicheren Trab überging. Dann, als die beiden Hexer und sie die Straße verließen, drosselten sie das Tempo weiter und liefen nun durch Nebensträßchen und schmale Gassen, von denen Jessie keine wiedererkannte.

Schließlich, als der ältere Hexer noch langsamer wurde, fragte Jessie: »Wie weit ist es noch? Meine Knie bringen mich fast um.«

Der Mann namens Dawson blickte sie an, sagte aber nichts.

Arschloch.

»Bis zu den Katakomben«, sagte der Junge hinter ihr und fing sie auf, als sie vor Erschöpfung über ihre eigenen Füße stolperte. Ihre Beine waren schwer wie Blei. Die Finger des Jungen schlossen sich fest um Jessies Arme. »Bist du okay?«

Jessie zwang sich zu einem Lächeln. Es fiel reichlich dünn aus. »Ich glaube, ich habe mich ganz schön aufgeschrammt vorhin.«

»Halt noch ein bisschen durch!« Der Junge ließ sie los, blieb aber unmittelbar neben ihr. Jessie hätte das richtig süß gefunden, wenn sie nicht seine eigentlichen Motive gekannt hätte. Tod. Schmerz. Ritual.

»Old Seattle ist ganz schön groß«, maulte Jessie, als sie über vielfach geborstenen, pockennarbigen Asphalt stapften. Jessie wusste schon nicht mehr, durch welche schmalen Straßen sie bis hierher gekommen waren. Welche Straßen sie überquert hatten, vorsichtig, immer auf der Hut, doch noch Anzeichen dafür zu entdecken, dass sie verfolgt würden.

Jessie hoffte sehr, dass das Com immer noch funktionierte.

Der Mann, der vor ihr ging, Dawson, sagte immer noch kein Wort. Gelegentlich aber sah er sich nach ihr um. Kontrollierte, wo sie blieb, wie schnell sie vorankam. Warf ihr finstere Blicke zu.

Freundschaftlich tätschelte der Hexer mit den Sommersprossen ihr die Schulter, während er sich ihrem humpelnden Schritttempo anpasste und gleichauf mit ihr ging.

Jessie hätte ihm am liebsten einen Tritt verpasst.

»Da gibt es eine Stelle, drei Kilometer tiefer rein. Es ist ein alter Park. Oder besser: Es war einmal ein Park. Man kann immer noch die Überreste von Bäumen erkennen und so'n Zeug. Aber in der Dunkelheit wachsen nur noch ziemlich seltsame Pflanzen. Pilze und das ganze Schleimzeugs.«

»Michael!«, warnte der ältere Mann.

»Was denn?!« Der Junge lächelte Jessie an. »Ist ja nicht so, als käme sie nicht sowieso gleich dahin. Da gibt's ein altes, verblasstes Schild. Ich glaube, sie haben das dort Waterline genannt. Muss mal sehr hübsch da gewesen sein.«

Jessie durchkramte ihr Gedächtnis. »Davon habe ich noch nie etwas gehört. Da lebt ihr alle?«

»Du wirst es schon bald erleben«, meinte der junge Hexer namens Michael aufgeräumt. Viel zu gut gelaunt. Viel zu mehrdeutig. »Schon bald.«

»Das reicht jetzt!«, fauchte der ältere Mann über seine Schulter hinweg. »Wir müssen jetzt still sein!«

Michael legte einen Finger an die Lippen, fixierte Jessie mit großen Augen, und für einen kurzen Moment völligen Irrsinns fand sie ihn bezaubernd. Wirklich und wahrhaftig bezaubernd.

Seine Magie klebte an ihr wie Spinnweben, und Jessie wusste das.

Mit voller Absicht versuchte der Kerl, sie möglichst entspannt und locker zu halten. Sie in jeder ihm möglichen Art und Weise zu bezaubern, ihr Honig ums Maul zu schmieren.

Schlau. Jung und unerfahren, aber schlau. Sein Amulett, mit dessen Hilfe er sich konzentrierte und seine Magie entfaltete, musste er irgendwo versteckt am Körper tragen.

Jessie lächelte zurück. Sollte er doch denken, seine Magie wirke bei ihr! Dass er sie, Jessica Leigh, in der Tasche habe. Dass er sie eingelullt und ihr magische Fesseln angelegt habe.

Schweigend suchten ihre Begleiter und sie sich ihren Weg durch die nächtliche Stadt. Dabei vermieden sie das Karussell. Sie rutschten Wartungsleitern hinunter, deren Existenz Jessie nie zuvor bemerkt hatte, Leitern, die an beiden Seiten der Betonstelzen eingelassen waren, die das Straßensystem trugen. Ebene um Ebene ließen Jessie und die beiden Hexer New Seattle hinter sich.

Jessie betete darum, dass das Com durchhalten möge.

KAPITEL 23

»Wer ist der Meister eures Zirkels?«

Die junge Hexe, die Silas gepackt hielt, spie ihm ins Gesicht. Warmer, dickflüssiger Speichel landete auf seiner Wange, nass und ekelhaft.

Silas beantwortete die Geste mit einem Faustschlag mitten ins Gesicht der Hexe. Ihr Kopf flog zur Seite, und Blut troff aus ihrer breiten Nase. »Wo hält sich euer Zirkel versteckt?«, zischte Silas.

Die Blondine lachte, aber es war ein zittriges Lachen. Die Schusswunde in ihrem Bauch ließ Silas nicht mehr viel Zeit, etwas aus der Hexe herauszubekommen. »Viel Glück bei der Suche«, brachte sie heraus und spie Silas noch einmal an.

Dieses Mal war es Blut, das seine Wange besudelte. Seine Schulter.

Mit einem Fluch auf den Lippen ließ Silas die Hexe los. Von ihrem Schmerzensschrei, als sie auf den Kies zu seinen Füßen stürzte und dort zusammensackte, nahm Silas keine Notiz. Naomi hatte in der Nähe gehockt und erhob sich jetzt. Sie war schmutzig, zerzaust und trug einen Notverband um den Oberarm mitsamt der Kugel aus dem letzten Feuergefecht.

Auf dem Boden neben ihr lag der Missionar, den sie Miles genannt hatte, und hielt sich die Hüfte. Sein unmaskiertes Gesicht war schweißnass und überall voller Blut. »Schlechte Neuigkeiten, Boss«, sagte der Mann mit vor Schmerz schwerer Zunge.

Schwere Zunge hin oder her, er klang jung, unverbraucht.

Ohne ein Wort ging Silas mit großen Schritten an den beiden vorbei.

»Silas«, sagte Naomi. Sie packte ihn am Arm, als er an ihr vorbeiwollte. »Smith! Wahrscheinlich ist sie einfach nur während des Gefechts stiften gegangen.«

Das Herz hämmerte in seiner Brust. Blut rauschte in seinen Ohren. Jeder Nerv unter seiner Haut war in Alarmbereitschaft. »Vielleicht«, erwiderte Silas und schüttelte Naomis Hand ab. »Vielleicht aber auch nicht.«

Naomi machte einen Schritt an ihm vorbei und stellte sich ihm in den Weg. Ungeachtet seiner drohenden Haltung stand sie fast Stirn an Stirn mit ihm. Er hatte eine prima Sicht auf die blau-violetten Sternchen, die Naomis Iris durchsetzten und ihre Augenfarbe so einzigartig machten. Jetzt, wo die Missionarin ihn anfunkelte, explodierten diese Sternchen förmlich. »Dann wirst du ihr oder ihnen also folgen?«

Eine verflucht gute Missionarin.

Und ein beschissen gewählter Zeitpunkt, um ihn unter Druck zu setzen. Mit angespannten Kiefermuskeln schob Silas sein Gesicht noch näher an Naomis heran. »Ich habe keine Zeit für deinen Zickenterror, also: Geh mir ... verdammt noch mal ... aus dem Weg!«

Naomis Augen spien Feuer, verengten sich zu schmalen Schlitzen. »Von mir aus«, sagte sie, jede Silbe scharf von der anderen getrennt. »Was hast du vor? Wie willst du sie finden?«

»Scheiße!« Silas drehte sich um, ließ den Blick über die Missionare wandern, die den Verwundeten halfen. Über die toten Magiebesessenen, über die Seen aus Blut überall, die im Licht der schummrigen Beleuchtung schwarz schimmerten. »Scheiße, verflucht!«, fauchte er. Heftig. Er ballte die Fäuste.

Naomi berührte seine Schulter. »Wir könnten ...«

»Herr im Himmel!« Silas fuhr zusammen, als sich das Com mit einem gedämpften, tiefen Summton an seiner Brust meldete. Er angelte in seiner Brusttasche nach dem Com und zog es hervor. Eine Nachricht. Angst, Zorn, ein verfluchter Silberstreif Hoffnung am Horizont ließen seine Finger beben, als er das Gerät aufschob. Den Code eintippte.

»Silas?«

»Klappe!«, brummte er, während die Verbindung aufgebaut wurde.

Naomi umkreiste ihn, gab den beiden Missionaren, die auf sie zukamen, einen Wink, den verletzten Miles aufzusammeln. Der Verwundete fluchte, als sie ihn bewegten. Silas sparte sich die Besorgnis, die Naomi dem Mann zeigte.

Stattdessen sog er mit gerunzelter Stirn scharf die Luft zwischen zusammengebissenen Zähnen hindurch ein, als er Jessie in der Leitung hatte. Ihre Stimme klang elektronisch verzerrt, gedämpft. Silas' Finger umspannten das Com, als wollten sie es zerquetschen. »Jessie ist dran. Ich kann ihre Stimme hören«, sagte er. Seine Anspannung war deutlich vernehmbar. »Aber ich kann Scheiße noch mal nicht verstehen, was sie sagt!«

»Ich weiß jemanden, der das kann.« Mit raschen, großen Schritten setzte sich Naomi in Bewegung und winkte ihm, ihr zu folgen. »Komm schon! Dann wollen wir deine Hexe mal festnageln!«

Seine Hexe.

Silas knirschte mit den Zähnen, folgte Naomi aber wortlos.

Gemeinsam überquerten sie die Straße und gingen auf einen Wohnblock mit zumindest einer als Versteck dienenden, gesicherten Wohnung zu, in der die Mission offenbar eine Operationsbasis unterhielt. Silas ging an ein paar anderen Missionaren vorbei, Frauen und Männern, die er alle nicht kannte.

Die kennenzulernen ihn auch nicht weiter interessierte.

Naomi schritt längs an dem Häuserblock vorbei, an Tragbahren mit toten Hexen und Hexern, die aufgereiht lagen, um sie später zu identifizieren. Sie hielt auf einen schweren Truck zu, der in Gebäudenähe parkte. Sie würdigte die Fahrerkabine keines Blickes, sondern schlug mit der flachen Hand mehrfach gegen die Seitenwand des Anhängers.

Silas hinkte hinter ihr her. Die Worte, die sich in seinem Verstand bereits formten, schluckte er hinunter. Er wusste bereits, was jetzt kommen würde, Scheiße noch mal, er wusste es!

Naomi klinkte die Tür auf und bedeutete ihm einzusteigen. »Jonas!«

»Hallo, Zuckerschnute!«, kam es ihnen aus dem hell erleuchteten

Inneren entgegen. Leichthin gesagt, aber alles andere als fröhlich. Ein vertrautes Willkommen. »Ich dachte, du wärst schon oben.«

Alles Sätze, die verdammt noch mal viel zu vertraut klangen.

Silas verdrängte, dass er angespannt war, dass bittere Erinnerungen ihre Klauen in sein Denken und Fühlen schlugen. Er griff nach dem Türgriff und schwang sich ins Innere des Trucks.

Er tauchte in einen hochtechnisierten Computerraum auf Rädern ein. An den Seiten überall elektronische Geräte, jedes bisschen Platz genutzt und mit Elektronik vollgestopft, alles auf eine Art und Weise zusammengesteckt und vernetzt, die weit über Silas' Begriffsvermögen ging. Überall Lämpchen, die leuchteten oder blinkten oder Anzeigen speisten, überall Kabel und Drähte.

Und zwischen all dem Jonas' schmale Gestalt in einem Rollstuhl, einer Spezialanfertigung, um ideal in der Enge des Trucks manövrieren zu können. Jonas bekam große Augen, als er Silas sah. Sein Blick hellte sich auf. »Silas!«

Jonas Stone. Missionar. Technisches Wunderkind.

Der Mann, der nur mit Mühe überlebt hatte, als sein mit Technik vollgestopfter Truck ihm um die Ohren geflogen war.

Bei Silas' erster Mission.

Mit einer flüssigen Leichtigkeit, die nur Gewohnheit und tägliches Training einer Bewegung verleihen, griff Jonas nach der Kante eines Regals und rollte den gepolsterten Stuhl auf Silas zu. Jonas war schlaksig, schmal genug, um zwischen die Regale zu passen und an alles zu kommen, an das er kommen musste. Viel zu langes braunes Haar hing ihm ins Gesicht, ein ebenfalls brauner, ziemlich zerrupft wirkender Kinnbart umgab die Mundpartie. Er lächelte. Auf seiner Nase saß eine dünne, randlose Brille. Hinter den Gläsern blitzten grüne Augen, die mit reichlich Braun gesprenkelt waren.

Silas konnte Schmerz dort lesen, die Augen wirkten alt, viel älter, als Jonas tatsächlich war. Es schnürte Silas die Kehle zu. Schuldgefühle stiegen in ihm hoch, eine Flut, die sich verflucht noch mal nicht aufhalten ließ.

Das alles war seine Schuld.

Trotzdem saß Jonas da vor ihm, in seinem Rollstuhl, und streckte ihm, Silas, der ihn dorthin gebracht hatte, eine von Narben gezeichnete Hand entgegen, als wäre er ein lang verschollener Bruder. »He, hallo!«, meinte Jonas fröhlich. »Lange nicht gesehen!«

Irgendwie, obwohl es seine Brust zusammenpresste, dass er kaum atmen konnte, gelang es Silas hervorzustoßen: »Ja.« Seine Finger verkrampften sich um das Com. »Ja, wirklich lange.«

Naomi drängte sich an ihm vorbei. »Keine Zeit für tränenreiche Willkommensszenen!«, erklärte sie brüsk. »Jonas, wir haben da eine Nachricht von einer Hexe, die uns entkommen ist. Ist zu verzerrt, um was zu verstehen. Kannst du da mal ein bisschen was zaubern?«

Jonas' Blick wanderte hinüber zu Naomi und hielt ihr auffordernd die flache Hand entgegen. »Na, für dich, Dornröschen, doch immer. Reich's mal rüber!«

Silas legte das Com auf Jonas' ausgestreckte Handfläche. »Jonas.«

»Nee, lass mal!« Der Mann warf ihm ein breites Grinsen zu, die Zähne hoben sich weiß gegen das Ziegenbärtchen ab. »Kein Interesse, mir das anzuhören, Kumpel. Aber wenn du mir über die Schulter schauen willst, während ich das Baby hier knacke – immer gerne!«

Naomi fuhr sich mit der Hand durchs Haar, tiefschwarze, blau-violett schimmernde Strähnen liefen durch ihre Finger hindurch. »Mach schnell«, verlangte sie, »Zeit ist …«

»… ein knappes Gut wie immer«, vollendete Jonas mit einem schiefen Lächeln ihren Satz. Er legte sich das Com in den Schoß. An den Regalen voller Elektronikzeug hangelte er sich entlang der Seitenwände dorthin zurück, wo sein Rollstuhl bei Naomis und Silas' Ankunft gestanden hatte. Der Rollstuhl gehorchte, ließ sich leicht und rasch zu dem kleinen Computer bewegen, der mit ganzen Bündeln von Kabeln mit dem Rest des Equipments verbunden war. An diesen Computer schloss Jonas das Com an.

Nach kurzer Überlegung, folgte Silas Jonas nach hinten.

»Okay, also das funktioniert so«, erklärte Jonas, und seine schlanken, schmalen Finger tanzten über die Tastatur des Computers. Die Visualisierung der Stimm-Schallwellen aus der Aufzeichnung erschien in buntem Auf und Ab auf dem Bildschirm. »Jede Menge Hintergrundgeräusche, die stören. Die filtere ich jetzt heraus und ziehe die Stimmen der Sprecher in den Vordergrund ...«

Silas beobachtete, was sich auf dem Bildschirm tat, hatte aber schon den Faden verloren, als sich das Klangmuster in die Länge zog und seinen Aufbau veränderte. Jonas warf ihm einen Blick über den Brillenrand zu. »Du siehst ziemlich abgefuckt aus, Mann.«

Silas gab ein Grunzen von sich.

»Und bist immer noch so charmant wie eh und je!«, fuhr Jonas leichthin fort. Seine Finger flogen bereits wieder in enormem Tempo über die Tastatur. »Trotzdem schön, dich zu sehen. Du hast dich viel zu lang nicht blicken lassen. Ah!« Jonas setzte sich auf.

Silas entging nicht, dass der Techie vor Schmerz das Gesicht verzog, als er Rücken und Schultern straffte.

»Okay, macht euch bereit, vor mir auf die Knie zu fallen, um mir zu danken und den Boden zu küssen, auf dem ich stehe!« Jonas drückte eine Tastenkombination. Die Nachricht wurde abgespielt. Beinahe kristallklar und gut verständlich.

Zornig ballte Silas die Hände zu festen Fäusten.

Hinter ihm murmelte Naomi: »Waterline.«

Jonas sah nicht vom Bildschirm auf, sondern legte ein paar Schalter um, um einen zweiten Bildschirm zu aktivieren. »In Ordnung, in welchen historischen Quellen wird der Ort genannt?« Flackernd erwachte der zweite Bildschirm zum Leben, füllte sich augenblicklich mit Zeilen und Zeilen von Daten, die als Text nach oben gescrollt wurden.

Silas blickte zwar auf die Buchstabenfolgen, sah aber nicht den Bildschirm und auch nicht die beiden Missionare neben sich.

Er sah Jessies Gesicht vor sich. *Und ihr bringt mich wirklich zu Caleb?*

Jetzt war alles ganz klar. Jessie wusste, dass der Zirkel sie zur Durchführung eines bestimmten Rituals brauchte. Wenn es nur darum gegangen wäre, zu Caleb zu gelangen, hätte sie jede Menge andere Wege wählen können. Aber nein: Sie ließ sich von diesen Hexern mitten in das Schlangennest unterhalb der Stadt eskortieren.

Das war der Punkt. Darin war die Botschaft versteckt. Sie wollte sich mitteilen. Dieses Wissen teilen. Mit ihm, Silas.

Er war sich ganz sicher. Sofort sogar. Jessie war schlau.

Wir können die Frequenz nachverfolgen.

Das waren seine eigenen Worte gewesen, ehe sie beide unten im Graben gelandet waren. Schlagartig zog es Silas wie Eis über die Haut. »Wessen Com hat sie da?«

Naomi verlagerte ihr Gewicht auf das andere Bein. »Zum Teufel, kann allen und jedem gehören.«

»Scheiße!« Silas beugte sich über Jonas' Stuhl, eine Hand auf der Rückenlehne. Er tippte dort auf den Bildschirm, wo die Darstellung der Schallwelle mit einem Mal sehr viel flacher wurde. Das war eine so vertraute Haltung, so leicht einzunehmen wie Atem zu holen, dass er sich nichts dabei gedacht hatte, bis Jonas' Blick ihn traf, der sein Profil mit vor Überraschung großen Augen anstarrte. »Was hat das da zu bedeuten?«

Jonas blinzelte, schüttelte dann den Kopf. »Das Com ist immer noch an. Aber es wird nicht mehr gesprochen. Das Signal ist nicht stark genug, um es einwandfrei zu lokalisieren. Aber …« Der zweite Bildschirm hörte auf, Daten heraufzuscrollen, sondern fror ein bestimmtes Datenfragment ein. »Und das ist der Grund, warum ihr mich wie einen Gott verehren solltet, meine Dame, mein Herr!«, grinste Jonas.

Naomi schnaubte und lehnte sich über Silas' Schulter, um ebenfalls auf den Bildschirm zu schauen. »Was hast du herausgefunden?«

Während das Com weiterhin Lautkulisse übertrug, unterlegte Jonas eine Sequenz der Botschaft und gab eine kurze Folge von Tastatur-Befehlen ein. Eine Karte erschien auf dem Bildschirm.

»Pläne aus alten Zeiten«, erklärte Jonas gedehnt. Konzentriert blickte Silas auf das Dargestellte. Aber nichts von dem, was er hier vor seinen müden Augen hatte, ergab für sein völlig überreiztes Hirn irgendeinen Sinn. »Von vor dem Großen Beben, nach der Jahrhundertwende. Bauvorhaben auf staatlichem Grund und Boden. Das heißt, der gesuchte Ort befindet sich in der Unterstadt und … Ha!«

Silas sah zu, wie Jonas den Plan heranzoomte, die Karte drehte und mit einer zweiten überlagerte, und das alles in Sekundenbruchteilen. »Das ist ziemlich weit drin in den Ruinenfeldern«, meinte Silas grimmig. »Wenn sie zu Fuß unterwegs sind …«

»Vielleicht hat sie jemand abgeholt«, warf Naomi ein. Sie langte nach dem Com an ihrem Gürtel.

»Warte bitte noch!« Jonas hielt die Aufzeichnung der Com-Übertragung an, ließ den Cursor an dem Schallwellenbild entlanglaufen, bis die Welle heftig und spitz nach oben ausschlug und noch einmal wilder auf und ab sprang, ehe sie endete. Jonas markierte die Klangspitze und gab einen Befehl ein.

»Ich hoffe wirklich, du bekommst das alles mit.« Jessies Stimme, ein Flüstern so laut, dass der Lautsprecher vibrierte. »Wir dringen immer tiefer in die Ruinen vor. Hier gibt es jede Menge Tunnel, die sie benutzen. Aber ich bekomme einfach nicht heraus …«

»He!« Eine Männerstimme, ganz plötzlich, der Tonfall scharf. »Sie hat ein Com!«

»Scheiße!«, zischte Jessie. Ein dumpfer Schlag, die Lautsprecher dröhnten, dann Knistern und statisches Rauschen.

Dann ein verzerrt klingender Schmerzensschrei, der urplötzlich abriss. Jessies Schrei. Silas umklammerte mit beiden Händen die Lehne von Jonas' Rollstuhl.

Rasch tippte der Techie Tastenkombinationen ein. Das Klicken der Tastatur, über die seine Finger jagten, war alles, was in der lastenden, angespannten Stille noch zu hören war. Dann seine Stimme. Er entschuldigte sich: »Das war's. Mehr kann ich aus dem Ding nicht rausholen.«

Abrupt richtete Silas sich auf. Zu schnell. Er rammte sich an der

Kante eines hervorstehenden Regals den Schädel. »Scheißdreck, verfluchter!«, zischte er. Naomi drückte sich rasch zur Seite, als er sich ziemlich rücksichtslos an ihr vorbeidrängte.

»Smith, he!«, rief sie ihm hinterher. »Wo willst du hin?«

Silas warf einen Blick zurück, sah, dass Naomi ihm bereits nachsetzte. Sah Jonas, der angelegentlich den Monitor studierte, die Ellenbogen rechts und links neben der Tastatur auf den Arbeitstisch gestützt.

»Silas!« Naomis Tonfall war scharf.

Silas sprang vom Laster herunter. »Ich schnapp sie mir.«

»Die Kleine?« Naomi war unmittelbar hinter ihm, packte ihn hinten an der Jacke, zog und brachte ihn mit einem Ruck zum Stehen. »Oder den Zirkel?«

Silas drehte sich zu ihr um. Jeden Muskel spannte er an, als Naomi ihm den ausgestreckten Zeigefinger unter die Nase hielt.

»Überleg dir jeden Schritt zweimal, den du machst, Smith!«, warnte sie ihn, ihre Stimme gefährlich ruhig. »Du warst ziemlich lange ziemlich weit weg vom Schuss. Jetzt bist du zurück, bist wieder in New Seattle. Aber glaub ja nicht, nicht für eine Sekunde, alles sei vergeben und vergessen!«

Silas ballte die Fäuste.

»Nicht mal unendlich viele erfolgreiche Missionen überall auf der Welt könnten irgendwas ungeschehen machen.« Ein zweiter Finger gesellte sich zu dem ersten. »Du hast dich lange genug mit einer Hexe herumgetrieben, was allenthalben zu erhobenen Augenbrauen geführt hat. Gib denen eine Steilvorlage, irgendwas, und du wirst schon sehen, was passiert!« In ihren Augen blitzte es, sie sprühten blaue und violette Funken.

Ihre Stimme klang besorgt. Schon das genügte, um Silas klarzumachen, dass Naomi die Wahrheit sagte. Die Vorschriften verlangten, dass ein Jäger, der gegen die Regeln verstieß, an die Institutionen der Kirche zur Disziplinierung überstellt wurde. *Disziplinierung* hieß in jedem Fall Umschulung. Um- und Neukonditionierung.

Vielleicht auch weitaus Schlimmeres als das.

Es handelte sich um eine höchst geheime Prozedur, die keinem Missionar je die Rückkehr zu seiner alten Mission erlaubt hatte.

Silas begegnete Naomis Blick. »Dann wirst du mich also verpfeifen?«

»Stell mich besser nicht vor die Wahl!«, erwiderte Naomi, der Tonfall bitter, die Fäuste geballt.

Mich, dich, selbst ein Baby.

Silas war nicht bereit, sich noch mehr von dem Scheißdreck der Kirche in den Rachen stopfen zu lassen.

»Ich schnapp mir Jessie«, erklärte er leise.

Naomis Mund wurde zu einem dünnen Strich in ihrem Gesicht. »Um sie zu töten.« Es war kein Vorschlag, sondern eine Feststellung.

»Nein.« Silas lachte, aber sein Lachen hatte nichts Belustigtes. Voller Bitterkeit, Resignation und Wut gab er zu: »Um sie zu retten. Sie ist nicht der Feind.«

»›Eine Zauberin darfst du nicht am Leben …‹«

»Nein!«

Naomi griff nach der Waffe in ihrem Schulterholster. »Du dämlicher …«, setzte sie an, und der harte Zug um ihren Mund sagte Silas, dass sie ihm keine Chance geben würde.

Er packte sie an ihrem verletzten Arm und grub seinen Daumen in das Loch, das die Kugel Naomi ins Fleisch gebohrt hatte. Statt weiteren Worten entrang sich der Kehle der Jägerin ein Keuchen, der Schock ließ sie erbleichen. Silas musste kein Hellseher sein, um zu wissen, dass ihr gerade schwarz vor Augen wurde, so schwarz wie die Waffe, die ihren Fingern entglitt und zu Boden polterte. Schusswunden taten höllisch weh.

Sie taten noch mehr weh, wenn ein Mann seinen Daumen in sie bohrte.

»Tut mir echt leid«, meinte Silas rau.

Naomi holte mit dem Fuß aus, traf genau Silas' Knie. Fluchend wirbelte er sie um die eigene Achse, packte ihren Hinterkopf und knallte sie mit der Stirn gegen die Außenwand des Lasters. Die Metallwand dröhnte wie ein tiefer Gong.

Naomi erschlaffte in Silas' Armen.

»Tut mir echt leid«, wiederholte er. »Du warst immer schon zu gut in deinem Job.« Langsam ließ er sie aufs Pflaster sinken, so sanft wie möglich, und überprüfte ihren Puls. Morgen würde sie eine verdammt große Beule auf der Stirn haben, aber momentan ging es ihr gut. Sie war in Sicherheit und ihm verflucht noch mal nicht mehr im Weg.

Er griff sich ihr Com und drehte sich auf dem Absatz um.

»Silas.«

Er zögerte. Dann, weil er ganz genau wusste, was er dem Mann alles schuldete, wandte er sich noch einmal um. Jonas hing halb aus dem Truck-Auflieger heraus, hatte wohl einen Arm in dessen Inneren um irgendetwas geschlungen, an dem er sich festhalten konnte.

»Vergiss es«, warnte Silas, sein Ton entschlossen. »Misch dich ja nicht ein!«

Jonas hob die freie Hand, in der er ein Com-Gerät hielt. Er warf einen raschen Blick auf Naomis reglosen Körper, der zu Silas' Füßen lag. Sein Blick kehrte zu Silas' Gesicht zurück; Jonas blieb die Ruhe selbst. »Nimm lieber meins, Kumpel!«

Silas stierte ihn an. Meinte Jonas das tatsächlich ernst? War das irgendein Trick, um ihn hereinzulegen?

Aber dann begegneten sich ihre Blicke. Da stand viel über den Kampf mit den Schmerzen in den verkrüppelten Beinen zu lesen, über all den Schlamassel, für den allein Silas verantwortlich war …

Er fing das Com auf, als es in seine Richtung flog.

»Nur damit das klar ist«, sagte Jonas, und ein Lächeln ließ seinen Ziegenbart hüpfen, »als Märtyrer machst du echt 'ne beschissene Figur! Gib's auf!«

Silas blickte auf das Com, steckte es in die Tasche. »Jonas, ich …«

»Ach, verpiss dich!«, erwiderte Jonas freiweg, sagte es leicht daher und wedelte auffordernd mit der Hand. »Geh schon und rette die Kleine! Lass Nai ihr Com, denn sie wird's noch brauchen!«

»Genau.« Silas ließ es fallen und übersah geflissentlich, dass Jonas zusammenzuckte, als das Gerät auf dem Bürgersteig aufschlug. »Jonas? Halt den Mund!«, fügte er nahtlos hinzu, als der schon den Mund aufmachte. »Wenigstens für einen Moment. Hör mir bitte einfach zu!«

Jonas schloss den Mund wieder.

»Ich war dumm damals.« Er hob die Hand, als er bemerkte, dass sich die Augen seines Gegenübers verdunkelten. »Wir alle waren es. Aber ich war derjenige, der den Befehl gegeben hat. Also …« Seine Gedanken überstürzten sich. »Also sorg bitte dafür, dass ich dieses Mal nicht die Verantwortung trage, verstanden?«

Der Techie quittierte das mit einem schiefen Lächeln. »Laut und deutlich, Sir.«

»Ich meine es ernst, Mann!«, knurrte Silas. »Lass nicht zu, dass ich hier zum Exempel werde! Und komm ja nicht auf irgendwelche komischen Gedanken, klar? Halt dich schön an die Mission! Nur …« Mit gerunzelter Stirn blickte Silas auf Naomis reglosen Körper hinunter. »Herrgott noch mal, Jonas, vergiss dabei nicht, deinen Verstand zu gebrauchen!«

Jonas' Grinsen wurde breiter. »Silas?«

»Was denn?«

»Geh endlich und rette deine Kleine!«

Eine Sekunde lang versenkte Silas den Blick in dunkelgrüne Augen, studierte sie. Als Jonas die Augenbrauen hob, schüttelte Silas den Kopf, resigniert, und setzte sich halb humpelnd, halb joggend in Bewegung.

Er musste ein Auto klauen. Eines kurzzuschließen war nicht weiter schwer, vor allem weiter unten, in den Unterebenen von New Seattle. Während er die Straßen bereits mit den Augen absuchte, summte Jonas' Com. Silas schob es auf.

Da sah er die Karte.

»Danke, Jonas«, murmelte er und ihm war seltsam warm ums Herz. »Du Blödmann.«

KAPITEL 24

Wegen der Kapuze über ihrem Kopf konnte Jessie nichts sehen, kaum etwas hören. Sie hätte nicht einmal sagen können, ob es nur hin und her oder im Kreis oder doch auf ein Ziel zuging. Ob sie von vielen umzingelt war oder immer noch nur von den beiden selben Scheißkerlen bewacht wurde. Die Stelle am Oberarm, an der man sie gepackt hielt, pochte schmerzhaft. Jessie wusste, sie bekäme dort blaue Flecken sofern sie am Leben bliebe, um sich darüber noch beklagen zu können.

Welcher Teufel hatte sie nur geritten, in dieses dämliche Com zu sprechen?! Was hatte ihr das bringen sollen, außer sich dabei selbst zu verraten?

Nur ...

Nur dass sie wusste, welcher Teufel sie geritten hatte. Sie wusste ganz genau, warum sie es getan hatte, egal, wie idiotisch es war.

Sie hatte es wegen Silas getan. Er war ja nun einmal derjenige, der ihr den Tod bringen würde, oder nicht? Alles deutete darauf hin. Calebs Prophezeiungen, Silas' eigenes Pflichtgefühl als Hexenjäger.

Und sie dumme Pute hatte sich in ihn verlieben müssen.

Nur damit es auch wirklich klappte und er sie umbringen könnte.

Jetzt aber sah es ganz danach aus, als wäre nicht er derjenige, durch dessen Hand sie sterben würde. Jessie stolperte über eine Unebenheit, die Hand um ihren Oberarm riss sie zurück in eine aufrechte Haltung. Ziemlich brutal wurde Jessie am Arm über das Hindernis gezerrt.

Seit die beiden Hexer über sie hergefallen waren, ihr das Com entrissen und die Kapuze übergestülpt hatten, war zwischen ihnen kein Wort mehr gefallen. Jessies Welt unter der Kapuze war still und dunkel, und die Luft darunter von ihrem eigenen Atem verbraucht.

Wenn sie das Ding nicht bald von ihrem Kopf bekäme, würde sie aus Sauerstoffmangel umkippen, und das wär's dann. Bedauerlich für die Hexer, nicht wahr?

Sie wäre tot, aber die Hexer würden sich ärgern.

Außer sie bräuchten für das Ritual nur ihren Körper, und ihre Leiche täte es auch.

Jessie holte Atem. Dass sie nicht genug Luft bekam und der Druck auf ihren Lungen zunahm, versuchte sie dabei zu verdrängen. Ihr Hirn aber ließ das nicht zu. Sie brauchte Luft. Sie brauchte mehr Luft, frische Luft.

Plötzlich riss man an ihrem Arm, wohl damit sie stehen bliebe. Der heftige Ruck ließ sie stolpern. Sie hörte gedämpft Stimmen, spürte Bewegung um sich herum, grobe Finger, die an ihren Handgelenken herumfuhrwerkten. Metall schlug klirrend gegen Metall, dann ein Klicken, und die Handschellen fielen zu Boden.

Jessie blieb keine Zeit zu reagieren. Die Hand um ihren Oberarm zerrte sie vorwärts, führte sie auf das Ziel zu, das sie nicht sehen konnte. Beinahe hätte Jessie aufgeschrien, aus Angst vor dem Ungewissen. Das Schweigen, das sie umgab, ihre eigene Orientierungslosigkeit taten ein Übriges.

Der Sauerstoffmangel.

Als ihre Füße in etwas Nasses, Zähflüssiges platschten, schrak sie zusammen. Die Hand um ihren Oberarm packte fester zu, zerrte Jessie vorwärts. Wasser spritzte auf, sickerte in ihre Stiefel. Ihre Jeans sog sich damit voll. Ein weiteres Hindernis, dieses Mal eines, an dem sie sich aufschürfte, als sie mit den Schienbeinen daran entlangschrappte. Hände packten sie um die Taille, und ehe sie genug Luft in den Lungen hatte, um zu protestieren, fanden ihre Füße Halt auf festem Boden.

Die Hände ließen ihre Taille los, aber nur um Jessie bei den Schultern zu packen und vorwärtszustoßen. Sie stolperte vorwärts, fiel, fing den Sturz mit den sowieso schon lädierten Knien ab und fluchte. »Aufhören!«, fauchte sie vor Schmerz und Ungeduld.

Plötzliche Helligkeit brannte sich in ihren Sehnerv, und sie kniff die Augen zusammen, als man ihr die Kapuze vom Kopf riss.

Zuerst sah Jessie nichts als undeutliche Umrisse, flackerndes Licht und vage Silhouetten. Tief atmete sie durch, gleich zweimal, sog Sauerstoff in ihre Lungen.

Und roch Weihrauch. Und noch etwas anderes, einen üppigen, grünen Geruch. Der modrig feuchte Grabgeruch der Unterstadt.

Allmählich kam Jessies Sehvermögen zurück, und dann hatte sie das ganze Bild in bester Farbqualität vor sich. Es war, wie sie jetzt bemerkte, gar nicht so gleißend hell um sie herum. Wie in der Unterstadt zu erwarten, gab es nur gedämpftes künstliches Licht, hauptsächlich von Fackeln, deren zuckende Flammen ein bewegtes Licht-und-Schatten-Spiel über die Ruinen warfen. Ihre unruhigen Feuerfinger tanzten über verrenkte, abgestorbene Baumgerippe eines längst verfallenen, toten Parks. Sie fingen sich in blitzendem Metall und auf den bleichen, hohlwangigen Gesichtern von Magiebegabten, die Jessie umstanden.

Vor Anspannung wurden Jessies Lippen zu einem dünnen Strich in ihrem Gesicht. Dreißig waren es, überschlug sie rasch, vielleicht sogar fünfzig. Einige standen, andere saßen im Kreis um den Teich, den Jessie vor sich sah.

Um die Insel, auf der sie kniete.

Ihr Blick wanderte weiter und fiel auf einen einzelnen Steinpfeiler, in dessen rußgeschwärzte Oberfläche Symbole eingraviert waren. Jessie kniff die Augen zusammen, versuchte die Symbole zu entziffern, wollte wissen, was zum Teufel sie bedeuteten. Aber sie … bewegten sich. Wie ein in der Dunkelheit lebendig werdendes, zähflüssig-schleimiges Etwas, das sich jedem Entzifferungsversuch widersetzte.

Übelkeit stieg in Jessie hoch, so heftig, dass sich ihr der Magen umdrehte.

Das war schwarze Magie. Böse Magie.

Noch einmal ließ Jessie den Blick über die Menge wandern und erhob sich. Auf der Insel, einem baufälligen Rund aus Beton, gab es nichts außer ihr und dem Pfahl aus Stein.

Jessie stellten sich die Nackenhaare auf. Verflucht, ihre ganze Haut schien sich von ihren Knochen schälen und davonkriechen zu wollen. Ihr Herz schlug ihr bis zum Hals. Sie wirbelte herum und sah sie überall, Hexen und Hexer, die den Teich umstanden.

Und Jessie anstarrten.

Sie ballte die Fäuste. »Na, dann kommt schon, holt mich!« In der seltsamen, atemlosen Stille klang ihre Stimme wie ein Peitschenhieb. Einige der Magiebegabten regten sich, einige tauschten Blicke.

Andere wandten den Blick ab.

Jessie drehte sich um und übequerte mit einigen wenigen wütenden Schritten die Insel. Mit einer energischen Kopfbewegung warf sie sich das Haar aus dem Gesicht und legte die Handflächen auf den Pfahl.

Augenblicklich wurde der Stein unter ihren Händen heiß, so heiß, dass Jessie aufschrie und die Hände zurückriss. Ihre Ellenbogen knackten unter der plötzlichen Belastung. Der Pfahl aus Stein begann von innen heraus zu glühen, die roten Handabdrücke auf dem Stein verschwanden, als hätte er sie aufgesogen.

»Verfluchte Scheiße!«, murmelte Jessie. Ganz, ganz üble Magie.

Als eine Bewegung durch die Menge ging, warf Jessie einen raschen Blick über die Schulter. Geflüsterte Worte gingen von Mund zu Mund, ein Raunen wie auffrischender Wind, der sich in dürrem Laub fängt. Jessie stemmte die schmerzenden Hände in die Hüften und wappnete sich, als sich die Menge an einer Stelle teilte.

Ein hochgewachsener, breitschultriger Mann näherte sich dem Teich. Sein Haar, das langsam ergraute, war ordentlich gekämmt; trotz seines Alters war der Körper gut gebaut, strotzte vor Kraft. Der Gang des Mannes sprach von Selbstvertrauen. Der Grauhaarige beachtete die Hexen und Hexer nicht, deren Reihen sich hinter ihm schlossen. Auch die Hände, die sich nach ihm ausstreckten, seine Arme, seine Schultern berührten, beachtete er nicht.

Er beachtete auch den großen blonden Hexer nicht, der neben ihm schritt.

Wie eine brechende Woge schlug tiefe Trauer über Jessie zusammen, gemischt mit Wut, die ihr durch Mark und Bein ging. Sie schloss die Augen. »Caleb.« Sofort als sie Wasser aufspritzen hörte, öffnete sie die Augen wieder.

Sie durfte jetzt nicht die Fassung verlieren.

Die Hände an den Hüften riss Jessie sich zusammen und blickte den beiden Männern entgegen. In ihren Blick legte sie so viel Wut und Abscheu, wie sie aufzubringen vermochte.

Droben unter den Kuppeln der Oberstadt, in Sonnenlicht gebadet, hatte der Leiter der Mission von New Seattle absolute Autorität ausgestrahlt. Hier, so tief unterhalb der sonnendurchfluteten Glaspaläste, umgab sich Silas' Vorgesetzter namens Peterson mit den Magiebegabten, die zu jagen seine Aufgabe war, und bewegte sich wie ein Gott inmitten derer, die ihn anbeteten.

Jessie wirbelte herum, suchte den Boden nach etwas ab – herrje, irgendetwas! –, das sie als Waffe benutzen könnte. Der Sockel gleich neben ihr war aus massivem Stein, viel zu schwer, um ihn zu heben. Der Pfahl hinter ihr, der magische Fokus, war tief in den Beton eingelassen. Mit geballten Fäusten wandte Jessie sich um und holte tief und zitternd Luft.

Peterson trat ins Wasser. Allerdings berührten seine Füße es nur, sie sanken nicht ein. Peterson ging übers Wasser. Seine ordentlich geputzten Schuhe, seine gebügelten Hosen blieben sauber und trocken. Obwohl Jessie wusste, dass Magie das Eintauchen seiner Füße ins Wasser verhinderte, bekam sie eine Gänsehaut.

An Petersons Seite, das Gesicht ausdruckslos, durchpflügte Caleb das trübe Wasser des Teichs, den Matsch und Schlick, die trübe Brühe darüber. Nicht einmal annähernd so selbstgefällig und selbstbewusst im Auftreten wie der Missionar, der ein Hexer war, hielt Jessies kleiner Bruder den Blick gesenkt und auf einen Punkt irgendwo vor ihren Füßen gerichtet.

»Ich hasse dich«, sagte Jessie bitter.

Sein Blick aus blauen Augen zuckte zu ihr hoch. Seine Augen wurden schmal wie Schlangenaugen, aber er erwiderte nichts.

Ohne auf Jessies bittere Begrüßung einzugehen, betrat Peterson die Insel, ein warmes Lächeln auf dem knorrigen Gesicht. Der Blick, mit dem er Jessie bedachte, war zugleich einladend und messerscharf. »Miss Leigh«, begrüßte er Jessie mit tiefer, tragender Baritonstimme.

Jessie verzog die Lippen zu der grimmigen Parodie eines Lächelns. »Himmel! Sie müssen dann wohl der Boss des Ganzen sein.«

Caleb umrundete die Insel.

Der Zirkelmeister neigte den Kopf und deutete eine Verbeugung an. »Curio«, stellte er sich vor.

»Ach, so nennen Sie sich also hier unten?«

Rasierklingen waren stumpf gegen diesen Blick. Wache Raubtierintelligenz sprang Jessie aus seinen Augen entgegen. »Genau«, erwiderte er gedehnt. »Und Sie sind die ältere Schwester meines jungen Freundes hier. Es ist mir ein Vergnügen, Ihre Bekanntschaft zu machen.«

»Das kann ich mir vorstellen.« Jessie tat einen Schritt zur Seite. Dabei wusste sie ganz genau, dass sie nirgendwohin fliehen konnte. Sie saß in der Falle, umgeben von moderndem Wasser und mordlüsternen Hexern. Obwohl ihr das Herz in der Brust hämmerte wie verrückt, straffte sie die Schultern. »Lassen wir doch das ganze Scheißgeschwafel!«, meinte Jessie geradeheraus. Peterson hob die Brauen. »Warum erzählen Sie mir nicht, was Sie vorhaben und wofür Sie mich so dringend brauchen?«

»Ah!« Peterson seufzte. »Die Ungeduld der Jugend!«

»Jep«, gab Jessie kurz zurück. »Ich bin sicher, das sagen Sie auch jedem neuen Rekruten für die Missio…« Blitzschnell trat Peterson einen Schritt vor, seine Hand zuckte hoch, schnell wie eine Klapperschlange beim Biss. Mit dem Handrücken schlug er Jessie ins Gesicht, hart genug, um sie Sterne sehen zu lassen. Es riss ihren Kopf zur Seite, und Jessie spürte heißen Schmerz auf ihrer Wange und schmeckte Blut auf der Zunge.

Der Schmerz war nichts im Vergleich zu dem, der ihr die Brust zusammenkrampfte. Mit einem spöttischen Grinsen spie Jessie auf den Boden zwischen ihr und Peterson. Kleine Blutspritzer zierten daraufhin den Saum seiner gebügelten Hosen. »Ich weiß, wer Sie sind, *Peterson!*« Sie sah, wie sich seine Augen zu schmalen Schlitzen verengten, sah es in deren eisblauen Tiefen aufblitzen. »Und es ist nur noch eine Frage der Zeit, bis sie es auch wissen.«

Aber Peterson zeigte keinerlei Angst. Oder Überraschung.

Stattdessen vertiefte ein Lächeln die vielen kleinen Fältchen um seinen Mund und seine Augen. Er hob den Blick, der eben noch den Blutspritzern auf seinem Hosensaum gegolten hatte, und trat noch einen Schritt näher. Er nahm Jessies Gesicht in schwielige Hände, drückte ihr einen Kuss auf die Schläfe und sagte sanft: »Ein paar wenige Augenblicke noch, meine liebe Miss Leigh, und niemanden wird das noch interessieren.«

Abscheu sandte Jessie einen Schauer den Rücken hinab. Sie riss sich von Peterson los, wirbelte herum und prallte mit Caleb zusammen.

Er packte sie an den Armen, hielt sie aufrecht. Einen Sekundenbruchteil lang nährte Erleichterung völlig naiv und deshalb umso erschreckender Hoffnung in ihr. Diese Hoffnung wurde jäh und schmerzlich enttäuscht, als Jessie in das Gesicht ihres Bruders blickte.

Beherrscht. Ausdruckslos. Seine blauen Augen, die Augen, die er von ihrer Mutter geerbt hatte, blickten in Jessies, und sie sah dort weder Herzenswärme noch Zärtlichkeit. Kein Bedauern, keine Schuldgefühle.

Vor Anstrengung, die Tränen zurückzuhalten, bebten Jessies Lippen. »Caleb«, flüsterte sie, »warum?«

Er zerrte sie auf den Pfahl zu. Sie stemmte sich dagegen, mit aller Kraft, aber Caleb war stärker, als sie ihn in Erinnerung hatte. Er hatte seine Wahl getroffen.

Und würde seine Schwester opfern.

»Es tut mir leid«, sagte er. »Ich wünschte, alles wäre anders gekommen.« Sie wankte, als er sie mit einem heftigen Ruck herumschleuderte, und schnappte gleich darauf nach Luft. Sie war mit dem Rücken gegen den Pfahl gestoßen, und augenblicklich kroch Hitze Jessie den Rücken hoch. Starr vor Entsetzen unterdrückte sie gerade eben noch einen verräterischen Aufschrei. Sie wollte keinem der Hexen und Hexer die Genugtuung verschaffen, sie vor Angst schreien zu hören.

Mit einem fordernden Blick über die Schulter und einem Wink befahl der Hexer, der sich als Missionar getarnt hatte, zwei seiner Untergebenen zu sich. Zwei Frauen wateten durchs Wasser; ihre Gesichter verrieten Ehrfurcht. Jede der beiden trug etwas in der Hand. Eine Kerze, ein Buch, das in ein langes, wallendes Stück Stoff eingeschlagen war. Und noch etwas. Vor Angst setzte Jessies Herzschlag aus.

Jede hatte ein Messer.

Jessies Blick zuckte hoch, hinauf zu Calebs Gesicht. Zu ihres Bruders Gesicht. »Du weißt doch sicher, dass dein verehrter Zirkelmeister ein Hexenjäger ist, oder?«

»Natürlich. Wo sonst als bei den Missionaren hätten wir die Informationen finden können, die wir brauchten?«

Calebs Stimme war völlig ausdruckslos, sein Ton so nüchtern und sachlich, dass Jessie zusammenzuckte. Ganz plötzlich verdrängte Entschlossenheit die Angst in ihren Zügen. »Ganz schön dreist«, meinte sie mit einer gewissen Anerkennung, aber ihr Tonfall verriet ihre Wut. »Mit der Kirche unter einer Decke zu stecken, meine ich.«

»Nein«, widersprach Caleb. Schwer lag seine eine Hand auf Jessies Schulter, während er um sie herumging. Er griff sich ihren einen Arm, legte ihr eine Schlinge ums Handgelenk und zog das Seil fest. Jessie wollte sich losreißen, aber das Seil schnitt ihr tief ins Fleisch. Es brannte sich förmlich hinein. »Curio hat dafür gesorgt, dass die Kirche nicht merkt, dass sie an der Nase herumgeführt wird.«

An der Nase herumgeführt werden. Als ob das Ganze ein Kinderspiel und mit einer paar einfachen Lügen zu bewerkstelligen gewesen wäre. Jessie schüttelte den Kopf. »Warum?«, wollte sie wissen und erschauerte. »Ist es meine Schuld? Was habe ich falsch gemacht? Habe ich irgendwie einen Keil zwischen uns getrieben?«

»Nein.«

Jessie kämpfte gegen die aufsteigenden Tränen an und verrenkte sich fast den Hals, um den Blickkontakt zu ihrem Bruder nicht zu verlieren. »Dann erklär es mir! Sag mir, was so viel mehr wert ist als deine Schwester!«

Ein Blick aus meerblauen Augen bohrte sich tief in Jessies Blick. »Macht«, erklärte Caleb ohne jegliche Emotion. »Kontrolle. Die Ketten abzuschütteln, die die Kirche uns angelegt hat. Frei unserer Wege zu gehen, wie wir es gewohnt waren, und den Orden von der Spitze bis zur Basis in seine Bestandteile zu zerlegen.«

Jessie klappte die Kinnlade herunter. Einen Augenblick lang fand ihr Verstand keine Worte. Sie mühte sich nur, dem Gehörten einen Sinn abzuringen. Versuchte, den Bruder, den sie aufgezogen hatte, in dem Mann wiederzuerkennen, der vor ihr stand.

Es wollte Jessie nicht gelingen. Nichts passte: diese Stimme nicht, sein Gehabe nicht, sein Blick nicht, nichts.

Wut stieg in ihr auf, Trauer und schließlich eine letzte, sehr starke innere Bewegung: Alles in ihr sträubte sich, es könnte wahr sein, was sie gehört hatte. Durch zusammengebissene Zähne zischte sie Caleb an: »Du lügst! Das ist nichts als Lüge!«

Calebs Hände traten in Aktion, zurrten das Seil fest, mit dem er seine Schwester an den steinernen Pfahl band. Er tat es schweigend. Hinter ihm stellte Curio die Kerze auf ein hohes, blankpoliertes Holzpodest. Er hob eine Hand, und falls Jessie geglaubt hatte, es wäre still im Park um sie herum gewesen, lernte sie jetzt eine neue Dimension von Stille kennen. Totenstille.

Der Zirkelmeister faltete die Hände und entzündete lautlos zwischen seinen Fingern eine magische Flamme.

Ein ganz banaler Trick. Jeder Magiebegabte konnte das.

Jessies Blick ging über Calebs Schulter hinüber zu den Hexen und Hexern, die sich um den Teich und die Insel versammelt hatten. Jessie sah verzückte Gesichter. War es möglich, dass von diesen Magiebegabten hier niemand den simplen Feuertrick kannte?

Langsam führte Curio die Flamme, die auf seinen Fingern tanzte, an den Kerzendocht. Ein gedämpfter Knall, ein Zischen, heiß, energiegeladen, und dann, urplötzlich, war Jessies Mund trocken vor Angst.

Die Flamme tanzte von Curios Fingern und der Kerze durch den ganzen Park. Überall detonierten orangerote Feuerbälle, und hohe Feuer mit gleißend blauen Flammenzungen in ihren Herzen schickten Funkenregen in die Höhe. Heiser und wild jubelten Hexen und Hexer, während Curio seine Hände zum Gebet faltete. Er hat sich sogar in eine Magier-Robe geworfen, dachte Jessie, mit allem Samt und Edelsteingepränge.

Dieser ganze Zinnober für ein bevorstehendes Ritual. Das war alles gar nicht nötig.

Der Zirkelmeister, das war Jessie klar, musste seinen Zirkel nicht einwickeln, indem er Samt trug. Er hatte ihn bereits mit Lügen eingewickelt.

»Caleb«, sagte Jessie mit bebender Stimme. Sie verrenkte sich noch einmal fast den Hals, nur um ihrem Bruder in die Augen zu sehen. Seine Entschlossenheit zu durchdringen. Den eisernen Willen. Die verfluchte Gehirnwäsche. »Caleb, hör mir zu!«

Wortlos zog er ein schwarzes Samttuch aus der Tasche und schlang es ihr um den Kopf. Obwohl Jessie sich wehrte, legte er es ihr über den Mund und zog es fest, knebelte sie.

Als er sich abwandte, starrte sie hilflos seinen Rücken an.

Sie hatte diesen Rücken gestreichelt, als sie noch kleiner gewesen waren. Neben ihrem Bruder hatte Jessie sich damals gern in den Betten ausgestreckt, die sie für eine Nacht ihr Eigen nennen konnten, und Calebs Rücken gestreichelt, bis die Albträume aufhörten. Als sie älter wurden und Caleb zu stolz, sich von seiner Schwester wie ein Baby behandeln zu lassen, hatte sie sich neben ihn gelegt, damit er nicht allein war. Sie hatten Karten gespielt, stundenlang geredet.

Zählte das alles nichts? War es nicht genug gewesen?

Heiße Tränen rannen Jessie die Wangen hinab, und ihr Herz brach in tausend Stücke.

»Legt die Seherin in Fesseln!«

Curios Stimme schallte über das Wasser und die Köpfe der Menge rundherum hinweg. Die beiden Hexen, die Buch, Kerze und Messer gebracht hatten, umrundeten die Insel. Es waren dürre Frauen mit leeren Augen in schmalen Gesichtern. Schwestern, dachte Jessie. Blut war immer dicker als Wasser.

Knochige, dürre Finger packten Jessie ins Haar und rissen ihr den Kopf in den Nacken, sodass ihr Blick hinauf in den von Feuern erleuchteten künstlichen Himmel der Unterstadt ging. Rauch brannte Jessie in den Augen, die Hitze ließ sie husten, würgen unter dem Knebel.

Gleich darauf erstickte sie fast an ihren eigenen Schreien, als ihr die Messerklinge erst über die eine Wange gezogen wurde, dann über die andere. Schmerz lief in Wellen durch ihren ganzen Körper, steigerte sich, als eine weitere Klinge ihr ins Fleisch der Unterarme schnitt. Jessie wehrte sich, strampelte, aber die Schwestern ließen sich bei ihrem schweigend verrichteten Werk nicht stören. Sie schoben ihr Shirt hoch und zogen mit dem Messer einen dünnen Schnitt über ihre Taille, dann ihre Oberschenkel. Es waren scharfe, oberflächliche Schnitte: Jeder führte über einen Energiepunkt. Als die beiden Hexen schließlich die letzten Schnitte in ihre Waden machten, schluchzte Jessie, hysterisch vor Schmerz und Angst. Sie wussten genau, dass mit dem Blutfluss magische Kräfte zirkulierten, und dadurch hielten sie Jessie im Zaum. Der Zugang zu ihren eigenen magischen Kräften blieb Jessie verwehrt. Sie banden sie mit ihrem eigenen Blut.

Sie nahmen ihr den Knebel ab. Jessie biss die Zähne zusammen, keuchte, versuchte trotz der Schmerzen, durch den Schmerz hindurch zu atmen, den Schmerz durch sich hindurchfließen zu lassen. Obwohl ihr alles vor Augen verschwamm, sah sie Caleb neben dem Zirkelmeister stehen. Die Arme vor der Brust verschränkt, schaute er zu.

Er hatte einfach dagestanden und zugesehen, wie die Schwestern ihr die Schnitte beibrachten, sie bluten ließen.

Die Schwestern zogen sich zurück. Im goldenen Feuerschein schimmerten die Klingen ihrer Messer blutrot.

Curio hob die Arme, als seine Gehilfinnen sich neben ihn stellten. Neben ihn und Caleb.

Er rief: »Legt den Weissager in Fesseln!« Calebs Gesicht verzerrte sich vor Wut. Er wirbelte herum, als die Schwestern nach ihm griffen, schlug auf die beiden ein. Eine bekam er zu fassen und warf sie von der Insel aus Beton. Die Hexe schrie, ruderte wild mit den Armen, als sie in das Wasser platschte und kurz in der modrigen Brühe untertauchte.

Jessie holte tief Luft. Was zum Teufel ging da vor? Mit aller Kraft kämpfte sie gegen die Ohnmacht an, die ihr Sinne und Verstand vernebelte, bemühte sich um Konzentration. Sie wollte nicht ins Vergessen driften. Stattdessen sah sie, wie Caleb die Hand nach Curio ausstreckte.

Der Hand entsprang geballte magische Kraft, ungekannte, ungeheure Kräfte peitschten um Curios stählerne Gestalt, seine zeremonielle Robe. Blut schimmerte im Kerzenlicht. Die Zuschauer, Hexen wie Hexer, keuchten auf.

Curio fasste sich an die Kehle. Als er sie zurückzog, waren seine Finger blutgetränkt. Erst kicherte er, dann lachte er aus vollem Halse, kehlig, dröhnend. Er schnippte mit den blutigen Fingern, und Caleb taumelte, ging in die Knie, aschfahl im Gesicht. Er krümmte sich zusammen, die Hände in die Brust gekrallt, gleich über dem Herzen.

Jessie spürte ihr eigenes Herz. »Nein!«

Die im Wasser gelandete Hexe kämpfte sich zurück auf die Insel, gesellte sich zu ihrer Schwester. Gemeinsam mühten sie sich ab und zerrten und zogen Caleb zu dem Pfahl hinüber.

Jessie ließ den Kopf hängen, als die Schwestern ihn hinter ihr an den Pfahl banden. Fest, sehr fest zogen sie die Fesseln an. Jessie spürte Calebs Hände aneinandergefesselt in ihrem Kreuz, ihre Hände lagen in seinem. Als er fluchte, als er sich gegen seine Fesseln aufbäumte, wusste Jessie, dass die Schwestern ihm antaten, was sie ihr angetan hatten.

Sie banden ihn, banden ihn mit seinem eigenen Blut.

Ein Hexer war sich selbst der schlimmste Feind.

»Nun denn!« Curios Stimme, aalglatt und kultiviert, als ob kein Blut Jessies Haut tränkte oder Calebs. Als ob der Zirkelmeister sich nicht gerade Caleb mit einer Handbewegung entledigt hätte, ganz wie man eine lästige Fliege verscheucht. Jessie schleuderte ihm einen wütenden Blick entgegen.

»Dafür wirst du bezahlen, du Bastard«, zischte sie. »Und wenn ich dich, das schwöre ich bei Gott, jeden Tag deines Lebens verfolgen muss, bis in die Hölle hinein!«

Curio lächelte. »Vielleicht.« Dann schenkte er ihr keine weitere Beachtung, sondern umrundete den Pfahl. Jessie riss an ihren Fesseln, versuchte alles, um über die Schulter zu sehen und den Zirkelmeister, den Feind, im Blick zu behalten.

Sie erstarrte, als Calebs Hände sich hinten in ihre Jacke krallten.

»Ich hätte nie erwartet, dass du mich verrätst, Meister«, sagte er. Seine Stimme verriet Anspannung, aber sie war kräftig. »Was hat dich dazu gebracht?«

»Mein lieber Freund«, erwiderte Curio, und Jessie sah, dass er Caleb die Schulter tätschelte, sie ihm fast liebevoll drückte. »Ich wusste, dass du mich heute Nacht töten wolltest.«

Jessie zuckte zusammen. Calebs Finger verkrampften sich noch mehr in ihrer Jacke.

»Oh!« Nichtssagend. Ruhig. Trotz der Schmerzen, die Jessie quälten, grinste sie. Es war ein bitteres, freudloses Grinsen.

Oh ja, sie war eine ausgezeichnete Lehrerin gewesen!

Wie ein Peitschenhieb, kurz, hart, ein Schlag, Fleisch auf Fleisch. Jessie biss die Zähne zusammen, als Curio gelassen sagte: »Unterschätze mich nicht, Caleb Leigh! Ich bin kein Narr. Dieser Zirkel gehört mir. Jeder Mann, jede Frau, jedes Kind darin gehört mir. Wie konntest du es wagen zu glauben, es sei anders?« Wieder ein harter Schlag. »Ich habe dich gekleidet.« Noch einer. »Ich habe dir zu essen gegeben.« Ein weiterer Schlag. Jessie zuckte zusammen. »Ich habe dich aufgenommen und aus deinem elenden Dasein erlöst.«

Immer noch krampften sich die Hände ihres Bruders in Jessies Jacke. Jessie spürte, dass er die Muskeln anspannte. »Du lügst wie ein kleines Mädchen, Curio«, spie er dem Zirkelmeister entgegen. »Diesen Plan hast du doch von Anfang an verfolgt!«

Jessie konnte Curios Lächeln förmlich hören. »Du bist einfach zu schlau, Caleb Leigh. Das warst du immer. Ja.«

»Du verlogener Hundesohn!«

»Wie war das doch gleich«, meinte Curio leichthin, »mit Glashäusern und Steinen? Dein Fehler, mein Freund, war, dass du angenommen hast, ich wüsste nichts von deinen kleinen Erntefeldzügen. Dass du dich sicher fühlen darfst, während du das Lebensblut verborgener Hexenkraft stiehlst. Darin«, sagte er selbstgefällig und missbilligend zugleich, »hast du dich geirrt. Diese Art von Arroganz tut einem Weissager ganz und gar nicht gut.

Nun denn!« Das Letzte rief er mit volltönender Stimme, die zu dem weit ausgreifenden Schritt passte, mit dem er zu der großen Kerze zurückkehrte. »Heute Nacht, meine Brüder und Schwestern, werdet ihr alle Zeuge des Übergangs von magischen Kräften gleich zweier Magiebegabter sein! Beide sind sie Verräter an unserer Sache, aber ihre Gaben können und sollen unserer Sache noch von großem Nutzen sein!«

Jessies Schultern verspannten sich, als sie Caleb leise »Jessie?« fragen hörte.

Die versammelte Hexen- und Hexergemeinde brach in Jubel aus. Im Jubelgeschrei ging das Prasseln und Fauchen der Feuer ebenso unter wie Jessies Schluchzen. »Erzähl mir jetzt bloß keine Lügen! Wag es ja nicht!«

»Himmel, es tut mir so leid.« Sie spürte, dass Calebs Hände in ihrem Rücken zitterten. Vor Anspannung und Angst bebten. »Eigentlich sollte es anders laufen, so war der Plan. Geplant war, dass ich den Zirkelmeister töte. Damit hätte sich das Problem erledigt, ehe es überhaupt aufgetreten wäre.« Verzweiflung tränkte seine Stimme, als Caleb bitter fortfuhr: »Geplant war, dass ich die Geschehnisse aufhalte, die ich in meinen Visionen gesehen habe.«

Ruckartig hob Jessie den Kopf, schlug mit dem Hinterkopf gegen den Stein des Pfahls. Sie lachte über sich selbst. Aber die unverkennbare Hysterie darin ernüchterte sie schlagartig. »Scheiße!«, fauchte sie. »Zur Hölle damit! Caleb, Herr im Himmel, hör dir doch mal selbst zu!«

»Feuer und Tod«, entgegnete Caleb leise. »Schau, wo wir gelandet sind, schau, was um uns herum geschieht!«

Jessie schüttelte den Kopf. »Sag mir einen Grund, einen einzigen, warum ich dir noch ein einziges Wort glauben sollte.«

»Brüder und Schwestern!« Curio hob die Arme. Jessie blickte zu ihm hinüber und erstarrte. Der Mann wirkte wie ein Riese, der alle hier überragte. Feuer und Schatten, die die Augen täuschten, nichts weiter also als ein paar ganz normale Zaubertricks, Hexenvarieté. Aber Jessie schlug das Herz bis zum Hals, während übernatürlicher Schrecken nach ihrem Verstand griff. »Lasst uns beginnen!«

Müde lehnte Caleb den Kopf gegen den Pfahl. Der Stein zischte. »Alles, was ich getan habe, sollte zum Besten aller sein«, sagte er, und seine Erschöpfung war ihm anzuhören. »Jeden Handel, den ich eingegangen bin, jede Seele, die ich gebunden, jedes Ritual, das ich durchgeführt habe. Jede Lüge.« Er wandte den Kopf. Im Augenwinkel sah Jessie seine hohen Wangenknochen, sein Profil. »Das hast du mich gelehrt.«

Jessie schloss die Augen. »Ich habe dich gelehrt, Entscheidungen zu treffen, die gut sind und zu Gutem führen«, widersprach sie. Aber kaum dass ihr die Worte über die Lippen waren, sackte Jessie innerlich in sich zusammen.

Sie hatte ihn zu lügen gelehrt. Dass der Zweck stets die Mittel heiligt, in all der Zeit, da sie stehlen mussten, um nicht zu verhungern. Sie hatte ihn gelehrt zu lügen, um zu überleben.

Tränen liefen ihr über die Wangen, und das Salz brannte in den Wunden in ihrer Haut. »O Gott!«, brachte sie zwischen Schluchzern heraus. »Es tut mir so leid, Cale. Es tut mir so schrecklich leid! Mama wäre sicher sehr enttäuscht von uns.«

»Nein.« Wütend kämpfte Caleb mit seinen Fesseln. Es gelang ihm, mit seiner Schulter die seiner Schwester zu berühren. »Nein. Du bist unglaublich, Jessie. Und dieser dämliche Scheißkerl von einem Hexenjäger hätte dich nie gehen lassen dürfen. Wenn er dich nicht hätte gehen lassen, wärst du jetzt nicht hier. Du wärst immer noch in Sicherheit, und ich hätte dich nicht ... Verflucht noch mal, Jessie, ich habe dir doch gesagt, du sollst weg von mir bleiben!«

Jessie öffnete schon den Mund, um zu widersprechen. Mit ihrem kleinen Bruder zu streiten, ihn zu fragen, woher er das alles wusste. Um Silas zu verteidigen. Dann aber klappte sie den Mund wieder zu. Gänsehaut lief ihr über den ganzen Körper.

»Du warst es, der versucht hat, ihn umzubringen.«

Einen Herzschlag lang schwieg Caleb. Dann entgegnete er ruhig: »Ja. Und, nein, es tut mir kein bisschen leid«, setzte er gleich tonlos hinzu. »Aber ich habe nicht gewusst, dass du bei ihm bist.«

Jessie verzog den Mund. »Das macht es kein Stück besser!«

»Herrgott noch mal, Jessie!« Sein Tonfall wurde schärfer. »Ich schwöre dir, ich hatte einen guten Grund. Ich musste es tun. Um den da, Curio, aufzuhalten. Um *das hier* aufzuhalten!«

»Was meinst du mit ›das hier‹?«

»Die Ernte«, meinte Caleb knapp. Dann fuhr er fort: »Erinnerst du dich an den Tag, an dem Mama gestorben ist? Daran, wie ich ihre Gabe von ihr geerbt habe, ihre Gabe auf mich überging? Das ist es, was Curio will. Er will unsere Gaben, unsere Magie. Er will meine Prophezeiungen und deine Fähigkeit zu sehen. Dies ist der Aufstieg einer Macht, die diese Stadt in die Knie zwingen wird. Schon in ein paar wenigen Jahren wird der Zirkel der Erlöser die Welt verändern.«

»Freiheit«, schoss Jessie zurück. »Genau das war es doch, was du unbedingt wolltest!«

»Das ist keine Freiheit, Jess«, erwiderte er müde. »Es wird nur ein Tyrann gegen den anderen ausgetauscht. Das Buch, in dessen Besitz Curio ist, bindet mehr Macht in seinen Seiten, als der Zirkel in seiner Gesamtheit überhaupt besitzt. Diese Macht hat ihn ... vergiftet, er ist besessen davon. Sie alle sind davon besessen.«

Jessies Kiefermuskeln arbeiteten. Schließlich holte sie tief Luft und kämpfte den Schmerz nieder, der ihr das Hirn vernebelte. »Dann hättest du mich also hier sterben lassen, hier an diesem Pfahl?«

»Frag mich das lieber nicht, Jessie!«

»Du hättest es, oder? Um den Zirkel aufzuhalten …« Sie wand sich, sog heftig die Luft durch die Zähne, als der glühende Stein des Pfahls ihr die Arme verbrannte. »Gott verdammt noch mal, Caleb, war das dein Plan?«

»Nein!« Caleb schloss die Augen. »Ursprünglich nicht. Ich wollte dich auf gar keinen Fall in das Ganze hineinziehen. Und du hättest mich nur in Ruhe zu lassen brauchen. Ich habe dir doch extra gesagt, dass du dich von mir fernhalten sollst!«

»Ach so, echt?«, schluchzte sie die drei Worte. »Echt, Cale, du dachtest, ich würde dich in Ruhe lassen, ja? Als du angefangen hast, Menschen umzubringen, da würde ich dich in Ruhe lassen?«

»Ich hatte keine andere Wahl! Ohne zusätzliche magische Kräfte war ich für Curio kein Gegner.«

»Für Peterson«, stellte sie ihn grollend richtig. »Meinen Glückwunsch auch! Du hast gerade die geballte Macht über Gegenwart und Zukunft der Kirche in die Hände gespielt.«

»Ich hatte doch nicht die Absicht … o Gott, es beginnt!« Seine Hände rissen an ihrer Jacke, und Jessie bemerkte, dass die Hexen und Hexer zu sprechen begonnen hatten. Alle gemeinsam. Die Worte erhoben sich wie Dämonengeheul, wie Teufelsgeschrei.

Als Curios tiefe, tragende Stimme einfiel und seiner Gefolgschaft die Worte vorsprach, schloss Jessie die Augen.

Ein Wind erhob sich, bitterkalt und zornig, ein Wind aus Messerklingen und Skelettfingern, die nach ihr schlugen und an ihr zerrten, die ihr durchs Haar fuhren. Jessie wurde übel, so übel, dass sie sich am liebsten übergeben hätte.

»Was für Worte sprechen sie da?«, fragte sie angespannt.

Calebs Antwort klang grimmig. »Das willst du gar nicht wissen.« Nach einem Moment des Schweigens ein leises »Jess?«.

»Wenn du jetzt irgendeinen rührseligen Scheiß absondern willst …« Überrascht blinzelte Jessie, als seine Finger tiefer in ihre Jacke griffen. Sie schnappte nach Luft, bekam den fauligen Wind in die Lungen, würgte.

»Was immer auch jetzt passiert, Jessie, sieh zu, dass du hier wegkommst. Nimm die Beine in die Hand und lauf!«

»Caleb …«

»Versprich es mir«, verlangte er. »In etwa einer Minute wird hier die Hölle los sein, und deswegen musst du mir versprechen, dass du fliehst, um dein Leben rennst!«

»Und was wirst du tun?«

»Jessie, bitte!«

Sie schnitt eine Grimasse. »Ich verspreche es«, erklärte sie, »auch wenn's keinem von uns beiden auch nur das Geringste bringen wird. Und wenn du vor mir stirbst, schwör ich dir bei Gott, dass ich dir noch in der Hölle in den Arsch trete, du verfluchter Mörder!«

Caleb schwieg, während der Wind um sie beide strich. Und dann, zu Jessies Überraschung, lachte er leise vor sich hin. Dem Lachen war seine Anspannung anzuhören und auch, dass er Schmerzen hatte, aber er lachte. »So soll es sein, große Schwester. Das passt gut!«

Als der Pfahl zwischen ihnen aufglühte und Funken sprühte, hielten sich Caleb und Jessie aneinander fest. Trotz der Wut auf ihn, obwohl er sie hintergangen und verraten hatte und sie das tief verletzt hatte, hielt sie sich an seinem T-Shirt fest, spürte sie seine Arme, die um ihre gefesselt waren, und fand ein wenig Trost darin.

Selbst als der Stein zur Gänze rot glühte. Selbst als der Wind, der Dämonenwind, der um sie herum heulte, ihr mit eiskalten Fingern über die Haut fuhr. Über die Wunden strich. In sie eindringen wollte.

Wieder aus ihnen austreten wollte.

Gesättigt und wohlgenährt.

Jessie schrie als Erste.

KAPITEL 25

Hand über Hand. Rohr auf Rohr. Träger um Träger. Silas hing an dem ineinander verschlungenen Träger- und Röhrensystem der Stadtfundamente und versuchte nicht daran zu denken, dass er gleich, in nur ein paar Augenblicken, würde springen müssen.

Es würde verdammt wehtun.

Aber er würde Schlimmeres ertragen, wenn er damit die Frau, die er liebte, retten könnte.

Und er würde sie retten, Scheiße noch mal! Er würde sie retten vor welch gottverfluchter Magie auch immer, die der Kerl in der langen Robe dort unten gerade heraufbeschwor.

Der Wind zerrte an Silas, riss an seinen Händen, mit denen er sich an die Stahlrohre und Träger klammerte. Als ob der Wind lebendig wäre. Grausam. Silas biss die Zähne zusammen und schwang sich zum nächsten Träger. Scharfe Metallkanten schnitten ihm in die Hände. Aber Silas war bereits jenseits der Grenze, noch Schmerzen zu fühlen.

Jessie schrie. Er konzentrierte sich ganz darauf, ließ sich davon antreiben, vorwärtstreiben. In Wut bringen. Seine Frau schrie.

Das Blut, das bereits seine Unterarme entlanglief, machte es zu einer verflucht schlüpfrigen Angelegenheit, den festen Griff um den Stahl zu behalten. Silas grunzte vor Anstrengung, aber bekam den nächsten Träger zu packen. Dann den nächsten. Unter ihm prasselten Feuer, knackten Holzscheite in der Hitze der Flammen. Hexen und Hexer – zur Hölle mit ihnen allen! – sangen.

Jeder Muskel schmerzte, bis zum Zerreißen angespannt. Aber Silas quälte sich weiter, forderte noch mehr von seinem reichlich strapazierten Körper. Er musste schneller werden. Das Herz hämmerte ihm in der Brust, als er den kleinen Teich unter sich sah.

Das war seine Chance!

Er würde keine zweite bekommen.

Silas spannte die Schultern an. Langsam, ganz langsam winkelte er Arme anders an, löste er Finger, veränderte den Griff um den Stahlträger. Mit einem Blick maß er die Entfernung zwischen seinen Füßen und dem schäumenden, schmutzigtrüben Wasser. Er käme ziemlich genau hinter der Steinsäule auf, an der Jessie in ihren Fesseln hing.

Genau vor Caleb Leigh.

Der Luxus einer Waffe war Silas leider nicht vergönnt.

Wenn bei diesem seinem beschissenen, voll improvisierten Plan auch nur irgendetwas klappen sollte, musste Silas in einem Stück auf dem Boden aufkommen. Wenn er erst einmal unten wäre, ergäbe sich der Rest von selbst. Silas atmete tief durch, dann zwang er seine Finger loszulassen. Sein Magen machte Anstalten, ihm die Kehle hinaufzukriechen, als Silas fiel wie ein Stein.

Es tat scheißweh. In seinen Knien explodierte Schmerz in einer Schockwelle, das Wasser verhinderte, dass Silas sich ordentlich abrollen konnte. Mit Ellenbogen und Schulter rammte er den Grund des nicht sonderlich tiefen Teichs.

Aber das hatte Silas erwartet. Er zwang sich auf die Füße, bereit, sich gegen die Hexen und Hexer zu verteidigen, die ihn hatten vom stählernen Himmel fallen sehen und ihn nun angreifen würden.

Was er nicht erwartet hatte, war der Donnerschlag, den es tat.

Ein Feuerball detonierte in der Luft, eine Druckwelle lief über die Menge hinweg, durch sie hindurch, entlud Hitze und gewaltige Kräfte. Schrill durchschnitten Schreie aus einer Vielzahl Kehlen den donnerlauten Nachhall der Explosion. Eine Qualmwolke fegte den Gestank nach Chemikalien und verbranntem Fleisch durch den toten Park.

Die Druckwelle riss Silas von den Füßen. Es warf ihn gegen die künstliche Insel; die scharfe Kante ihrer Betoneinfassung bohrte sich ihm in den Rücken. In seine Rippen.

Süßer Herr Jesus, ausgerechnet in seine Rippen!

Noch eine Explosion, ein weiterer Feuerball an einem anderen

Ende des Parks. Noch mehr Schreie. Aber die Hexen und Hexer, die es nicht von den Beinen gerissen hatte, die sich nicht einschüchtern ließen, sangen weiter. Ihre Stimmen wurden schriller, der Ton schärfer.

»Silas!«

Jessies Stimme – schrill und voller Panik, heiser.

Silas rollte sich zur Seite, war sich schmerzhaft jedes geprellten Muskels, jeder Abschürfung und jeder Schnittwunde bewusst. Triefend vor Nässe, behängt mit glitschigen Algen und weiß Gott sonst noch was, zog Silas sich auf die Insel, rollte sich auf den Rücken und wischte sich Schweiß und Wasser aus den Augen.

Dann bemerkte er, dass tiefblaue Augen in einer Maske aus Blut ihn musterten.

»Silas Smith.« Caleb Leigh klang müde. Mehr als müde. Erschöpft, aller Kraft beraubt.

Silas' Lippen kräuselte ein böses Lächeln.

»Da steckt ein Dolch in meinem linken Stiefel«, sagte Caleb und schnitt ab, was immer Silas hatte sagen wollen. Caleb hielt ihm das Bein hin. »Spar dir den hehren Scheiß, den du absondern wolltest, und sieh zu, dass du Jessie hier herausbringst! Curio wird sich nicht ewig ablenken lassen.«

»Caleb, nein …!« Das war Jessies Stimme.

Silas packte den Fuß des Mannes, schob dessen Hosenbein hoch und hinterließ blutige Fingerabdrücke auf dem Schaft des silbernen Dolchs. Der Dolch war viel zu hübsch, um als bloße Stichwaffe durchzugehen.

Es war ein Athame, der zeremonielle Dolch eines Hexers. Wie viele Menschen hatte Caleb Leigh mit dieser Klinge getötet? Sie aufgeschlitzt wie ein Stück Vieh?

Silas riss den Dolch heraus, sprang auf die Füße. Matt glitzerte die silberne Klinge im Feuerschein, als er sie Caleb an die Kehle drückte. »Gib mir nur einen guten Grund!«, knurrte er.

Caleb begegnete seinem Blick, hielt ihm stand. Gelassen, offen, ähnelte der Blick dem, den Silas an Jessie kennengelernt hatte, nur dass die Augen eine andere Farbe hatten. »Ich gebe dir mehr als vierzig gute Gründe«, antwortete Caleb ruhig und machte eine Kopfbewegung auf die Zirkelanhänger, die brüllten und in Panik herumrannten. Curio war verschwunden, war irgendwo im Meer aus Chaos und Feuer untergetaucht. »Aber nur einer sollte für dich zählen.«

Jessie warf sich in das Seil, das sie am Pfahl hielt. »Silas! Silas, nicht! Caleb, verdammt noch mal, hör auf damit!«

»Verfluchter Scheißdreck!« Silas senkte den Dolch.

»Bring sie endlich hier raus!« Caleb beugte sich vor, damit Silas Jessies gefesselte Hände sehen konnte. Das Seil, mit dem sie an den Pfahl gebunden war. Silas säbelte mit der Klinge hinein, bis es riss. »Ich weiß nicht, wo überall Minen im Boden liegen, aber …«

Dieses Mal erschütterte die Detonation das Betonrund der Insel. Wasser schoss in einer Welle über sie hinweg, die Zirkelanhänger kreischten und schrien vor Entsetzen und Panik.

Jessie wankte, wurde zu Boden geworfen. Schützend riss sie die Arme über den Kopf und brüllte Silas' Namen. Aber die Druckwelle hatte ihn von den Füßen gerissen und mit ausgestreckten Armen und Beinen ins Wasser geschleudert.

Sofort stemmte er sich wieder hoch. Irgendwie gelang es ihm, sich Schmutz und Moder aus dem Gesicht zu wischen und wieder auf die Insel zu gelangen.

»Pass auf!«

Silas fuhr herum. Ehe er Zeit hatte zu begreifen, schickte ihn ein Fußtritt gegen seine verletzte Schulter zurück ins Wasser. Silas fluchte und schluckte einiges von der lauwarmen Brühe im Teich. Brüllende Flammen überall auf dem Parkgelände, die Panik der Menschen, die Kakophonie des Chaos um ihn herum, das alles stürzte auf ihn ein, während er sich abmühte, auf dem glitschigen Teichboden Halt zu finden und wieder auf die Füße zu kommen.

Als es ihm endlich gelang und er wieder stand, hatte er den Dolch verloren.

Wieder wirbelte Silas herum, doch nur um sogleich zu erstarren, jeder Muskel bis zum Zerreißen gespannt, als der Andreasschild aufflammte. Mit seinem kalten Feuer beantwortete der Schild die Hitzewogen des Flammeninfernos, das überall im Park um den Teich wütete.

Vor Silas schlug David Peterson die Kapuze seiner Robe zurück, enthüllte sein graues Haupt, ließ seine blassblauen Augen sehen. Er sagte etwas, was Silas nicht verstand.

Mit größter Willensanstrengung brachte Silas über die Lippen: »Du Hun ... de ... sohn!«

Peterson spreizte die Finger der erhobenen Hand. Silas keuchte auf, als es seine Muskeln plötzlich allesamt von den Knochen reißen wollte. Der Schild um Silas' Handgelenk zischte. »Silas Smith. Habe ich dir nicht gesagt, dass ich dich im Auge behalte?«

Silas' Blick zuckte an Petersons rechter Seite vorbei. Jessie, auf dem Boden, war noch dabei, auf die Füße zu kommen. Ihr Gesicht war mit Asche und Blut verschmiert, es war, als trüge sie eine aschfahle, blutige Maske. Aber sie bleckte die Zähne, während sie nach dem Dolch angelte, der ein Stück außerhalb ihrer Reichweite einladend im Licht der Feuersbrunst schimmerte.

Seine Frau.

Eine Welle rasender Wut schoss durch Silas hindurch, klammerte sich an die Magie, die ihn band. Silas erwachte aus seiner Erstarrung, bewegte sich, eine Handbreit nur, aber es gelang. »Fahr zur Hölle!«, fauchte er. »Hintergangen hast du ...«

»Jeden Einzelnen von euch, ja«, sagte Peterson und strotzte nur so vor Selbstgefälligkeit. Er kam näher, verließ die Insel. Ohne die Flammenhölle um sich herum zu beachten.

Mit jedem Schritt entfernte sich Peterson ein Stück mehr von Jessie.

Mach schon, Sonnenschein ...

Peterson lächelte. »Du überraschst mich«, sagte er. Ein Hexer kam auf sie zugerannt, nicht mehr als ein sich bewegender Fleck am Rand von Silas' Gesichtsfeld. Peterson schnipste mit den Fingern der anderen Hand. Die unbedeutend wirkende Geste schickte den Mann zurück ins Feuer. Der schrie.

Chaos hat also einen Geruch, dachte Silas, den nach verbranntem Fleisch. Silas kämpfte gegen die magischen Fesseln an und spürte schließlich, wie sie von ihm abfielen. Im nächsten Moment wurde er an das gegenüberliegende Ufer des Teichs geschleudert, als Peterson seine magischen Kräfte nach ihm warf.

Die Welt flimmerte vor Silas' Augen.

Ein schwerer Stiefel landete im Sand gleich neben Jessies Fingern, die nach dem Dolch dort tasteten. Jessie, immer noch auf allen vieren, riss die Hand zurück und stieß dabei gegen einen Mann, der seitlich neben ihr hockte. Der Kerl legte ihr eine rissige, schwielige Hand über den Mund. »Kein Mucks, klar?«, zischte er und packte sie mit der freien Hand am Kragen. Im Schein des Flammeninfernos wirkten seine Augen blassgrün; der Blick aus ihnen aber war kalt wie Eis. »Kein Mucks und dass du mir ja keinen Finger rührst!«

Hektisch nickte Jessie. Ihr Blick zuckte von rechts nach links, um Silas in Rauch und Chaos zu entdecken.

Dann ging ihr Blick über die Schulter des Mannes hinweg, und sie sah eine Frau, kaum mehr als eine Silhouette mit üppigen Kurven. Die Frau trug einen winzigen Hut und kam direkt auf sie zu, ohne stehen zu bleiben, um Caleb anzublicken oder mit ihm zu sprechen. Sie kam auf Jessie und den Mann, der sie gepackt hielt, zu, sprach aber weder mit Jessie noch mit dem grünäugigen Kerl. Im Vorbeigehen hob sie Calebs Athame auf und drückte ihn Jessie umstands- und immer noch wortlos in die Hand.

Am Pfahl warf sich Caleb in seine Fesseln. »Das Buch …«, stieß er hervor.

»Erledigt. Damit sind wir quitt.« Eine weitere Frau, eine Brünette mit entschlossenen Gesichtszügen, hielt Curios schweres Buch gegen die Brust gedrückt. Der Blick, den sie für Jessie erübrigte, war stechend und abschätzig. »Beweg dich!«, rief sie. »Geh schon!«

Trotz der Eiseskälte, mit denen die hellgrünen Augen des Mannes

Jessie betrachteten, grinste er sie an. »Vielleicht ein andermal, meine Süße«, sagte er und tätschelte ihr die Wange. »Mach, dass du hier wegkommst, solange du noch kannst!« Er erhob sich und folgte den beiden Frauen ins Wasser.

Jessie rollte sich herum und stemmte sich hoch. Aber noch ehe sie sich ganz aufgerichtet hatte, waren die drei fort. Untergegangen in einem Meer aus ums sich schlagenden Hexern und Hexen.

In einem Meer aus Menschenleibern.

Jessie fuhr sich an die Kehle. »O mein Gott!«, hauchte sie. Scheiße aber auch, es passierte! Die Prophezeiung wurde wahr. Das war der Ort und die Stunde, in der sie den Tod fände!

Nein, halt, das war der Ort und die Stunde, in der *jemand* den Tod fände!

Eine Vorahnung jagte kalte Schauer über Jessies Rücken. »Caleb?« Sie wirbelte herum, rannte zu ihm und hieb auf das Seil ein, das ihn an dem Pfahl hielt. »Caleb, was passiert hier?«

»Ganz ruhig!« Caleb schlang einen starken Arm um ihre Taille, als das Seil endlich zu Boden fiel und ihn freigab. »Du musst sofort hier weg!« Er wand ihr den Dolch aus den kraftlosen Fingern, schüttelte sie, als sie wankte und in Ohnmacht zu fallen drohte. »Reiß dich verdammt noch mal zusammen, Jessie!«

Heftig schüttelte Jessie den Kopf; ihre Kehle war wie zugeschnürt. »Ich werde nicht ...« Ein orangeroter Flammensturm fauchte wenige Meter neben ihnen in die Höhe, Trümmer wurden hochgespuckt, und Schreie von Menschen in Todesnot gellten um die Insel herum auf. Schützend zog Caleb seine Schwester an sich, drückte sie an seine Brust, während sie versuchte sich loszumachen. »Silas!«, keuchte sie und hustete, als Rauch in ihre Kehle drang.

»Verfluchte Scheiße, nein, Jessica, *lauf!*« Caleb stieß sie fort von der Feuersäule. Der Stoß war so heftig, dass Jessie stolperte, über die Betoneinfassung der Insel ging und im Wasser landete. Heftig ruderte sie mit den Armen, fand ihr Gleichgewicht wieder und warf sich herum. Aber da wusste sie schon, welche Szene sich ihr gleich bieten würde.

Caleb veränderte die Art, wie er den Dolch hielt, jetzt war sein Athame eine Angriffswaffe. Jessie sah ihren Bruder über die Insel hasten und sich auf der anderen Seite in den Teich stürzen, dessen trübes Wasser sich blutrot und rußschwarz verfärbt hatte. Er pflügte durch das knietiefe Wasser; seine Miene verriet Entschlossenheit. Er hatte nur Augen für den tödlichen Kampf zwischen dem Zirkelmeister und dem Hexenjäger.

Caleb streckte den Arm aus, die Finger der Hand weit gespreizt, und brüllte etwas. Es klang rau, unversöhnlich. Peterson taumelte rückwärts, als habe ihn etwas getroffen, und stürzte rücklings ins schlammige Nass. Mit wutverzerrtem Gesicht kam er wieder hoch auf die Füße. Die nasse Robe schlang sich ihm um die Beine.

Silas, blut- und dreckverschmiert, war anzusehen, wie viel Kraft ihn dieser Kampf kostete. Sein Haar und seine Schultern bestäubte Asche, die aus den Rauchschwaden herabregnete. Als Caleb ihn am Kragen packte, erstarrte Silas, blickte zwischen Caleb und dem Zirkelmeister hin und her. Caleb sagte etwas. Wegen der Schreie und dem Explosionsnachhall konnnte Jessie aber nichts verstehen.

Silas wandte den Kopf, sah zu ihr herüber, sein Mund wurde zu einem entschlossenen, dünnen Strich in seinem Gesicht.

Dann nickte er.

»Nein!«, sagte Jessie leise vor sich hin, als Silas einen Schritt, dann zwei zurückwankte. Sie ballte die Fäuste, so fest, dass das Blut sich staute und ihre Finger schmerzhaft pochten. Denn was sie sah, war, dass die beiden einzigen Menschen auf der ganzen Welt, die sie liebte, die Plätze miteinander tauschten. Die Plätze tauschten und die Obhut über sie.

Jessie wusste es.

Im Licht der Feuersbrunst um sie herum wirkte das Lächeln des Zirkelmeisters diabolisch. »Na, dann komm!«, bellte er Caleb entgegen. Er brüllte gerade laut genug, um den infernalischen Lärm, das Tosen der Flammen, die Schreie der Sterbenden zu übertönen.

Silas kam auf Jessie zu, taumelte, stolperte immer wieder. Sein Gesicht war eine starre, grimmige Maske, als er sich seinen Weg durch Schlamm und Wasser bahnte. Im Vorbeigehen packte er Jessie am Arm, seine Finger Schraubzwingen um ihren Oberarm.

Trotzdem wehrte sie sich. »Nein!«, wiederholte sie laut, heftig.

»Verflucht, Jessie …«

»*Nein!* Ich lasse ihn nicht noch einmal im Stich!« Silas kümmerte ihr Protest nicht. Er packte sie um die Taille, hob sie hoch und warf sie sich über die Schulter, ging weiter, ohne ihre Weigerung zur Kenntnis zu nehmen. Jessie bearbeitete seine Schulter, den Arm mit Fäusten und Fingernägeln, schlug und kratzte ihn.

Sie musste mitansehen, wie ihr kleiner Bruder durch Feuer und Rauch sprang und mit dem Gegner, dem Hexer namens Curio, zusammenprallte, Klinge gegen Klinge klirrte. Sie musste mitansehen, wie Calebs magische Kräfte, als er sie entfesselte, aufloderten wie der Schweif eines dem Untergang geweihten Kometen. Wie diese Kräfte ihn und seinen Gegner gleichermaßen einhüllten.

Wie er lichterloh brannte, wie seine entfesselte Magie ihn verzehrte.

Das Wasser glänzte feuerrot. Hoch droben, am stählernen Himmel der Unterstadt, reflektierte der dicht verwobene Teppich aus miteinander verflochtenen Stahlrohren den Feuerschein. Alles war rot. Verzweifelt griff Jessie nach den in ihr selbst verborgenen magischen Kräften, mühte sich, sie gegen die Magie, die sie banden, heraufzubeschwören.

Aber alles, was sie in sich fand, war Wut. Niederschmetternde Trauer.

Und Calebs Ruhe und Stärke.

»Caleb!«, schluchzte Jessie. Silas packte noch fester zu. Mit roher Kraft zwang er sich und sie durch das stehende, morastige Wasser und hinüber zum Ufer des Teichs. Jessie strampelte mit den Beinen, die Stiefel voller Schlick. »Lass mich sofort los!«

Silas setzte sie ab, aber unbeirrt, grimmig wie der Tod, der überall um sie herum reiche Ernte hielt, hielt er Jessie gepackt, zog sie mit sich.

»Ich werde dich nicht noch einmal verlieren«, brüllte er. »Verflucht, Jessie, beweg dich! Los!«

Jessies Kampfgeist war erschöpft. Tiefe Müdigkeit schlug über ihr zusammen wie eine Welle. Jessie klammerte sich mit beiden Händen an Silas' schmutziges T-Shirt und ließ sich von ihm wegführen. Wie durch Nebel hindurch folgte sie ihm, als sie aus dem Wasser stiegen und Silas mit ihr durch den Park eilte, zwischen Feuern hindurch und Ruinen.

Eine neuerliche Detonation ließ den Boden beben, und Hitze und Druckwelle überrollten die beiden Flüchtenden. Silas riss es fast von den Füßen, er stolperte, kämpfte darum, das Gleichgewicht nicht zu verlieren, und Jessie landete bäuchlings, Beine und Arme ausgestreckt auf dem Boden, schrammte sich das Fleisch bis hinunter zu den Knochen auf. Schmerz schoss ihr durch alle Nervenbahnen, überwältigte sie. Doch schlimmer noch war die schwarze Leere, die sich ganz plötzlich in ihr Herz fraß, ihre Seele. »Caleb!«, schrie sie, mehr ein heiseres Heulen aus ausgedörrter Kehle als ein Schrei. Sie rollte sich zur Seite, stemmte sich hoch, war auf den Füßen.

Das Inferno war nur noch dumpfe Lärmkulisse, und einfach so gab es Caleb nicht mehr.

Warme Hände umfassten Jessies Schultern, strichen über ihre Arme, ihre Taille. Sie spürte, wie sie hochgehoben wurde und starke Arme sie trugen. Sie schluchzte, klammerte sich an Silas fest, seine Stärke ihr ganzer Halt. Jessie vergrub das Gesicht an seiner Schulter, während Silas sie auf starken Armen in Sicherheit brachte.

Begreifen rann wie Eiswasser durch Jessies Adern; Trauer zerriss, was an Entschlossenheit noch in ihr wohnte. Währenddessen, während ihr kalt vor Entsetzen und Kummer war, wärmte ihr der Obsidian das Herz.

»Komm, Sonnenschein«, murmelte Silas mit bebender Stimme in ihr Haar. Jessie spürte seine Arme, die schmalen, kräftigen Hände mit den langgliedrigen Fingern, die sie hielten. »Lass uns von hier verschwinden!«

KAPITEL 26

Wohltuende Hitze umgab ihn wie eine Decke aus weichem Samt. Sie wärmte ihm die Knochen, die überstrapazierten Muskeln, seinen geschundenen Körper. Es war der Himmel auf Erden, das Paradies; und er fragte sich, was er wohl vollbracht haben könnte, um das zu verdienen.

Es war eine angenehme Abwechslung nach der Hölle, durch die Silas noch kurz zuvor gegangen war.

Silas' Lider flatterten, und langsam öffnete er die Augen. Nur ganz allmählich wurde das Bild, das er sah, scharf. Bunte Farben in Begleitung von üppigem Grün. Schillernd grünes Wasser.

Und das schimmernde Gold von Jessies Honigaugen, die sich mit Tränen füllten. Eine rann ihr die Wange hinab, obwohl ihre süßen, zum Küssen geschaffenen Lippen ein Lächeln umspielte.

Silas krampfte sich das Herz in der Brust zusammen. »Nicht!«, krächzte er heiser. Er hob die Hand, hob den Arm aus dem heißen, schwefelhaltigen Wasser und wischte Jessie mit dem Daumen die Träne von der Wange.

Noch mehr Tränen folgten der ersten. »Gott sei Dank!«, flüsterte Jessie, hauchte es mehr, als sie es sprach. »Oh, Silas, ich dachte schon ... Himmel! Ach Scheiße!«, brachte sie zwischen Tränen und Lachen heraus. Sie griff nach seiner Hand, hob sie an ihre Lippen und küsste die von Blutergüssen gezeichneten Knöchel. »Matilda!«

Silas bewegte sich, veränderte seine Lage und entdeckte, dass er auf einer Sandbank im Felsbecken der heißen Quelle lag. In kleinen, sanften Wellen floss das Wasser über seinen von Verletzungen übersäten nackten Körper und linderte den Schmerz seiner Wunden.

Silas versuchte sich aufzusetzen.

Sofort stützte Jessie ihn, die Hand unter seinem Ellenbogen. Sie glitt durchs Wasser, um ihm zu helfen, seinen Rücken zu stützen. Der dünne Stoff ihres meerblauen Rocks schwamm auf, umgab sie wie Blütenblätter einen Kelch. Nass klebte der dünne Stoff auf Silas' Haut. In dem Moment, in dem Silas saß und ihre Hilfe nicht mehr brauchte, sie ihn also losgelassen hätte, umfasste er ihre Taille und zog sie in seinen Schoß. Er hielt sie in den Armen und vergrub seine Nase in ihrem Nacken.

Sie lachte, ein Laut zwischen Schluchzen und Schluckauf, aber sie entzog sich Silas nicht. Stattdessen schlang sie ihm die Arme um den Hals. »Ich bin so froh, dass du aufgewacht bist«, sagte sie inbrünstig, »so unglaublich froh!«

»Ich verlasse dich nicht«, meinte er rau. »Verflucht, Jessie, ich verlasse dich nie wieder!«

»Ich kann später wiederkommen, falls ihr zwei Besseres zu tun habt«, verkündete eine vertraute Stimme trocken.

Silas hob den Kopf, um die rothaarige Frau frech anzugrinsen, die am Ufer des Felsbeckens stand. »Wenn's dir nichts ausmacht.«

»Silas!« Jessie errötete, als sie den Blick hinauf zu Matilda hob. »Beachte ihn einfach nicht!«

Ein Lächeln leuchtete in Mathildas Gesicht und zauberte Lachfältchen rund um ihre Augen. Sie stellte ihren Korb ab, der mit einem altmodischen, karierten Geschirrtuch abgedeckt war. »Neben ein paar anderen Dingen habe ich euch etwas zu essen mitgebracht. Silas, mein Lieber, wie fühlst du dich?«

Silas öffnete schon den Mund, zögerte dann. Er blickte von der Frau zu der Hexe – von Hexe zu Hexe, das war jetzt offensichtlich – und lächelte. »Ich fühle mich gut«, antwortete er schlicht.

Amüsiert räusperte Matilda sich. »Gut. Du hast uns beiden einen ganz schönen Schrecken eingejagt. Aber du scheinst ja kräftig genug, um noch den einen oder anderen Tag unter den Lebenden zu weilen.«

Jessie nahm Silas' Gesicht in beide Hände. »Ich hatte schreckliche Angst. Du hast uns raus aus der Unterstadt gebracht, und danach …«

Und danach hatte Silas einen Filmriss. Er schüttelte den Kopf. »Was ist dann passiert?«

Als Jessie die Lippen schürzte, legte er seine Hand über ihre, die sie immer noch an seiner Wange hatte. Es war Matilda, die Silas' Erinnerungslücken füllte. »Du bist so weit gekommen, wie du nur konntest, ehe du zusammengebrochen bist. Jessie hat dich dann bis zum Graben gebracht. Und«, setzte sie lebhaft hinzu, »zu mir.«

»Ich dachte schon, alles ist aus, als wir am Wasser angekommen waren«, erklärte Jessie dann. Die Erinnerung ließ sie frösteln. »Matilda ist genau im richtigen Moment mit ihrem Boot aufgetaucht.«

Die alte Frau stemmte die Hände in die Hüften und blickte die zwei abschätzig von Kopf bis Fuß an. »Du, mein lieber Junge, hast einen verdammten Dickschädel!«

Jessie grinste. In ihren Augen hingen Tränen, aber das Grinsen sprach Bände. »Matilda hat uns aufgelesen und wieder in ihr Tal gebracht. Ich …« Ihr Blick verdüsterte sich. »Ich weiß nicht, was mit Caleb passiert ist. Ich glaube, er … hat einfach aufgehört zu sein. Aufgehört, dort zu sein.« Bei dem Wort *dort* fasste sie sich mit zitternder Hand ans Herz. Tief in ihrem Dekolleté glänzte warm der Obsidian neben einem Anhänger in Form eines silbernen Blatts.

Ehe Silas eine diesbezügliche Bemerkung herausrutschte, biss er sich lieber auf die Zunge. Er biss so heftig zu, dass er zusammenzuckte.

»Nichts ist wirklich klar, wenn es um Prophezeiungen geht«, warnte Matilda, wie sie es schon einmal getan hatte. Sie zog das karierte Handtuch vom Korb, das dessen Inhalt verborgen hatte. »Ihr beide müsst unbedingt etwas essen. Ich habe doch nicht diese ganzen Schwierigkeiten euretwegen durchgestanden, nur um euch jetzt den Hungertod sterben zu sehen!«

»Nein, sicher nicht«, erwiderte Silas. Aber er ließ Jessies Gesicht nicht aus den Augen. Um ihre Mundwinkel herum und in ihren Augen lag tiefe Trauer. Und daran war Silas schuld.

Zu wissen, dass das von Anfang an sein Schicksal gewesen war, machte es ihm nicht leichter. Der Schmerz darüber schnürte ihm die Kehle zu.

Aus dem Augenwinkel sah er, dass Matilda sich umgedreht hatte und den Pfad zurückging, den sie gekommen war.

Jessie legte Silas eine Hand aufs Herz. Es schlug gleich heftiger, versicherte ihr, dass er am Leben war. »Ich weiß, dass du … glaubst, Caleb sei ein böser Mensch gewesen«, sagte sie leise. »Und vielleicht hat er böse Dinge getan, Silas. Aber …«

Er legte ihr einen Finger auf die Lippen. »Er war dein Bruder, Sonnenschein. Ich weiß.« Mehr Trost wusste er ihr unter den gegebenen Umständen nicht anzubieten. Schließlich wusste er, dass Caleb geplant hatte, seine Schwester zu töten, oder ihren Tod zumindest billigend in Kauf genommen hatte. Und er wusste, dass Caleb ein Mörder war.

»Ja«, bestätigte Jessie schlicht und küsste Silas' Finger.

Silas wollte nicht, dass Jessie weiterhin von ihrem eigenen Bruder als einem Mörder dachte. Sie musste einfach begreifen, dass Caleb am Ende sein Leben gegen das ihre eingetauscht hatte. Daran und an nichts anderes sollte sich Jessie, wenn es nach Silas ging, immer erinnern, wenn sie an ihren Bruder dachte.

»Keine Lügen mehr, ja?«, fragte er leise. Er strich ihr mit der Hand durchs zerzauste Haar. »Also dann: Ich fühle mich, als ob ich von einer Klippe gesprungen wäre. Als ob ich Faust gegen Magie mit einem wahnsinnigen Hexer gekämpft und den Kampf verloren hätte. Als ob ich blutig geschlagen worden wäre, um dann angeschossen und in ein Boot gehievt zu werden, das mich direkt in den Himmel befördert hat.« Silas blickte Jessie direkt in die Augen, musterte sie aufmerksam.

Inständig betete er darum, dass er noch nicht alles vermasselt hatte. Da war so viel Zorn in ihm, und er war so dumm und weigerte sich strikt, die Dinge mit ihren Augen zu sehen. Und dennoch hoffte Silas, Jessie hätte immer noch die Gefühle für ihn, die sie ihm vor gar nicht langer Zeit gestanden hatte.

»Silas«, ihre Stimme nur ein Flüstern, »es steht so viel zwischen uns. So viel in unserer Umgebung, das uns *bestimmt*.«

»Das ist so und wird auch immer so bleiben«, erwiderte er. Er schüttelte den Kopf, blickte ihr dabei aber unverwandt in die Augen. Er wünschte sich, dass sie die Worte in seinen Augen, den Spiegeln seiner Seele, lesen könnte. »Das ist für uns beide Neuland. Aber die Welt da draußen hält uns für tot. Wir können ganz von vorn anfangen.«

Jessies Lider flatterten. »Für tot«, wiederholte sie. Etwas regte sich in ihren Augen, etwas Wildes, Ungezähmtes. Wieder nahm sie sein Gesicht in beide Hände, beugte sich vor und drückte ihre Lippen auf seinen Mund, sanft und zärtlich. Im bernsteinfarbenen Schmelz ihrer Augen schimmerten Tränen, stand Trauer zu lesen. Unsicherheit, Zweifel.

Aber auch eine Liebe, die so zart und zerbrechlich war, dass es Silas den Atem nahm.

Mit dieser Mischung, da war sich Silas sicher, konnte er zurechtkommen. Also erwiderte er Jessies Kuss, eine leidenschaftlichere Antwort auf ihre zarte Anfrage.

Später, sehr viel später, nachdem er jede Handbreit von Jessies warmer, nasser Haut erkundet hatte, zu der der weite Rock ihm großzügig Zugang gewährte, nachdem sie sich steif und unter leisem Stöhnen und Ächzen auf dem Sand niedergelassen und ihre Mahlzeit aus nicht benennbarem Gemüse und kaltem Fisch beendet hatten, kehrten Jessie und Silas Hand in Hand in Matildas kleines Haus zurück.

In einem Schaukelstuhl saß dort die Hausbesitzerin auf der Veranda, eine Pfeife in den Händen. Matildas Lächeln wurde breit und war voller Wärme, als sie die beiden sich dem Haus nähern sah.

Silas half Jessie die Stufen hinauf und grinste darüber, wie sie bei jedem Schritt ächzte und stöhnte. Es klang so ganz anders als das lustvolle Ächzen und Stöhnen, das er ihr gerade eben erst entlockt hatte.

»Was bin ich froh«, meinte Matilda und beäugte die Jeans, die tief auf Silas' Hüften saßen, »dass ich Hosen gefunden habe, die dir passen.«

»Danke dafür.« Dann machte Silas eine ausladende Handbewegung, die das Felsbecken mit der heißen Quelle und die Klippen hinter dem Haus miteinschloss. »Und für einfach alles.«

»Ähm, na ja, schon gut!« Matilda lächelte. »Aber setz dich jetzt besser, ehe du noch all die Arbeit, die ich in dich gesteckt habe, wieder zunichtemachst!«

Silas setzte sich und spürte, dass ihm seltsam warm ums Herz war. Als leuchtete er von innen heraus. Herr im Himmel, ob es sich so anfühlte, wenn man glücklich war?

Fühlte sich so das ganz normale Leben an? Das, was für ihn ein normales Leben sein könnte?

Jessie schlüpfte auf seinen Schoß, in seine Arme, und Silas legte das Kinn auf ihren blonden Schopf. »So, und was jetzt?«, fragte sie. Silas und sie verschränkten die Finger jeweils einer Hand miteinander und hielten einander fest. »Was fängt denn ein ehemaliger Hexenjäger so mit seinem Leben an?«

Matildas Schaukelstuhl knarrte, als sie ihn in Bewegung setzte. Ein dünner Rauchfaden stieg von ihrer alten Pfeife auf. Für Silas roch das, was sie rauchte, nach Kräutern und etwas … einem Geruch aus längst vergangener Zeit. Nach Nostalgie pur. Zärtlich strich er Jessie mit dem Kinn übers Haar und meinte nachdenklich: »Ich nehme an, ich bin jetzt … außer Dienst. Im Ruhestand also.«

Matildas dunkle Augen huschten zwischen Jessies und seinem Gesicht hin und her. »Der Ruhestand«, erklärte sie gedehnt und seufzte dabei tief, »hat so seine Vorteile. Allerdings auch einige Nachteile.« Sie schob sich die Pfeife zwischen die Lippen und fuhr mit leichtem Nuscheln fort: »Kann manchmal nämlich verdammt langweilig sein, wenn ihr mich fragt!«

Silas konnte Jessies Lachen in der Brust vibrieren spüren. »Wirklich, Matilda, wenn du dir ein bisschen Aufregung wünschst …«

Matildas Augen blitzten. »Ich hatte schon mehr als meinen Anteil

Aufregung, schönen Dank«, meinte sie ruhig. »Den Rest an Abenteuern überlasse ich gern euch Kindern.«

Silas schürzte die Lippen. Ihm war eine Idee gekommen; wenn auch noch unausgegoren.

»Matilda?«

»Hmm?«

Er musterte die alterslose Frau. »Wir wissen ja nun, was du uns über diesen Ort und das Lügen gesagt hast. Ich möchte dir deshalb hier und jetzt eine Frage stellen.«

Matilda zog die Augenbrauen über der Nasenwurzel zusammen. »Na, dann frag schon drauflos, du unverschämter Ex-Hexenjäger! Aber ich behalte mir das Recht vor, dir nicht zu antworten.«

Jessie auf seinem Schoß setzte sich auf und drehte sich so, dass sie sein Gesicht sehen konnte. »Bist du sicher, dass du das wirklich fragen willst?« Sie suchte Silas' Blick. Die Trauer in ihren Augen wog etwas weniger schwer, aber es würde noch viel Zeit vergehen, ehe diese Wunde heilte. Eine lange Zeit der Trauer.

Silas berührte ihre Wange. Dann ging sein Blick zu Matildas von Falten durchzogenem Gesicht hinüber. »Du bist nicht einfach so über uns gestolpert, oder?«, stellte Silas seine Frage. »Aber beide Male warst du exakt zur richtigen Zeit am richtigen Ort. Wie kommt das?«

In der Dämmerung, die nur sehr allmählich in Nacht überging, bekam Matildas Blick etwas Geheimnisvolles, etwas Animalisches sogar. Silas fühlte sich von Tieraugen beobachtet, aber es waren Augen, in denen sich das strahlende Lächeln widerspiegelte, das auf Matildas Gesicht lag. »Es geht um Jessie. Ich habe ein Interesse an ihr«, erklärte Matilda, und ihr Ton war sachlich und nüchtern.

Silas bemerkte, wie Jessie sich in seinen Armen versteifte. »Ein Interesse? An mir?«, fragte sie langsam. »Was soll das denn heißen?«

Matilda, in der einen Hand die glatte Rundung des Pfeifenkopfs, klopfte damit gegen die Handfläche der anderen Hand. »Es ist nichts

Persönliches, meine Kleine«, antwortete sie mit leisem Lachen. »Nun geh nicht gleich hoch, okay? Junge Hexen wie dich gibt es relativ selten. Und ich erkenne eine gute Seele, wenn ich sie vor mir habe.«

Jessie legte die Hand auf den Obsidian um ihren Hals, und Matildas Lächeln wurde breiter.

»Ich sehe hier sogar zwei gute Seelen vor mir«, meinte sie dann. »Ein guter Anfang für eine Wiedergutmachung.«

Silas runzelte die Stirn. »Wiedergutmachung für was?«

»Oh!«, erwiderte Matilda mit einem langen Seufzer und schob sich den Pfeifenstiel wieder zwischen die Zähne. Zwischen den Zähnen hindurch sagte sie dann: »Das ist eine lange Geschichte, und heute Abend werde ich nicht mehr beginnen, sie zu erzählen. Geht jetzt rein, ihr zwei! Ihr werdet müde sein, und ich habe meine Abende gern für mich.«

Als klar war, dass sie nicht mehr zu sagen gewillt war, nötigte Silas Jessie von seinem Schoß aufzustehen. Obwohl es ihm nicht ganz recht war, ließ er sich von ihr helfen, als er selbst mit schmerzenden Muskeln aufstand.

Jessie trat nach Silas über die Schwelle von Matildas kleinem Haus. Nachdem sie sacht die Tür hinter ihnen beiden zugezogen hatte, wisperte sie kopfschüttelnd: »Ich habe keine Ahnung, was das eben zu bedeuten hatte, aber ich mag Matilda.«

Silas nahm sie vorn am cremefarbenen Top und zog sie zu sich heran, ihren weichen weiblichen Körper gegen die muskulöse Stärke seines männlichen Körpers. Er brauchte Jessie, ihre Wärme. »Es ist mir eigentlich egal, worum es da ging«, sagte er mit den Lippen ganz nah an ihren. »Ich liebe dich.« Er sagte die Worte noch einmal an ihrem Hals, ihrer Kehle, wollte, dass Jessie sie nicht nur hörte, sondern auch verstand. Sie keuchte auf, umklammerte seine Schultern.

Irgendwie schafften sie es noch hinüber zum Bett. Ihre geliehene Kleidung lag überall auf dem Boden verstreut, und Jessie bäumte sich atemlos unter Silas' Händen auf. Seinem Mund.

Seinem Herzen.

Später lag sie in seine Arme geschmiegt. Ihrer beider Beine waren miteinander verschlungen, und Jessies Herzschlag fand ein Echo in Silas' Brust. Da strich er ihren Rücken entlang, fuhr ihre sanften Kurven nach und sagte leise: »Irgendwann werden wir es schon noch rausbekommen, Sonnenschein.«

Schläfrig rührte sie sich. Weich und anschmiegsam wie Seide legte sie ihm das Kinn auf die Brust und blinzelte ihn an. »Hmm?«

»Mach dir keine Sorgen!« Jetzt zeichnete er mit den Fingern den Schwung ihrer Unterlippe nach. Ihre Wange und die dünne Linie aus Schorf dort. Die Wunde verheilte rasch, war aber immer noch zu sehen. Es krampfte Silas das Herz zusammen. »Alles wird gut.«

Nachdenklich neigte Jessie den Kopf, ihr Blick forschend. Dann aber gähnte sie und schüttelte den Kopf. Schließlich streckte sie sich, um Silas einen Kuss auf die Lippen zu hauchen. »Ich weiß. Ich ... ich liebe dich. Ich weiß, dass ich das nicht sollte«, fügte sie mit einem schiefen Lächeln hinzu, »aber trotzdem tue ich es.«

»Ich werde niemals wieder daran zweifeln«, versprach er mit geradezu körperlich spürbarer Inbrunst.

Jessie stemmte sich auf einen Ellenbogen hoch. »Ich habe nachgedacht.«

»Oh nein!«

»Witzig, echt witzig«, meinte sie gedehnt und kniff ihn vorwurfsvoll in die Brustwarze.

Heftig sog Silas Luft zwischen den Zähnen ein und griff nach ihrem Handgelenk. »Du bekommst Ärger«, warnte er und zog ihre Hand gegen seine Brust, legte sie auf sein Herz. »Sprich weiter!«

Jessies Belustigung aber war wie weggewischt. »Ich bin mir nicht sicher, ob Caleb wirklich tot ist.« Ihre Stimme klang heiser, ein Unterton darin versetzte Silas einen Stich mitten ins Herz. Aber zumindest hier im Halbdunkel des abendlichen Schlafzimmers leuchteten Jessies Augen. »Ich weiß es einfach nicht. Und ich möchte mir die Hoffnung nicht nehmen, dass er noch am Leben ist.«

Silas' Stirn verfinsterte sich. »Jess ...«

»Ich weiß.« Jessies Anspannung war spürbar bis in die Fingerspitzen der Hand hinein, die immer noch auf Silas' Brust lag. »Ich weiß. Was er getan hat … Ich glaube trotzdem, dass in ihm auch Gutes steckt. Ich hoffe das zumindest. Und wenn …«

»Schluss!« Mit der freien Hand zog er ihren Kopf zu sich herunter und küsste sie. Ihre Lippen bebten, und als sie den Mund zum Kuss öffnete, entschlüpfte ihr ein leiser kummervoller Laut, der Silas in der Seele wehtat. Gleichzeitig spürte er seine Wut darüber, wie wenig noch gefehlt hatte, und er hätte Jessie für immer verloren. Er zog sie enger an sich. »Ich muss noch jede Menge lernen, ich weiß. Ich hoffe bei Gott, dass es mir gelingt, die Vorurteile abzulegen, die mir die Kirche ein Leben lang eingetrichtert hat.«

»Du wirst Hilfe haben dabei, den ganzen Weg über«, flüsterte sie und streichelte seine Brust.

»Das wird nicht so leicht sein. Ich habe mein ganzes Leben lang fest daran geglaubt, dass Magiebesessene es verdienen zu sterben. Einige Hexen und Hexer verdienen es wirklich. Dafür gibt es genügend Beweise. Aber …« Er unterbrach sich, versuchte sich zurückzunehmen und die Wut auf den Mann zu zügeln, der seine eigene Schwester ans Messer geliefert hätte. Schließlich, als es ihm nicht recht gelingen wollte, strich Silas über Jessies Wange. Über ihre Lippen, die so einladend warm und weich waren. »Wir werden Augen und Ohren offen halten«, sagte er dann. »Wenn er irgendwo wieder auftaucht, dann … reden wir mit ihm.« Zu mehr konnte er sich nicht durchringen.

»Danke!«, sagte Jessie mit einem Seufzer. »Es ist noch nicht vorbei. Das weiß ich genau.«

Er nickte. »Alles wird gut, Sonnenschein, wir bekommen das hin. Was immer dir wichtig ist, gemeinsam bekommen wir es hin.«

Sie gab Laute von sich, die sich nicht zu Silben fügten, Laute voller Gefühl und Sinnlichkeit, sehr weiblich, sehr Jessie. In dem schmalen Bett schmiegte sie sich an ihn, und Silas konnte es nicht lassen, sie zu berühren, sie zu streicheln, seine Hände über ihren Rücken wandern zu lassen. Ihre Schultern. Ihr Haar.

Beinahe hätte er sie verloren. O Gott, es war so verdammt kurz davor gewesen!

Als Jessie hinüber in den Schlaf glitt, eine Wange, in der der Schnitt bereits heilte, an seine Schulter geschmiegt, starrte Silas in die heraufziehende Dunkelheit. Er streichelte Jessies samtene Haut und genoss ihre Wärme, während er in Gedanken die Ereignisse noch einmal durchging. Das Feuer, in dem die sichere Wohnung der Mission niedergebrannt war, die Magie, die ihn hinunter in den Graben geschickt hatte, und das Blut überall an Jessie, widerlich hell und so erschreckend anzusehen, dass er jetzt noch schützend den Arm fester um Jessies Taille legen musste.

Petersons Gesicht, die machthungrigen Augen, die ihn über den großen Holztisch hinweg angestiert hatten, und dann wieder als Curio drunten, tief in der Unterstadt.

Wie war ein Hexer Missionar geworden, wie hatte das passieren können? Wie zur Hölle war der Meister des Zirkels der Erlöser zum Leiter der Mission von New Seattle aufgestiegen?

Würde Silas' Missionsteam ihn tatsächlich für tot halten? Würde Naomi versuchen, ihn aufzuspüren?

Silas wusste keine Antwort auf diese Fragen; die Dunkelheit hielt sie nicht irgendwo für ihn bereit.

Seine Finger fuhren durch Jessies seidenweiches Haar, und Silas schloss die Augen. Er atmete Jessies Duft ein. Sonnenwärme und Weiblichkeit vermischten sich mit dem würzigen Aroma des Wassers hier in der Bucht, und mit einem Mal war Silas zufrieden.

Es gab für ihn keinen Schreibtischjob. Es gab für ihn keine Missionen zu leiten. Stattdessen hatte er einen sicheren Hafen gefunden, in dem er ausruhen und sich erholen konnte. Er hatte eine seltsame Verbündete in der geheimnisvollen Hexe gewonnen, der dieser sichere Hafen gehörte. Obwohl Silas keine Antworten hatte, keine Richtung, die er seinem neuen Leben hätte geben können, hatte er etwas, das viel besser, stärker war als das. Etwas, das ihm auch in seinen dunkelsten Nächten Kraft geben würde.

Jessie rührte sich, legte eine feingliedrige Hand auf seine Brust und seufzte. In diesem Laut, so leise er war, nur ein Hauch, hörte Silas Erleichterung. Hoffnung. Trost. Seinen Namen.

Jessie und er waren am Leben. Sie waren am Leben, und Jessie liebte ihn.

Das war mehr als genug.